TANJA HUTHMACHER

Zeit der Schwestern – Apfelblütentage

Weitere Titel der Autorin:

Ist der Lack ab, streu Konfetti drauf

Zeit der Schwestern - Kirschsommer

Zeit der Schwestern - Traubenfest

TANJA
HUTHMACHER

Zeit der Schwestern

Apfelblütentage

Lübbe

NACHHALTIG PRODUZIERT

Die Bastei Lübbe AG verfolgt eine nachhaltige Buchproduktion. Wir verwenden Papiere aus nachhaltiger Forstwirtschaft und verzichten darauf, Bücher einzeln in Folie zu verpacken. Wir stellen unsere Bücher in Deutschland und Europa (EU) her und arbeiten mit den Druckereien kontinuierlich an einer positiven Ökobilanz.

FSC www.fsc.org
MIX
Papier | Fördert gute Waldnutzung
FSC® C014496

Originalausgabe

Textredaktion: Susanne George, Bergisch Gladbach
Umschlaggestaltung: www.buerosued.de
Einband-/Umschlagmotiv: www.buerosued.de
Satz: GGP Media GmbH, Pößneck
Gesetzt aus der Bembo
Druck und Verarbeitung: GGP Media GmbH, Pößneck

Printed in Germany
ISBN 978-3-404-19319-6

4 6 5 3

Sie finden uns im Internet unter luebbe.de
Bitte beachten Sie auch: lesejury.de

Zur Erinnerung an meine
wundervollen Eltern Siegrid und Rolf,
die mir die Stärke mitgaben,
das Gute im Leben zu sehen.

1. Kapitel

Wie hatte sie den Duft der Apfelbäume vergessen können?

Carolin blieb stehen und schaute nach oben. Weiße, pinkfarbene und zartrosa schimmernde Blüten übersäten die knorrigen Äste. Eine leichte Brise, die vom Bodensee herüberwehte, trug den Duft direkt zu ihr. Sie schnupperte.

Ein wenig Maiglöckchen nahm sie wahr, ebenso etwas Veilchenartiges, schwebend und frisch. Kein Vergleich zu dem erdigen, einlullenden Geruch von Patschuli, der ihr in Indien auf Schritt und Tritt begegnet war. Und die Apfelblüten hatten auch nicht die schwere Honigsüße der Jasminsträußchen, die in jedem besseren Hotelzimmer in Tunis oder Karthago die Gäste mit ihrem intensiven Aroma willkommen hießen.

Ein früher Baumweißling flatterte mit seinen fast transparenten, schwarz geäderten Flügeln durch die schaumigen Blüten, tanzte in den Wipfeln, als wolle er Carolin höchstpersönlich begrüßen. Wie oft hatte sie in ihrer Kindheit hier gesessen und Ausschau nach Schmetterlingen gehalten, die sie in ihrem Bestimmungsbuch als noch nicht beobachtet angekreuzt hatte.

Carolin atmete tief ein und schloss für einen Moment die Augen. Mit einem Mal fühlte sie sich trotz der langen Reise, die ihr in den Knochen steckte, frisch und ausgeruht.

Sie ging mit dem kleinen Karton, den sie zuvor aus dem Auto ihres Vaters geholt hatte, quer über die große Rasenfläche und stellte fest, dass sich der seit Jahrzehnten von ihrer Mutter gehegte und gepflegte Garten deutlich verändert hatte. Die Apfelbäume standen wie eh und je, aber die gestutzten Hecken und die in runden Beeten angeordneten Stauden waren einem gewissen Wildwuchs gewichen, der dem Grundstück etwas Liebliches gab. Früher hatte man hinter Thuja und Liguster nicht viel von dem weiß gekalkten Steinhaus gesehen, in dem das elterliche Schifffahrtsunternehmen Hohenhausen residierte. Doch jetzt waren die hohen Sträucher verschwunden. Die nun eher lockere Bepflanzung mit bienenfreundlichen Blumen und Gräsern fügte Haus und Garten zu einer harmonischen Einheit zusammen.

Carolin nahm ihren Weg wieder auf und ging hinüber zu der langen Tafel mit den weißen Tischtüchern. Diese war bereits am Vorabend bei den Apfelbäumen aufgebaut worden, und sie hatte vorhin schon das Geschirr für die fünfunddreißig Festgäste darauf verteilt. Nun fehlte noch der Inhalt ihres Kartons.

In den letzten Wochen hatten ihre Schwestern alle Fotos ihrer Mutter, deren sie unauffällig hatten habhaft werden können, eingescannt. Carolin hatte sie anschließend digital so bearbeitet, dass auch die verblassten Bilder aus den sechziger und siebziger Jahren wieder gut zu erkennen waren. Dann hatte sie aus rund hundert Bildern eine riesige Collage zusammengestellt und diese als großformatiges Holzpuzzle ausdrucken lassen.

An diesem Tag sollten die Einzelteile, die sie gleich auf der Festtafel verteilen würde, von allen Gästen gemeinsam zusammengefügt werden. Carolin musste schmunzeln bei dem Gedanken an das Gesicht ihrer Mutter, wenn sie die vergangenen siebzig Jahre ihres Lebens so zusammengefasst betrachten würde. Denn Carolin war sich mit Romy und Veri einig gewesen: Die Fotos zeigten, dass es ein gutes Leben gewesen war. Natürlich hatte die Ehe ihrer Eltern Höhen und Tiefen erlebt, aber die ganz großen Dramen waren glücklicherweise ausgeblieben.

Sie hoffte, dass ihre Mutter sich über diese ungewöhnliche Tischdeko freuen würde. »Nur keine goldenen Zahlen«, hatte sie ihre Töchter mehrfach bei den zahlreichen Skype-Telefonaten der letzten

Wochen beschworen. »Oder Kristallgläser und Messerbänkchen. Ich will es ungezwungen! Deswegen werden auch nur Leute eingeladen, die ich mag. Keine langweiligen Honoratioren und ach so wichtigen Geschäftspartner.«

Carolin griff in den Karton und holte ein paar der stabilen Puzzleteile heraus. Auf einem sah sie einen grinsenden Mund mit einer Zahnlücke, der bestimmt zu Romy in ihrem Erstklässlerjahr gehörte. Auf einem anderen erkannte sie das brombeerrote Abendkleid, das ihre Mutter zu ihrem fünfzigsten Geburtstag getragen hatte. Damals hatte sie nur mit Mann und Töchtern feiern wollen. Sie waren aus dem Alltag ausgebüxt und hatten ein Wochenende in Verona verbracht, einschließlich des Besuchs einer Opernvorstellung in der berühmten Arena.

Auch sich selbst entdeckte Carolin auf einem Ausschnitt. Gemeinsam saß sie mit ihrer jungen Mutter in dem kleinen Segelboot, das sie mit zehn Jahren allein hatte steuern dürfen. Sogar das Blitzen des Sees war im Hintergrund zu erkennen.

Sie verteilte die Puzzlestücke gleichmäßig zwischen dem Besteck, den schlichten weißen Tellern und Tassen, den Gläsern und den mit einem Apfelbaum bedruckten Servietten. Romy würde noch kleine Väschen mit frischen Blütenzweigen und die Tischkarten mitbringen und Veri alkoholische Getränke. Carolin musste unbedingt daran denken, den Tisch zu fotografieren, wenn er fertig gedeckt und geschmückt war.

Sie schaute auf die Uhr. Kurz nach halb zehn. Das Fest würde um elf Uhr beginnen. Eigentlich hatte sie gedacht, sie würde nach der langen Reise verschlafen, aber der Jetlag hatte sie gegen acht aus dem Bett getrieben. Daher war sie früher von zu Hause aufgebrochen als geplant, um hier nach dem Rechten zu sehen und mit den Vorbereitungen anzufangen. Von Neuseeland aus hatte sie wenig helfen können, da wollte sie sich wenigstens jetzt nützlich machen. Romy würde in etwa einer halben Stunde kommen, um das Büfett aufzubauen, und Veri und Stefan würden die Eltern abholen.

Ihr Blick wanderte zum See hinunter. Noch war Zeit, ihn zu begrüßen. Sie lief vor zum Anlegesteg, ließ das alte Bootshaus neben sich unbeachtet und ging über die ausgetretenen Bohlen bis nach vorne. Segelboote tupften weiße Flecken auf die Oberfläche, Möwen ließen sich im leichten Wind über den See tragen, und etwas weiter draußen meinte sie die schnittige Silhouette der *MS Romy* zu erkennen. Wie schön, dass das Ausflugsschiff noch im Dienst war. Bei der Erinnerung daran, wie ihre Eltern vor fünfundzwanzig Jahren die alte Flotte ihres Großvaters gegen die drei neuen Motorschiffe getauscht und diese auf die Namen ihrer Töchter getauft hatten, empfand sie beinahe Rührung. Wie viel Zeit war seitdem vergangen, was war alles geschehen! Sie holte tief Luft und betrachtete noch einen Moment versonnen das Wasser, das sich nur wenig kräuselte und im Sonnenlicht glitzerte.

Ihre Mutter hatte wirklich Glück. Obwohl es früh im Mai war, schien die Sonne warm auf Carolin herab. Nur ein paar schneeweiße Schönwetterwolken verzierten den blauen Himmel wie Sahnehäubchen und versprachen, den siebzigsten Geburtstag von Lotte nicht weiter zu stören.

War es wirklich schon vier Jahre her, dass sie zum letzten Mal hier gestanden hatte? Beinahe. Im Herbst hatten sie damals den Siebzigsten ihres Vaters gefeiert, seitdem war sie nicht mehr in Überlingen gewesen.

Im Nachhinein war es ihr etwas unangenehm, dass sie so lange einen solchen Bogen um den Bodensee gemacht hatte. Denn als sie ihn so vor sich liegen sah, merkte sie erst, wie sehr sie ihn vermisst hatte. Und nicht nur ihn. Vor allem natürlich ihre Familie. Doch immer war irgendwas gewesen. Sie musste sich eingestehen, dass sie im Grunde nur nach Ausreden gesucht hatte. Aber in den zurückliegenden Jahren, in denen sie so oft entschieden hatte, nicht nach Deutschland zu fliegen, hatten die Entschuldigungen in ihren Ohren durchaus einleuchtend geklungen. Da waren zuerst die anstrengenden Jobs als Assistentin bei Modefotoshootings in der ganzen Welt gewesen. Danach war sie jedes Mal so erledigt gewesen, dass sie tagelang niemanden hatte sehen oder hören wollen. Dann war sie vor gut zwei Jahren nach Neuseeland gegangen, um sich dort eine neue Existenz aufzubauen. Sie hatte ihren Eltern und Schwestern ausführlich erklärt, dass a) es am besten sei, sich erst einmal in Ruhe einzuleben, b) all ihr Erspartes für ihr neues Domizil und die Überbrückung der Zeit, die sie gebraucht habe, einen Job zu finden, draufgegangen sei und c) es doch viel schöner sei, wenn die Eltern und Schwestern sie in der Fremde besuchen kämen. Dazu war es leider nie gekommen. Denn auch beim Rest der Familie war »immer irgendwas«. Und ihr Vater hatte sich sowieso sein Leben lang geweigert, ein Flugzeug zu besteigen, überdies für einen Flug, der rund 23 Stunden dauerte.

Für Carolin war Fliegen nicht viel anders als Busfahren. Trotzdem hatte es sie angestrengt, dass sie von Christchurch aus nicht wie geplant nach einem Zwischenstopp in Hongkong direkt nach Zürich weiterfliegen konnte, sondern auch noch in Dubai gelandet war, wo sie ewig auf einen Anschlussflug an ihr Ziel hatte warten müssen. So war sie schließlich nach der Taxifahrt vom Züricher Flughafen erst um halb zwei in der Nacht im Elternhaus angekommen. Carolin hatte sich möglichst geräuschlos in ihr altes Kinderzimmer schleichen wollen, das ihre Mutter zum Übernachten für sie vorbereitet hatte. Aber kaum hatte sie den Fuß auf die erste, knarrende Stufe zum Obergeschoss gesetzt, war die Küchentür aufgesprungen und Lotte war im Nachthemd und mit ausgestreckten Armen auf sie zugeeilt.

»Linchen!«, hatte sie gerufen und ihre Tochter so fest umarmt, dass Carolin fast die Luft weggeblieben wäre.

»Mama, du hättest nicht auf mich warten müssen«, erwiderte Caro. »Du musst doch morgen fit sein.«

»Papperlapapp.« Lotte schob sie eine Armlänge von sich fort und schaute sie voller Freude an. »Wir haben uns vier Jahre nicht gesehen, und …«

»Nicht ganz vier Jahre …«

»Und auch wenn ich morgen … na ja, eigentlich ja jetzt schon … ein neues Lebensjahrzehnt beginne, heißt das nicht, dass ich mit den Hühnern schlafen gehen muss.«

Sie umarmte Carolin erneut, und dieser stieg der vertraute Mutterduft in die Nase. Chanel N° 5. Selbst nachts um halb zwei.

»Herzlichen Glückwunsch zum Geburtstag«, flüsterte sie Lotte ins Ohr und küsste sie auf die warme Wange. Einen Moment spürte Carolin eine Woge der Melancholie in sich aufsteigen. So lange hatte sie ihre Familie nicht gesehen! Freiwillig! Warum eigentlich?

»Ich kann es nicht fassen, dass du siebzig wirst«, sagte Carolin und suchte in Lottes hellblauen Augen nach irgendeinem Hinweis auf dieses beträchtliche Alter. Doch sie fand nichts. Ihre Mutter strahlte noch immer eine ungeheure Frische aus und diese mädchenhafte Natürlichkeit.

»Ich fass es auch nicht«, stimmte Lotte ihr zu. »Ich weiß nicht, wie das hat passieren können. Ich fühle mich … keine Ahnung … jedenfalls deutlich jünger. Zumindest an guten Tagen. Und ein solcher ist heute – wo du wieder da bist. Aber jetzt komm, ehe ich ganz sentimental werde. Du hast sicher Durst.« Lotte fasste nach ihrer Hand und zog sie in die Küche, in der nur ein kleines Licht über dem Herd brannte. Carolin lächelte, denn was nun kam, ahnte sie bereits.

Lotte wandte sich der Essecke zu und ergriff zwei langstielige Gläser.

»Wie wäre es mit einem Gläschen Champagner? Ich hatte da noch so eine Demi-Flasche Veuve Cliquot«, verriet ihre Mutter mit einem verschmitzten Grinsen und ging zum Kühlschrank. »Es ist Zeit, dass die wegkommt.«

Sie nahmen am Tisch Platz, prosteten sich zu, und Carolin erzählte von ihrer Reise. Beinahe war es wie früher, wenn sie nach Schulausflügen oder ersten Ferien ohne die Eltern alles ganz genau berichtet und Lotte aufmerksam zugehört hatte. Doch sie bemerkte, dass ihre Mutter bald ein Gähnen unterdrücken musste, und zügig trank sie die eiskalte, prickelnde Flüssigkeit aus. Der Alkohol tat ihr gut. Er hatte einerseits etwas Belebendes, andererseits ließ er sie schon ahnen, dass sie rasch in einen tiefen Schlaf fallen würde.

»Geht's Papa denn gut?«, wollte Carolin wenigstens noch wissen, während sie die zwei leeren Gläser in die Spülmaschine räumte und Lotte die Stühle zurechtrückte.

»Ja, das schon. Aber der alte Brummbär war nicht davon zu überzeugen, wieder aufzustehen«, verriet ihre Mutter. »Nach der langen Zeit könntest du auch bis morgen warten, dass er dich begrüßt, hat Georg gesagt.« Sie verzog missbilligend die Mundwinkel, und Carolin spürte erneut die Reue in sich aufsteigen, dass sie so lange nicht daheim gewesen war.

»Er meint das bestimmt nicht so«, versicherte sie ihrer Mutter.

»Na ja.« Lotte machte eine wegwerfende Handbewegung. »Soll er ruhig maulen. Davon lasse ich mich nicht mehr beeindrucken.« Sie küsste Carolin auf die Wange und schob sie in Richtung Treppe. »Jetzt geh hoch in dein altes Zimmer und schlaf dich erst mal aus.«

Das hatte sie getan, obwohl die Nacht kurz gewesen war. In der Früh hatte sie dann ihren Vater, der selten nach sieben Uhr aufstand, bei seinem Morgenkaffee angetroffen. Er hatte sie herzlich begrüßt und davon, dass er wegen ihrer langen Abwesenheit beleidigt sei, hatte er sie nichts spüren lassen. Ihrer Idee, nach Dusche und Frühstück vorauszufahren und sich um das Tischdecken zu kümmern, hatte er zugestimmt und ihr angeboten, sie könne seinen Wagen nehmen. Veri und Stefan würden ihn und Lotte gegen zehn abholen kommen.

Bald würden sie also eintreffen. Caro sog noch einmal den Geruch des Bodensees ein und wollte gerade zurückgehen, als sich zwei warme, leicht klebrige Hände vor ihre Augen legten und sie unterdrücktes Kichern hörte.

»Romy?«, rief Carolin, befreite sich von den Fingern und drehte sich um.

»Och, menno, du hast mich gleich erkannt?«, fragte ihre Schwester in gespielt beleidigtem Tonfall und fiel Carolin um den Hals.

Der Duft, der aus ihren Haaren und Kleidern aufstieg, versetzte Carolin sofort zurück in die Vergangenheit. Romy roch nach frisch gebackenen Rohrnudeln, nach Kirschenkompott und Vanillesauce. Während Carolin ihre Kindheit auf dem See, auf Wiesen und in Wäldern verbracht hatte, war ihre kleine Schwester sozusagen in der Küche aufgewachsen, wo sie den wechselnden Haushälterinnen nicht von der Seite gewichen war. Zumindest solange diese in der Nähe eines Herdes gestanden hatten.

»Oh Mann, das wurde aber höchste Zeit, dass du dich endlich wieder hier blicken lässt!«, rief Romy, und in ihren Augen erschien das gleiche hellblaue Strahlen wie in denen ihrer Mutter.

»Es tut mir wirklich leid, dass ich euch so lange nicht besucht habe«, erwiderte Carolin und spürte wieder Gewissensbisse. »Für mich ist die Zeit irgendwie so schnell verflogen«, sie schnippte mit den Fingern, »dass ich gar nicht richtig darüber nachgedacht habe.« Sie zog Romy noch einmal an sich und genoss es, wie selbstverständlich sich die Umarmung anfühlte.

»Manchmal habe ich dich beneidet«, sagte Romy, nachdem sie sich voneinander gelöst hatten. »Um deine Freiheit. Andererseits … Na ja, darüber reden wir mal bei Gelegenheit. Heute steht Lotte im Mittelpunkt, und ich bin froh, dass du da bist. So können wir alle zusammen diesen Tag für sie unvergesslich machen.« Romy strich ihre bekleckerte Schürze glatt, die sie über einem luftigen Sommerkleid mit buntem Blumenprint trug. »Die Puzzleteile auf dem Tisch sehen toll aus. Das war eine großartige Idee von dir. Luna hat bestimmt hundertmal gefragt, ob sie auch mitpuzzeln darf.«

»Ich freue mich auf deine Kids! Da habe ich wirklich einiges verpasst.« Carolin legte einen Arm um Romys Taille, und gemeinsam schlenderten sie über den Bootssteg zurück in den Garten. »Sind mein Lieblingsneffe und meine Lieblingsnichte noch gar nicht da?« Carolin sah sich suchend um.

»Ben bringt sie mit«, sagte Romy und schien das Thema nicht weiterverfolgen zu wollen.

»Ist er eingeladen?«

»Na klar.« Romy warf Carolin einen grimmigen Seitenblick zu. »Er ist ja immer noch Schwiegermutters Liebling sozusagen.«

»Ich freue mich auch, ihn zu sehen«, gestand Carolin und boxte ihre Schwester leicht gegen den Oberarm.

»Ich weiß, ihr habt euch immer gemocht.«

»Er war mit Abstand der netteste deiner Freunde.«

»Ja, *nett* schon.« Sie seufzte.

»Also bitte!« Carolin konnte nicht an sich halten. »Er hat dich nicht wie dieser schreckliche Pierre mit einem Baby sitzen und nie wieder was von sich hören lassen.«

»Immerhin hat Pierre mir Vince geschenkt.«

Nun war es Carolin, die seufzte. Sie verstand ihre Schwester einfach nicht. Dem Hallodri Pierre hatte Romy ewig nachgeweint, aber Ben kein Jahr nach Lunas Geburt in die Wüste geschickt.

»Und Ben hat dir Luna geschenkt.«

»Vielleicht hättest *du* ein Kind mit ihm bekommen sollen. Ihr hättet bestimmt geheiratet, und Papa hätte dann auch einen Nachfolger im Unternehmen gehabt.«

Carolin schüttelte belustigt den Kopf. »Ben ist doch viel zu jung für mich.«

»Na hör mal, er ist 38 – exakt so alt, wie ich bald bin.«

»Sag ich ja, zu jung. Vier Jahre sind einfach too much.«

»Ach komm, du alte Schachtel, die neuseeländische Luft hat dich perfekt konserviert. In deinen roten Locken ist noch kein einziges graues Haar. Schön wie immer bist du.« Sie legte kurz den Kopf an Carolins Schulter.

»Hahaha!« Carolin zog der Schwester die Schleife der Schürze auf, wie sie es früher so häufig getan hatte.

»Im Ernst«, beharrte Romy und drehte Carolin den Rücken zu. »Oder hast du mit Farbe nachgeholfen?«

»Nee, habe ich tatsächlich nicht.« Sie band die Schleife neu. »Aber danke fürs Kompliment, das kann ich nur zurückgeben.«

Romy machte eine wegwerfende Handbewegung. »Du musst mir bald erzählen, was es alles Neues in Christchurch gibt. Unser letztes Skype-Telefonat zu zweit ist einfach viel zu lange her. Sind wieder irgendwelche Touristen mit ihrem Kajak auf Abwege geraten? Und vor allem ...« Sie riss die Augen auf und grinste spitzbübisch. »... hast du deinen Jake davon überzeugt, dass er bei seiner Frau bleibt?«

»Jacob heißt er. Und ich will ja gerade nicht, dass er *mein* Jacob ist.«

»Ja, eben! Dieses Modell interessiert mich brennend.« Romy zwinkerte. »Könnte für mich auch was sein. Aber jetzt müssen wir die Blumendeko verteilen.« Sie zog Carolin am Arm ein paar Schritte weiter, ließ sie dann jedoch los und eilte davon.

Carolin sah ihrer jüngeren Schwester nach. Ihre Bewegungen waren noch immer so flink und energiegeladen wie früher, die blonden Haare zu einem Dutt aufgesteckt, aus dem sich bereits zahlreiche Strähnen gelöst hatten, die sie nun umwehten. Wo waren die Jahre geblieben? Gestern waren sie noch Kinder gewesen, die hier draußen herumgetollt hatten, und heute waren sie Frauen mittleren Alters.

»Wo ist eigentlich Veri?«, rief sie Romy hinterher, die an der Festtafel stand und aus einem Korb kleine rauchgrau getönte Glasvasen nahm, in denen Zweige mit rosafarbenen und weißen Apfelblüten steckten.

»Sie hat vorhin eine Nachricht geschrieben, dass sie Tante Klara abholen muss, weil das Auto von deren Pfleger irgendwie ... Egal, ich erspare dir die Details. Jedenfalls holt Stefan Mama und Papa allein ab, und Veri kommt mit Tante Klara direkt hierher. Sie müsste aber bald da sein.« Romy stellte die letzte Vase zwischen die Puzzleteile. »Könntest du die Tischkarten verteilen?« Sie drückte Carolin ein Tütchen voller Namensschilder und einen Zettel in die Hand, auf dem die Anordnung der Gäste vermerkt war. Ein Großteil der fünfunddreißig

Namen gehörte zu ihrer engeren Familie. Außer ihren Eltern und den drei Schwestern Romys Kinder, Veris Tochter und Ehemann, Romys Ex Ben, Georgs ältere Schwester Klara, sogar einige Cousins und Cousinen ihrer Mutter waren aus entfernteren Regionen angereist. Natürlich kamen ihre engsten Freundinnen mit Männern und die Freunde ihres Mannes, die Lotte sehr schätzte. Und …

»Arthur König? Sie hat Arthur König eingeladen?« Carolin glaubte sich verlesen zu haben. »Papa kann ihn nicht ausstehen. Die geraten bei den Treffen der Bodenseeschifffahrtsbetreiber doch regelmäßig aneinander. Hat mir Mama neulich erst wieder erzählt.«

»Ich weiß, der ist ein rotes Tuch für ihn«, stimmte Romy zu. »Aber Lotte findet, man könne viel von ihm lernen. Er führt sein Unternehmen so modern, ist offener für neue Ideen, und sie ist überzeugt, alle würden profitieren, wenn sie enger zusammenarbeiten würden. Der See ist sowieso groß genug für sechs Schiffe, predigt sie Papa ständig. Sie hat von Synergien und so Sachen gesprochen, von einem Miteinander, statt sich gegenseitig das Leben schwerzumachen.«

»Weiß Papa, dass er kommt?« Carolin stellte die Karte an den vorgesehenen Platz.

Romy zuckte mit den Schultern. »Ich gehe mal davon aus.«

»Immerhin hat sie ihn weit genug weg von Papa platziert«, bemerkte Carolin und stellte das entsprechende Tischkärtchen vor den passenden Teller.

»Caro!«, ertönte da eine muntere Stimme. Sie legte die Tüte mit den Karten auf den Tisch und drehte sich um. Veri flog ihr um den Hals und drückte sie fest an sich. Und wieder durchströmte Carolin eine Welle des Glücks. In Gegenwart ihrer älteren Schwester hatte sie sich schon immer … Sie suchte nach dem richtigen Wort. Beschützt, kam ihr in den Sinn. Ja, sie hatte sich beschützt gefühlt. Denn Veronika war schlichtweg der Inbegriff von Verlässlichkeit. Carolin hatte ihr vieles anvertrauen können, obwohl sie unterschiedliche Temperamente besaßen. Darüber hinaus war Veri großherzig und fürchterlich tüchtig – und genauso roch sie auch: nach frisch gewaschener, in der Sonne getrockneter Wäsche, vermengt mit dem Duft eines Parfüms, das Carolin an einen klaren Morgen auf einer Bergalm erinnerte. Mit ihren stets leicht rot gefärbten Wangen und den dicken dunklen Haaren, die sie meist zu einem Zopf geflochten hatte, hätte sie problemlos Werbung für ein Anti-Aging-Mittel machen können.

»Wie geht es dir? Hast du Jetlag? Ich hätte dich so gerne gestern Abend in Zürich abgeholt, aber du weißt ja, dass ich dieses Weinseminar geben musste. Stefan hasst es, wenn er vor mehr als fünf Leuten reden soll …«

»Ganz im Gegensatz zu dir! Je größer das Publikum, desto besser!« Carolin schmunzelte. Auch Veri war noch immer dieselbe. Wie beruhigend, dass sich in der »alten Welt« am Bodensee offensichtlich nichts geändert hatte, während sie auf der anderen Seite des Globus eine neue Heimat gefunden hatte.

»Ich rede schon wieder viel zu viel!« Veronika lachte, packte Carolin an den Oberarmen und sah ihr forschend ins Gesicht. »Ich ziehe es eindeutig vor, dich live zu sehen. Auf dem Computerbildschirm bist du längst nicht so hübsch. Und umarmen kann ich dich da auch nicht.« Sie fielen einander ein weiteres Mal um den Hals, und Romy schloss sich ihnen an.

»Kuschelkreis!«, riefen alle Schwestern gleichzeitig, hüpften ein paar Schritte und ließen sich dann lachend los. Carolin war sich sicher, dass sie das Gleiche dachten: wie nervig es früher gewesen war, wenn Lotte die drei Mädchen nach einem beigelegten Streit zu einem Versöhnungs-Kuschelkreis gezwungen hatte, und wie sehr sie diesen heutzutage genossen.

»Wo ist eigentlich Tante Klara?«, fiel Carolin plötzlich ein.

Veri schlug sich die Hand vor den Mund. »Oh Gott, die muss ich aus dem Auto holen. Sie ist auf der Fahrt eingeschlafen, und ich wollte sie nicht aufwecken.« Sie wandte sich in Richtung Parkplatz, und Romy sah ihr erschrocken hinterher.

»Hast du einen Geist gesehen?«, fragte Carolin.

»Mir fiel nur ein …« Ihre Schwester riss die Augen auf. »Da steht auch mein Wagen mit zehn Tabletts voller Kanapees! Die brüten in der Sonne!« Und schon rannte sie los.

Nein, es schien sich wirklich nichts verändert zu haben in der Familie Hohenhausen.

2. Kapitel

»Nun komm schon, Romy, setz dich hin! Sieht doch alles ganz prächtig aus«, flüsterte ihre Mutter der jüngsten Tochter zu. »Wir wollen anfangen. Ich bin froh, wenn ich meine Rede hinter mir habe.«

Carolin stellte amüsiert fest, dass Romy wieder einmal erst in letzter Sekunde mit den Vorbereitungen fertig geworden war – aber das Ergebnis machte die Hektik wett: Das Büfett sah einfach überwältigend aus. Zumal Romy hier noch schnell ein paar Blüten auf die Salatschüsseln gestreut, dort noch einen Klecks Meerrettich auf die Platte mit dem geräucherten Lachs gegeben und etliche Erdbeeren neben den Käsestücken platziert hatte. Es waren diese liebevollen Details, die Romy zu einer wahren Künstlerin machten. Alles war so appetitlich angerichtet, als würde gleich das Fotoshooting für ein Gourmetmagazin starten.

Endlich setzte sich Romy neben Carolin, gegenüber von ihren Eltern. Und auch die letzten Gäste, die bis eben noch in Grüppchen zusammengestanden oder in den bequemen Liegestühlen gesessen hatten, die unter den Apfelbäumen aufgestellt worden waren, kamen zum Tisch. Besonders die Cousins und Cousinen, die sich alle schon seit Ewigkeiten nicht mehr gesehen hatten, hatten bereits angeregt miteinander geplaudert und entspannt eine erste Tasse Kaffee getrunken.

Gudrun und Ingrid, die ältesten Freundinnen der Jubilarin, hatten sich begeistert über die Festtafel gebeugt und Puzzleteile gesucht, die ineinanderpassten. Dabei hatten sie gekichert und in Erinnerungen geschwelgt – genau so, wie es sich Carolin erhofft hatte. Über der Szenerie lag die Vorfreude darüber, dass man einen ganzen sonnigen

Tag unter den Apfelbäumen miteinander verbringen würde, ohne Hektik, ohne Stress oder Zwang. So, wie Lotte es sich gewünscht hatte.

Doch Carolin merkte bei einem Blickwechsel mit ihrer Mutter, dass sich deren Nervosität erst legen würde, wenn sie ihre kleine Ansprache hinter sich hätte. Lotte war eine gewandte Rednerin, aber sie wurde auch schnell emotional und mochte es gar nicht, wenn ihr in aller Öffentlichkeit vor Rührung die Tränen kamen. Und dieser Tag war prädestiniert dafür.

Carolin nahm ihre Kamera aus der Tasche neben ihrem Stuhl, entfernte die Objektivabdeckung und machte ein Foto von ihren Eltern. Lotte stand bereits, und Georg sah erwartungsvoll von seinem Platz zu ihr hoch. Er war schon immer froh gewesen, wenn er das Reden seiner Frau überlassen konnte, und nun besonders erleichtert, weil niemand eine Ansprache von ihm erwartete und Lotte das selbst übernahm.

Carolin drückte noch ein paarmal auf den Auslöser. Den Tag fotografisch zu begleiten und aus dem Ergebnis ein Erinnerungsbuch zu gestalten, das würde ihr Geschenk an ihre Mutter sein. Plötzlich fragte sie sich, was sich wohl ihr Vater für seine Frau überlegt hatte. Vielleicht ein besonderes Schmuckstück wie zu den letzten runden Geburtstagen?

Romy hatte für Lotte ein Rezeptbuch mit den Lieblingsgerichten der Familie zusammengestellt. Und zu jedem Gericht hatte sie die Erinnerungen an die jeweiligen Anlässe aufgeschrieben, zu denen sie serviert worden waren.

Und Veri hatte ihren Schwestern verraten, dass sie bereits im vorletzten Herbst einige Kisten exklusiven Wein zu Ehren der Mutter gekeltert hatten, auf dessen Etikett »Lotte – Toujours jeune« – Für immer jung – stand. Wirklich ein passendes Motto für deren Leben! Carolin war gespannt, wie der Wein schmecken würde. Vielleicht könnte sie ein Foto ihrer Mutter mit einer der Flaschen in der Hand als Titelbild für das geplante Album verwenden.

Sie hatte bereits das Büfett von allen Seiten fotografiert, gerahmt von Apfelbäumen, mit Luna und Vince darum herumtollend, auch Nahaufnahmen der appetitlichen Speisen hatte sie gemacht. Dann war sie um die locker über den Garten verteilten Gäste geschlichen und hatte unauffällig Fotos gemacht. Sie liebte es, als Fotografin im Hintergrund zu bleiben, unbemerkt den Moment einzufangen. Etwa die lachenden Gesichter von Gudrun und Ingrid, deren schöne, vom Leben gezeichnete Hände sie beim Puzzeln ebenfalls aus der Nähe eingefangen hatte.

So wie sie es früher schon oft beobachtet hatte, hatten auch an diesem Morgen die Ehemänner der Freundinnen etwas abseits gestanden und mit ausholenden Gesten ernst diskutiert. Was für ein herrliches Motiv! Und natürlich kam die Jubilarin persönlich ebenfalls nicht zu kurz. Carolin hatte sie in einem Moment erwischt, als sie gerade Georgs Freund Rudolf, dem früheren zweiten Bürgermeister von Überlingen, eine Hand auf den Oberarm legte, während sie die andere kichernd vor ihren Mund hielt. Ihr sprühender Charme sprang einen regelrecht an, und sie wirkte auf dem entstandenen Foto wie ein junges Mädchen.

Um den richtigen Hintergrund für die Bilder musste sich Carolin nicht sorgen: See, Apfelbäume oder der große Garten waren mehr als nur Kulisse. Sie gehörten zu einem Leben, wie man es hier am Bodensee führen konnte.

Das der Familie Hohenhausen war schon seit drei Generationen mit diesem Ort verbunden, mit diesem weißen Haus inmitten eines Gartens, in dem die Hohenhausens ihr Geschäft führten. Und jede Generation hatte etwas verändert. Carolins Urgroßeltern väterlicherseits hatten mit unermüdlichem Fleiß und gegen viele Widerstände den Schifffahrtsbetrieb aufgebaut und einen Anleger für drei Schiffe errichtet. Als das Unternehmen dank des zunehmenden Tourismus endlich gut lief, hatten ihre Großeltern in den sechziger Jahren das Verwaltungsgebäude von »Hohenhausen-Schifffahrt« gebaut, im damals eher altmodisch wirkenden Stil der Gründerzeit. Und ihr Vater hatte dann sowohl den Anleger als auch das große Haus modernisiert. Aber ihre Mutter war es gewesen, die aus dem mehr oder weniger brachliegenden Seegrundstück ringsum einen blühenden Garten gezaubert hatte, der zur Hauptsaison an den Wochenenden sogar besichtigt werden konnte. Von den alten, in die Jahre gekommenen Schuppen, die willkürlich verteilt auf dem Gelände gestanden hatten, war nur das Bootshaus direkt am Steg übrig geblieben. Der Rest war im Laufe der Zeit verfallen, und das, was nicht abgerissen worden war, war unter Efeu, Immergrün und Clematisranken auf eine sehr pittoreske Weise verschwunden.

Ein helles Klirren erklang, und Carolin richtete ihre Aufmerksamkeit wieder auf die Gegenwart. Lotte hatte mittlerweile ein paar noch am Tisch fehlende Gäste herbeigewunken, und nun saßen alle an ihrem Platz und sahen die Gastgeberin erwartungsvoll an. In ihrem Kleid aus durchbrochener Spitze, genauso hellblau wie die Farbe ihrer Augen, mit der schlanken, hochgewachsenen Figur und den zwar grauen, aber kräftigen, schulterlangen Haaren hätte man meinen können, sie feiere ihren sechzigsten Geburtstag. Allerhöchstens. Carolin spürte etwas in sich aufsteigen, was sie nicht anders als Stolz nennen konnte. Stolz, eine solch großartige Mutter zu haben.

Noch einmal klopfte diese mit einem Messerrücken an den fein geschliffenen Sektkelch, der vor ihrem Teller stand. Ob das zarte, wie aus mehreren Silberfäden gesponnene Armband mit den kleinen Anhängern in Form von gefalteten Papierbötchen daran das Geburtstagsgeschenk ihres Vaters war? Carolin hatte es nie zuvor gesehen. Nun räusperte sich Lotte, sah kurz zu Georg neben sich und ihren Töchtern gegenüber.

»Meine lieben Freundinnen und Freunde«, Lotte nickte diesen über den Tisch hinweg zu, »liebe Verwandte, meine liebe Familie, ich freue mich, dass ihr alle heute hierhergekommen seid. Und was bin ich glücklich, dass alle meine drei Töchter mit mir feiern.« Sie griff nach ihrem Sektglas. »Romy, Veronika – und Linchen, die du so eine lange Reise auf dich genommen hast …« Carolin bemerkte, dass die

Stimme ihrer Mutter leicht zu zittern begann. Und sah sie da bereits Tränen in deren Augen aufsteigen?

»Was muss das Mädchen auch nach Neuseeland gehen? Als ob es hier nicht genug Wasser gäbe«, rief ihr Vater dazwischen. Die Gäste lachten, und Lotte schien froh über die kurze Unterbrechung. Sie hatte sich wieder gefangen.

»Na ja, Hauptsache, du bist jetzt hier – und ihr alle ebenso. Ich wünsche mir, dass wir heute alle zusammen einen fröhlichen, gemütlichen Tag haben. Mir wurde gesagt, dass es später eine Darbietung gibt, mehr weiß ich nicht, lassen wir uns einfach überraschen. Aber auch ich habe eine Kleinigkeit vorbereitet.« Sie zwinkerte verschmitzt in die Runde, und Veri erwiderte Carolins fragenden Blick mit einem Schulterzucken.

»Und ich bin schon sehr gespannt, wie das Puzzle aussieht, wenn es fertig ist. Helft bitte alle mit, damit wir es bald anschauen können. Was für eine wunderbare Idee von meinen wunderbaren Töchtern.« Sie warf ihnen über den Tisch Kusshände zu. »Lasst uns das Leben feiern, die Liebe …« Lotte holte tief Luft, und ihre Wangen nahmen eine leicht rote Färbung an. Nun war es Veris verwunderter Ausdruck, auf den Carolin mit hochgezogenen Augenbrauen reagierte.

»… und dass wir überhaupt alle noch hier sind, auf dieser Welt, auf diesem wunderbaren Fleckchen Erde!«, beendete ihre Mutter den Satz. »Genießt den Sekt aus der Winzerei meiner Tochter Veronika«, sie nickte ihr freundlich zu und setzte etwas verzögert »und meines Schwiegersohns Stefan« hinzu. »Zum Wohl!«

Alle hoben ihre Gläser und erwiderten den Trinkspruch. »Auf Lotte!«, war zu hören, und während die Anwesenden tranken, hörte man für einen kurzen Moment nur Vögel zwitschern und die Wellen des Sees ans Ufer schlagen. Lotte setzte ihr Glas energisch ab.

»Ich weiß nicht, wie es euch geht – aber mein Magen knurrt geradezu bedrohlich, und ich bin sicher, dass sich Romy mit ihren Kochkünsten mal wieder selbst übertroffen hat. Deshalb – verzeiht mir – kann ich mich einfach nicht länger zurückhalten und werde jetzt das Büfett stürmen.«

»Ich auch«, war eine sonore Stimme zu hören. Carolin sah sich um, bis ihr Blick auf Arthur König fiel. Er saß auf ihrer Seite des Tisches neben Veris Mann Stefan, reckte noch einmal sein Sektglas und prostete Lotte mit einem charmanten Lächeln zu.

»Ein Gleichgesinnter! Na Gott sei Dank!« Lotte strahlte ihn an, hielt ihr Glas in seine Richtung, und gleichzeitig nahmen sie beide einen Schluck. Lotte leerte ihres sogar und wirkte sehr zufrieden.

Zu Carolins großer Überraschung stand nun ihr Vater auf, hob die Hände und streckte die Zeigefinger in die Luft.

»Happy Birthday to you …«, begann er mit etwas brüchiger Stimme und gab den anderen Anwesenden Zeichen, einzufallen. »Happy Birthday to you …« Allmählich stimmten die Gäste ein. Sie sangen zwar schief, aber inbrünstig.

»Happy Birthday, liebe Lotte, Happy Birthday to you!«

»Wer hat denn Geburtstag?«, fragte Tante Klara laut in den kleinen Moment der Stille, als die Strophe beendet war.

»Ich!«, rief Lotte strahlend und zeigte mit dem Finger auf sich. Tante Klara nahm das mit einem hoheitsvollen Nicken zur Kenntnis und fuhr zufrieden mit der Tätigkeit fort, die sie schon die ganze Zeit ausführte: Sie polierte ihr Messer mit der Serviette.

»Und von vorne«, animierte Georg die Runde, und Veri half ihm mit einer auffordernden Geste in sämtliche Richtungen. Romy unterdrückte ein Kichern, sang aber tapfer mit. Nach der zweiten Wiederholung umschlang Lotte ihren Mann so fest, als wolle sie ihn davon abhalten, noch einen einzigen Ton zu singen. Um ihr Ansinnen zu unterstreichen, drückte sie ihm sogar einen Kuss auf den Mund. Eine Geste, die Carolin schon ewig nicht mehr zwischen den beiden gesehen hatte, und das garantiert nicht nur, weil sie so lange fort gewesen war.

»Iiih, die küsst den!«, rief Luna und zeigte mit ihrem ausgestreckten Zeigefinger auf die Großeltern. Ihr Opa wandte sich ihr zu, und ein sanftes Lächeln erschien auf seinem Gesicht – das schaffte nur Luna.

»Und weißt du auch, warum?«, fragte er sie.

Luna zuckte mit den Schultern.

»Weil Oma ihr Geschenk haben will!«

»Au ja, Geschenke, Geschenke!«, jubelte das Mädchen und zappelte wild auf ihrem Stuhl herum. Ben, der neben ihr saß, legte ihr beruhigend eine Hand auf den Kopf.

»Jetzt soll ich dein Geschenk aufmachen?«, hörte Carolin ihre Mutter dem Vater zuflüstern. Dieser nickte entschieden, fasste in die Innentasche seine Jacketts und holte einen Briefumschlag hervor.

»Für dich, meine Liebe – alles Gute zum Geburtstag!«

»Aufmachen, aufmachen!«, rief Luna, und Vince fiel händeklatschend ein. Carolin sah ihrer Mutter an, wie unangenehm ihr dies vor all den Gästen war. Doch nun kam sie aus der Nummer nicht mehr raus, ohne Georg vor den Kopf zu stoßen. Sie nickte mit zusammengepressten Lippen, griff nach ihrem Messer und ratschte damit den Umschlag auf.

Carolin erkannte eine Glückwunschkarte, auf der vorne eine goldene Siebzig prangte. Sie spürte, wie Romy ihr einen leichten Stups in die Seite gab. Lotte öffnete die Karte und überflog den Text.

»Oh, wie schön!«, rief sie und es war nicht zu überhören, dass sie sich sehr um Begeisterung bemühte. »Ein Gutschein für eine Vortragsreihe auf der Mainau über Gartengestaltung.«

»Das ist nur die Dreingabe«, sagte Georg schnell, der wohl bemerkte, dass Lotte etwas enttäuscht dreinblickte. »Da liegt noch eine Karte im Umschlag.«

Lotte zog die zweite heraus und zog beim Lesen die Augenbrauen nach oben. Offensichtlich schon besser.

»Na, das ist wirklich eine Überraschung! Eine dreitägige Reise nach Verona, mit Besuch der Oper ›Hochzeit des Figaro‹ in der Arena. Im Juli. Sehr schön! Vielen Dank!«

»Freust du dich?«, fragte Georg vorsichtig, und Lotte nickte beflissen. »Genau wie zu deinem fünfzigsten.«

Carolin entging nicht, dass ihre Mutter, während sie Georg umarmte, mit jemandem auf der anderen Seite des Tisches einen intensiven Blick tauschte, den sie nicht deuten konnte. Hatte sie zu Veri geschaut? Oder Stefan? Aber warum sollte sie das tun? Lotte löste sich schnell von ihrem Mann und rief: »So, und jetzt ist endlich das Büfett eröffnet!«

Lachend und gestikulierend reihten sich alle in eine Schlange ein und paradierten an den Speisen entlang. Der Tisch war fast genauso lang wie die riesige Festtafel und die Auswahl an Köstlichkeiten so groß, dass Carolin froh war, das Büfett zuvor schon ausführlich inspiziert zu haben. Dennoch stellte sich die Frage, was sie nehmen sollte. Ein Croissant und dazu garantiert selbst gemachte Holunderblütenkonfitüre? Etwas von dem Feigen-Curry-Aufstrich oder lieber vom Hummus? Auch die riesige Käseplatte mit Allgäuer, Schweizer und französischem Käse sah verführerisch aus. Romy hatte zudem eine samtig schimmernde Spargelsuppe vorbereitet, und die Kinder stürzten sich begeistert auf gebratene Hähnchenschenkel und Minihackbällchen. Carolin wurde mit einem Mal klar, dass sie seit … sie wusste es nicht mehr genau … Tagen nichts Vernünftiges mehr gegessen hatte. Schon während der Reise hatte sie sich vorfreudig das Fest und Romys Leckereien vorgestellt und den größten Teil des pappigen Flugzeugessens zurückgehen lassen. Nur den ärgsten Hunger hatte sie mit faden Snacks gestillt. Mit umso mehr Appetit würde sie nun zulangen.

Doch gerade als sie nach der Kelle greifen wollte, die in einem Linsensalat mit Schafskäse, Mango und Koriander steckte, entdeckte sie ihren Vater. Er starrte auf die Pracht des Büfetts, schien davon aber überfordert zu sein. Sein Teller war leer, sein Blick wanderte ratlos über die vielen Schüsseln und Platten.

»Alles okay, Papa?«, wollte Carolin wissen. Er zuckte regelrecht zusammen und sah sie einen Moment lang an, als sei sie eine Außerirdische, die in das Fest geplatzt war.

»Meinst du, sie hat sich gefreut?«, fragte er, und Carolin beeilte sich, ernsthaft zu nicken. Früher hatten Veri oder sie ihn oft beraten und bei Einkäufen begleitet, wenn es um Geschenke für die Mutter gegangen war. Und eigentlich hatten diese Shoppingtouren immer Spaß gemacht. Schade, dass sie ihm dieses Mal nicht hatte zur Seite stehen können.

»Hast du dir schon was ausgesucht?« Sie deutete auf die vielen Speisen.

»Die Auswahl hier erschlägt mich.« Er fuhr sich über Mund und Kinn. Sein Spitzbart war mittlerweile weiß geworden, die Falten um die Mundwinkel und an den braunen Augen tiefer. »Mir wäre ja ein schönes Menü auf der *Veronika* lieber gewesen. Aber deine Mutter wollte es unbedingt so.«

»Ich habe auch nicht verstanden, warum sie nicht auf einem der Schiffe feiert«, gestand Carolin. »Hat sie dir das erklärt?«

Ihr Vater zuckte mit den Schultern. »Nein. Sie hat nur gesagt, es ist ihr Tag, sie entscheidet, basta. Vielleicht ist ihr das mit den Schiffen zu … ich weiß nicht … pensionärshaft.«

»Dabei war dein Siebzigster auf der *Veronika* so schön.« Carolin erinnerte sich an die Mondscheinfahrt, die sie gemacht hatten. Sogar ein kleines Feuerwerk hatte es gegeben, was dem Umstand zu verdanken war, dass ihr Vater seit Schulzeiten mit Rudolf, dem früheren zweiten Bürgermeister, befreundet war.

»Ja, eben. Deine Mutter ist in letzter Zeit … so … so …« Er blickte Carolin forschend ins Gesicht, als hoffte er, die richtigen Worte von ihrer Stirn ablesen zu können. »Als ob sie alles anders machen will als bisher. Sie stellt alles infrage. Nach Como mag sie diesen Herbst auch nicht in den Urlaub, dabei fahren wir da seit dreißig Jahren hin. Deshalb meine Idee mit Verona.«

Carolin verkniff sich eine Erwiderung. War es nicht selbstverständlich, dass man nach dieser langen Zeit einmal woanders hinwollte? Aber sie kannte ja ihren Vater: Der war stets froh, wenn alles seinen gewohnten Gang ging und er sich nicht auf Veränderungen einstellen musste. Drei Tage Verona waren für ihn fast schon so abenteuerlich wie für andere eine Ersteigung des Kilimandscharo.

»Und nachher ...«, fuhr er nun fort, »... nachher will sie unbedingt etwas auf dem Klavier vorspielen. Ben und Stefan haben das E-Piano hergeschafft. Ich bin sehr gespannt, was das wird. Gut, sie nimmt seit eineinhalb Jahren Unterricht ... aber sie ist jetzt wirklich kein Lang Lang.«

Carolin wusste, dass ihrer Mutter Musik schon immer viel bedeutet hatte. Und was war dagegen zu sagen, wenn sie in fortgeschrittenem Alter begonnen hatte, Klavier zu spielen? Sie fand das vor allem bewundernswert.

Am liebsten hätte sie ihrem Vater nahegelegt, sich auch endlich ein Hobby zu suchen und die Geschäfte in jüngere Hände zu übergeben. Aber sie wusste genau, dass sie mit einem solchen Rat vermintes Gelände betreten würde. Für Georg war es lange Zeit sehr schmerzhaft gewesen, dass sich die Töchter nicht für das Unternehmen interessiert und beruflich anders orientiert hatten. Rational verstand er das natürlich, aber im Herzen machte es ihn nicht froh.

»Probier mal von dem Schwarzwälder Schinken mit dem Krustenbrot. Da drüben gibt es auch noch Essiggürkchen.« Carolin deutete auf die entsprechenden Teller und Schüsseln.

Ihr Vater nickte ein wenig träge. »Hm«, seufzte er. Offensichtlich fühlte er sich unwohl in seiner Haut, und nach Essen war ihm gar nicht zumute. Carolin überlegte, ob eine ihrer Schwestern in der letzten Zeit eine Missstimmung zwischen den Eltern angedeutet hatte, aber ihr fiel nichts ein, was in diese Richtung gedeutet hatte. Zudem wirkte Lotte nicht nur ausgeglichen, sondern machte einen geradezu fröhlichen Eindruck. Sie wirkte ganz im Reinen mit sich und ihrem Leben.

»Oh, entschuldige mich«, musste Carolin dann jedoch sagen, als ihr Handy zu klingeln begann. Sie tätschelte ihrem Vater die Schulter und trat aus der Schlange heraus. Unter einem der Apfelbäume fand sie ein ruhiges Plätzchen.

3. Kapitel

»Hi Jacob«, begrüßte sie den Anrufer. Es war nicht überraschend, dass er sich jetzt meldete. In Christchurch war es kurz vor elf am Abend, und er hatte seiner Frau bestimmt erzählt, er würde mit seinem Freund Gus eine Partie Squash spielen und anschließend in den Pub gehen. »Nice to hear you.« Ohne darüber nachdenken zu müssen, schaltete sie ins Englische.

»Du bist keine zwei Tage weg, und ich vermisse dich schon«, begrüßte er sie. »Ich weiß nicht, wie ich es noch zwei Wochen aushalten soll.«

Die Wärme seiner tiefen Stimme kroch in ihr Ohr. Sie hatte sich auf Jacob zuallererst eingelassen, weil seine Tonlage so außerordentlich sexy klang. Er schaffte es, dass sich die Härchen auf ihren Armen über 18000 Kilometer hinweg aufstellten und sie sich nach seiner Berührung sehnte.

»Nur aus diesem Grund bin ich weggefahren«, scherzte sie. »Damit du mich vermisst. Aber komm, endlich mal keine Ausreden erfinden zu müssen, das ist doch auch ganz entspannend, oder?« Sie sah vor sich, wie er schmunzelte und sich dabei durch den Bart fuhr.

»Für dich erfinde ich jede Ausrede!«, gab er zurück. »Hat euer großes Fest schon begonnen?«

Carolin blickte sich um und sah über Teller gebeugte Köpfe, hörte das Geplauder und Lachen der sehr zufrieden wirkenden Gäste. »Ja, es ist in vollem Gange. Und es ist wunderschön hier!«, sagte sie. »Ich würde dir meine Heimat zu gerne mal zeigen.« Carolin biss sich erschrocken auf die Zunge. Woher war jetzt dieser Satz gekommen?

»Was nicht ist, kann ja noch werden.« Jacob ließ sein leicht raues Lachen ertönen. »Aber sag mir bitte, wann du genau wiederkommst.«

»Sonntag in zwei Wochen, am Abend, sollte ich landen.« Sie blickte über sich in den Himmel, der gerade von einem Flugzeug durchkreuzt wurde. Und sie stellte erstaunt fest, wie froh sie war, nicht darin zu sitzen.

»Versprochen?«, hakte Jacob nach, seine Stimme noch einen Ton tiefer. Carolin fuhr sich über die Oberarme.

»Ja, na klar«, beruhigte sie ihn. »Und dann feiern wir Wiedersehen. Ich freue mich schon drauf.« Sie sah, dass Veri ihr zuwinkte. Offensichtlich wurde sie am Tisch vermisst. »Sei mir nicht böse, ich muss jetzt Schluss machen …«

»Nur mit dem Telefonat, hoffe ich«, unterbrach er sie, halb spaßig, halb ernst.

»Natürlich!«, versicherte sie ihm. »Ich melde mich, sobald es geht, und berichte dir alles haarklein. Spätestens morgen! Bye, Honey!«

Jacob brummelte ein wenig, legte dann aber auf. Schnell holte sie sich am Büfett, vor dem sich die Schlange der Anstehenden langsam auflöste, ein paar Leckereien und ging zu ihrem Stuhl. Mit Begeisterung stellte sie fest, dass schon zahlreiche Puzzleteile den für sie bestimmten Platz gefunden hatten. Etwa ein Drittel der Fotos konnte man bereits vollständig erkennen.

»Tante Caro, Tante Caro!«, hörte sie da die Stimme von Luna. Sie hatte die Kinder von Romy und auch Veris Tochter Rosalie vorhin nur kurz begrüßt. Jetzt stand ihre jüngere Nichte neben ihrem Stuhl und hielt in der kleinen, von Schokolade verschmierten Hand einen etwas unförmigen Cookie. Ihre langen, trotz des festlichen Anlasses zerzausten Haare plusterten sich rund um ihr schmales Gesicht auf. Sie grinste breit, und etliche Zahnlücken wurden sichtbar. »Den musst du essen. Den hab ich für dich gebacken.«

Carolin setzte sich und legte die Arme um die struppige kleine Elfe. In ihrem tannengrünen T-Shirt und einem Tüllrock aus zahllosen Lagen Gaze, die in unterschiedlichsten Meerestönen um sie herumwogten, sah sie aus, als würde sie gleich ein wenig vom Boden abheben. Ähnlich wie ihre Mutter roch sie nach Küchenköstlichkeiten, etwas angereichert mit dem Geruch von Gras und Wasserpfützen.

»Das ist aber sehr lieb von dir«, sagte Carolin. »Als ich dich das letzte Mal gesehen habe, hast du deiner Mama immer den Keksteig aus der Schüssel stibitzt. Und jetzt backst du schon selbst?« Luna nickte nachdrücklich. Carolin machte den Mund auf und ließ sich von der Kleinen füttern. »Hm, der ist köstlich! Hast du den ganz allein gemacht?«

»Ich hab ihr geholfen. Sie konnte das Rezept noch nicht richtig lesen.« Vincent war neben seiner Schwester aufgetaucht und drückte stolz den Rücken durch. Mit seiner kurzen Hose, dem weißen Hemd und den Hosenträgern sah er aus wie ein Lausbub aus dem vergangenen Jahrhundert. Er grinste verschmitzt und ignorierte den Stoß, den Luna ihm versetzte.

»Na klar kann ich lesen!« Luna stemmte empört die Hände in die Taille. »Besser als du.«

»Ihr habt die Kekse jedenfalls toll hinbekommen«, unterbrach Carolin den kleinen Streit. Sie konnte sich lebhaft erinnern, wie wichtig es in ihrer Kindheit gewesen war, wer von ihr und den beiden Schwestern was am besten konnte. Ganze Nachmittage hatten sie mit Zankereien darüber zugebracht, wer besser Fahrrad fuhr, segelte oder schwamm. Oft so lange, bis ihre Mutter den Kuschelkreis angeordnet hatte. Und manchmal hatten sie sich selbst dabei noch gegenseitig an den Haaren gezogen.

»Kommt, ihr zwei Streithähne!« Romy trat hinzu und nahm ihre Kinder jeweils an einer Hand mit sich. »Ihr habt doch für Oma Lotte was einstudiert. Wir holen schon mal eure Requisiten und Kostüme aus dem Auto, und wenn alle gegessen haben, führt ihr es vor.«

»Jaaa!«, schrie Luna. Dann beugte sie sich zu den Puzzleteilen, und mit einem zielsicheren Griff hatte sie zwei gefunden, die zusammengehörten. Freddie war darauf zu sehen, der Rauhaardackel, der 15 Jahre lang die Familie treu begleitet hatte.

»Ich muss meinen Text noch mal lesen«, erklärte Vincent ernst. »Hoffentlich vergesse ich ihn nicht.«

»Oh, das bekommst du bestimmt prima hin«, machte Carolin ihm Mut. »Wo ist eure Oma überhaupt?«

Alle zogen ratlos die Schultern hoch.

Während ihres Telefonats hatte Carolin ihre Mutter an ihrem Platz gesehen, wo sie vergnügt die Köstlichkeiten des Büfetts genossen und dabei laut zu irgendwelchen Kommentaren von Arthur König gelacht hatte, der ihr schräg gegenübersaß.

»Weißt du, wo Mama hin ist?«, fragte sie ihren Vater. Er verspeiste gerade eine kleine Portion Eiersalat und eine Brezel und zuckte ratlos mit den Schultern. »Ich glaube, sie wollte auf die Toilette.«

Carolin sah hinüber zum Verwaltungsgebäude, in dessen Erdgeschoss die Sanitärräume waren, konnte ihre Mutter aber nirgends entdecken. Sie aß die letzten Happen ihres Tomaten-Mozzarella-Spießes und beschloss, sich gleich auf die Suche nach ihr zu machen. Doch da setzte sich Veri zu ihr auf Romys frei gewordenen Stuhl.

»Ist mit Papa alles in Ordnung?«, fragte sie Carolin mit gesenkter Stimme. »Er wirkt irgendwie … bedrückt.«

»Ich glaube, er war unsicher wegen des Geschenks. Und das Büfett hat ihn überfordert.« Sie sah zu ihrem Vater hinüber, der inzwischen aufgestanden war und ein paar Meter entfernt mit seinem Freund Rudolf und dessen Frau Hanne zusammenstand und sich konzentriert anhörte, was Rudolf zu sagen hatte. »Ich dachte, er hätte Mama das hübsche Armband geschenkt, das sie trägt. Hast du das gesehen?«

»Ja, ist mir auch aufgefallen. Aber ich glaube, dass sie es selbst gekauft hat, passend zu ihrem Kleid. Um auf Papa zurückzukommen: Er ist einfach nicht mehr so belastbar wie früher«, meinte Veri. »Im Alter wird das Nervenkostüm dünner.«

Carolin legte das Besteck auf ihren nun leeren Teller. »Aber er ist auch stur. Warum muss er immer noch jeden Tag so viel arbeiten?«

»Du kennst ihn doch«, nahm ihn Veri in Schutz. »Er kann einfach nicht abschalten. Wahrscheinlich mustert er selbst heute die Gäste in der Hoffnung, dass er unter ihnen einen würdigen Nachfolger für das Unternehmen entdeckt.«

»Und ich weiß auch, wen er dabei immer noch im Blick hat«, sagte Romy. Vom Auto zurückgekehrt, stellte sie den Karton mit Requisiten auf dem Rasen ab. Sie verschränkte die Arme vor der Brust und nickte mit dem Kinn in Richtung Ben. Der Vater ihrer Tochter hob die Kleine gerade hoch und ließ sie an einer der Apfelblüten riechen. Luna kräuselte die zierliche Stupsnase und musste dann niesen. Ben setzte sie wieder auf dem Boden ab.

»Noch mal«, hörte man sie rufen, und Ben folgte der Aufforderung ergeben.

Carolin hatte nie ganz verstanden, was an Ben so falsch sein sollte. Er war groß, schlank, hatte ein bubenhaftes Gesicht mit Sommersprossen um die Nase und gefühlvolle dunkelbraune Augen. Die beiden letzteren Merkmale hatte Luna eindeutig von ihm geerbt. Ja, er war nicht gerade der gesprächigste, geschweige denn abenteuerlustigste Zeitgenosse, aber Carolin hatte immer gefunden, er erde Romy, der es manchmal ganz einfach an Struktur fehlte. Doch Romy war schon kurz nach Lunas Geburt der Auffassung gewesen, Ben sei ein Langweiler, der sie in ihrer Entwicklung hinderte, und hatte ihn abserviert.

Damit war für ihren Vater erst einmal die Option dahin gewesen, den Schwiegersohn in spe zum Nachfolger zu machen. Ben arbeitete zwar weiterhin als Kapitän auf den Schiffen von »Hohenhausen-Schifffahrt«, aber seiner Tochter zuliebe verzichtete Georg darauf, Ben zum Geschäftsführer zu befördern. Er fürchtete, dass es wegen des Zerwürfnisses der beiden zu geschäftlichen Komplikationen kommen könnte, spätestens dann, wenn es eines hoffentlich fernen Tages ans Erbe ging. Carolin wusste, dass sich Romy deshalb gelegentlich Vorwürfe machte. Sie alle sorgten sich immer wieder, dass sich der Vater übernahm. Eigentlich sollte er mit seinen bald 74 Jahren endlich kürzertreten. Doch damit durfte man ihm natürlich nicht kommen.

»Ich geh Mama mal suchen«, bot Carolin an.

»Ich auch«, rief Luna im Näherkommen, aber Romy erinnerte sie, dass sie den kleinen Sketch, den sie mit Vince einstudiert hatte, ein letztes Mal üben wollte.

»Wo bleibt denn deine Mutter?«, hörte Carolin ihren Vater hinter sich fragen. Sie drehte sich zu ihm um. Er ruckelte an seiner eng gebundenen Krawatte, und die zusammengezogenen Augenbrauen deuteten darauf hin, dass er ungehalten war. »Sie sollte hier sein und sich um ihre Gäste kümmern.«

»Ich gehe nach ihr schauen. Vermutlich hat sie auf dem Weg zurück irgendwen getroffen und ratscht mit ihm«, mutmaßte sie.

Ihr Vater schüttelte missbilligend den Kopf. »Ja, das wäre typisch für sie! Wenn sie einmal mit jemandem ins Gespräch vertieft ist, vergisst sie alles ringsum. Und ich stehe dann da und kann schauen, wie wir den Zeitplan einhalten.«

»Na, den gibt es ja heute glücklicherweise nicht«, versuchte Carolin ihn aufzumuntern. Ihr war klar, dass ihr dies kaum gelingen würde. Leider neigte er zur Sturheit und ließ sich auch von seinen drei Töchtern nicht überzeugen, Dinge ab und an etwas entspannter zu sehen.

Sie lief an kleinen Grüppchen vorbei, die sich inzwischen von der Festtafel erhoben hatten, in Richtung des Verwaltungsgebäudes.

Tante Klara spazierte allein unter den Apfelbäumen entlang und unterhielt sich dabei angeregt … mit sich selbst offensichtlich. Sie gestikulierte und kicherte und schien sich mit ihrem unsichtbaren Begleiter durchaus wohlzufühlen. Caro entdeckte Veri und bat sie, die demente Tante im Blick zu behalten.

»Sicher glaubt sie wieder, sie ist auf dem Weg zur Bushaltestelle«, erklärte Veri. »In ihrer Pflegeeinrichtung haben sie sogar ein Haltestellenschild mit einer Bank im Garten angebracht, weil die alten Leutchen dort so gerne sitzen und nicht merken, dass kein Bus kommt.«

»Ja, Jacobs Mutter lebt in einem Heim, in dem alles original im Sechziger-Jahre-Stil eingerichtet ist. Das ist den Bewohnern einfach vertraut«, berichtete Carolin.

»Immer noch in Neuseeland unterwegs?«, schaltete sich Stefan ein. »Man schafft es ja kaum, bei dir auf dem neuesten Stand zu bleiben.«

Carolin schenkte ihrem Schwager ein halbherziges Lächeln. Sie war froh gewesen, bisher um ein Gespräch mit ihm herumgekommen zu sein. Seit sie sich kannten, wartete er nur darauf, dass sie etwas Unbedachtes sagte, das er dann auseinandernehmen konnte. Ob das an ihr lag oder an ihm, hatte sie nie herausgefunden.

»Na ja, immerhin lebe ich schon seit gut zwei Jahren in Christchurch«, entgegnete sie. »Und ich habe nicht vor, dies zu ändern.«

»Dann bist du da vermutlich recht erfolgreich mit deiner Knipserei«, meinte er. Und das war seine zweite Spezialität: Er machte gerne Komplimente, die sich umgehend als eine nur schlecht getarnte Beleidigung entpuppten. »Und wieder nur für eine Stippvisite in der Heimat?«, legte er nach.

Carolin verstand genau, was er eigentlich sagen wollte: Du verdienst mit windigen Jobs ein mickriges Einkommen und kümmerst dich viel zu wenig um die Familie! Dabei ging ihn das gar nichts an. Carolin fühlte sich mit ihren Eltern und Schwestern im Reinen, und es gab keinen Grund, ihm Rechenschaft abzulegen.

»Du entschuldigst«, sagte sie, »ich bin auf der Suche nach dem Geburtstagskind.« Er winkte gönnerhaft, und Carolin ließ ihn stehen.

Das Verwaltungsgebäude lag einsam und verlassen in der Maisonne. Obwohl es erst in den frühen 1960ern errichtet worden war, hätte man sein Baujahr auf die Zeit um 1900 herum schätzen können. Ihr Großvater hatte gewollt, so hatte es Georg ihnen immer erzählt, dass sich seine Angestellten dort wohlfühlten. Die damals moderne, funktionale Betonbauweise hatte er schrecklich gefunden und lieber eine kleine Villa im Stil der Gründerzeit errichten lassen. Durch die offenstehende Tür drang der vertraute Duft von Aktenordnern, Papier und blank gewienerten Holzböden. Hatte sie in ihrer Kindheit hier nicht beinahe mehr Zeit verbracht als in ihrem Elternhaus, das ungefähr zehn Minuten zu Fuß entfernt ein Stück den Berg hinauf lag? Meist war sie nach der Schule gemeinsam mit ihren Schwestern hergekommen. Sie hatten sich eine Brotzeit aus dem Kühlschrank der kleinen Küche neben dem Büro ihrer Mutter geholt und dann, wenn er unbesetzt war, an dem riesigen Tisch im Konferenzraum ihre Schularbeiten erledigt. Von dort hatte man einen fantastischen Blick auf den Bodensee, und Carolin hatte immer viel länger gebraucht als nötig, weil sie sich so oft über die glänzende Wasseroberfläche hinweggeträumt hatte. Irgendwas hatte sie schon damals hinausgezogen in die Welt. Sie neugierig gemacht auf das, was hinter dem Horizont lag.

Sie betrat das so vertraute Haus und steuerte direkt auf die Toilettenräume zu, als sie auf der Treppe zum Obergeschoss eine kauernde Gestalt entdeckte.

»Rosalie!«, rief sie erfreut. »Ich habe noch gar nicht mit dir quatschen können in all dem Getümmel.« Ihre älteste Nichte schreckte von ihrem Handy hoch und pulte sich ihre In-Ears aus den Ohren. Immerhin stand das Mädchen dann auf, umarmte ihre Tante mit eckigen Bewegungen und presste ein »Hi« hervor.

»Wie geht es dir so?«, wollte Carolin wissen. Sie setzten sich nebeneinander auf die Treppenstufen. »Langweilig da draußen?«

»Na ja, schon ein bisschen.« Rosalie bemühte sich um ein kleines Lächeln. »Und Mama und Papa wollen immer, dass ich das Handy weglege. Aber dann wird es ja noch öder.«

»Verstehe!« Carolin betrachtete die 16-Jährige neben sich, die offensichtlich aus dem Genpool ihrer Eltern die jeweils besten herausgefischt hatte: die dicken braunen Haare ihrer Mutter, die gerade Nase ihres Vaters, und auch ihre Augen hatten den gleichen blaugrauen Ton wie seine. Sicherlich hatte sie schon so manchem Jungen das Herz gebrochen.

»Wenn's die Dinger zu meiner Zeit gegeben hätte, hätte ich garantiert auch in jeder freien Minute rumgedaddelt«, bekannte Carolin. »Und ganz ehrlich: Wir Erwachsenen schauen mindestens genauso oft aufs Handy, stimmt's?«

»Allerdings!«

Carolin verriet Rosalie nicht, dass sie schon öfter versucht hatte, bei Veri in dieser Frage ein gutes Wort für sie einzulegen. Wie oft hatte ihre ältere Schwester geklagt, dass die Tochter nicht mehr mit ihren Eltern und stattdessen nur noch mit ihrem Smartphone kommunizierte. Den Hinweis »Die sind doch heute alle so«, hatte Veri nicht gelten lassen.

»Darf ich dich mal was fragen?« Rosalie sah Carolin forschend ins Gesicht.

»Na klar.«

»Wie ist es so, da draußen in der Welt?«

Wie sollte sie das in knappen Sätzen beantworten? Und worauf wollte Rosalie hinaus?

»Puh«, antwortete sie entsprechend. »Toll. Also, ich meine, ich könnte dir einen Abend lang Vorträge halten über alle möglichen ...«

»Weißt du, ich halte es hier echt nicht mehr aus«, unterbrach Rosalie, und Carolin wurde klar, dass ihre Nichte nur einen Ansatzpunkt gesucht hatte, um ihr Herz auszuschütten. »Das ist so voll nervig hier. Total uncool. Und die Leute ... einfach nur cringe.«

Carolin legte den Kopf schief und lächelte. Sie verstand genau, wovon Rosalie sprach. Genauso hatte sie sich mit 16 Jahren auch gefühlt.

»Ich will hier nur noch weg. Mein Ding machen. Andere Leute treffen. Was Neues erleben.«

Irgendwie war Carolin stolz, dass wenigstens ein Mitglied der Familie ihr Fernweh teilte.

»Wie wäre es mit einem Schuljahr in einem anderen Land?«, schlug sie vor. Rosalie musterte sie mit zusammengezogenen Augenbrauen. »Komm doch nach Neuseeland.«

»Genau so was habe ich meinen Eltern vorgeschlagen. Aber die ...« Sie schnaubte. »Die behaupten, das ist Quatsch und rausgeschmissenes Geld. Das kann ich machen, wenn ich 18 bin. Und zwar am besten als Au-pair. Dabei finde ich kleine Kinder doof, und das dauert noch so ewig ...«

»Zwei Jahre?«

»Sag ich doch, ewig.« Sie wischte gedankenverloren über das Display ihres Handys. »Kannst du nicht mal mit ihnen reden?«

»Na klar«, sagte Carolin. »Probieren kann ich es gerne. Ich weiß nur nicht, ob gerade ich so überzeugend …«

»Oh doch, bitte! An dir sehen sie, dass man auch irgendwo anders auf der Welt leben kann. Mama hat immer Angst um mich, das nervt total. Und Papa hat bestimmt Schiss, dass ich mir nichts mehr von ihm sagen lasse, wenn ich nach einem Jahr zurückkomme.«

Carolin strich ihrer Nichte über den Unterarm. »Wir setzen uns in den nächsten Tagen mal zusammen, und dann machen wir einen Plan, wie wir sie überzeugen können. Es ist wichtig, gute Argumente parat zu haben. Sag mal, hast du irgendwo deine Oma gesehen?«

»Nee«, antwortete sie, und beide standen auf. Rosalie umarmte sie fest, stöpselte wieder ihre In-Ears ein und verließ das Haus.

Carolin sah ihr hinterher. Sie erinnerte sich gut an die unzufriedenen Kommentare ihres Vaters, als sie ihren Eltern vor zwölf Jahren eröffnet hatte, sie würde für fünf Jahre nach Brasilien gehen, um dort an einem Forschungsprojekt mitzuarbeiten. Sie konnte seine Zweifel durchaus verstehen, denn ihre berufliche Laufbahn wies keinen geraden Weg auf. Nach dem Abi hatte sie zuerst eine zweijährige Fotografenlehre gemacht, um damit die Wartezeit bis zum Biologiestudium zu überbrücken. Die hatte sie aufgrund ihres Notenschnittes hinnehmen müssen. Später war sie für zwei Semester erst nach Costa Rica und dann nach Venezuela gegangen. Die Studienzeit hatte sich außerdem durch zwar lukrative, aber zeitintensive Jobs als Assistentin bei Fotoshootings verlängert. Eine angefangene Doktorarbeit hatte sie abgebrochen, und bis sie nach Brasilien gegangen war, hatte sie sich mit Dozentenjobs über Wasser gehalten. Ihr Vater hatte ihr unterstellt, sie glaube, der Bodensee sei nicht genug für sie und behindere sie in ihrer Entwicklung. Gleichzeitig hatte er ihr nicht zugetraut, irgendwo anders ihr Glück zu machen. Vielleicht, das wurde ihr nun erst klar, hatte sie ihre Heimat für immer verlassen, um ihm das Gegenteil zu beweisen.

Sie atmete tief durch bei der Erinnerung an die vielen spannungsreichen Diskussionen mit ihm und trat dann wieder in den Garten.

Vielleicht war ihre Mutter auf den Bootssteg gegangen, um sich von ihren Gästen ein wenig zu erholen. Sie würde dort nach ihr suchen.

Der Steg lag verlassen vor ihr. Ein schnittiges, kleines Motorboot hatte mittlerweile hier angelegt und dümpelte in den sanften Wellen des Sees. Sicher gehörte es irgendeinem Gast.

Carolin ging bis nach vorne und starrte in das kristallklare Wasser. Riesige Ungetüme von Karpfen schwammen in Ufernähe herum, ebenso wie kleine, junge Exemplare. Ihr fiel die letzte Bootstour vor zwei Wochen ein, als sie eine Touristengruppe von Kaikoura aus zum Delfinschwimmen begleitet hatte. Gute drei Stunden waren sie aufs offene Meer hinausgefahren, bis sie eine Schule der verspielten Meeressäuger ausgemacht hatten. Auch wenn der Bodensee groß war – mit der unendlichen Weite des Pazifiks kam er nicht mit.

Carolin hörte die Rufe von Luna und Vince, die wohl die Gäste für ihren eingeübten Sketch zusammentrommelten. Sie kehrte dem See den Rücken und lief über den Steg in Richtung Garten.

Auf Höhe des Bootshauses meinte sie, ein Kichern zu hören. Sie blieb stehen und legte ihre Hand auf die faserige, sonnenwarme Holzwand. Da wieder … Eine Frau lachte unterdrückt. Und flüsterte nicht auch eine tiefe Männerstimme? Sie presste das Ohr ans Holz. Alles still. Ohne es zu wollen, sah sie Romy vor sich – ob ihre Schwester sich hier mit einem aktuellen Liebhaber versteckt hatte? Sie wüsste nicht, dass es derzeit einen gab, aber Romy war ja immer für Überraschungen gut. Doch da wehte ihr durch die halb offen stehende Tür des Bootshauses ein Duft in die Nase. Ein sehr vertrauter Duft. Es roch nach Chanel N° 5.

4. Kapitel

Carolin hielt die Luft an. In winzigen Schritten tastete sie sich zum Türrahmen hin. Leise atmete sie aus und streckte den Kopf vor. Im Dämmerlicht des Schuppens konnte sie zunächst nichts erkennen. Sonnenlicht fiel in schrägen Strahlen auf ein paar alte Ruderboote, auf Tauwerk am Boden, zusammengefaltete Segel und ineinandergestapelte Eimer.

Ein weiteres Kichern lenkte ihren Blick nach rechts in die hintere Ecke. Zwei Köpfe, dicht beieinander. Ihre Körper waren von aufeinanderliegenden Kanus verdeckt. Doch was Carolin eindeutig sah, war, dass sich dort ein Mann und eine Frau küssten. Sie beugten sich mal mehr in seine, dann wieder in ihre Richtung. Inniglich. Weltvergessen. Lustvoll.

Carolin hatte die Frau sofort erkannt, doch es dauerte, bis sie die Situation erfasste. Einer der beiden Köpfe gehörte ihrer Mutter. Ihr hellgraues Haar glänzte in den Sonnenstrahlen. Aber wer war er? Carolin musste sich noch ein wenig weiter vorwagen, um auch sein Gesicht erkennen zu können.

Arthur König.

Carolin blinzelte. Sie schüttelte den Kopf, als könne sie damit das Bild abändern. Doch es blieb, wie es war: Dort, in der Ecke des Bootshauses, stand ihre Mutter mit dem Mann, den Georg nicht ausstehen konnte, und die beiden knutschten, als gäbe es kein Morgen.

Carolin wich zurück und presste sich an die Außenwand des Schuppens. Sie spürte ihr Herz schlagen. Was sollte sie jetzt nur tun? Einfach weggehen, als sei nichts geschehen? Die Turteltauben aufscheuchen und zur Rede stellen? Szenen und Bilder des Vormittags schossen ihr durch den Kopf. Intensive Blicke, die ihre Mutter mit jemandem getauscht hatte, den Carolin nicht hatte sehen können. Der kleine Flirt mit Georgs Freund Rudolf. Ihr Hoch auf die Liebe in ihrer Ansprache. Ihre geröteten Wangen. Die selbst für ihre Verhältnisse übermäßig gute Laune, die sie versprüht hatte und die wohl nicht dem Umstand des Festes geschuldet war, sondern ... dass sie ganz offensichtlich verliebt war. Nicht eine Sekunde hatte Carolin in diese Richtung gedacht – dass ihre Mutter ihren Vater betrügen könnte.

In jedem Fall sollte sie nicht endlos hier stehen bleiben. Es glich sowieso einem Wunder, dass nicht bereits irgendwelche Gäste den Weg zum See über den Steg eingeschlagen hatten.

Sie stieß sich von der Wand ab und beschloss, in den Garten zurückzukehren. Sie musste dieses Bild erst einmal verdauen. Vielleicht könnte sie später, in einer ruhigen Minute, Lotte vorsichtig darauf ansprechen. Oder am nächsten Tag. Um das Fest nicht zu sprengen. Was geschehen war, war geschehen. Das ließ sich nun nicht mehr ändern.

»Carolin!« Ihre Mutter stand direkt vor ihr. Erschrocken entzog sie Arthur König ihre Hand. Ihre Wangen leuchteten so rot wie die Äpfel im Spätsommer. Die Frisur war etwas durcheinandergeraten, und sie zupfte an einzelnen Strähnen herum. Es schien, als wollte sie auf keinen Fall ertappt aussehen, doch ihr Lächeln geriet schief. Arthur König sah derweil über Carolins Schulter hinweg in Richtung des Bootes am Anleger.

»Er interessiert sich für die alten Kanus«, erklärte Lotte.

»Ihr habt euch geküsst«, brachte Carolin fassungslos heraus.

Arthur Königs Blick streifte sie nur für den Bruchteil einer Sekunde, dann sah er zu Lotte, und seine Augen sprachen Bände. Darin lag keine Reue, keine Scham – nur grenzenlose Bewunderung und eine große Portion Glück. Lotte stieß ein leises Stöhnen aus, und Carolin hätte nicht sagen können, ob aus Ärger darüber, dass sie ertappt worden war, oder in der wohligen Erinnerung an das, was gerade geschehen war.

»Ja«, sagte ihre Mutter dann ganz ruhig. »Ja, wir haben uns geküsst. Ist das so schlimm?«

Carolin zuckte mit den Schultern. Was sollte sie darauf sagen? Ja, natürlich war es schlimm – immerhin betrog sie ihren Mann. Carolins Vater. Und nein, irgendwie war es auch nicht schlimm. Es stand ihr nicht zu, ihre Mutter zu verurteilen, während sie sich selbst mit einem verheirateten Kerl traf, um ihren Spaß zu haben. Schockiert war sie dennoch, das konnte sie nicht leugnen.

»Ach, da seid ihr ja alle«, hörte sie nun Romy, die wie von einem fremden Planeten aus auf sie zugeeilt kam. »Die Kinder wollen endlich ihren Sketch aufführen, die platzen gleich vor Aufregung.«

»Mama hat Herrn König geküsst«, sagte Carolin mit tonloser Stimme. Als hätte sie aus einem Rezept für die Zubereitung von Apfelmus vorgelesen. Sie wusste selbst nicht, wieso sie das Ungeheuerliche ausgesprochen hatte. Um es – tja, was? – *geheuerlich* zu machen?

»Wie bitte?« Romy schrak kurz zurück. »Was meinst du mit …«

»Es tut mir leid«, unterbrach Lotte ihre Jüngste. »Wir können ein anderes Mal darüber reden. Jetzt sollte ich mich um meine Gäste kümmern. Und Vince und Luna haben etwas vorbereitet – da möchte ich sie nicht länger warten lassen.« Und schon schritt sie voran.

»Mama!«, riefen ihr Romy und Carolin wie aus einem Munde hinterher.

»Entschuldigt uns«, sagte Arthur König majestätisch und berührte Lotte sanft am Ellbogen. Carolin entging nicht, dass sie ein so strahlendes Lächeln aufsetzte, als sei alles in bester Ordnung.

Mit Sicherheit war das Paar noch in Hörweite, als Romy rief: »Nicht dein Ernst! Geküsst?«

Carolin nickte. »Was machen wir denn jetzt?«

Die Schwestern drehten sich gemeinsam um und steckten die Köpfe zusammen.

»Betrügt sie Papa wirklich? Geht das schon länger? Weißt du irgendwas?«, fragte Carolin.

»Ich habe keinen blassen Schimmer. Never ever hätte ich mir vorstellen können …« Romy brach in ungezügeltes Kichern aus. »Mama knutscht mit Arthur König! Wie krass!«

Carolin stupste sie in die Seite. »Ich weiß nicht, ob ich das lustig finde. Ich meine, gerade bei langen Ehen steigt in den letzten Jahren die Scheidungsrate, hab ich zumindest gelesen. Aber dass die eigene Mutter …?«

Unbeeindruckt kicherte Romy weiter. »Ist es nicht cool, dass sie sich – wenn schon, denn schon – einen jüngeren Lover gesucht hat?«

»Wie alt ist er? Ende fünfzig?«

»Er muss 61 sein. Mir fällt nämlich ein, dass Lotte und Papa letztes Jahr zu seinem Sechzigsten eingeladen waren. Papa war irritiert darüber, schließlich hat er nie einen Hehl daraus gemacht, dass ihm König auf den Zeiger geht. Also hat er abgesagt. Aber Lotte ist allein hin, und Papa hat danach zwei Tage nicht mit ihr gesprochen.«

»Meinst du, das läuft schon seitdem?« Carolin fühlte sich, als hätte ihr jemand mit der Faust in den Magen geschlagen. »Irgendwie sahen sie so aus, als hätten sie sich … na ja, nicht zum ersten Mal geküsst.«

»Weiß nicht. Vielleicht.« Romy drehte sich langsam in Richtung der Festgesellschaft um, und Carolin tat es ihr gleich. Alle Gäste hatten wieder Platz genommen, und Luna und Vince standen kichernd nebeneinander und bereiteten sich vermutlich auf ihren Sketch vor. »Weißt du, was mir aufgefallen ist? Lotte hat sich nicht beschwert, siebzig zu werden. Weißt du noch, als sie sechzig wurde? Da hätten wir sie am liebsten zum Psychiater geschickt …«

»Na, jetzt übertreibst du aber«, unterbrach Carolin.

»Du warst nicht dabei damals. Deswegen dachte ich eigentlich, die siebzig würde ihr auch zu schaffen machen. Aber sie war die ganze Zeit vorher gut gelaunt. Noch besser als sonst, wenn ich so drüber nachdenke.« Romy klopfte sich mit dem Zeigefinger gegen die Wange.

»Ich hatte den Eindruck, sie ignoriert die Tatsache, siebzig zu werden«, meinte Carolin. »Keine Zahlendeko, nicht wie üblich bei runden Geburtstagen auf dem Schiff feiern, nichts Gediegenes, alles locker und ungezwungen …«

Sie liefen auf die lange Tafel zu, vor der Luna und Vince gerade angefangen hatten, ihren Sketch aufzuführen. Geistesgegenwärtig schnappte sich Carolin ihre Kamera und verfolgte das Geschehen durch die Linse. Sie war froh, fotografieren zu können. So konnte wenigstens niemand einen Blick in ihr sicher irritiertes Gesicht werfen. Durch den Sucher wirkte außerdem alles harmonisch und friedlich. Sie schwenkte den Apparat in Richtung ihrer Mutter. Gebannt folgte sie dem Spiel der Enkel. Wie krass, dachte Carolin, wie krass wäre es, ihr jetzt hinter die Stirn zu schauen.

»Frau Kapitänin, können Sie schon die Küste sehen?«, fragte Vince nun, und Carolin hielt das Objektiv wieder in seine Richtung.

»Ich habe nicht gesehen, wer wen küsste«, sagte Luna, die eine abgewetzte Kapitänsmütze ihres Großvaters trug und durch ein altertümliches Fernglas blickte. Im Publikum wurde eifrig gekichert.

»Na, das passt ja«, flüsterte Romy amüsiert und stieß Carolin in die Seite.

»Pscht«, machte prompt Stefan, der auf dem Stuhl neben Veronika saß und sie beide missbilligend ansah. Romy kniff die Lippen zusammen und nickte ihm beschwichtigend zu.

Der Sketch über eine abenteuerliche Schifffahrt sollte wohl einer Lebensreise gleichen, aber wie so oft klafften Anspruch und Wirklichkeit deutlich auseinander. Während Vince ein paarmal seinen Text vergaß und Luna aushelfen musste, überfiel die Kleine immer wieder ein solcher Lachflash, dass sie nicht mehr zu verstehen war. Lotte war dennoch hingerissen von ihren Enkeln. In ihren Augen schimmerten Tränen der Rührung, die sie mit ihrer Serviette unauffällig abzutupfen versuchte. Arthur König dagegen ließ die Kinder eher unbeachtet und schaute die ganze Zeit Lotte an. Und wieder lagen Bewunderung und Verliebtheit in seinem Blick.

Carolin sah rasch zu ihrem Vater hinüber. Auch er war gefangen von der Vorstellung seiner Enkelkinder. Sein Mund stand leicht offen und er lächelte. Mein Gott, er tat ihr unsäglich leid. Noch ahnte er nicht, was früher oder später vermutlich auf ihn zukommen würde. Seine Welt würde zusammenbrechen, wenn er erführe, was seine Frau trieb. Ob es irgendeine Chance gab, ihre Mutter davon zu überzeugen, dass sie ihre Affäre aufgab?

Nun verbeugten sich die Kinder, Vince eher andeutungsweise, Luna dagegen so, dass ihre Nase bald den Boden berührte. Der Applaus wollte gar nicht enden, und Lotte sprang auf und stürmte auf ihre Enkelkinder zu.

»Bravo, ihr beiden, das war ganz wunderbar!«, rief sie und schloss die zwei fest in ihre Arme. Carolin hielt unbeirrt die Kamera auf die Szene. Es tat gut, sich an dem Gerät festzuhalten.

»Oma, du erstickst mich!«, rief Luna, und sofort war aller Anflug von Rührung verbannt.

»Entschuldige, Liebes.« Lotte ließ von ihrer Enkelin ab und wandte sich ihren Gästen zu. »Und wo wir hier gerade so schön sitzen und die Vorstellung von Luna und Vince genossen haben, denke ich, es ist an der Zeit, dass ich euch meine kleine Überraschung zumute.« Sie hielt kurz inne, ihr Blick schweifte über die Anwesenden, bis sie schließlich Georg mit einem Lächeln bedachte.

Ein Raunen erklang, und Carolin spürte, wie sich eine Gänsehaut auf ihren Armen ausbreitete. Lotte würde doch wohl nicht verkünden, dass sie ihren Ehemann verlassen wollte?

»Ich werde mir nämlich einen Herzenswunsch erfüllen«, fuhr sie fort. Wie brachte sie nur dieses offene Lächeln zustande, nachdem Carolin sie eine Viertelstunde zuvor mit einem anderen Mann erwischt hatte? »Ich weiß schon, Georg, du wirst nicht begeistert sein, aber da musst du jetzt durch.«

Carolins Vater winkte großzügig ab und deutete ein Klatschen an. Lotte legte die Hand auf ihre Brust und nickte ihm dankbar zu. Was für eine gute Schauspielerin sie doch war!

»Ich schwöre euch, ich habe in den letzten Wochen geübt, geübt, geübt! Das Ergebnis hört ihr jetzt.«

Sie trat auf ein verhülltes Gebilde zu, das zwischen zwei Apfelbäumen stand, und zog mit einem Ruck das Tuch darauf fort.

Das Klavier!

Carolin atmete erleichtert auf. Es stand nicht zu erwarten, dass Lotte ihrem Mann mittels eines Liedes mitteilen würde, dass sie plane, ihn zu verlassen. Schnell brachte sie ihren Fotoapparat wieder in Position.

Ihre Mutter zog den Klavierhocker hervor und saß nun seitlich zu ihrem Publikum. Sie klappte den Deckel des Instruments hoch und legte ihre Finger auf die Tasten. Nicht einmal ein Notenheft stellte sie auf. Dann holte sie tief Luft und begann.

»Always look on the bright side of life«, sang sie. Die Energie, mit der sie den Gästen die Worte zuwarf, war beinahe körperlich zu spüren. Auch wenn sie nicht jede Note traf – das wurde von ihrer Freude und Leidenschaft wettgemacht. Der Text saß, und an den Stellen, an denen im Song von Monty Python gepfiffen wurde, spitzte sie elegant die Lippen und ließ glasklare Töne hören.

»Always look on the bright side of life ….« Die ersten Gäste fielen in den Refrain ein, und schon bald sangen und pfiffen alle mit.

Carolin bewegte den Mund zum Text, doch ein Laut drang nicht daraus hervor. In ihrer Kehle saß auf einmal ein dicker Kloß. Sie betrachtete ihren Vater, der zwar im Takt mitklatschte, dessen Lächeln aber etwas gezwungen wirkte. Georg war ein Mensch, der lieber im Hintergrund blieb und meist froh war, wenn seine Frau die repräsentativen Aufgaben übernahm. Doch weil er so gar nicht nachvollziehen konnte, dass Lotte ab und an gerne im Rampenlicht stand und die Aufmerksamkeit genoss, hatte er gleichzeitig häufig Sorge, sie würde zu weit gehen.

Und Lotte? Ihre Mutter hatte ihr Leben lang die Gabe gehabt, immer das Positive zu sehen und ihr Umfeld mit ihrem Optimismus und ihrer Fröhlichkeit anzustecken. Carolin hatte schon in Kindertagen mitbekommen, dass einzig ihr Vater meist immun dagegen zu sein schien. Die beiden verkörperten die zwei Seiten einer Medaille: ihr Glas immer halb voll, seines immer halb leer.

Vermutlich war es reine Pflichterfüllung gewesen, die Lotte dazu gebracht hatte, so lange bei Georg auszuharren. Die Ehe, die Kinder, die Firma, die Schiffe, das Haus, der Garten … Aber jetzt: Arthur König.

Wie anders betrachtete er die Sängerin. Er hatte den Kopf schief gelegt, und seine Lippen umspielte ein feines Lächeln. Carolin wurde bewusst, dass er – nicht nur für sein Alter – ein gut aussehender Mann war. Er hatte ein klares Gesicht mit beneidenswert wenigen Falten, volle Lippen, ein kantiges, glattrasiertes Kinn und warme Augen. Seine Kleidung war elegant, ohne spießig oder altbacken zu sein, er wirkte sportlich und durchtrainiert. Und vor allem strahlte er mit jeder Pore Lebenslust aus. Genau wie ihre Mutter. Ein Blick auf ihr Kameradisplay zeigte, dass er zudem ausgesprochen fotogen war. Ob sie das Foto nicht besser gleich wieder löschen sollte?

Der aufbrandende Applaus machte Carolin klar, dass die kleine Darbietung beendet war. Lotte stand auf und warf ihren Gästen Kusshände zu. Romy sprang neben sie und umarmte sie fest.

»Zugabe!«, rief jemand, aber Lotte antwortete gegen den Lärm: »Mein Repertoire ist noch sehr begrenzt. Kommt nächstes Jahr wieder, dann kann ich bestimmt schon ein zweites Stück spielen.« Alle lachten und wandten sich ihren Getränken und Gesprächen mit den Sitznachbarn zu, einige schoben Puzzleteile ineinander.

Carolin sah sich ein wenig ratlos um. Es drängte sie, mit Romy über das Geschehnis im Bootshaus zu reden, doch sie konnte sie nirgendwo entdecken. Vermutlich kümmerte sie sich um die Vorbereitung des Kuchenbüfetts, das für den Nachmittag geplant war.

Während ihre Mutter mit einigen Gästen am Klavier stand, räumten Gudrun, Ingrid und ein paar andere Frauen fröhlich plaudernd und mit schönster Selbstverständlichkeit das benutzte Geschirr und die Reste vom Brunch zusammen. In der Büroküche gab es eine

Spülmaschine, und dort, das hatte Romy zuvor erwähnt, standen auch einige Kuchen und Torten bereit. Carolin beschloss, den Frauen zu helfen. Ablenkung war sicher das Beste. Ob die Freundinnen von Lottes Affäre wussten oder zumindest etwas ahnten? Vermutlich nicht.

Gerade als sie an die Tafel treten wollte, legte sich Veris Arm um ihre Taille. »Nicht weglaufen, Caro, ich freu mich doch so auf einen Plausch mit dir.« Ihre Schwester zog Carolin in Richtung der Liegestühle, die auf dem Rasen standen.

»Ich wollte ein wenig beim Abräumen helfen«, entgegnete sie, folgte Veri aber.

»Wir werden heute Abend noch genug aufräumen müssen.« Veri zwinkerte ihr zu, und die beiden setzten sich auf die Liegestühle. »Mein Gott, fast vier Jahre! Ich kann es echt nicht fassen, dass du so lange weg warst.«

»Ehrlich gesagt, ich auch nicht.« Carolin legte ihre Hand auf Veris Unterarm und strich sanft darüber. »Aber ich bin so froh, wieder hier zu sein und euch endlich wieder in echt zu sehen.«

»Und ich erst! Skype ist zwar toll, aber kein Ersatz«, sagte Veri. Der warme Ausdruck in ihrer Stimme machte Carolin klar, dass dies kein Vorwurf war.

»So lange bleibe ich nicht noch mal weg, versprochen!«

»Ach, du Weltenbummlerin ... Auch wenn ich persönlich niemals ständig unterwegs sein könnte – ich weiß, dass du das einfach brauchst. Du hast so ein Abenteuer-Gen in dir ...«

»Vielleicht.« Carolin blickte versonnen in die Apfelbäume vor ihr. Bienen flogen von Blüte zu Blüte, eine Meise ließ ihr feines »Tiwitt Tiwitt« ertönen. »Und du?«, lenkte sie vom Thema ab. »Nach wie vor zufrieden zwischen euren Rebstöcken und Weinfässern?«

Veri lächelte, und da waren sie auch schon, die beiden Grübchen in ihren Wangen. »Ja, alles prima bei uns. Die Gespräche drehen sich natürlich nicht um so was Aufregendes wie Whalewatching-Touren, eher darum, wie viel gegen den Mehltau gespritzt werden muss.« Sie kicherte kurz und fuhr fort: »Und was dieses Thema betrifft, geht es nicht darum, *ob*, sondern *wann* sich Stefan und Kuno duellieren.«

»Wollte Kuno nicht endlich in den Ruhestand gehen?«, fragte Carolin überrascht. Kuno war ein Faktotum auf Stefans und Veris Weingut, das die beiden mit dem Erbe von Stefans Eltern quasi übernommen hatten. »Wie alt ist er inzwischen?«

»Ich glaube, so alt wie Papa. Kuno sagt, wenn er sich nicht mehr um die Reben kümmern kann, fällt er augenblicklich tot um. Und ehrlich gesagt ...« Sie sah kurz nach rechts und links, um sich zu vergewissern, dass niemand zuhörte. »... ehrlich gesagt ist er in seinen Ansichten viel progressiver als Stefan. Kuno drängt seit Jahren auf pflanzliche Antipilzmittel. Stefan meint, das sei nur wieder so ein Öko-Unsinn.« Sie verdrehte die Augen, womit klar war, dass sie in Sachen Pflanzenschutz ganz auf Kunos Seite stand. Und noch etwas wurde Carolin klar: Veri sprach gerne über das Weingut, was für Neuerungen sie planten und welche Veranstaltungen sie organisierten. Aber wie es ihr tatsächlich ging, darüber redete sie so gut wie nie. Carolin lag die Frage auf der Zunge, ob zwischen Veri und Stefan alles in Ordnung war. Doch sie ahnte, dass ihre Schwester nur ausweichend antworten würde, und beschloss, sie nicht zu bedrängen.

»Wie geht es Rosalie?«, wollte sie stattdessen wissen. »Ich habe vorhin kurz mit ihr gesprochen. Ich glaube, sie langweilt sich hier ziemlich.« Dass sie damit nicht nur das Fest meinte, sondern das Leben am Bodensee, ließ sie unerwähnt.

Veri stieß ein lautes Stöhnen aus. »Waren wir auch so schlimm in der Pubertät? Ich kann mich nicht erinnern.«

Carolin grinste. »Na ja, wir zwei waren eher harmlos. Aber denk an Romy ... Ich sag nur Kreditkarten-Eklat!«

Beide lachten bei der Erinnerung an diese Episode. Die 15-jährige Romy hatte sich die Kreditkarte ihres Vaters geschnappt und damit weiße Trüffel im Internet bestellt. Über 600 Mark hatte sie damals ausgegeben. Ihre Begründung: Als zukünftige Sterne-Köchin müsste sie den Umgang mit solchen exquisiten Zutaten lernen. Auch wenn die Eltern geschimpft hatten – die selbst gemachten Tagliatelle mit Butter, Parmesan und dem weißen Trüffel, die Romy zubereitet hatte, waren fantastisch gewesen.

»Stimmt, mit so was verschont uns Rosalie.« Veri schaute sich um, als würde sie nach ihrer Tochter suchen. »Ich wünschte fast, sie würde mal so richtig über die Stränge schlagen. Aber sie lebt vegan, trägt Klamotten vom Flohmarkt, und unsere Konsumgesellschaft ist natürlich zum Kotzen. Dass wir so was Dekadentes wie Wein produzieren, während anderswo Kinder verhungern, findet sie einfach nur skandalös.«

»Ist doch toll, dass sie ein Bewusstsein für die Probleme in der Welt hat«, verteidigte Carolin ihre Nichte. »Solche jungen Leute brauchen wir dringend …«

»Hast du es ihr gesagt?«, platzte da Romy in ihr Gespräch. Sie ließ sich vor ihnen ins Gras sinken und überkreuzte die Beine. Erwartungsvoll sah sie zwischen Carolin und Veri hin und her.

»Was gesagt?«, fragte Veri prompt. Carolin versuchte, unauffällig den Kopf zu schütteln, doch Veri bemerkte es natürlich sofort. »Was sollst du mir gesagt haben?«, wiederholte sie.

Carolin stöhnte. Wenn sie nun Veri einweihten, würde es schwer werden, das Fest friedlich über die Bühne zu bringen. Andererseits wäre ihre Schwester zu Recht beleidigt, würden sie ihr verheimlichen, was sie wussten.

»Ich hab euch tuscheln sehen, ich dachte …« Romy lief leicht rot an.

»Wir haben uns unterhalten, nicht getuschelt«, korrigierte Carolin.

»Hey, was ist hier los?« Veris Stimme nahm den gleichen autoritären Ton an, den ihr Vater anschlug, wenn er mit etwas sehr unzufrieden war. »Jetzt sagt endlich, was los ist.«

Während Carolin die Lippen zusammenpresste, verkündete Romy unumwunden: »Lotte hat den König geküsst.«

»Bitte?« Veri riss die Augen auf und öffnete ungläubig den Mund.

»Ja, beruhige dich, ist halb so wild.« Romy legte ihr eine Hand aufs Knie, aber Veri schüttelte diese ab.

»Das ist total wild!«, rief sie. »Mama hat …«

»Pscht«, machten Romy und Carolin gleichzeitig. »Nicht so laut!«

Veri stemmte sich aus dem Liegestuhl und bedeutete ihren Schwestern, ihr zu folgen. Sie ging auf den Bootssteg zu, wo sie ungestört reden konnten.

»Was genau ist passiert?«

Nun erzählte Carolin, was sie gesehen hatte und wie ihre Mutter und König auf die Entdeckung reagiert hatten.

»Ich wusste nicht, dass man mit siebzig noch den Verstand verlieren kann!« Veri ging einige Schritte auf und ab und starrte durch die Holzbohlen auf das darunter gurgelnde Wasser des Sees.

»Sie hat nicht den Verstand verloren. Sie hat ihr Herz verloren. Sie ist … verknallt«, erklärte Romy. »Ist doch schön. Fühlt sie sich noch mal jung.«

»Jetzt mach aber mal einen Punkt!« Veri funkelte ihre Schwester an. »So typisch, immer bist du auf ihrer Seite. Meinst du, Papa sieht das auch so locker? Denk mal an ihn! Das wird er nicht verkraften!«

»Ein bisschen Aufregung würde vielleicht dafür sorgen, dass er Mama endlich mal wieder mehr beachtet.« Romys Augen funkelten angriffslustig. »Falls es nicht schon zu spät ist.«

»Du bist so was von …«

»Hey, jetzt hört auf«, ging Carolin dazwischen. Wenn sie in den letzten vier Jahren etwas nicht eine Sekunde vermisst hatte, dann war es die Rolle der Schlichterin zwischen ihren streitenden Schwestern. »Wir wissen doch gar nicht, ob sie vorhat, Papa zu verlassen.«

»Ach, solange Mama ihn nur mit dem König betrügt, ist die Sache in Ordnung, oder was?«, schnaubte Veri und verschränkte die Arme vor der Brust. »Aber klar, ihr zwei habt's ja auch nicht so mit geordneten Verhältnissen.«

»Veri!«, rief Carolin empört. »Du bist wirklich …«

»Was denn? Eine Spießerin? Hoffnungslos altmodisch? Ich hänge einfach an meiner Familie, und ich will nicht, dass alles anders …« Sie wedelte hilflos mit den Händen, und eine Träne rann über ihre Wange. Beinahe tat sie Carolin leid.

»Mit wem feiern wir denn dann Weihnachten?«, schluchzte Veri los.

Romy verdrehte unübersehbar die Augen. »Als ob das jetzt eine Rolle spielt. Du bist doch keine acht mehr«, schnaubte sie.

Caro gab ihrem Impuls nach und legte einen Arm um Veri. »Vielleicht ist es ja nur eine kleine Liebelei, und sie kehrt bald reumütig zu Papa zurück«, versuchte sie ihre Schwester zu trösten. »Und außerdem – wir müssen es ihm ja nicht sagen. Das würde ihn nur verletzen.«

Veri befreite sich aus Carolins Umarmung, schniefte kurz und sah ihre Schwestern mit einem Mal entschlossen an. »Genau! Wir reden mit Mama. Erklären ihr, dass sie das sofort beenden muss, und dann vergessen wir die Sache einfach. Kommt ihr?« Sie wollte schon loslaufen, doch Romy blieb demonstrativ stehen.

»Lotte muss selbst entscheiden, wie sie die Sache handhaben will«, sagte sie ruhig. »Ich misch mich da ganz bestimmt nicht ein.«

»Das ist so typisch!« Veri verdrehte die Augen. »Hier geht es nicht um dich oder um mich – hier geht es um die Familie. Da müssen wir zusammenstehen.«

»Gegen Lotte? Vergiss es!« Nun war es Romy, die sich auf den Weg zum Garten machte. Auch als Carolin ihr hinterherrief, blieb sie nicht stehen, sondern mischte sich unter die Festgäste.

Veri sah Carolin an. »Aber wir müssen doch irgendwas tun!«

»Ja, nur vielleicht nicht sofort. Lass uns eine Nacht darüber schlafen. Und erst mal das Fest zu Ende bringen.«

5. Kapitel

»Lächeln«, raunte Carolin ihrer Schwester ins Ohr, während sie zur Feier zurückkehrten.

Veri straffte die Schultern und versuchte, ihre eingefrorenen Züge zu entspannen. Aber es fiel ihr sichtlich schwer. Romy dagegen stand mit ihrer Mutter am inzwischen neu eingedeckten Büfett, und die beiden lachten über irgendetwas. Auf dem Tisch standen neben einer Schwarzwälder Kirschtorte – eine von Romys Spezialitäten, die Carolin ganz besonders liebte – ein New York Cheesecake, üppig belegt mit karamellisierten Macadamianüssen, und ein großer Hefezopf mit Mandeln und Rosinen. Nun schnitt Romy aber den Lieblingskuchen ihrer Mutter an, eine Eierlikörtorte. Diese war zur Feier des Tages besonders üppig geraten, und die Sahnehaube war zusätzlich mit Schokoherzen verziert. Carolin vermutete, dass man schon nach einem Stück einen kleinen Schwips haben würde. Romy tat ihrer Mutter das erste Stück auf den Teller.

Lotte hob ihn an die Nase, schnupperte daran, und ein glückseliger Ausdruck trat auf ihr Gesicht. »Du hast dich mal wieder selbst übertroffen! Danke schön!«

Kaum sah Veri das, nahm sie sofort Kurs auf Georg, der an seinem Platz saß. Sie legte ihrem Vater die Hand auf die Schulter, und Carolin hörte sie sagen: »Alles okay, Papa? Soll ich dir ein Stück Kuchen bringen? Von der Schwarzwälder Kirsch?«

Er schüttelte nur den Kopf. »Nein, um Gottes willen, ich habe schon viel zu viel gegessen. Da kann ich den Rest der Woche Diät machen.«

Es hatte sich wirklich nichts verändert. Romy und Lotte waren ein Herz und eine Seele, Veri sorgte sich um den Vater und dieser sich um seine Figur. Auf die war er nämlich außerordentlich stolz. Für Männer in seinem Alter, die sich gehen ließen und mit Bierbäuchen und Fettlebern einem langen Lebensabend entgegenwirkten, konnte er keinerlei Verständnis aufbringen. Er selbst trank wenig Alkohol, checkte regelmäßig seinen Blutdruck, ernährte sich fast schon asketisch und begann jeden Morgen mit einer halben Stunde Rudern. Im Sommer auf dem See, im Winter auf einem altertümlichen Gerät im Keller des Hauses.

Carolin wurde wieder einmal bewusst, dass sie genau zwischen den zwei Eltern-Kind-Paaren stand. Wem fühlte sie sich zugehöriger, ihrer Mutter oder ihrem Vater? Wenn sie ganz ehrlich war, keinem von beiden. Sie sah sich wieder als Zehn-, Zwölfjährige unter den Apfelbäumen sitzen, wo sie mit einer kleinen Kamera Nahaufnahmen von Schmetterlingen machte. Oder wie sie mit einem Kescher durch die Wiesen streifte auf der Jagd nach Insekten. Und sie sah sich heimkommen, irgendwann zur Abendessenszeit, Romy mit der Mutter über einen Kochtopf gebeugt, Veri neben dem zeitunglesenden Vater in ein Buch vertieft.

Schnell lief sie zu ihrem Platz und griff nach der Kamera in ihrer Tasche unter dem Stuhl. Sie würde sich jetzt dem Fotografieren widmen, sich ganz auf Bildmotive, Strukturen, Farben und Lichtverhältnisse konzentrieren. Das hatte ihr schon immer gutgetan, wenn graue Wolken ihr Gemüt zu verdunkeln drohten. Und sie erinnerte sich an ihr Vorhaben, das sie umsetzen wollte, egal, was passieren würde. Sie würde ihrer Mutter ein Album mit wunderschönen Fotos schenken. Beim Durchblättern würde man an lichte, helle Momente des Glücks denken. Denn wer wusste schon, ob sich nicht noch alles zum Guten wenden würde? Carolin richtete sich auf und beschloss, Aufnahmen vom See und von den Bergen gegenüber zu machen, die gerade in einem besonders schönen Licht lagen.

»Tante Caro«, hörte sie da Luna rufen. Ihre Nichte kam auf sie zugehüpft, in der Hand trug sie ein Gebilde aus Alufolie. Carolin wusste, wie gerne Luna bastelte. Nach dem leckeren Essen, der aufregenden Vorführung und dem Herumtollen zwischen Apfelbäumen und Festgästen hatte Romy ihr vermutlich ein paar Küchenutensilien zum Spielen gegeben, damit ihr nicht langweilig wurde.

Luna griff nach Carolins Hand. »Wo gehst du hin?«, fragte sie.

»Zum See«, antwortete sie. »Und du?«

»Zum Opa. Kommst du mit?«

»Okay. Was hast du da?«, fragte sie und deutete auf den Alufolie-Ring.

»Eine Überraschung für den Opa!« Luna legte den Zeigefinger auf die Lippen und lächelte verschwörerisch.

»Da wird er sich aber freuen!« Carolin grinste, und gemeinsam gingen sie zu Georg, der an einer Ecke der Festtafel saß und sich mit einem Mann unterhielt. Plötzlich blieb Luna stehen und bückte sich. »Oh, die brauche ich unbedingt!«, erklärte sie eifrig und begann, ein paar Gänseblümchen zu pflücken. »Die muss ich noch einflechten.«

Carolin sah zu dem Mann neben ihrem Vater hinüber und überlegte, ob sie ihn an diesem Tag schon einmal gesehen hatte. Nein, er wäre ihr sicherlich aufgefallen. Nicht nur, weil er wahnsinnig gut aussah, sondern weil er ihr auch vertraut vorkam. Woher kannte sie die freundlichen blauen Augen? Das braune Haar, das vielleicht einen Friseurbesuch benötigt hätte, den schön geschwungenen Mund, umrahmt von einem Dreitagebart? Sie konnte ihn nicht einordnen. Nun bemerkte sie, dass vor den beiden ein paar Blätter lagen und ihr Vater mit seinem Montblanc-Füller, den er stets in der Innentasche seiner Anzugjacke mit sich führte, eines der Papiere unterschrieb.

»Super, vielen Dank«, sagte der Mann und drückte Georg die Hand. »Es ist mir wahnsinnig unangenehm, dass ich hier so reingeplatzt bin. Das nächste Mal prüfe ich rechtzeitig, ob ich alle Unterschriften für die Anträge beisammenhabe. Und nicht erst kurz vor Abgabeschluss.«

»Ach, kein Problem, das kann doch jedem mal passieren.« Georg winkte ab. »Ich weiß ja, wie viel Sie immer um die Ohren haben. Aber bleiben Sie doch und essen ein Stück Kuchen mit uns. Meine Tochter ist eine fantastische Köchin und Bäckerin, allerdings übertreibt sie es ständig mit den Portionen.«

»Das ist sehr nett.« Der Mann steckte die Papiere in eine lederne Umhängetasche und stand auf. »Aber die Arbeit ruft. Wir sehen uns am Donnerstag bei der Vereinssitzung.«

Carolin erinnerte sich, dass ihr Vater seit einiger Zeit im Vorstand des Fördervereins der Insel Mainau war. Offensichtlich hatte die kleine Aktion damit zu tun gehabt.

Der Blick des Fremden fiel auf sie, und ein strahlendes Lächeln erschien auf seinem Gesicht. »Wie schön! Caro …«, begann er, doch da kam Luna angerannt.

»Opa! Schau mal!« Sie wedelte mit dem Aluding, das nun zusätzlich von Gänseblümchen umrankt war.

»Oh, meine Süße, was bringst du mir denn da?« Luna war die Einzige, die ihren Großvater immer stören durfte. Er war seiner jüngsten Enkeltochter hoffnungslos verfallen. Der große, attraktive Mann schenkte Carolin ein weiteres Lächeln, und Carolin öffnete den Mund, um zu fragen: »Kennen wir uns?« Aber da zupfte Luna aufgeregt an ihrem Rock.

»Los, Caro, schau, ich hab dem Opa eine Krone gebastelt«, erklärte sie mit ernster Miene und kletterte ihrem Großvater auf den Schoß. Er nahm ihr das Gebilde aus der Hand und setzte es sich auf. Es glitzerte überraschend prächtig in seinem weißen Haar.

»Und wieso bekomme ich eine Krone?«, fragte er.

Luna zog ein wenig an dem Aluteil und drückte es fester auf seinen Kopf. »Na, weil du doch der König bist.«

»Ich bin der König?«

Carolin spürte einen Stich im Magen. Sie streckte die Hand nach ihrer Nichte aus. Sie sollte sie ganz, ganz schnell von hier fortbringen. Oder ihr mit einem Zauberspruch die Lippen versiegeln.

»Die Mama hat vorhin gesagt, die Oma hat den König geküsst – und der bist du! Darum brauchst du eine Krone!«

Dass das Beamen noch nicht erfunden war, hatte vermutlich jeder Mensch auf der Welt schon einmal bedauert. Aber niemand so sehr wie Carolin in diesem Moment. Sie wollte einfach nur blinzeln und dann in einem kleinen Kajak vor der Küste Christchurchs wieder zu sich kommen. Gute 18 000 Kilometer von hier entfernt. Und nichts als Wellen, Strand und ein paar Seelöwen um sie herum. Stattdessen musste sie ausharren und in das verstörte Gesicht ihres Vaters schauen.

»Die Oma hat den König geküsst?«, wiederholte er Lunas Satz gerade.

»Ja, du bist doch der König, oder?« Luna schien zu merken, dass irgendetwas nicht stimmte.

»Ja, sicher«, murmelte Georg geistesabwesend.

»Entschuldigen Sie mich, ich muss los! Auf Wiedersehen, Herr Hohenhausen«, sagte der attraktive Mann. Offensichtlich spürte er genau, dass gerade etwas passierte, das nicht für die Ohren Außenstehender bestimmt war. Er nickte Georg und Carolin freundlich zu und ging in Richtung Parkplatz.

Carolin wurde flau.

»Opa, bist du doch nicht der König?« Verzweifelt versuchte Luna die Situation zu erfassen, aber mit ihren sieben Jahren gelang ihr das nicht wirklich. Georg zog die Alukrone abrupt von seinem Kopf und drehte sie argwöhnisch in den Händen.

»Gefällt sie dir nicht?«, fragte Luna enttäuscht. Hörte Georg sie überhaupt?

»Ich finde, das ist eine tolle Krone«, versuchte Carolin sie abzulenken. »Aber magst du nicht auch noch eine für die Oma basteln, weil sie doch heute Geburtstag hat?«

Luna wirkte regelrecht erleichtert, rutschte von Georgs Schoß herunter und fegte davon wie ein Wirbelwind.

Georg zerdrückte die Alukrone zu einem kompakten Ball. Wie sollte Carolin nur reagieren? Einfach weggehen und so tun, als sei nichts gewesen? Ihm einreden, dass Luna nur Kinderquatsch erzählt hatte? Oder ihm die Wahrheit …

»Sie hat den König geküsst? Arthur König?« Georg sah ihr direkt ins Gesicht. Seine Unterlippe zitterte. Sie konnte ihn unmöglich allein lassen.

»Da hat Luna sicher was falsch verstanden«, war das Erste, was ihr einfiel.

»Verkauf mich nicht für dumm!«, sagte er barsch und stand auf. In seinen Augen funkelte eine Mischung aus Unglaube, Enttäuschung und Wut.

Carolin wusste, dass sie ihn nicht aufhalten konnte. Ihr hilfloses »Beruhige dich!« hörte er nicht mehr, denn er lief los und rief dabei den Namen seiner Frau.

»Lotte!« Und immer lauter werdend: »Lotte!«

Ausgerechnet in dem Augenblick, in dem Carolin und Georg sie gleichzeitig entdeckten, stand Lotte dicht neben Arthur König. Und selbst auf die Entfernung fand Carolin, dass die beiden verdächtig vertraut miteinander wirkten. Auf die Rufe ihres Ehemanns hin rückte Lotte zwar ein wenig von Arthur König ab, aber ihr Gesicht lief rot an, und offensichtlich wusste sie nicht, wohin mit ihren Händen. Sie fummelte nervös an ihren Fingerkuppen herum und versuchte sich an einem unschuldigen Lächeln. Das fatal misslang.

Georg war inzwischen bei seiner Frau angekommen. Mit hochrotem Kopf baute er sich vor ihr auf und stützte die Hände in die Hüften.

Carolin registrierte, wie einige der Gäste das Trio irritiert ansahen.

»Wird jetzt endlich getanzt?«, hörte sie da Tante Klara laut sagen. »Ich warte schon den ganzen Tag auf Tänze!« Sie tappte auf die drei zu und wollte sich Arthur König schnappen.

»Sie, junger Mann, Sie tanzen jetzt mit mir!«, rief sie mit einer unbekümmerten Heiterkeit, die allen Anwesenden ein amüsiertes Raunen entlockte.

»Komm, Tante Klara, wir müssen erst noch die Musik aussuchen!«

Romy schoss auf sie zu und nahm sie behutsam am Arm. »Und dann können wir tanzen.«

»Ach, Kindchen, richtig – die Musik!« Widerstandslos ließ sie sich von ihrer Nichte wegführen, und Carolin war dankbar für die Geistesgegenwart, die Romy bewiesen hatte. Und die ihr gerade komplett fehlte.

»Betrügst du mich?«, fragte da Georg geradeheraus. »Mit dem da?« Er fuchtelte mit ausgestrecktem Zeigefinger vor Königs Gesicht herum. Dieser sah betreten auf das Gras zu seinen Füßen.

Lottes Züge veränderten sich plötzlich so stark, als habe jemand einen Morphing-Effekt angewendet. Ihre Wangen nahmen wieder ihre natürliche Farbe an, die Verlegenheit wich aus ihren Augen, und sie spannte die Lippen. Kampfbereit. »Es geht nicht darum, ob ich dich betrüge«, sagte sie mit lauter Stimme. »Es geht ausnahmsweise einmal darum, etwas zu tun, was mir guttut. Ohne Rücksicht auf andere.«

»Und das bedeutet, du machst mit diesem … diesem … Schönwetterkapitän rum!«, blaffte Georg.

Ihr ganzes Leben lang hatte Carolin nicht ein einziges Mal Kraftausdrücke aus dem Mund ihres Vaters gehört. »Schönwetterkapitän« rangierte auf seiner Skala von Schimpfwörtern ziemlich weit oben. Für ihn war das ein feiger, nutzloser Mensch, für den man nur Verachtung haben konnte.

Arthur König ahnte natürlich nichts von diesen Feinheiten und verzog daher spöttisch den Mund. »Immerhin behandelt der Schönwetterkapitän deine Frau so, wie sie es verdient. Mit Respekt, Liebe und Anteilnahme.« Er legte einen Arm um Lottes Schulter.

Georg erweckte den Anschein, als würde er in der nächsten Sekunde mit dem Kopf voraus seinen Widersacher rammen. »Der verlässt jetzt sofort mein Grundstück!« Ihr Vater deutete mit ausgestrecktem Arm erst auf Arthur König, dann in Richtung Parkplatz. Doch der Angesprochene blieb unbeeindruckt stehen, er rückte sogar noch dichter an Lotte heran. Georg machte einen Schritt auf ihn zu.

»Wowowo!«, hörte sich Carolin sagen. »Jetzt beruhigen wir uns alle mal!« Mit versöhnlicher Geste trat sie zu den beiden Männern. Wo waren nur ihre Schwestern? Romy sah sie immer noch mit Tante Klara reden, aber Veri?

Zu ihrer Erleichterung kam Veri in dem Moment herbeigeeilt. In den Händen hielt sie zwei Weinflaschen – und schon von Weitem erkannte Carolin darauf das wunderschön gestaltete Etikett. Offensichtlich hatte sie gerade ihrer Mutter das Geschenk überreichen wollen.

»Ähm, ähm …«, stieß sie aus, von der Situation vermutlich ebenso überfordert wie Carolin. Sie versuchte, die Etiketten nach hinten zu drehen. Dass dies ein unpassender Moment für den Wein war, hatte sie bemerkt. Aber sie ging in die Offensive: »Vielleicht entspannen wir uns alle bei einem schönen Glas Müller-Thurgau. Der 2022er ist ein besonders guter Jahrgang geworden!«

Doch keiner reagierte auf ihren Vorschlag.

»Ich will, dass der da …« Georg stieß mit seinem Zeigefinger in Richtung von Königs Brust. »… dass der verschwindet. Und zwar augenblicklich!«

»Und dann?«, fragte nun Lotte. Ihre Stimme klang ruhig und beherrscht. »Dann geht alles wieder seinen alten Gang, oder wie hast du dir das vorgestellt?«

Georg fiel darauf keine Antwort ein, und sein Blick zuckte zwischen Lotte und Arthur König hin und her.

»Ich wollte, dass dies für uns alle ein schöner Tag wird«, fuhr Lotte fort. Sie wandte sich an ihre Gäste, die inzwischen die Szenerie im Halbkreis umstanden. »Es tut mir sehr leid, dass es anders gekommen ist. Aber manchmal nimmt das Schicksal einfach seinen Lauf. Dass es das ausgerechnet heute tut, war nicht meine Absicht, und ich wollte niemanden vor den Kopf stoßen.«

»Nur Hörner aufsetzen«, warf Georg wütend ein. »Spar dir deine Floskeln. Ich weiß genau, was jetzt kommt. Du gibst mir die Schuld an allem. Aber …«

»Nein«, unterbrach ihn Lotte. »Das bestimmt nicht. Ich glaube nur, es ist nicht der passende Zeitpunkt, um über unsere Ehe zu reden, meinst du nicht auch?«

Georg sah für einen kurzen Moment zu Boden.

»Ich weiß auch nicht, was jetzt das Richtige ist«, bekannte Lotte. »Ich war nie zuvor in einer solchen Situation. Aber ich glaube, ich sollte nun gehen. Vielleicht, Georg, erkennst du irgendwann, dass es so besser ist. Für uns beide.« Sie griff nach Arthur Königs Hand, winkte kurz ihren Gästen zu, und dann schritten sie über den Rasen das kurze Stück zum Bootsanleger.

»Aber Mama«, rief ihr Veri hinterher. »Du kannst uns doch nicht allein …«

Lotte blieb stehen, drehte sich zu ihrer Tochter um und schenkte ihr einen bedauernden Blick. Dieser wanderte dann zu den Flaschen in Veris Händen. »Was hast du da?«, fragte sie.

Veri streckte ihrer Mutter die Flaschen entgegen, als hoffte sie, darin sei ein Zaubertrank, der die alten Verhältnisse wiederherstellte. Von duftigen Blütenranken in Violett- und Brombeertönen umrankt, prangte in der Mitte des Etiketts in schwungvoller Schrift der Name des Weins: »Lotte – Toujours jeune.«

»Für dich, Mama«, brachte Veri mit zittriger Stimme hervor.

»Wie passend!« Lotte lächelte warmherzig und nahm ihr die Weinflaschen ab. »Ich danke dir sehr! Das ist wirklich lieb.« Einen Moment schien sie zu überlegen, ob sie Veri umarmen sollte, aber sie bemerkte wohl, dass ihre Tochter zurückwich. Also nickte sie nur, wandte sich dann Arthur König zu, und gemeinsam gingen sie zum Bootssteg.

Unter den irritierten und erstaunten Blicken der Gäste bestieg das Paar das Boot, das am Steg dümpelte. Arthur Königs Boot offensichtlich. Erst nachdem der Motor angesprungen war und König es auf den See hinausgesteuert hatte, kam wieder Leben in die Menge.

Carolin hörte Tuscheln und Geraune um sich herum, aber sie war nicht in der Lage, etwas zu sagen, um die Gäste zu beruhigen. Sie spürte Gudrun neben sich, die ihr sanft auf die Schulter klopfte. Ob Lotte ihre Freundinnen eingeweiht hatte?

»Bitte, lassen wir das Fest doch versöhnlich ausklingen.« Veris Tonfall wechselte blitzschnell von zaghaft zu entschlossen. »Ich bin sicher, das wird sich alles klären. Streitereien und, ähm, Missverständnisse kommen in jeder guten Familie vor.« Sie hakte ihren Vater unter. »Papa, ich habe dir extra noch eine Flasche von dem roten Traubensaft mitgebracht, den trinkst du doch so gerne.« Sie lächelte nach rechts und nach links und zog Georg mit sich zur Festtafel. Dieser folgte ihr widerstandslos, fast so, als sei er dankbar, nicht entscheiden zu müssen, was als Nächstes geschah.

Einige liefen in Richtung Büfett, andere gingen hinaus auf den Steg und blickten dem bereits fernen Motorboot hinterher. Ein Paar ergriff seine Sachen und verabschiedete sich mit einem unbestimmten Winken in die Runde.

Georg stierte auf die deutlich benutzte Festtafel und hob plötzlich den Arm. Mit einem Handstreich fegte er alle Puzzleteile in seiner Reichweite vom Tisch. Dann sah er auf und sagte ruhig: »Ich will nach Hause.«

Veri warf Carolin einen auffordernden Blick zu. Jetzt bist du mal dran, schien der zu sagen.

»Komm, Papa, ich bring dich«, sagte Carolin. Wenn sie sonst schon nie da war, konnte sie wenigstens dieses Mal helfen. »Gib mir ein paar Minuten, ich hole nur eben meine Tasche.«

Georg starrte ohne erkennbare Reaktion weiterhin vor sich hin. Carolin griff nach ihrer Fototasche und verstaute ihre Utensilien darin.

»Caro«, hörte sie da ihre jüngere Schwester flüstern. Sie wandte sich Romy zu. »Ich habe gerade mit Luna geredet.«

»Wie geht es ihr?«

Romy wiegte den Kopf. »Na ja, sie ist etwas verstört. Aber ich konnte sie beruhigen. Ich hab ihr eine Extraportion Waldmeistereis versprochen. Das liebt sie.«

»Und hat sie dir erzählt, wie sie das mitbekommen hat?« Carolin schloss den Reißverschluss ihrer Fototasche.

»Sie ist vorhin von einem Stuhl aus auf einen der Apfelbäume geklettert. Als sie uns gesehen hat, hat sie sich zwischen die Äste geduckt, damit ich sie nicht entdecke und mit ihr schimpfe. Sie konnte von oben hören, was wir geredet haben.«

Carolin legte die Hand vor den Mund. »Und hängen geblieben ist, dass die Oma den König geküsst hat. Herrje!«

»Na ja, sie hat eben versucht, sich einen Reim darauf zu machen.«

»Das ist irgendwie süß!« Carolin musste lächeln.

»Vielleicht ist das alles ja gar nicht so schlecht«, überlegte Romy. »Genau wie Mama gesagt hat.«

»Den Optimismus hast du offensichtlich von ihr.« Carolin tätschelte ihrer Schwester den Arm. Sie hoffte zutiefst, dass die bisher ausgebliebenen Dramen auch weiterhin nicht aufgeführt würden. »Dein Wort in wessen Gehörgang auch immer!«

6. Kapitel

Die Stille im Haus dröhnte so laut, als würden Felsbrocken vom Pfänder hinab ins Tal stürzen.

Carolin starrte auf den Timer am Backofen, der sieben Minuten anzeigte. Erst eine war vergangen. Scheinbar ewig musste der Beruhigungstee noch ziehen, den sie ihrem Vater aufgebrüht hatte. Sie wusste, dass er Tee nur trank, wenn er schwer erkältet war, was so gut wie nie vorkam. Doch sie hatte irgendetwas tun müssen, anstatt nur herumzusitzen und auf Georgs versteinertes Gesicht zu schauen.

Kein Wort hatte er gesagt, seit sie mit ihm vor einer Stunde von dem abrupt beendeten Fest aufgebrochen war. Lieber hätte sie beim Aufräumen geholfen, aber die Blicke ihrer Schwestern hatten ihr unmissverständlich klargemacht, dass es nun ihre Aufgabe war, sich um den Vater zu kümmern. Den Satz »In zwei Wochen bist du wieder weg und lässt uns mit dem Drama allein« hatte zwar niemand ausgesprochen, aber er hatte wie der Duft der Apfelblüten über der Szenerie geschwebt. Nur deutlich unangenehmer.

Carolin schwenkte den Teebeutel herum und beobachtete, wie sich das Wasser färbte. Wie oft hatte sie Freundinnen getröstet, die verlassen worden waren? Wie oft Romy, die in ihren Teenagerjahren immer wieder mal unter schwerem Liebeskummer gelitten hatte? Und wie oft hatte sie selbst Zuspruch gesucht, wenn mal wieder eine ihrer meist ebenfalls kurzen Beziehungen in die Brüche gegangen war? Trost zu spenden war ein Akt der Mitmenschlichkeit, aber es war so schwierig, die richtigen Worte zu finden.

Was sollte sie ihrem Vater sagen?

»Das wird schon wieder!«

»Sicher kommt sie bald zurück!«

»Sie wird merken, dass sie einen Fehler gemacht hat.«

Das war Bullshit-Bingo auf höchstem Niveau. Gesteigert nur noch von Tröstungen wie »Ohne sie bist du sowieso viel besser dran« oder »Ich fand immer, ihr passt nicht zusammen«. Das alles hatte sie selbst schon gehört. Und auch ausgesprochen. Peinlicherweise.

Sie beschloss, nicht länger zu warten, entfernte den Teebeutel und brachte die Tasse ihrem Vater. Vielleicht hatte sich inzwischen wenigstens seine Körperhaltung geändert. Doch als sie ins Wohnzimmer kam, saß er noch immer auf der Kante des Sofas, hatte die Hände vor sich gefaltet, den Blick stur auf den Perserteppich unter dem Couchtisch gerichtet.

»Hier, Papa, der tut dir bestimmt gut«, sagte sie und stellte die dampfende Tasse vor ihm ab. Er sah nicht einmal auf.

Unschlüssig blieb sie stehen. Sollte sie sich zu ihm setzen? Wollte er, dass sie ging? Könnte sie ihn überreden, sich hinzulegen? Wäre ein Kriseninterventionsteam angebracht? Natürlich nicht! Aber wie schön wäre es, wenn man jemanden anrufen könnte, der einfach vorbeikäme und Probleme aller Art für einen lösen würde.

Sie seufzte.

»Hast du etwas Honig reingetan?«, fragte ihr Vater leise.

Wenn er nach Süßem verlangte, stand es wirklich schlimm um ihn. Carolin lief in die Küche zurück, öffnete suchend einige Schränke und brachte ihm dann das Gewünschte. Gemeinsam sahen sie zu, wie die goldbraune, zähe Masse in die Tasse floss.

»Es tut mir so leid für dich«, brachte Carolin schließlich hervor und setzte sich in den Ledersessel, der seitlich der Couch stand. Georg rührte im Tee, offensichtlich froh, sich wenigstens an einem Löffel festhalten zu können.

»Tja …« Er hob die Schultern, ließ sie wieder sinken. »Nicht schön, wenn man vor aller Augen zum Trottel gemacht wird. Aber ich werde es überleben.«

Carolin stutzte kurz. Dass seine Frau ihn offensichtlich verlassen hatte, machte ihm weniger zu schaffen als die Befürchtung, bloßgestellt worden zu sein?

»Ich glaube, die Gäste haben mit dir gelitten«, versuchte sie ihn zu besänftigen. »Sie haben sicher Verständnis für deinen Kummer.«

»Schön.« Mit einer knappen Geste ließ er den Teelöffel auf den Tisch fallen. »Dann ist ja alles in Ordnung.« Er fuhr sich mit der Hand über den Mund, verschränkte die Arme vor der Brust und lehnte sich zurück. Sein Blick ging an Carolin vorbei zum großen Fenster, hinter dem der frühjahrsgrüne Garten üppig spross.

»Nein, natürlich ist nichts in Ordnung«, entgegnete sie. »Ich weiß, das muss ein Schock für dich sein.«

»Aha. Das weißt du also.« Ganz kurz sah er sie an, dann blickte er wieder zum Fenster.

Carolin unterdrückte ein Stöhnen. Sie hatte in den vergangenen vier Jahren ausgeblendet, wie anstrengend ihr Vater sein konnte.

»Du musst mich hier nicht bemuttern«, sagte er in etwas sanfterem Tonfall. »Leg dich hin, die lange Reise gestern hat dir sicher zugesetzt.«

»Aber …« Carolin griff über die Lehne hinweg und legte eine Hand auf den Arm ihres Vaters. »Ich würde dir gerne irgendwie helfen. Wenn es irgendwas gibt, was ich tun kann, dann sag es mir. Dann mache ich das.«

»Das ist lieb von dir.« Die Düsternis in seinem Blick hellte sich etwas auf. Zumindest so lange, bis er sagte: »Gut, dann fahr zu diesem Schönwetterkapitän und hol deine Mutter. Sie gehört nach Hause.«

»Ich bezweifle, dass sie mitkommen würde«, antwortete Carolin schnell. Ein wenig zu schnell vielleicht.

Doch Georg nickte. »Das befürchte ich auch.«

»Vermutlich braucht sie einfach eine Auszeit«, sagte sie. Sie stand auf und öffnete die Terrassentür. Etwas Frischluft würde ihnen sicher beiden guttun. »Und dann merkt sie, was sie an dir hat, und kommt zurück.«

»Ganz bestimmt.« Georg nippte an seinem Tee und stellte die Tasse wieder ab. »Lassen wir das, Carolin. Ich will jetzt nicht weiter über diese unerfreuliche Angelegenheit reden. Da deine Mutter nicht mehr da ist, werde ich nun den Garten wässern. Es ist sehr warm heute, und die Pflanzen können ja nichts dafür, dass sie solchen Unsinn verzapft.« Er stand auf, klopfte sich mit beiden Händen auf den flachen Bauch und verschwand durch die Terrassentür nach draußen.

Carolin sah ihm irritiert hinterher. Georg hasste Gartenarbeit – wenn er sich damit ablenkte, musste er schon sehr verzweifelt sein.

Die Singvogelstimmen-Uhr neben dem Bücherregal ließ den Gesang des Rotkehlchens erklingen. Es war 17 Uhr. In Christchurch würde es noch gut zweieinhalb Stunden dauern, bis die Sonne aufging. Carolin konnte ein Gähnen nicht unterdrücken. Sie spürte die Müdigkeit in jedem Knochen. Sie nahm einen Schluck von dem Tee, den ihr Vater hatte stehen lassen. Uh, war der süß!

Was sollte sie jetzt nur machen? Sich wirklich ins Bett legen? Unter die Dusche gehen? Die Fotos, die sie heute gemacht hatte, durchschauen?

Am liebsten hätte sie mit jemandem gesprochen. Doch Jacob schlief um diese Zeit definitiv, ebenso ihre Freundin Sandy, und ihre Schwestern waren sicher noch mit Aufräumen beschäftigt.

Vielleicht sollte sie sich doch aufs Ohr hauen und darauf hoffen, dass sich die Dinge gelöst hätten, wenn sie wieder aufwachte. Was ziemlich unwahrscheinlich war. Aber womöglich würde ihr dann wenigstens einfallen, wer der attraktive Mann auf dem Fest gewesen war, der sie, wie es schien, wiedererkannt hatte. Was sie von sich nicht behaupten konnte.

Im ersten Moment tat es unglaublich gut, sich auszustrecken. Carolin kuschelte sich in ihr Bettzeug und zog die Decke bis unter die Nase. Draußen hatte ein leichter Wind eingesetzt, der die dünnen Vorhänge vor den bodentiefen Fenstern sanft bewegte. Mit etwas gutem Willen ging das Rascheln auch als Meeresbrandung durch – das Geräusch, bei dem Carolin am schnellsten einschlief. Doch hinter ihren geschlossenen Lidern fand sie keine Ruhe. Vielmehr sah sie Bilder vom Fest, die in raschem Wechsel wie auf eine Leinwand projiziert wurden. Tante Klara, die tanzen wollte. Luna mit der Alukrone in der Hand, das entsetzte Gesicht von Veri, das versteinerte ihres Vaters und immer wieder die leidenschaftliche Umarmung von Arthur König und ihrer Mutter. Es gab kein Entkommen. Mit einem Ruck setzte sie sich auf und nahm ihr Handy, das neben ihr auf dem Nachttisch lag. Nur zwei Nachrichten fand sie vor: eine mit der Frage von Sandy, ob sie gut angekommen sei, und ein Gruß von Jacob, den er geschrieben hatte, bevor er zu Bett gegangen war. »Freue mich, deine Stimme morgen zu hören«, hatte er getextet und dahinter unzählige Herzen und Kussmünder gesetzt. Schnell klickte sie zurück auf den Startbildschirm. Kaum halb sechs war es. Sie stand auf und schaute hinunter in den Garten. Ob ihr Vater immer noch damit beschäftigt war, die Pflanzen zu gießen?

Ihr Blick fiel auf die Terrasse und das Ende einer Liege, auf der zwei Füße in karierten Filzhausschuhen unter einer Decke hervorragten. Georg hatte sich dort hingelegt. Sie hörte ihn sogar leise schnarchen. Vermutlich hatten ihn die Ereignisse des Tages vor allem erschöpft.

Neben dem ältesten der vier Apfelbäume im Garten lag der aufgerollte Wasserschlauch, offensichtlich war Georg fertig mit dem Wässern. Sie betrachtete die Bäume. Früher, als sie ein Kind gewesen war, hatte man über sie hinweg unbeschränkten Blick auf den See gehabt – mittlerweile waren sie so hoch, dass man nur noch zwischen ihren Ästen blaues Glitzern wahrnahm.

Der Baum, neben dem der Schlauch lag, war zur Hochzeit ihrer Eltern 1977 gepflanzt worden. Vor bald 47 Jahren! Daneben stand der unwesentlich kleinere, der ein Jahr später zu Veris Geburt eingesetzt worden war. Dann kam ihr eigener Baum, mittlerweile auch schon über 42 Jahre alt, und schließlich Romys Apfelbaum, dessen Jahresringe es bald auf die Zahl 38 brachten. Obwohl er der jüngste war,

war er der stattlichste und blühte am prächtigsten. In ihrer Kindheit hatte zwischen den Bäumen eine Schaukel gestanden, später dann waren Hängematten an den Stämmen angebracht worden.

Carolin öffnete beide Flügel des Fensters, vor dem ein schmaler Balkon lag, gerade einmal so tief, dass ein Sessel darauf halb drinnen, halb draußen Platz fand. Das war zu Schulzeiten ihr liebster Rückzugsort gewesen, abgesehen von den Feldern und Wiesen, in denen sie sich so oft herumgetrieben hatte. Und ihre Schwestern hatten sie um den Minibalkon beneidet. »Das ist ungerecht, ich will auch so einen Balkon«, hatte Romy ihren Eltern in den Ohren gelegen, bis Georg sie unwirsch darauf hingewiesen hatte, dass dafür ihr Zimmer deutlich größer war.

Das alles war so merkwürdig vertraut. Carolin kam es vor, als sei es erst wenige Monate her, dass sie von zu Hause ausgezogen war. Vom Balkon aus betrachtete sie ihr Zimmer, das sich kaum verändert hatte. An den lila und orange gestrichenen Wänden hingen noch immer großformatige Makrofotos von Schmetterlingsflügeln in den schillerndsten Farben. Im Bücherregal, das neben der Tür stand, reihten sich Bestimmungs- und Biologiebücher aneinander, außerdem Romane und Aufzeichnungen von Forschungsreisen aus früheren Jahrhunderten. Sogar die damals brandneuen Mangas, die sie mit dreizehn, vierzehn eine Zeit lang in bizarre, postapokalyptische Welten entführt hatten, lagen noch herum. Ob sie Rosalie damit eine Freude machen konnte? Ihr Vater hatte gewettert, der Untergang des Abendlandes stünde bevor, wenn er sie mit einem solchen Comic entdeckt hatte. Das hatte den Reiz, sie zu lesen, natürlich nur erhöht.

Auf einem Regalbrett über ihrem Bett prangte die Sammlung der Pokale und Medaillen von gewonnenen Segelregatten. Sie strich über die goldene Plakette, die sie als Vierzehnjährige mit ihrem *Optimist* bei der Landesjugendmeisterschaft geholt hatte. Da wiederum war Georg vor Stolz auf seine sportliche Tochter beinahe geplatzt. Überhaupt hatte er gelegentlich gerne mit den athletischen Qualitäten der drei Schwestern angegeben. Veri war seit frühester Kindheit im

Schwimmverein von Überlingen aktiv gewesen und hatte bei diversen Meisterschaften Titel geholt. So eine Allerweltssportart hatte es für Romy nicht sein dürfen. In einer Ferienfreizeit hatte sie die Wasserskianlage in Pfullendorf besucht und war seitdem begeistert davon, mit zwei Brettern unter den Füßen über den See gezogen zu werden. In Bodman hatte sie bald einen Verein gefunden, und Georg hatte es sich nicht nehmen lassen, seine Jüngste an den Wochenenden zum Training oder zu Turnieren zu fahren. In ihren Zwanzigern war auch noch das Wakeboard dazugekommen, aber soweit Carolin wusste, hatte Romy mit ihrer ersten Schwangerschaft den Sport aufgegeben.

Carolin fuhr zusammen, als der Ton ihres Handys die Stille durchdrang. Veri, wie sie mit einem Blick aufs Display feststellte.

»Hallo, Schwester«, sagte sie.

»Wie geht's ihm?«, fragte Veri, und der Klang ihrer Stimme verriet, dass sie besorgt war.

»Er hat sich auf der Terrasse hingelegt und macht ein Nickerchen.«

»Ah, das klingt gut.«

»Ich habe ihm vorher einen Tee gemacht.«

»Er hasst Tee. Aber egal, Hauptsache, er sitzt nicht nur da und starrt Löcher in die Luft.« Sie ließ ein leises Seufzen hören. »Und, hat sich Mama bei dir gemeldet?«

Carolin verneinte.

»Wir müssen versuchen, mit ihr zu reden.« Veri mochte die Hoffnung wohl nicht aufgeben. »Ich bin sicher, wenn wir ihr klarmachen, dass sie auf einem Irrweg ist, dann kommt sie heim.«

Das glaube ich ganz und gar nicht, dachte Carolin, aber sie sprach es nicht aus. Sie wusste genau, dass Veri schon längst Pläne gemacht und Vorgehensweisen abgewogen hatte und nun nicht mehr davon abzubringen war.

»Vielleicht«, sagte sie diplomatisch. »Aber vielleicht wäre es besser, sie erst mal in Ruhe zu lassen. Für sie war der Tag bestimmt auch nicht einfach.«

»Da hab ich wenig Mitleid. Das hat sie sich selbst eingebrockt«, schoss Veri zurück. »Wir sollten uns gleich morgen früh treffen, also Romy, du und ich. Und dann überlegen wir, wie wir vorgehen, und fahren zu ihr.«

»Weißt du denn, wo Arthur König wohnt?«

Für einen Moment war es still in der Leitung.

»Das finde ich schon heraus.« Veri klang zuversichtlich. »Und sicher wäre es auch gut, diesem König klarzumachen, was er da angerichtet hat.«

»Was hat er denn angerichtet?«

»Hallo? Er hat nicht nur eine Ehe zerstört, sondern eine ganze Familie.«

Ohne es verhindern zu können, musste Carolin laut auflachen. »Ach, Veri, manchmal bist du echt eine Dramaqueen. Du solltest auch erst mal eine Nacht über alles schlafen.«

Veri schnaubte. »Und was soll morgen anders sein? Glaubst du, ich wache auf und denke, ach super, heute finde ich es toll, dass Mama Papa im Stich gelassen hat?«

»Nein«, wehrte Carolin ab. »Natürlich nicht. Aber … Na ja, meinst du nicht, sie sind alt genug, die Dinge allein zu regeln?«

»Offensichtlich nicht!« Veri war lauter geworden. »Das hat Mama ja eindrücklich bewiesen.«

Carolin schüttelte den Kopf und ließ sich auf ihr Bett sinken.

»Bist du noch da?«, fragte Veri. »Was ist, kommst du morgen Vormittag vorbei? Ich sag Romy Bescheid.«

»Na klar«, antwortete Carolin. »Sag mal, ähm, was ganz anderes. Hast du den Mann gesehen, der mit Papa zusammensaß und sich eine Unterschrift für irgendein Projekt oder so geholt hat? Kurz bevor … na ja, Luna mit der Krone kam.«

»Nein, tut mir leid«, sagte Veri rasch. »Was war mit dem?«

»Ach, nichts weiter«, meinte Carolin. »Er hat mich mit Namen begrüßt, und ich habe keine Ahnung, wer das war. Aber ich kam nicht mehr dazu, ihn zu fragen.«

»Papa weiß das doch sicher.«

»Ja, klar, aber ich wollte ihm jetzt nicht mit so Banalitäten kommen. Ist auch nicht so wichtig. Dann morgen um … zehn?«

Veri stimmte zu, und die Schwestern verabschiedeten sich. Kaum hatte sie das Handy weggelegt, hörte sie ihren Vater von unten rufen: »Caro, isst du ein paar Spiegeleier mit mir?«

»Gerne«, rief sie zurück und ging hinunter.

Ihren Vater am Herd zu sehen war ein gänzlich ungewohntes Bild. Er hatte sich ein Küchenhandtuch in den Bund seiner Hose gestopft und hantierte etwas ungeschickt mit einem Pfannenwender.

»Irgendwie hatte ich jetzt Hunger«, gestand er. Es duftete verführerisch nach angebratenem Speck und Carolin spürte, dass auch sie etwas zu essen gebrauchen konnte. Sie deckte den Tisch an der Eckbank mit Tellern, Besteck und Gläsern, und kurz darauf servierte Georg die Eier, die er von beiden Seiten gebraten hatte.

»Die gab's früher immer mittwochs, wenn Mama in ihrem Französischkurs war«, erinnerte sich Carolin. »Dann hast du für uns das Abendessen gemacht.«

»Hab ich das?« Georg sah sie erstaunt an.

»Na ja, ab und an zumindest. Falls du nicht auch unterwegs warst.«

Ihr Vater schnitt einen Happen vom Spiegelei ab und betrachtete ihn versonnen, ehe er ihn in den Mund steckte und bedächtig kaute.

»Ich grüble die ganze Zeit, wie es so weit hat kommen können«, sagte er nachdenklich. »Wann war der Punkt, an dem sich eure Mutter von mir abgewendet hat?«

Carolin zuckte hilflos mit den Schultern. »Das wird nur sie dir sagen können.«

»Ja, sicher. Entschuldige, ich will dich eigentlich gar nicht damit belästigen.«

»Du belästigst mich nicht, Papa«, widersprach Carolin, spürte aber, dass es ihr wirklich unangenehm gewesen wäre, sich näher mit der Ehe ihrer Eltern beschäftigen zu müssen.

»Erzähl mir von Neuseeland«, forderte Georg sie auf. »Da muss es doch herrliche Segelmöglichkeiten geben.«

»Oh, allerdings!« Carolin berichtete ein wenig über ihre Aktivitäten, hatte aber das Gefühl, dass ihr Vater nicht ganz bei der Sache war. Er nickte zwar ab und an, gab ein »Aha« und »Soso« von sich, doch sein Blick wirkte abwesend.

»Wer war eigentlich der Mann vorhin, der die Unterschrift von dir brauchte?«, fragte sie irgendwann unvermittelt.

Georg sah sie mit hochgezogenen Brauen an. »Doktor Stiegler?« Er schob den Teller von sich. »Der ist der Chef vom Schmetterlingshaus auf der Mainau. Ich bin ja im Vorstand vom Förderverein, und wir bewerben uns beim Land um Gelder, mit denen man Sonderausstellungen auf die Beine stellen kann.«

»Stiegler?«, hakte sie nach. Der Name sagte ihr nichts.

»Ja, Cornell Stiegler.«

Cornell ... Bei dem seltenen Vornamen machte es klick.

»Ich glaube, der hat mit mir Abi gemacht«, sagte Carolin.

Ihr Vater sah sie verwundert an. »Wirklich? Das wusste ich gar nicht. Hat er zu deinem Freundeskreis gehört?«

Carolin schüttelte den Kopf. »Wenn ich mich recht entsinne, hat er zu gar keinem Freundeskreis gehört. Das war so ein nerdiger Einzelgänger, total schüchtern und verklemmt. Fanden wir damals zumindest. Stimmt, der war sogar in meinem Bioleistungskurs.«

»Aha, na ja, ist ja offensichtlich trotzdem was aus ihm geworden. Er ist ein exzellenter Wissenschaftler, aber auch Manager. Seit er vor einem guten Jahr die Stelle auf der Mainau bekommen hat, hat sich das Schmetterlingshaus enorm entwickelt. Vor Kurzem erst, beim letzten Treffen, hat er uns die aktuellen Zahlen vorgestellt. Die Besucherzahl hat sich deutlich erhöht.«

»Was dich sicher besonders freut, weil das heißt, es fahren mehr Leute mit dem Schiff auf die Mainau.«

»Da hast du recht.«

»Dann könntet ihr doch vielleicht auch eine Themenfahrt anbieten, bei der es um Schmetterlinge geht«, schlug Carolin vor. Sie war froh, dass ihr Vater für einen Moment seine Misere vergessen zu haben schien.

»Ach nein, das würde mir nicht gefallen«, entgegnete er. »Das ist so eine komische Mode mit diesen Themenfahrten. Sonnenuntergang finde ich ja wunderbar – doch wie willst du an Bord etwas zu Schmetterlingen machen?« Er schüttelte energisch den Kopf.

»Aber andere …«, begann Carolin, verstummte dann jedoch. Wenn sie von den Konkurrenzunternehmen ihres Vaters sprechen würde, müsste er nur wieder an Arthur König denken. »Egal. Ist auf jeden Fall toll, dass mehr Menschen die Mainau besuchen.«

»Genau!« Georg wirkte ganz zufrieden. »Und wenn du mir jetzt noch eine Freude machen willst, dann schaust du mit mir den *Tatort*. Heute ist das Münchner Team dran, die finde ich am besten.«

»Nichts lieber als das«, antwortete Carolin lächelnd. Hauptsache, er war abgelenkt.

Georg nickte dankbar und sagte: »Ich habe gelesen, es geht um einen Mann, der seine Frau nach langjähriger Ehe ermordet hat.«

7. Kapitel

Der Morgen fühlte sich so zart an wie ein Kimono aus Seide. Vom See wehte eine sanfte Brise über ihre nackten Arme, und zugleich spürte Carolin die Wärme der Sonne, die ihr direkt ins Gesicht schien. Das Wetter war herrlich, und so waren viele Radler wie sie auf dem Uferweg von Überlingen in Richtung Meersburg unterwegs.

Sie hatte trotz ihrer Müdigkeit unruhig geschlafen, die Bilder des Vortages hatten sich immer wieder in ihr Bewusstsein geschoben. Zudem war sie früh wach geworden, der neuseeländische Rhythmus ließ sich offenbar nicht so leicht ausschleichen. Sie hatte beschlossen, mit dem E-Bike ihrer Mutter zu Veris Weingut zu radeln. Die Bewegung würde ihr sicher guttun und sie munter machen. Außerdem war der Weg schlichtweg bezaubernd, zumal bei diesem sonnigen Wetter.

Sie hatte bereits die gläserne Werft am Ortsausgang von Überlingen passiert und sich geschworen, dort bald einmal vorbeizuschauen. Denn im angeschlossenen Restaurant konnte man den Bootsbauern bei der Arbeit zuschauen. Auch das Strandbad in Nußdorf lag schon hinter ihr. Wie viele Sommer hatte sie hier mit ihren Schwestern oder Freundinnen auf der riesigen Liegewiese verbracht, nach einem aktuellen Schwarm Ausschau gehalten und sich im See abgekühlt? An den Uferbäumen hingen Seile, mit denen man sich ins Wasser geschwungen hatte, und der angenehm kühle Bodensee hatte einen davor bewahrt, dass die Hitze das Hirn ausdörrte. Einmal war sie hier sogar mit Romy nachts heimlich eingestiegen. Nicht dass der See an anderen Stellen nicht frei zugänglich gewesen wäre – aber der Nervenkitzel hatte das Vergnügen deutlich gesteigert.

Nun erblickte sie linker Hand bereits die unverwechselbare Silhouette des Klosters Birnau. Die altrosafarbene Barockkirche mit dem markanten Glockenturm und den zahlreichen weiß gerahmten Fenstern hatte vermutlich jeder Schüler rund um den Bodensee mindestens einmal besucht – so natürlich auch Carolin. Sie erinnerte sich daran, dass sie von der prächtigen Gestaltung des Innenraums im Rokokostil überwältigt gewesen war.

Sie radelte weiter an den Hängen mit den Rebstöcken vorbei, die sich vom Seeufer bis hinauf zur Bundesstraße zogen. Die Hälfte der Strecke hatte sie inzwischen hinter sich gebracht und fühlte sich deutlich munterer.

Ziemlich genau um zehn Uhr rollte sie auf den Hof des Weingutes der Familie von Osten. Die Rebstöcke standen bis dicht an das Wohnhaus heran und zogen sich einen Hügel hinab bis zum Wasser und auf der Nordseite hoch bis zur Straße. Und das waren längst noch nicht alle Anbauflächen. Überall waren schon junge Triebe an den knorrigen Stämmen zu erkennen. Bald würden ringsum kleine grüne Knöpfchen an den Fruchtständen sprießen, die dann Mitte Mai aufsprangen und winzige vanilleweiße Blüten hervorbrachten.

Während Carolin das Fahrrad abstellte, sah sie bereits Zenzi auf sich zutrotten. Der betagte Bernhardiner schlurfte so langsam wie ein alter Mann – aber immerhin schien das Tier noch wahrzunehmen, dass sich jemand dem Haus näherte.

»Zenzi, meine Beste«, rief Carolin zur Begrüßung, und sie hatte den Eindruck, der Hund erkannte sie an der Stimme. Denn augenblicklich wedelte er mit dem Schwanz und reckte ihr den schweren Kopf entgegen, damit sie ihn ausführlich kraulte.

»Na, du bist aber pünktlich«, rief Veri, die gerade nach draußen gekommen war. »Und du bist sogar geradelt! Sehr löblich!« Die Schwestern umarmten sich, dann zeigte Veri auf das Gebäude, in dem der Wein verkauft wurde und wo die Verwaltung untergebracht war. »Und, wie findest du es?«

Veri und Stefan hatten das Haus, das Stefans Urgroßvater gebaut hatte, geschmackvoll modernisieren lassen. Die Fassade war nun mit warmen Holzschindeln verkleidet, ein moderner Anbau mit riesigen Fenstern gewährte Blick in den Showroom. Eine großzügige Terrasse, die rings ums gesamte Gebäude verlief, versprach an sonnigen Tagen einen luftigen Aufenthaltsort.

»Wow!«, brachte Carolin nur hervor. »Es ist wunderschön geworden. Noch viel besser als auf deinen Fotos. Allein diese Optik kurbelt den Verkauf doch sicher mächtig an, oder?«

Veri schmunzelte, hakte Carolin unter, und gemeinsam gingen sie an dem Gebäude vorbei auf ein zweistöckiges Haus im Siebziger-Jahre-Stil zu, das, durch einen kleinen Garten getrennt, danebenlag. Dies war das Wohnhaus der Familie von Osten.

»Ich hab uns einen Kaffee gemacht, und es ist noch Kuchen von gestern da«, sagte Veri. »Sehr viel Kuchen! Ich glaube, es ist warm genug, dass wir draußen sitzen können.«

Carolin nickte, und während ihre Schwester ins Haus ging, setzte sie sich auf das dunkelbraune Rattansofa mit den maisgelben Kissen und genoss die Aussicht. Unterhalb der Reben lag der See, der in der Morgensonne glitzerte. Dahinter ragte das majestätische Panorama der Schweizer Berge auf. Ein wenig erinnerte sie der Anblick an den Milford Sound, der an der Westküste der Südinsel Neuseelands lag. Auch hier verbanden sich Wasser und Gebirge zu einer atemberaubenden Kulisse.

Ihr Smartphone im Rucksack gab ein Geräusch von sich und kündigte eine Nachricht an. Sie holte es hervor und klickte sie an. Ihre Mutter hatte geschrieben.

»Liebes Linchen, es tut mir so leid, dass ich deinen Besuch in der Heimat ein wenig torpediert habe. Ich würde dich trotz allem gerne bald sehen, damit wir Zeit zusammen verbringen und in Ruhe reden können. Worüber du auch immer willst.« Dahinter hatte sie ein rotes Herz gesetzt.

»Nachricht von deinem Jacob?«, wollte Veri wissen und stellte ein

Tablett mit Thermoskanne, Tassen, Tellern und einer Kuchenplatte ab. »Vermisst er dich?«

»Hm«, entgegnete Carolin knapp. Sicherlich wäre es im Moment nicht sehr geschickt, Veri mitzuteilen, dass Lotte den Kontakt zu ihrer mittleren Tochter suchte. Vermutlich würde sie es als Verrat am Vater empfinden, wenn Carolin sich mit ihr traf. Sie steckte das Handy weg. »Wollte Romy nicht auch kommen?«, fragte sie.

Veri sah kurz auf ihre Armbanduhr. »Sie ist noch nicht mal eine Viertelstunde zu spät – das wäre Rekord.« Sie zwinkerte.

»Einer so liebreizenden Person wie unserer Schwester vergeben wir doch jede Verspätung, oder?« Carolin schenkte sich Kaffee ein und grinste schief.

»Na ja, klar, aber ...« Veri hatte auf einem der zwei Sessel Platz genommen und schnitt sich ein schmales Stück vom Käsekuchen ab. »Aber findest du nicht, sie ist langsam zu alt dafür, immer noch das quirlige, kleine Mädchen zu geben, dem man allen Unsinn verzeiht? Diese Rolle hat sie lange genug gespielt. Ich meine, sie wird bald 38.«

»Und da muss man seriös werden?«, hakte Carolin nach.

»Vielleicht nicht seriös. Aber verlässlich. Verantwortungsbewusst. Etwas berechenbarer.«

»Das wäre dann nicht mehr unsere Romy«, widersprach Carolin.

»Was wäre ich nicht mehr?«

»Oh, guten Morgen, liebste Schwester!« Carolin sprang auf und umarmte Romy. »Du wärst nicht du, wenn du pünktlich wärst, haben wir gerade gesagt.«

»So, so«, meinte sie nur und warf Veri eine Kusshand zu. Dann ließ sie sich neben Carolin aufs Sofa plumpsen, griff nach einer Kaffeetasse und schenkte sie randvoll.

»Puh, Montagmorgen und die Woche nimmt kein Ende«, stöhnte sie. »Was habe ich nur schon alles erledigt. Ich war um sechs auf dem Großmarkt einkaufen, anschließend schnell heim, Frühstück machen, die Kids in die Schule bringen. Dann noch schnell ein paar Telefonate mit schrecklich komplizierten Kundinnen führen, und jetzt war ich gerade im Kneippweg und hab Sachen für Lotte geholt, die sie dringend braucht und die ich ihr nachher …«

»Du warst bei Papa und hast Sachen für Mama geholt?« Veri sah sie konsterniert an.

»Ist das ein Verbrechen, oder was?«, gab Romy zurück. »Sie braucht ein paar Klamotten und ihren Kulturbeutel und so. Und es wäre ja wohl blöd, wenn sie das selbst holt und womöglich Papa begegnet.«

»Am allerblödesten ist aber, dass sie das Zeug überhaupt braucht und nicht einfach nach Hause zurückkehrt.« Veri gab mit einem solchen Schwung Milch in ihren Kaffee, dass die Tasse beinahe überschwappte.

»Ich dachte, wir überlegen in Ruhe, was wir tun wollen«, schaltete sich Carolin ein. »Dass sie gleich heute reumütig heimkehrt, davon ist nicht auszugehen. Auch wenn wir uns das vielleicht wünschen.«

»Ich wünsche mir das nicht.« Romy nahm einen großen Schluck von ihrem Kaffee und sah ihre Schwester über den Rand hinweg mit aufgerissenen Augen an. »Ich finde es toll, dass sie es in ihrem Alter noch wagt, sich ein neues Leben aufzubauen.«

»Das ist so typisch!« Veri schüttelte ohne Unterlass den Kopf. »An Papa denkst du dabei keine Sekunde. Für ihn ist das der Weltuntergang.«

»So ein Quatsch!« Romy funkelte ihre Schwester zornig an. »Lotte hat die vergangenen … was sind es? 45 Jahre …«

»47«, verbesserte Veri.

»Egal, sie hat immer nur an Papa gedacht. Hat all seine Marotten ausgehalten und seine Launen. Jetzt ist sie mal dran. Wer weiß, wie viel Zeit ihr noch bleibt. Carpe diem, kann ich da nur sagen.«

»Mein Gott, du tust so, als habe sie in der Hölle gelebt. Dabei … dabei … Er hat ihr, nein, uns allen, ein gutes Leben beschert. Und was ist der Dank? Nun ist er alt und ausgelaugt und wird gegen einen Jüngeren ausgetauscht. Bravo, toll gemacht, Lotte!« Sie lehnte sich zurück und verschränkte die Arme vor der Brust.

»Du redest, als seist *du* verlassen worden«, giftete Romy.

»Hey, Mädels, stopp!« Caro legte ihre Hände auf die Arme ihrer Schwestern. »Das bringt doch nichts. Egal, was wir denken – Mama wird es so machen, wie sie es für richtig hält. Wir können nur dafür sorgen, dass Papa gut durch diese Krise kommt.«

»Und wir verteufeln Mama nicht. Zu solchen Geschichten gehören immer zwei«, insistierte Romy.

Veri biss sich auf die Unterlippe und betrachtete den Saum ihres T-Shirts. Sie atmete tief durch. »Was schlagt ihr also vor?«

»Wir lassen sie einfach machen«, antwortete Romy schlicht.

»Und ich habe ein Auge auf Papa«, ergänzte Carolin. »Immerhin habe ich in der Früh das Quietschen von seinem Rudergerät aus dem Keller gehört. Seine Gewohnheiten behält er schon mal bei.«

»Hoffen wir, dass es so bleibt. Ich rede jedenfalls mit Mama«, entschloss sich Veri. »Am besten, ich bringe ihr nachher die Sachen, dann kann ich sie mir gleich mal vornehmen.«

»Du kapierst aber auch gar nichts!« Romy fuhr sich genervt durch das widerspenstige Haar. »Lass sie in Ruhe!« In dem Moment begann ihr Handy zu klingeln, und fahrig friemelte sie es aus der Gesäßtasche ihrer Jeans. »Hohenhausen«, meldete sie sich und lauschte dann konzentriert dem Anrufer.

»Vielleicht können wir ihr die Sachen zusammen bringen«, schlug Carolin währenddessen vor. »Papa hat heute Vormittag sowieso einen Termin beim Zahnarzt und ist unterwegs.«

»Tut mir leid, ich muss los«, verkündete Romy, nachdem sie das Gespräch beendet hatte. »Eine Kundin hat sich vertan, und sie hat nur jetzt Zeit, das Taufessen am nächsten Sonntag mit mir zu besprechen.«

»Lass die Sachen für Mama da«, forderte Carolin sie auf. »Wir bringen ihr alles. Sie wollte mich sowieso gerne sehen.«

»Okay«, sagte Romy. »Ich stelle die Tasche bei euch in den Flur! Bis bald! Und quält sie nicht!«

Schon war sie aufgesprungen und so schnell verschwunden, wie sie aufgetaucht war.

»Mir wird schwindlig mit ihr«, seufzte Veri. »Ich frag mich, wie sie diese Hektik aushält. Sie ist immer in Eile.«

»Na ja, alleinerziehend mit zwei Kindern – das ist kein Spaß.«

»Sagt die Kinderlose.«

Carolin zog die Augenbrauen zusammen. »Hey, das ist gemein.«

Veri legte ihr die Hand auf den Unterarm. »Entschuldige, das war es. Tut mir leid. Aber ich bin … Ich weiß auch nicht … Mir macht das mit Mama und Papa echt zu schaffen.«

Carolin bemerkte, dass ihrer großen Schwester Tränen in die Augen traten.

»Schon gut.« Sie hielten sich einen Moment bei den Händen, Veri atmete ein paarmal tief durch, und dann schien es wieder zu gehen. Jedenfalls entzog sie sich Carolin, klatschte sich auf die Oberschenkel und stand auf.

»Also, bringen wir Mama ihre Sachen.«

Arthur König lebte am Ende der Goldbacher Straße auf Höhe des neu geschaffenen Uferparks von Überlingen, etwas oberhalb des Sees. Hinter einem niedrigen Jägerzaun, inmitten eines weitläufigen Gartens, stand ein einstmals quadratisches Haus, das durch einen Anbau vergrößert worden war. Aus dem Dach ragte eine moderne Gaube heraus, vor der ein kleiner Balkon zum Sonnenbaden einlud. Im Stockwerk darunter lag vor den Fenstern ein weiterer Balkon, der sich nach rechts zu einer Dachterrasse verbreiterte, die auf dem neuen Anbau thronte. Auch ebenerdig gab es eine Terrasse, die von üppigen Jasminbüschen gesäumt war. Eine große Fensterfront gewährte Blick in ein großzügiges Wohnzimmer.

Hier würde ich mich auch wohlfühlen, schoss es Carolin durch den Kopf, sie behielt den Gedanken jedoch für sich.

»Dann wollen wir mal«, sagte Veri und umklammerte die Tasche, die sie soeben vom Rücksitz ihres Jeeps geholt hatte. Sie atmete tief durch und öffnete das Gartentor. Carolin folgte ihr, nachdem sie ihr Fahrrad aus dem Kofferraum des großen Fahrzeugs gewuchtet hatte.

Die melodische Klingel war bereits länger verstummt, als sie Schritte im Flur hörten. Die Tür wurde einen Spaltbreit geöffnet, und Arthur König sah sie misstrauisch an. Doch als er sie erkannte, bat er sie einzutreten.

»Guten Morgen«, sagte er. Seine Miene war schwer zu deuten. Abweisend oder unsicher? Genervt oder nervös? Carolin war sich da nicht so sicher.

»Guten Morgen«, antwortete Veri steif und betrat das Haus. Auch Carolin grüßte und fügte an: »Wir bringen unserer Mutter ein paar Sachen.«

Arthur König nickte und führte sie ins Wohnzimmer. Die Mittagssonne fiel hinein und ließ den Raum regelrecht erstrahlen. Er war schlicht, aber geschmackvoll im skandinavischen Stil eingerichtet. Moderner als das im Kneippweg, das mit seinem bequemen Fernsehsessel, dem plüschigen Sofa, den altmodischen Perserteppichen und den vielen Antiquitäten geradezu verstaubt wirkte. Hier konnte man freier atmen.

»Eure Mutter kommt gleich.« Arthur König bemühte sich um ein Lächeln. »Äh, Ihre Mutter …«

Carolin folgte einem Impuls, streckte ihm die Hand entgegen und sagte: »Ich bin die Caro.«

Königs Züge entspannten sich sofort ein wenig, er schüttelte ihr die Hand und brachte ein »Arthur« hervor. Veri stellte die Tasche ab, trat an das Panoramafenster und sah hinüber zum See, der von den Segeln zahlreicher Boote weiß getupft war. Sich mit dem Feind zu verbrüdern, das war nicht ihr Ding, dachte Carolin.

»Ach, wie lieb, vielen Dank, dass du vorbeigekommen bist«, hörte sie nun die Stimme ihrer Mutter und drehte sich um. »Romy hatte mir angeboten, die Sachen zusammenzusuchen.« Lotte stand in einem fliederfarbenen, locker geschnittenen Kleid vor ihr, das perfekt mit ihren hellgrauen Haaren harmonierte. Wie ein Bläuling flatterte sie auf Carolin zu und umarmte sie herzlich. Zu ihrem Erstaunen bemerkte Carolin, dass sich ein Kloß in ihrem Hals bildete.

»Ach, Veronika, entschuldige, ich habe dich gar nicht gesehen«, beeilte sich Lotte zu sagen, als sie ihre Älteste am Fenster entdeckte.

Veri winkte ihr zu – eine Geste, die man auch als Warnung, ihr bloß nicht zu nahe zu kommen, deuten konnte.

»Setzt euch doch bitte«, forderte Arthur sie auf. »Kann ich euch etwas zu trinken bringen? Einen Kaffee?«

»Ein Wasser gerne«, antwortete Carolin, und Veri sagte: »Wir gehen gleich wieder, für mich nichts.«

»Jetzt setz dich doch kurz«, forderte Lotte sie auf, aber Veri blieb wie angewurzelt stehen. Arthur verließ den Raum, um die Getränke zu holen. Ihre Mutter inspizierte die Tasche und nickte zu dem, was sie darin vorfand. »Fürs Erste wird's reichen.«

»Ich kann dir noch mehr bringen«, schlug Carolin vor.

»Danke dir, aber irgendwann muss ich ja eh zurück und meine Sachen packen.« Sie setzte sich neben Carolin auf das cremeweiße Sofa, neben dem an der Wand ein Klavier stand. »Ich wollte ihm nur erst mal etwas Zeit geben, sich an den Gedanken zu gewöhnen.«

Veri fuhr herum. »Wie soll er sich denn daran gewöhnen?«, fragte sie heftig. Ihre Stimme zitterte, und in ihren Augen schimmerten schon wieder Tränen.

»Kind«, begann Lotte sanft, aber Veri ließ sie nicht zu Wort kommen.

»Du kannst doch nicht 47 Jahre einfach so wegwerfen«, hielt sie ihr vor. »Das geht nicht. Damit zerstörst du die ganze Familie.«

Lotte sah angespannt auf den Saum ihres Kleides. »Glaub mir, ich habe nichts einfach so weggeworfen. Die Entscheidung war vermutlich die schwerste meines Lebens. Aber es ging nicht mehr anders.«

»Es geht immer anders!«, brachte Veri schluchzend hervor. Und dann stürmte sie aus dem Raum, durch den Flur, hinaus ins Freie.

»Veri!«, rief Carolin ihr hinterher und sprang auf, doch Lotte hielt sie am Arm zurück.

»Jetzt ist offensichtlich nicht der richtige Moment, um mit ihr zu reden.«

»Gib ihr Zeit«, riet Arthur und stellte ein geschliffenes Glas vor Carolin ab.

»Selbstverständlich.« Lotte berührte seine Schulter und schenkte ihm ihr feines Lächeln. »Die haben wir ja auch gebraucht.«

Er lachte kurz, nahm ihre Hand und küsste sie.

Wie vertraut sie miteinander wirkten. Und trotz des Streits mit Veri schien Lotte völlig entspannt zu sein. Gelöst, heiter, ganz im Hier und Jetzt.

»Vielleicht ist es etwas unsensibel, einfach das Thema zu wechseln«, sagte Lotte zu Carolin. »Aber erzähl mir doch, wie es dir geht! Also, wie es dir wirklich geht. Hast du das Gefühl, in Neuseeland eine neue Heimat gefunden zu haben?«

Carolin nahm einen Schluck vom eiskalten Wasser, bevor sie antwortete. »Ich denke schon«, sagte sie dann. Und spürte gleichzeitig, wie weit entfernt ihr Leben dort von ihrem alten hier am Bodensee war. »Natürlich ist es … anders als hier. Klar.«

»Sonst hättest du ja nicht weggehen müssen.« Lotte schaffte es, völlig frei von Vorwürfen zu klingen.

»Und es soll ja landschaftlich wunderschön sein«, schaltete sich Arthur ein. »Ich wollte schon immer mal nach Neuseeland.«

»Vielleicht hast du ja bald mehr Zeit zum Reisen.« Lotte zwinkerte ihm zu, und er nickte.

»Mit dir!« Seine Hand suchte ihre, und er streichelte zärtlich darüber.

Sie wirkten tatsächlich wie ein frisch verliebtes Paar. Irgendwie süß, auch wenn es gänzlich ungewohnt war.

»Aber bist du auch ganz angekommen?«, nahm ihre Mutter den Faden wieder auf. »Du hast Freunde gefunden, einen Job – eine hübsche Wohnung, den Fotos nach zu urteilen. Hört sich an, als ob alles passt. Oder planst du, bald wieder woanders hinzugehen?«

Carolin schüttelte rasch den Kopf. »Nein, nein, es ist wirklich toll in Christchurch. Die Stadt ist nicht zu groß und nicht zu klein, und die Kiwis sind ein freundliches Völkchen.« Sie spürte selbst, dass keine echte Begeisterung in ihren Worten lag. Was war los mit ihr? Sie mochte ihr Leben dort. Ja, sie hatte ein paar Freundinnen wie etwa Sandy gefunden, es gab Jacob, und zum ersten Mal seit vielen Jahren hatte sie einen Job, von dem sie sich vorstellen konnte, ihn längerfristig auszuüben. Es war alles gut. Und dennoch … Aber vermutlich lag es nur daran, dass ihr die Situation mit ihren Eltern mehr zusetzte, als sie wahrhaben wollte.

»Es wäre wirklich toll, wenn du mich mal besuchen würdest, Mama.« Sie zwang sich zu einem Lächeln. »Dann könnte ich dir alles zeigen. Die Tierwelt dort ist einfach sagenhaft, und Strände und Berge liegen ganz dicht beieinander. Und außerdem gibt es unglaublich viele Cafés, die würden dir gefallen. Die Kaffeeauswahl ist riesig!«

»Klingt gut.« Lotte legte den Kopf schief und sah Carolin aufmerksam an. »Aber täusche ich mich und du …«

»Sorry, mir fällt es gerade nicht so leicht, auf Smalltalk umzuswitchen«, gestand Carolin. »Ich kann nicht einfach so tun, als wäre alles normal.«

»Verstehe ich.« Lotte nickte und presste die Lippen aufeinander.

»So habe ich mir meinen Besuch bei euch nicht vorgestellt.«

»Es lief nicht so, wie wir es geplant hatten«, gestand Arthur. »Mir tut das leid. Es war keine Absicht, so in euer aller Leben zu platzen.«

»Aber manchmal hat man den Lauf der Dinge eben nicht in der Hand«, meinte Lotte. »Und ehrlich gesagt fühle ich mich auch irgendwie befreit, weil die Geheimniskrämerei nun ein Ende hat.«

»Wie lange geht das schon mit euch?«, wollte Carolin wissen.

Arthur und Lotte warfen sich einen tiefen Blick zu, und um beider Lippen spielte ein Lächeln.

»Seit Dezember«, sagte Lotte dann. »Seit der Weihnachtsfeier des Tourismusverbands. Zu der dein Vater mal wieder nicht hatte mitgehen wollen.«

»Da sind wir uns das erste Mal … nun ja, richtig nähergekommen.« Arthurs Wangen röteten sich leicht. »Und haben uns geküsst.«

Carolin schloss kurz die Augen. So genau wollte sie es gar nicht wissen.

»Okay«, sagte sie schnell. »Noch kein halbes Jahr also.« Konnte es nicht sein, dass sich, wie bei jungen Paaren auch, die erste Verliebtheit allmählich legte? Und dann die Vernunft wieder übernahm? Doch so, wie die beiden sich ansahen, schienen sie weit davon entfernt zu sein.

»Ich muss zugeben, dass ich deine Mutter schon immer sehr mochte«, erklärte Arthur. »Im Grunde seit ich ihr vor bald zwanzig Jahren zum ersten Mal begegnet bin.«

»Oh ja, und ich wiederum habe deine Frau um dich beneidet«, gestand Lotte.

»Deine Frau?«, wiederholte Carolin.

»Karin. Sie ist vor acht Jahren gestorben«, erzählte Arthur. »Ein Aneurysma. Es ging ganz schnell. Sie hat eine sehr große Lücke in meinem Leben hinterlassen. Und ehrlich gesagt waren es immer wieder die Gespräche mit Lotte, die mir Mut gemacht haben.«

Carolin sah fragend zwischen den beiden hin und her. Sie hatte nie mitbekommen, dass ihre Mutter und Arthur sich so gut kannten.

»Wir haben uns nicht oft gesehen«, sagte Lotte. »Aber wenn, dann haben wir das Alltagsblabla immer schnell übersprungen und sind bei den großen Themen gelandet. Irgendwie … ich weiß nicht … Da war einfach eine Verbindung zwischen uns.«

Wieder hielten sie einander bei den Händen, und Carolin rührte der Anblick. Hier saßen nicht zwei Menschen, die sich aus Jux und Tollerei in eine Affäre gestürzt hatten. Hier saßen zwei Seelenverwandte. Sie schluckte. Der Drang, Lotte zur Rückkehr in ihr Eheleben zu überreden, schrumpfte auf Erbsengröße zusammen. Romy hatte schon recht, ihre Mutter war alt genug, selbst ihre Entscheidungen zu treffen.

»Es tut mir wirklich leid, dass ich Georg das antun muss«, sagte Lotte. »Aber wie gesagt, wer weiß, wie lange ich noch lebe, und diese Zeit möchte ich damit verbringen, glücklich zu sein. Ich hoffe, auch Veri wird das irgendwann verstehen.« Nervös drehte sie an ihrem Armband mit den stilisierten Papierbötchen.

»Von wem hast du das eigentlich bekommen?«, fragte Carolin und zeigte darauf. Der Blick, den ihre Mutter Arthur zuwarf, war Antwort genug.

»Verstehe. Es ist sehr hübsch.« Carolin nickte und trank den letzten Schluck aus ihrem Glas. Dann bemerkte sie, dass ihr Smartphone klingelte. Romy, wie sie mit einem Blick aufs Display feststellte.

»Du musst mir unbedingt helfen«, sagte ihre Schwester ohne Umschweife. »Meine Lieferung für das Catering morgen ist nicht gekommen, also zumindest nicht alles, und deshalb muss ich jetzt noch mal dringend los, sonst wird das nichts, und die Kundin ist enttäuscht und dann … Egal, kannst du dich bitte um Vince und Luna kümmern? Die Nachmittagsbetreuung ist bald zu Ende.«

»Ich habe gar kein Auto hier. Wie soll ich so schnell nach Konstanz kommen?«, entgegnete Carolin. Ihre Schwester machte sie wirklich schwindelig.

»Brauchst du gar nicht«, erklärte Romy hektisch. »Fahr mit dem Schiff rüber auf die Mainau. Anni bringt die beiden zur Brücke.«

»Wer ist Anni?«

»Die Mutter von Lunas Freundin Franzi. Sie hätte die zwei auch genommen, aber sie muss mit ihrer Tochter gleich weiter zum Kinderarzt. Du kannst mit ihnen einfach auf den Mainau-Spielplatz gehen. Den lieben sie. Du wirst sie gar nicht zu Gesicht bekommen. Bitte!«

»Aber auch mit dem Schiff brauche ich bestimmt eine Stunde, bis ich dort bin.«

»Das kommt genau hin. Vor drei sind sie nicht da. Danke dir, bist ein Schatz!« Und schon hatte sie das Gespräch beendet.

»Soll ich dich runter zum Anleger fahren?«, bot Arthur an. »Du könntest das Boot um zwei bekommen, dann bist du um halb drei drüben und kannst in aller Ruhe zur Brücke gehen.«

»Danke schön, aber ich habe das Fahrrad dabei, da bin ich genauso schnell«, entschied Carolin.

Gut, nun also ein Nachmittag als Babysitterin.

8. Kapitel

Carolin hatte vermutlich so viel Zeit ihres Lebens auf dem Wasser verbracht wie andere Leute auf dem Sofa beim Fernsehen. Und dennoch war es für sie noch immer etwas Besonderes, über die Wellen zu gleiten, das Glitzern der Sonne auf der Wasseroberfläche zu beobachten, das Stampfen des Motors und die Schreie der Möwen im Ohr zu haben. Als sei sie entrückt vom normalen Verstreichen der Zeit und könne diese für die Dauer der Schiffsfahrt anhalten.

War sie auf dem Wasser, verlor alles andere an Bedeutung. Ihr unglücklicher Vater, die aufgebrachte ältere und die chaotische jüngere Schwester, ihre Mutter und Arthur. Jetzt gab es nur noch sie und den Wind und den See.

Viel zu schnell erreichte die *MS Rheinfall* den Anleger der Insel Mainau. Im ersten Moment war es Carolin wie Verrat vorgekommen, dass sie nicht ein Schiff der Hohenhausen-Flotte nutzte, aber es lag nun mal ein Notfall vor. Da musste es dann eben das König-Boot sein, denn das fuhr früher zur Mainau. Und wo zwischen den Unternehmen jetzt schon so gut wie familiäre Bande bestanden …

Carolin schüttelte den Gedanken ab und betrat den Landungssteg. Um sie herum strömten zahlreiche Touristen auf die Insel, die sich zu dieser Jahreszeit in ihrem buntesten Kleid zeigte. Die Besucher wurden von einem Meer spätblühender Tulpen in Weiß und Pink empfangen, die in den Rabatten den Uferweg säumten. Dazwischen ragten die violetten Kugeln des Zierlauchs auf. Schon jetzt blieben viele Leute stehen, um zu fotografieren. Carolin schlängelte sich an ihnen vorbei. Den Schönheiten der Insel konnte sie heute kaum Aufmerksamkeit schenken. Sie musste rasch vom Bootssteg im Osten an das westliche Ende gelangen, wo sie an der Brücke, die von Konstanz aus auf die Mainau führte, Nichte und Neffen in Empfang nehmen würde. Sie wählte den Weg am Ufer entlang, der zwar etwas länger war, dafür aber ebenerdig verlief.

Für ihre Schwestern waren die obligatorischen Sonntagsausflüge hierher eine Qual gewesen. Die blumenbegeisterte Lotte war gefühlt an jedem Stängel stehen geblieben. Auch Carolin hatte schon damals viele Diafilme verschossen, um häufig missratene Nahaufnahmen von Rosen, Rhododendren, Island-Mohn und anderen Pflanzen zu machen. Das berühmte Schmetterlingshaus hatte es noch nicht gegeben, es war erst im Jahr 2000 eröffnet worden. Carolin hatte sich inmitten all der Pracht verlieren können. Wie oft war ihre Familie irgendwann weitergelaufen, und sie hatte es gar nicht mitbekommen. Gestört hatte sie das selten – im Gegenteil, sie war froh gewesen, die Insel allein erkunden zu können. Und als sie zur Konfirmation ein Makroobjektiv für ihre Spiegelreflexkamera geschenkt bekommen hatte, war sie noch häufiger zur Mainau hinübergefahren, meist ohne Begleitung.

Nun lief sie an dem üppig blühenden Rhododendronhang vorbei und wunderte sich einmal mehr, wie viele unterschiedliche Farben und Formen die Natur bei einer einzigen Pflanzengattung hervorbrachte. Von strahlendem Weiß über zartes Rosa bis zu knalligem Pink und leuchtendem Violett reichte die Palette, manche Exemplare zeigten nur eine einzelne, besonders prächtige Blüte, andere dagegen bildeten ganze Trauben von Kelchen aus.

Sie beschloss, mit den Kindern nachher die herrliche italienische Blumen-Wassertreppe anzuschauen und ihnen auch die wunderschönen Pfingstrosen zu zeigen, die sie nun passierte. Schon war sie an dem kleinen Bauernhof vorbei, dann am Kinderland, und nach einer weiteren Biegung lag die Brücke vor ihr, die das Festland mit der Insel verband.

Sie hatte noch nicht die Hälfte davon hinter sich gebracht, als Luna, aufgeregt winkend und wie ein Flummi hüpfend, geradewegs auf sie zuschoss.

»Luna«, rief sie, ging in die Hocke, und ihre Nichte warf sich mit solcher Wucht in ihre Arme, dass sie beinahe rücklings umgefallen wäre.

»Caro, Caro, Caro«, juchzte Luna. »Gehen wir ins Kinderland? Bekomme ich ein Eis? Du musst unbedingt mit mir Floß fahren. Und dann spielen wir, dass wir über den Atalantik segeln.«

»Atlantik heißt der, du Blödi.« Vince hob nur die Hand und winkte Carolin lässig zu.

»Du bist ein Klugscheißer«, erklärte Luna und stützte empört die Hände in die Hüften.

»Halt den Mund«, fuhr Vince sie an.

»Mama sagt auch, dass du ein Klug…«

»Zuerst ein Eis oder gleich auf den Spielplatz?«, ging Carolin dazwischen. Selbst wenn sie mit Kindern nicht allzu viel Erfahrung hatte – mit streitenden Geschwistern kannte sie sich bestens aus.

»Spielplatz«, rief Luna.

»Eis«, entschied sich Vince.

»Ich glaube, ich habe vorhin den Eiswagen direkt am Spielplatz gesehen«, sagte Caro. »Mir nach!«

Doch sie hatte kaum drei Schritte getan, als die beiden sie schon überholten und zu einem Sprint über die Holzbrücke ansetzten.

»Na wartet, euch hole ich ein!« Carolin nahm die Verfolgung auf, und sie rannten lachend in Richtung des Spielplatzes.

Zehn Minuten später hatte sich Vince schon mit seinem Eis in eines der kleinen Holzhäuser verzogen, in die man über Balken und schmale Leitern kletterte und die dem Blick der begleitenden Aufsichtspersonen etwas entzogen waren. Luna hatte ihre Kugeln Schokolade und Erdbeere in Warp-Geschwindigkeit aufgeschleckt und hangelte sich nun über die Seilbrücken, die über einen künstlichen Tümpel führten. Die Flöße, die es hier gab, waren von anderen Kindern besetzt, aber Luna schien versunken in ihre Tätigkeit und rief nur ab und an zu Carolin hinüber: »Schau mal, guck, ich bin schon fast drüben!« Carolin streckte ihr dann den erhobenen Daumen entgegen und ermunterte sie weiterzumachen.

Es war ungewohnt für sie, einfach dazusitzen und nichts zu tun zu haben. Sie überlegte, ob sie Jacob anrufen konnte, aber in Neuseeland war es mitten in der Nacht. Sie würde es am Abend bei ihm probieren. Obwohl sie erst so kurz in Überlingen war, fühlte es sich an, als sei sie schon vor Wochen aus Christchurch abgereist. Vermutlich, weil so viel geschehen war seitdem.

Mama und Arthur.

Dieser Gedanke war wirklich gewöhnungsbedürftig. Für alle von ihnen, das war klar. Sie holte ihr Smartphone heraus und rief die Nummer ihres Vaters auf. Sie sollte ihm mitteilen, wann sie in etwa nach Hause kam, und konnte sich gleichzeitig erkundigen, wie es ihm ging. Es dauerte eine Weile, bis er sich meldete.

»Hallo, Papa, ich wollte dir nur Bescheid sagen, dass ich gerade auf Luna und Vince aufpasse.«

»Aha.«

Sie wartete kurz, aber er blieb stumm. »Alles okay bei dir?«

»Ja, natürlich. Was denkst du denn? Dass ich mich ins Bett lege und mir die Decke über den Kopf ziehe?«

So etwas in der Art hätte sie sich durchaus vorstellen können.

»Nein, selbstverständlich nicht. Ich dachte nur, falls du magst, komm doch auch rüber auf die Mainau. Dann könnten wir zusammen auf deine Enkel aufpassen.«

»Liebe Tochter«, sagte er förmlich, »darf ich dich daran erinnern, dass ich einen Beruf habe? Ich muss gleich ins Büro. Schließlich war ich heute Vormittag schon anderweitig unterwegs.«

»Na gut, dann ist ja alles prima.« Carolin fühlte sich ein wenig vor den Kopf gestoßen. Sie hatte es gut mit ihm gemeint, da musste er nicht so barsch sein.

»Wir sehen uns zum Abendessen?« Das klang schon versöhnlicher.

»Natürlich«, stimmte sie zu. »Ich kann uns aus der Markthalle irgendwas Leckeres mitbringen. Ein Dinnele vielleicht? Das magst du doch so gerne. Oder wir treffen uns dort, holen uns etwas und setzen uns ans Seeufer.«

»Nein, bring irgendwas mit. So einen Flammkuchen oder was du willst. So, jetzt muss ich hier weitermachen. Bis später!« Und schon hatte er aufgelegt.

Carolin betrachtete nachdenklich ihr Handy. Ihr Vater wollte vermutlich nicht in der Öffentlichkeit gesehen werden. Wahrscheinlich hatte sich der Eklat vom Vortag bereits herumgesprochen. Ihre Eltern und auch Arthur König waren in Überlingen bekannt wie bunte Hunde.

»Komm mit«, riss Luna sie aus ihren Gedanken. »Da ist jetzt ein freies Floß!« Sie stürmte schon wieder davon, um sich das aus Baumstämmen zusammengezurrte Gefährt zu sichern.

»Das geht unter, wenn ich mich draufstelle«, prophezeite Carolin lachend, aber Luna winkte sie begeistert heran.

»Nein, bestimmt nicht. Du musst es machen wie ich.« Die Kleine balancierte geschickt über die feuchten Stämme und griff nach dem langen Holzstab, mit dem man das Floß über den vielleicht fünfzig Zentimeter tiefen Tümpel staken konnte. »Wo fahren wir hin? Nach Neuseeland?«

»Aye, aye, Kapitän!« Carolin salutierte und ließ sich vorsichtig auf dem schwankenden Untersatz nieder. Keine gute Idee! Zum einen war dieser feucht, zum anderen planschte Luna mit ihrem Stecken so herum, dass Carolin eine Ladung Wasser abbekam. Sie stand schnell wieder auf. Segeltörns in nassen Klamotten hatte sie mehr als genug durchgestanden.

»Obacht, Luna, wir haben einen Sturm, halt dich gut fest!« Sie versuchte, ihre Nichte ein wenig zu bremsen, aber diese stellte sich nun breitbeinig hin und hatte viel Spaß daran, das Floß zum Schwanken zu bringen. Was ihr mit ihren dünnen Beinchen glücklicherweise kaum gelang. Dafür blähte sie die Backen auf und ließ Töne erklingen, als sei sie selbst das Auge des Sturms. Carolin lachte laut los und fiel dann in das Sturmgetöse ein.

Mitten in der Überfahrt – Luna hatte gerade verkündet, sie hätten soeben den Nordpol passiert – erhaschte Carolins Blick eine Szene, die sich am Rand des Spielplatzes abspielte. Eine schlanke Frau mit langen blonden Haaren und in einer sonnengelben Bluse eilte von hinten auf einen groß gewachsenen Mann zu, rief so laut, dass Carolin es verstehen konnte, »Überraschung« und umarmte den Typen. Verwirrt drehte er sich zu ihr um, und da erkannte Carolin ihn. Cornell stand dort in einem bunt gemusterten Hemd und blickte drein, als habe er ein Gespenst gesehen. Die Frau reckte sich zu ihm hoch, drückte ihm einen Kuss auf den Mund und umschlang seinen Hals. Einen Moment sah er ihr ins Gesicht – Carolin konnte seinen Ausdruck nicht erkennen –, dann nahm er die Hände der Frau in seine und brachte sie ein wenig auf Abstand. Sie tauschten ein paar Worte, er legte einen Arm um sie, und dann gingen die beiden weg.

»Wir sind da!«, rief Luna, und Carolin zuckte verwirrt zusammen.

»Wo sind wir?«

»In Neuseeland! Komm, jetzt erkunden wir alles!«

Luna hatte das Floß tatsächlich an den Rand des Tümpels manövriert und sprang ans Ufer. Carolin tat es ihr gleich und musste zusehen, dass sie hinter ihrer flinken Nichte herkam.

Wie aus dem Nichts stand plötzlich Vince vor ihnen. »Können wir heimgehen? Mir ist langweilig. Außerdem schreibe ich morgen HSU und muss noch lernen.«

»Was schreibst du?«, fragte Carolin nach.

»Heimat- und Sachkunde«, erklärte Luna. »Und wenn Vince da eine schlechte Note bekommt, kann er nicht aufs Gymi, sondern muss zu den Doofen in die Hauptschule.«

»Luna!«, stieß Carolin empört aus. »Das sind doch keine Doofen. Es kommt halt nicht jeder so gut in der Schule mit, aber dafür können sie andere Dinge.«

»Können wir jetzt gehen?«

»Ich will aber hierbleiben!«

Mit einem Mal verstand Carolin, warum Romy bei Telefonaten mitunter genervt und gehetzt wirkte. Neben all dem Stress, Arbeit und Familie unter einen Hut zu bringen – und das ganz allein –, musste sie auch noch als Streitschlichterin, Gute-Laune-Macherin, Bespaßerin und wer weiß was noch alles fungieren.

»Wir könnten mit dem Schiff nach Überlingen und Opa besuchen«, schlug Carolin vor.

Luna verschränkte die Arme vor der Brust und zog eine Schnute. »Ich will nicht zu Opa. Der ist böse auf mich.«

»Ach, Quatsch!«, versuchte Carolin sie zu besänftigen. »Er hat sich nur über eure Oma geärgert.«

»Lassen die sich jetzt scheiden?«, wollte Vince wissen.

Okay, als Krisenmanagerinnen mussten Mütter auch noch herhalten. Carolin seufzte. »Ich weiß es nicht«, sagte sie dann ehrlich. »Aber eins kann ich euch sicher sagen: Egal, was passiert, Oma und Opa werden euch zwei immer lieb haben. Ihr könnt gar nichts tun, weswegen sie euch böse sein könnten.«

Luna legte den Kopf schief und überlegte einen Moment. »Na gut«, sagte sie dann, »ich geh ins Baumhaus.« Und schon sprang sie davon. Vince sah ihr mit hängenden Schultern nach.

»Was macht ihr denn gerade in USH?«, fragte Carolin ihren Neffen.

»Du meinst HSU? Die Verwandlung von Schmetterlingen«, erklärte er.

Carolin breitete die Arme aus. »Willkommen bei deiner persönlichen Expertin in Sachen Metamorphose. Wenn dir jemand darüber etwas erzählen kann, dann ich.«

»Echt?« Vince sah sie mit großen Augen an.

»Na klar, ich hätte beinahe einen Doktortitel in Schmetterlingskunde gemacht. Wusstest du das nicht?« Vince schüttelte den Kopf, und Carolin sah sich nach Luna um. »Und jetzt schnappen wir uns deine Schwester und gehen ins Schmetterlingshaus.«

Doch Luna wollte nicht mit, da sie eine Freundin aus dem Ballettunterricht getroffen hatte. Deren Mutter versprach, auf Luna aufzupassen, und so machten sich Carolin und Vince allein auf den Weg zum Schmetterlingshaus. Carolin stellte fest, dass man sich mit dem Zehnjährigen schon sehr gut unterhalten konnte. Genau wie sie liebte er Naturwissenschaften und wusste viel über Haie, Wale und Tiefseefische. Schmetterlinge hielt er allerdings für Mädchenkram. Das änderte sich erst, nachdem sie eine Weile durch das feuchtwarme Schmetterlingshaus geschlendert waren. Zahllose Exemplare der schönen Tiere in allen Formen und Farben flatterten hier herum. Carolin zeigte ihm das Gestell, an dem die Puppen hingen, in denen sie sich in fertige Schmetterlinge verwandelten. Mit einem Mal war auch er für dieses Thema Feuer und Flamme.

»Also, noch mal«, forderte Carolin ihn auf. »Welche Stadien gibt es?«

»Ei, Puppe, Raupe … äh …« Vince zögerte kurz. »Nee, Quatsch, Ei, Raupe, Puppe und dann der Schmetterling.«

Carolin hielt ihm die Hand zum High five hin. »Super! Genau! Und wie lange dauert das Ganze?«

Vince kniff ein Auge zusammen und versuchte, nicht zu der Schautafel zu schielen, auf der der Lebenszyklus dargestellt war. »Ein paar Tage. Oder sogar bis zu vier Jahren.«

»Richtig! Kommt ganz aufs Klima an«, bestätigte Carolin. »Ich finde, du bist fit für morgen. Kannst du mir noch sagen, welche beiden Schmetterlingsgruppen es gibt?«

»Tagfalter und Nachtfalter.«

»Prima! Und weißt du auch, was der Nachtfalter mit seiner Puppe macht?«

Vince legte den Kopf schief. »Die machen so ein Ding drum. Einen … Kokon?«

»Genau!«

»Oh, haben wir da etwa einen jungen Nachwuchsforscher?«

Carolin drehte sich um, und direkt vor ihr stand Cornell Stiegler.

»Entschuldige, wenn ich euch störe«, sagte er lächelnd. »Aber gestern war ja leider nicht der richtige Moment, um, ähm, na ja, von alten Zeiten zu reden.«

Carolin spürte, wie ihr die Röte ins Gesicht schoss. Warum das denn?, fragte sie sich gleichzeitig. Sie schielte zu Vince, der gerade einen wunderschönen, schillernd blauen Himmelsfalter entdeckt hatte und ihm hinterherlief.

»Du weißt schon, wer ich bin?«, fragte Cornell nun, und seine dunkelblauen Augen leuchteten beinahe so wie die Flügel des Himmelsfalters. Oder vielleicht wie die eines Schillerfalters?

»Na klar«, antwortete Carolin und war unsagbar froh, dass sie ihren Vater gestern nach ihm gefragt hatte. »Cornell, schön, dich wiederzusehen! Ist ja eine Ewigkeit her …«

»Seit dem Abiball, um genau zu sein.« Er lächelte weiterhin und sah sie an, als suche er die Züge des jungen Mädchens in ihrem Gesicht. »Du siehst keinen Tag älter aus als damals. Na ja, höchstens zwei oder drei.«

»Echt?« Nun pulsierte die Röte regelrecht in ihren Wangen. »Du hast dich aber auch gut gehalten.« Herrje, was für ein lahmer Spruch.

»Ich hatte immer mal gehofft, dich auf einem Klassentreffen wiederzusehen«, gestand er.

»Oh ja, ich wäre auch wirklich gerne gekommen«, log sie. »Aber ich lebe ja schon lange nicht mehr hier, sondern sozusagen am anderen Ende der Welt. Da wäre die Anfahrt etwas lang geworden.«

Er nickte. »Neuseeland, oder?«

»Woher weißt du das? Ach, von meinem Vater?«

Ein weiteres Nicken, dann fragte er: »Wie lange bleibst du? Hast du Zeit, dass wir mal einen Kaffee trinken gehen und von alten Zeiten plaudern?«

»Na klar!« Zu ihrem Erstaunen bemerkte sie, dass sie sich über den Vorschlag freute. Obwohl er ja offensichtlich eine Freundin hatte, die es liebte, ihn zu überraschen. »Ich bin noch bis Samstag in einer

Woche da. Lass uns doch Nummern tauschen, und du schlägst was vor, wenn es dir passt.«

»Sehr gerne.« Sein Lächeln war ausgesprochen ansprechend, stellte Carolin fest. Wieso hatte sie ihn damals in der Schule so gut wie gar nicht wahrgenommen? Immerhin waren sie sowohl im Biologie- als auch im Deutsch-Leistungskurs zusammen gewesen. Sie speicherte seine Handynummer ein und ließ einmal sein Telefon klingeln, damit er ihre hatte.

»Und wenn dein … ähm …« Er deutete auf Vince.

»Neffe«, ergänzte Carolin. »Vince ist mein Neffe. Er hat noch eine Schwester, Luna. Romy ist ihre Mutter, vielleicht erinnerst du dich ja an sie.«

Cornell grinste. »Oh ja, klar, die war bekannt wie ein bunter Hund.« Ob im Positiven oder Negativen, ließ er in der Luft hängen. »Jedenfalls, wenn Vince mal hinter die Kulissen schauen mag, kann ich mit euch eine kleine Sonderführung durchs Schmetterlingshaus machen.«

»Au ja!« Vince war wieder neben ihnen aufgetaucht. »Was sind denn das für Durchsichtige da? Die schauen ja komisch aus!«

»Glasflügler«, sagten Carolin und Cornell wie aus einem Mund.

»Die leben in Mittel- und Südamerika«, ergänzte Carolin grinsend.

»Und ihre Puppen sehen wie kleine Schmuckstücke aus. Mit goldenen Streifen und Pünktchen«, verriet Cornell. »Weißt du noch, wie wir beim Gröner im Bio-LK immer darum gekämpft haben, wer mehr weiß?«

Carolin sah ihn erstaunt an. Daran hatte sie nicht die geringste Erinnerung. »Dunkel«, sagte sie dennoch. »Wir müssen leider weiter und Luna abholen. Aber melde dich bald. Ich bin gespannt, an was du dich noch so erinnerst.«

»Das mache ich«, versprach er.

Als sie sich am Ausgang umdrehte, sah sie, dass er ihr hinterherschaute. Er hob langsam winkend die Hand, und prompt ließ sich ein schwarzflügliger Ritterfalter mit rotem Kopf darauf nieder. Cornells Lächeln begleitete sie noch den ganzen Tag.

9. Kapitel

Da Romy nach ihrem Termin noch einige Besorgungen in Überlingen zu machen hatte, verabredeten Carolin und sie telefonisch, dass die Kinder am Landungsplatz von ihrer Mutter in Empfang genommen werden sollten.

»Da ist Papa!«, rief Luna, kaum hatten sie die *MS Romy* betreten, die sie zurück ans Festland bringen würde. »Papa!!« Sie wuselte sich zwischen den Passagieren hindurch und sprang auf ihren Vater zu, der sie auf den Arm nahm und ihr seine Kapitänsmütze auf den Kopf setzte.

Vince verzog das Gesicht. »Jetzt will sie bestimmt gleich wieder eine Durchsage machen«, stöhnte er. »Das ist so peinlich!« Er plumpste auf eine der Bänke auf dem Oberdeck, streckte die Beine aus und verschränkte die Arme vor der Brust.

Carolin setzte sich neben ihn. Das Schiff tutete beim Ablegen laut, und kurz darauf knisterte es im Lautsprecher.

»Herzlich willkommen auf der *MS Romy.*« Es war tatsächlich Lunas Stimme. »Unsere Fahrtzeit nach Überlingen betrügt … äh, beträgt … äh, Papa, wie lange dauert es?«

Um Carolin herum wurde gelacht. Man hörte ein Flüstern, dann sprach Luna weiter: »Wir brauchen dreißig Minuten bis nach Überlingen. Unser nächster Halt ist … Nußdorf.«

Kurz darauf hüpfte Luna über das Deck auf ihre Bank zu. Hinter ihr erschien Ben. Carolin stand auf, und sie umarmten sich freundschaftlich. Luna setzte sich zu ihrem Bruder.

»Wie sieht's aus bei euch?«, erkundigte sich Ben. »Hat sich der gestrige Sturm gelegt? Wie geht es Georg?«

Carolin hob kurz die Schultern. »Er tut so, als könne er mit der ganzen Situation gut umgehen, und besteht auf business as usual. Du kennst ihn ja. Nichts schlimmer als die Vorstellung, irgendwer könnte ihn bemitleiden.«

Ben nickte. »Dabei tut es mir wirklich leid für ihn. Ich hab ihn schon immer gemocht. Ich meine, Lotte schätze ich natürlich auch, aber … Keine Ahnung, das ist so ein Männerding zwischen ihm und mir.«

»Ich glaube, er sieht in dir den Sohn, den er nie gehabt hat«, meinte Carolin. »Etwas männliche Energie bei all den Frauen ringsum tut ihm ganz gut.«

»Na ja, er hat ja auch noch Stefan.«

Carolin hob die Augenbrauen. »Echt jetzt?«

Ben schmunzelte. Sie mussten kein Wort weiter darüber verlieren – sie alle verstanden nicht, warum sich die hübsche, tatkräftige und kluge Veri einen so merkwürdigen Mann ausgesucht hatte.

»Ich habe ja immer noch die Hoffnung, dass du Papa mal beerbst und das Unternehmen übernimmst«, gestand Carolin. »Ich kenne niemanden, der besser geeignet wäre. Und ich kann mir nicht vorstellen, dass Romy etwas dagegen hat. Papa behauptet, er müsse Rücksicht auf ihre Gefühle nehmen, aber das ist nur eine Ausrede, damit er nicht in den Ruhestand gehen muss.«

»Ja, das denke ich auch«, stimmte Ben zu. »Und ganz ehrlich, unter uns: Ich sehe mich nicht ein Leben lang nur als Kapitän. Ich möchte mich jetzt endlich weiterentwickeln. In eine unternehmerische Richtung. Und wenn sich woanders eine Chance auftut …«

Carolin verzog den Mund. »Na klar, das kann ich verstehen.«

»Thorsten und Vladimir sind tolle Kollegen – aber als Geschäftsführer von Hohenhausen Schifffahrt kann ich sie mir beide nicht vorstellen. Die würden sich den Stress nicht antun wollen.«

»Oh Mann, ich mag gar nicht darüber nachdenken, was passiert, wenn er niemanden findet. Dann müssen wir dichtmachen, vermute ich. Oder verkaufen. Das würde ihm das Herz brechen.«

»Na ja, oder du kommst zurück und übernimmst das Ruder.«

Carolin stieß ein freudloses Lachen aus. »No way! Tut mir leid, aber das wird nicht passieren. Neuseeland ist mein neues Zuhause. Und das wird auch so bleiben.«

»Darf ich mit ans Steuer?« Luna, die bis eben friedlich mit Vince Schnick, Schnack, Schnuck gespielt hatte, zupfte an der Jacke ihres Vaters.

»Na klar, wir müssen Vladimir dringend ablösen. Kommst du auch mit, Vince?«

Der Junge nickte zwar nur kurz, aber Carolin erkannte, dass er sich freute. Für ihn war es sicher nicht leicht, dass Luna einen guten Kontakt zu ihrem Vater hatte, während er seinen eigenen schon seit vielen Jahren nicht gesehen hatte. Sie musste Romy unbedingt fragen, ob sie ab und an etwas von Pierre hörte. Vermutlich nicht, denn ihre Schwester hätte bestimmt davon erzählt.

Schon näherte sich das Schiff dem Anleger von Überlingen. Carolin ging die steilen Stufen zum Ausgang hinunter. Der Innenraum wurde noch immer vom dunklen Holzboden und einer ebensolchen Deckenverkleidung dominiert, aber Tische und Stühle waren gegen moderne Möbel ausgetauscht worden. Durch die großen Fenster ringsum fiel helles Licht herein, und aus den Tiefen ihres Gedächtnisses tauchten Erinnerungen an Feste auf, die in diesem Raum stattgefunden hatten. Kindergeburtstage mit bunten Ballons und Unmengen von Kuchen und Eis, die Konfirmationsfeiern aller drei Schwestern, Abiturpartys von Veri und ihr, die Silberhochzeit ihrer Eltern, Veris Hochzeit, die Taufen von Vince und Luna … Das halbe Leben der Familie Hohenhausen schien sich hier abgespielt zu haben. Undenkbar, dass sie dieses Schiff und die anderen beiden womöglich eines Tages verkaufen würden.

»Na, ihr Schätze, hattet ihr Spaß?«, hörte Carolin Romy rufen, als sie das Boot verlassen hatten. Immerhin hatte sie es geschafft, pünktlich hier zu sein, um ihre Kinder abzuholen.

»Tante Caro hat mir alles über Schmetterlinge beigebracht«, erzählte Vince. »Da schreib ich morgen bestimmt einen guten Test.« Er nickte zuversichtlich.

»Ihr schreibt morgen einen Test?«, fragte Romy und schlug sich vor die Stirn. »Stimmt, mal wieder komplett vergessen. Aber du bist ja eh mein kleiner Einstein, du bekommst das sicher gut hin.« Sie zog ihren Sohn an der Schulter zu sich und drückte ihm einen Kuss auf die Schläfe. Schnell entwand er sich ihr.

»Tschüss, Papa!«, rief Luna nun fröhlich, streckte sich zu Ben hoch, und sie umarmten sich fest. »Nächstes Wochenende bin ich bei dir! Gehen wir dann schwimmen? Ich will weiter Kopfsprung üben.«

Ben nickte und sah sie mit einem strahlenden Lächeln an. Wenn sie ihn dazu aufgefordert hätte, mit ihr eine Bank auszurauben, hätte er dem bestimmt genauso zugestimmt.

»Wir sehen uns«, verabschiedete sich Romy beiläufig von ihm.

»Das wäre schön!« Seine Hände vollführten eine uneindeutige Geste, und er sah schnell auf seine Schuhspitzen. Carolin beschlich der Verdacht, dass er Romy genauso gerne umarmt hätte wie Luna.

Doch ihre Schwester hatte sich schon dem Landungsplatz zugewandt, dessen Cafés von zahlreichen Touristen und Einheimischen bevölkert waren. Auch auf den Stufen, die zum See führten, saßen die Menschen, plauderten und genossen die herrliche Aussicht. Dieses Wohnzimmer der Stadt hatte Carolin schon immer geliebt.

»Und dir tausend Dank«, sagte Romy und hakte sich bei ihr unter. »Du hast mich gerettet. Das ist echt das Schlimmste an meinem Job, dass ständig etwas Unvorhersehbares passiert.«

»Kein Thema, hat mir großen Spaß gemacht mit den beiden.« Carolin lächelte. »Das sind zwei tolle Kinder. Ich bin froh, endlich etwas Zeit mit ihnen verbringen zu können. Wenn also Not an der Frau ist – sag Bescheid. Ich springe gerne ein, solange ich hier bin.«

»Du bist ein Schatz! Darauf komme ich bestimmt zurück.«

»Kommt ihr noch mit zu Papa? Ich habe versprochen, aus der Greth was zum Abendbrot mitzubringen. Wir könnten doch alle zusammen essen. Das würde ihn vielleicht etwas aufmuntern.«

»Au ja, ich will ein Dinnele«, juchzte Luna. »Mit Speck. Aber mit ohne doofe Pilze.«

Eine halbe Stunde später erreichten sie ihr Elternhaus im Kneippweg, und Carolin spürte einen Stich. Denn ihre Mutter war nicht mehr da. Dabei sah alles so vertraut aus. An der sonnengelben Fassade kletterten weiße, dunkelrote und orange leuchtende Rosen empor, deren Knospen von den Sonnenstrahlen der letzten Tage aufgebrochen worden waren. Neben den hellblauen Läden an den Sprossenfenstern schlängelten sich Efeu und Wein bis unter das Krüppelwalmdach. Auf dem kleinen Balkon mit dem filigranen Geländer vor dem Elternschlafzimmer im ersten Stock blühten Geranien, Kapkörbchen und Petunien. Die dringend gegossen werden mussten, wie Carolin bei ihrem Blick nach oben feststellte. Auch die Pflanzen schienen Lotte zu vermissen, denn Georg hatte den Gärtnerjob offensichtlich schon wieder vernachlässigt.

»Papa?«, rief Carolin in den Flur, nachdem sie die Tür aufgeschlossen hatte. Es kam keine Antwort.

»Vielleicht ist er noch im Büro?«, mutmaßte Romy, aber Carolin hatte seinen Wagen in der Auffahrt stehen sehen. Sie lugten in die Küche und ins Wohnzimmer, dann lief Carolin nach oben und schaute im Bad und im Schlafzimmer nach. Die Räume waren leer. Für einen Moment fröstelte es Carolin. Es kam ihr vor, als sei alles Leben mit Lotte zusammen ausgezogen. Schnell ging sie wieder hinunter.

»Ich hab Opa gefunden!«, schrie Luna aus dem Garten.

»Papa!«, riefen Romy und Carolin im Chor, sprangen die wenigen Stufen der Terrasse hinunter und stürzten auf ihren Vater zu. Dieser lag unter einem Busch, nur seine Beine waren zu sehen.

»Oh mein Gott! Er hat sich verletzt«, stieß Romy atemlos aus.

Doch da raschelte es im Gebüsch, und Georg robbte rückwärts unter dem dichten Blätterwerk hervor. Er umklammerte eine kleine Schaufel, seine Hände und Unterarme waren voller Erde.

»Ihr glaubt gar nicht, was da für ein Unkraut wächst!«, sagte er, als er seine Töchter erblickte. Nun erst bemerkten sie den Haufen herausgerissener Pflanzenbüschel neben ihm. Umständlich ging er in die Hocke, und Romy reichte ihm eine Hand, damit er sich daran hochziehen konnte.

»Aber, Papa, seit wann stört dich denn Unkraut unter einem Busch?«, wollte Romy wissen.

Georg musterte sie kühl. »Es hat mich schon immer gestört. Aber ich habe mich in die Gartenarbeit deiner Mutter nicht eingemischt. Da mir nun niemand mehr reinredet, erlaube ich es mir, für Ordnung zu sorgen. Überall da, wo ich es möchte.« In sein Gesicht stahl sich ein zufriedener Ausdruck.

»Wir haben Dinnele mitgebracht!« Luna kam angerannt. »Ich habe schlimmen Hunger.«

»Dann deckt mal schnell den Tisch auf der Terrasse«, sagte Georg, legte seiner jüngsten Enkelin die schmutzige Hand auf die Schulter und ging mit ihr zum Haus. »Ich wasche mir kurz die Hände, dann können wir essen.«

»Unkraut unter einem Busch?« Carolin sah ihm fragend hinterher. »Na ja, wenn das seine Strategie ist, mit Mamas Auszug umzugehen, soll es mir recht sein.«

Sie ging in die Küche, um das Geschirr zu holen. Dabei fiel ihr Blick auf zwei große Umzugskisten, die auf der Eckbank standen. Sie hob den Deckel der ersten an. Darin lagen allerlei Küchengerätschaften – von der Saftpresse über einen Eis-Crusher bis zu einer elektrischen Brotschneidemaschine und einem Fleischwolf.

»Das hast du alles aussortiert?«, fragte Carolin, als ihr Vater die Küche betrat. Er nickte. »Und was hast du mit den Sachen vor?« Sie fischte Messer und Gabel aus der Besteckschublade und stellte beruhigt fest, dass hier nichts fehlte.

»Das Zeug steht seit Jahren unbenutzt auf dem Gerätefriedhof – da unten, in dem Schrank neben der Spüle. Das kann alles weg. Ich bringe es zur Diakonie für ihr Gebrauchtwarenhaus.« Er holte fünf Teller aus einem der Oberschränke. »Ich brauche hier einfach Luft zum Atmen – dieses Haus ist ein Museum, ich ertrage das nicht mehr.«

Carolin musste ihm durchaus recht geben. Ihre Mutter hatte schon immer eine Leidenschaft für Küchenmaschinen und Dekorationsartikel gehabt und es vor allem mit Letzterem in den meisten Zimmern des Hauses etwas übertrieben. Es gab kaum einen Platz, der nicht von Väschen, Kerzenständern, gerahmten Fotos, Döschen und Schalen zugestellt war. Carolin hatte den leisen Verdacht, Lotte hätte damit die fehlende Zuwendung ihres Mannes kompensiert, der für derlei »Kinkerlitzchen« überhaupt keinen Sinn hatte. Für ihn mussten Dinge funktionstüchtig sein, einen Zweck haben und nicht einfach nur rumstehen und hübsch sein. Wobei Letzteres sowieso im Auge des Betrachters lag. Aber er hatte es schon vor vielen Jahren aufgegeben, sich gegen Lottes Kaufräusche aufzulehnen. Nun jedoch sah er wohl seine Stunde gekommen, sich von all dem ihm überflüssig erscheinenden Plunder zu befreien.

»Willst du nicht Mama fragen, ob sie die Sachen haben möchte?«, fragte Carolin. »Ehe du sie einfach fortgibst.«

»Nein«, antwortete er. »Ich freue mich auf das Dinnele. Hatte ich schon ewig nicht mehr. Kommst du?«

Und von der Notwendigkeit, Diskussionen zu führen, hielt er wohl auch nichts mehr. Seufzend folgte Carolin ihrem Vater nach draußen auf die Terrasse, wo sich Romy und die Kinder schon an den Tisch gesetzt hatten.

»Essen! Essen!«, rief Luna, und Carolin fragte sich, wie ein einziges Kind so viel Energie haben konnte.

Die leckeren Flammkuchen ließen jedoch so etwas wie Ruhe aufkommen. Alle futterten schweigend vor sich hin, Luna und Vince, weil sie großen Hunger hatten, die Erwachsenen, weil sie so unangenehme Gespräche vermeiden konnten.

»Wie war es im Büro?«, durchbrach Carolin irgendwann die Stille.

»Gut, alles wie immer«, sagte Georg und schob sich den letzten Happen seines Dinneles in den Mund. »Das war wirklich lecker.« Er lehnte sich zurück, faltete die Hände über dem Bauch und betrachtete zufrieden den Garten.

Carolin und Romy warfen sich einen kurzen Blick zu. Es war beinahe unheimlich, wie gefasst ihr Vater wirkte.

»Opa, dürfen wir fernsehen?«, fragte Luna und legte die Arme um seinen Hals.

Ihr Großvater drückte ihr einen Kuss aufs Haar. »Natürlich, meine Süße!«

»Äh, aber wir fahren bald heim. Morgen ist Schule, und Vince schreibt einen Test«, schaltete sich Romy ein, doch da waren die beiden schon abgezogen. Dennoch rief sie ihnen hinterher: »Ich will dann aber kein Gemecker hören und kein ›Kurz noch zu Ende gucken‹. Warum sage ich das eigentlich?«

Carolin schmunzelte. Ihrer Mutter war es mit den drei Mädchen auch nicht besser ergangen. Sie erinnerte sich, dass es immer Kämpfe gegeben hatte, zum einen darum, wie lange Fernsehen geschaut werden durfte, und zum anderen mit ihren Schwestern, welches Programm eingeschaltet wurde. Und meist war es dann Georg gewesen, der den Apparat taub für irgendwelche Argumente einfach abgeschaltet hatte.

»Da ist die Frau Sauer dran.« Vince kam auf die Terrasse zurück, die Hand mit dem schnurlosen Telefon weit von sich gestreckt. »Sie will wissen, ob du morgen wieder ins Büro kommst.«

Ohne mit der Wimper zu zucken, nahm Georg das Gespräch an, gab sich dann aber einsilbig. »Ja, ja«, »vermutlich« und »natürlich« waren die wenigen Worte, die man von ihm hörte. Schnell würgte er Hildegard Sauer ab, die ihm seit bald dreißig Jahren als Sekretärin treu zur Seite stand.

»Gib's zu«, forderte Romy ihn auf, »du warst heute gar nicht im Büro.«

»Da bin ich euch keine Rechenschaft schuldig«, sagte er knapp. »Ich habe es mir einfach anders überlegt, weil es hier so viel zu tun gab.«

»Unkraut unter dem Busch rausrupfen«, foppte ihn seine Jüngste.

»Und wenn schon.« Er strafte sie, genau wie früher oft, indem er zwar mit ihr sprach, sie dabei aber nicht ansah. »Ich glaube nicht, dass es euch etwas angeht, was ich tue und was nicht.«

»Papa«, sagte Carolin sanft. »Wir machen uns doch nur Sorgen um dich. Das gestern … ist bestimmt nicht so leicht zu verarbeiten. Wenn du Hilfe brauchst – du weißt, dass wir immer für dich da sind.«

Er nickte kaum wahrnehmbar, und seine Augen verzogen sich zu schmalen Schlitzen. Einen Moment hatte Carolin die Befürchtung, er würde in Tränen ausbrechen. Doch er hatte sich schnell wieder gefasst.

»Das weiß ich, und dafür bin ich euch auch sehr dankbar. Aber ich komme zurecht. Kein Problem.«

Carolin bemerkte, wie ihre Schwester ungläubig die Augenbrauen hob.

»Na gut«, sagte Romy jedoch nur, stapelte die Teller aufeinander und stand auf. »Ich muss jetzt meine Brut einpacken und nach Hause bringen. Wenn wir uns beeilen, bekommen wir noch die Fähre um halb acht. Danke fürs Abendessen, Caro!«

Sie küsste ihre Schwester auf die Wange, winkte ihrem Vater zu, nahm die Teller und trug sie in die Küche.

Georg betrachtete wieder den Garten. »Und was hast du Schönes vor heute Abend?«, wollte er von Carolin wissen.

»Nichts«, antwortete sie.

»Du musst hier nicht den Babysitter spielen. Du bist nur zwei Wochen hier – geh und vergnüg dich. Dein alter Vater kommt schon zurecht. Im dritten Programm gibt es gleich eine Dokumentation über die Hohenzollernburgen in Baden-Württemberg. Die möchte ich mir anschauen.« Er stand auf, griff nach den benutzten Gläsern und verschwand im Haus.

Es war geradezu unheimlich, wie gefasst er sich gab. Aber er hatte natürlich recht. Er war niemandem Rechenschaft schuldig. Und wenn es ihm im Moment half, so zu tun, als sei nichts, dann war das vielleicht der richtige Weg für ihn. Wer wusste schon, was die nächste Zeit noch bringen würde …

Da ihr Vater sie also nicht brauchte, holte Carolin das Tablet aus ihrem Zimmer und setzte sich damit wieder auf die Terrasse. Es war kurz nach neun – Jacob hatte in Neuseeland vermutlich gerade die Wohnung verlassen und war auf dem Weg zur Arbeit. Da er als Immobilienmakler viel unterwegs war, konnte er während einer Autofahrt gut telefonieren. Über Skype versuchte sie, ihn auf dem Handy zu erreichen. Und sie hatte Glück.

»Perfect timing«, begrüßte er sie erfreut und hob einen Kaffeebecher in Richtung der Kamera. »Ich habe mir gerade mein Frühstück geholt, wollte in Ruhe essen und dabei den Ausblick genießen.«

»Wo bist du?«

Er schwenkte sein Smartphone so, dass sie die Wellen des Ozeans an den Strand rollen sah. »Ich hab mir in der Bohemian Bakery eine Meat Pie geholt und stehe auf dem Parkplatz am Sumner Beach. Na, bekommst du Sehnsucht?«

Carolin legte den Kopf etwas schief und stöhnte leise. »Und wie!«

»Ich zähle schon die Stunden, bis du wieder hier bist.« Seine Stimme war noch eine Spur tiefer als sonst. »Mit Margret ist es im Moment besonders schlimm. Ständig meckert sie an mir rum. Egal, was ich tue, es ist falsch. Entschuldige – ich wollte dich nicht mit meinen Eheproblemen belästigen. Sag mir lieber, was bei dir so los ist.«

Carolin wusste kaum, wo sie anfangen sollte. Sie hatte Jacob bisher nicht allzu viel über ihre Familie erzählt. Dieses Thema spielte für sie keine Rolle, wenn sie bei ihm war. Nun aber spürte sie, wie gut es tat, einem Außenstehenden zu berichten, was auf dem Fest geschehen war. Jacob hörte ihr aufmerksam zu und hielt sich mit Kommentaren zurück.

»Komm doch gleich wieder heim«, meinte er, nachdem sie geendet hatte. »Klingt nicht gerade so, als ob du eine besonders gute Zeit hast.«

»Nein, das kann ich meiner Familie nicht antun«, entgegnete sie. »Ich war so lange nicht hier. Jetzt möchte ich gerne für sie da sein.« Sie spürte, dass das nicht gelogen war. Und der Grund waren auch keine Schuldgefühle, sondern weil es ihr wirklich wichtig war, Zeit mit ihren Eltern und Schwestern zu verbringen. Dass die Umstände gerade unerfreulich waren … So war nun mal das Leben, und sie würde schon damit zurechtkommen.

»Das verstehe ich ja«, bekannte Jacob. »Aber trotzdem …«

»Die Zeit geht so schnell rum«, unterbrach sie ihn und versuchte dann, ihn von diesem Thema wegzubringen. »Vielleicht solltest du mit Margret doch mal zu einem Paartherapeuten gehen.«

»Schlägt meine Geliebte vor?« Jacob lachte, doch es lag eine Prise Bitterkeit darin. »Ach, Caro, mir wird gerade wieder klar, wie gut ich es mit dir habe – mit dir ist alles so easy und leicht.«

Weil das mit uns nichts Ernstes ist, dachte Caro, sprach es aber nicht aus.

»Und so soll es auch bleiben«, sagte sie stattdessen. Ein Signalton ihres Handys lenkte sie kurz ab. Auf dem Display sah sie, dass eine Messenger-Nachricht eingegangen war. »Wie wäre es morgen um 16 Uhr mit einem Spaziergang …«, las sie. Und der Absender war Cornell. Sie spürte, dass sie das Gespräch mit Jacob gerne beendet hätte. Sie wollte Cornell antworten.

»Und was hast du heute noch vor?«, fragte sie ihn.

Jacob erzählte, dass er sich gleich ein Strandhaus anschauen würde, das die Besitzer verkaufen wollten. »Und den Fotos nach zu urteilen, ist es so bezaubernd, dass ich mir schon vorgestellt habe, dort mit dir zu leben.«

Carolin stand mit dem Tablet auf und schaute über die Hecke hinweg in Richtung See. Er war zwar ein gutes Stück entfernt, aber sie konnte dennoch die sich spiegelnden Lichter und den Widerschein des Mondes auf der Wasseroberfläche sehen. Auch das war bezaubernd.

Was war nur mit ihr los?

»Ach, Jacob«, sagte sie leise. »Ich würde dich irgendwann genauso nerven, wie deine Frau es tut.«

»Nein«, kam es prompt. »Das kann ich mir nicht vorstellen.«

»Aber du bist doch auch nicht bereit, sie zu verlassen«, machte sie ihm klar und fügte schnell hinzu: »Was ich, wie du weißt, absolut in Ordnung finde. Wenn du sie verlässt, dann um deiner selbst willen. Nicht meinetwegen.«

Jacob nahm einen Schluck aus seinem Kaffeebecher. Sein Blick wirkte etwas düsterer. »Das hast du mir oft genug gesagt. Aber … lass mich doch ein wenig träumen. Nichts weiter. Solange Justin und Kate noch zu Hause wohnen, kommt eine Trennung sowieso nicht infrage, das weiß ich selbst.«

Wie immer drehte er sich im Kreis. Carolin wusste, dass er unter seiner Ehe litt, aber seinen Kindern keine Scheidung zumuten wollte. Und es würde noch gut und gerne fünf, sechs Jahre dauern, bis sie ausziehen würden.

Ob ich bis dahin noch in Neuseeland bin?, schoss es ihr durch den Kopf. Natürlich, Stupid!

»Jacob, ich muss nach meinem Vater schauen. Wir sprechen in den nächsten Tagen wieder, okay? Hab einen schönen Tag, und schick ein Foto von dem Strandhaus.«

Er versprach es und spitzte die Lippen, als wolle er sie zum Abschied küssen. Carolin winkte ihm zu und beendete dann den Videoanruf. Schnell rief sie die eingegangene Nachricht auf ihrem Handy auf.

»Wie wäre es morgen um 16 Uhr mit einem Spaziergang zu unserer alten Wirkungsstätte?«, hatte Cornell geschrieben. »Treffen wir uns am Franziskanertor?«

»Superidee, ich freu mich!«, schrieb sie ohne Zögern zurück. Und das entsprach vollkommen der Wahrheit.

10. Kapitel

»Und? Wollen wir an unserer alten Schule vorbeigehen?«, fragte Cornell. »Da sind mittlerweile die Arbeiten für den Neubau im Gange – du wirst fast nichts mehr wiedererkennen.«

»Gerne«, stimmte Carolin zu und rückte den Riemen ihrer Kameratasche auf der Schulter zurecht.

»Ich hoffe, du hast ein paar Fotos aus Neuseeland auf deinem Apparat, die du mir zeigen kannst.« Cornell deutete auf ihre Tasche. »Ich bin neugierig, wie du so lebst. Erzähl doch mal!«

Sie schlugen die Strecke entlang des Nellenbachs ein, der zu einer Seite von der hohen, dicht bewachsenen Stadtmauer gesäumt wurde, zur anderen von beinahe mittelalterlich anmutenden Häusern. Vorbei am Weinhaus Renker ging es, in das ihre Eltern immer gerne eingekehrt waren, und am Rosenobelturm.

Carolin erzählte von ihrer Arbeit in Christchurch als Touristenführerin. »Ich mache mit den Leuten Exkursionen in die Berge, zum Beispiel zum Mount Cook, und in die Naturschutzgebiete wie den Spencer Park im Norden. Am liebsten sind mir aber Kajakausflüge zu den Seerobben oder den Delfinen.«

»Klingt sehr sportlich.«

»Ja, das lässt sich nicht vermeiden.« Carolin lächelte. »Zu meinem Angebot gehört aber auch, dass ich die Leute auf der Tour fotografisch begleite. So können sie sich ganz den Naturschönheiten widmen und haben trotzdem Erinnerungsfotos, auf denen sie selbst zu sehen sind, ohne dass sie diese dämlichen Selfies machen müssen.«

»Coole Idee!«, befand Cornell. »Obwohl ich mich jetzt nicht

mehr traue, zu fragen, ob wir vor der Schule ein Selfie von uns machen.« Er stupste sie leicht mit dem Ellbogen in die Seite.

»Bei dir würde ich eine Ausnahme machen«, gab Carolin zurück. »Aber nur, weil du so ein ausgesprochen fotogenes Hemd trägst.«

Cornell grinste. »Ein Erbstück«, sagte er nur.

Als sie sich am Franziskanertor getroffen hatten, hätte Carolin ihn beinahe nicht wiedererkannt. Er trug eine große Sonnenbrille und einen hellen Strohhut, dazu ein wild gemustertes Hawaiihemd über einer Leinenhose. In dieser Kluft sah er eher wie ein Bodenseetourist und nicht wie ein Einheimischer aus.

»Das ist zur Tarnung, damit mir in meiner Freizeit nicht die entzückenden älteren Damen auflauern, die gerade meine Vortragsreihe zum Thema ›Heimische Schmetterlinge und ihre bevorzugten Futterpflanzen‹ besuchen.«

»Verstehe!« Sie grinsten sich verschwörerisch an.

Von der Rückseite näherten sie sich dem Gymnasium Überlingen und schlängelten sich zwischen Sträuchern und Gebüsch hindurch.

»Das ist ja noch mehr zugewuchert«, stellte Carolin fest.

»Aber der Trampelpfad ist noch da«, sagte Cornell. »Auch die Schülerinnen und Schüler heute wissen, wie man dem mahnenden Blick des Rektors entgehen kann, wenn man zu spät dran ist.«

»Bist du überhaupt mal zu spät gekommen?«

»Oh, ständig!«, gab er zurück.

»Aber du warst doch der absolute Vorzeigeschüler. Für uns alle warst du, sorry, wenn ich das so direkt sage …«

»Voll der Streber.« Er nickte, schob einen dornigen Ast zur Seite und ließ Carolin an sich vorbeigehen. »Das habt ihr aber nur gedacht. Ich war in Bio und Deutsch gut. Und in Englisch. In Mathe, Physik und Latein war ich dagegen die Vollniete.«

Carolin schüttelte überrascht den Kopf. »Aber du hast doch sogar einen Buchpreis bekommen beim Abi.«

»Ach, daran erinnerst du dich noch?«

»Ja, weil ich gehofft habe, ich kriege ihn. Immerhin habe ich die Bio-AG der Unterstufler geleitet.«

»Tja, keine Ahnung ... Ich hatte im Abi in Bio tatsächlich 15 Punkte. Vielleicht deshalb.«

»Ist doch wieder typisch, Strebertum wird höher bewertet als soziales Engagement.«

»Ich kann dir das Buch gerne schenken. Ich glaube, es war Pareys Vogelbestimmungsbuch in der Ausgabe von 1999. Hat mittlerweile garantiert Sammlerwert.«

»Ach, lass mal ...«

Es machte Spaß, mit ihm von alten Zeiten zu quatschen, und Carolin spürte, wie gut es ihr tat, einmal nicht an die derzeitigen Probleme ihrer Familie zu denken.

»Schau«, sagte er, und als er den Arm ausstreckte, berührte er sie leicht an der Schulter. »Die Sporthalle wird komplett abgerissen. Das Hauptgebäude auch. Da war nichts mehr zu retten, eine echte Sechziger-Jahre-Bausünde. Das hat für hitzige Diskussionen im Stadtrat gesorgt.«

»Das habe ich sogar mitbekommen«, fiel Carolin ein. »Papas Freund Rudolf, der früher mal zweiter Bürgermeister war, hat wohl eine Zeit lang von nichts anderem geredet. Hat sich mein Vater damals zumindest beschwert.«

»Na ja, wenn ich mich recht entsinne, war das Haus ja bereits zu unserer Zeit total marode. Ich habe es immer vermieden, dort aufs Klo zu gehen. Das war viel zu eklig.«

»Stimmt.« Carolin sah an der hässlichen Fassade hinauf. Schade würde es um das Gebäude nicht sein. »Was bin ich froh, dass dieses Kapitel schon so lange abgeschlossen ist. Hast du damals gleich einen Studienplatz in Biologie bekommen?«

Cornell schüttelte den Kopf. »Nee, ich habe eine Lehre im Gartenbaubetrieb meines Onkels angefangen. Hab ich aber nach gut einem Jahr abgebrochen, weil ich dann doch einen Platz gekriegt habe.«

»Hier in Konstanz?«

»Nein, ich habe in Karlsruhe studiert. Das Institut für Technologie – das ja mittlerweile sehr renommiert ist – gab's damals noch nicht. Aber das Biostudium, damals noch an der Fridericiana, war dennoch großartig. Ich fand die Zeit dort klasse.«

»Da wäre ich tatsächlich auch gerne hin«, sagte Carolin.

»Schade, dass es nicht geklappt hat.« Er zwinkerte kurz. »Wollen wir vielleicht zum See schlendern und irgendwo einen Kaffee trinken?«

»Unbedingt. Die Uni Konstanz war in Sachen Schmetterlinge einfach fantastisch aufgestellt«, nahm sie den Faden wieder auf. »Und ich wollte unbedingt irgendwann nach Südamerika. Das ging von hier aus besser. Die hatten super Kontakte zu Forschungsstationen dort.«

Sie plauderten eine Weile über ihre Studienzeit und stellten zu ihrer Belustigung fest, dass sie häufiger an denselben Orten gewesen waren, bei Exkursionen oder in den Ferien, und sich immer knapp verfehlt hatten.

»Du musstest also erst nach Neuseeland auswandern, bevor wir uns wiedergesehen haben«, meinte Cornell.

Sie waren auf der kleinen Aussichtsplattform an der Seepromenade angekommen, von der aus man im Schatten einer riesigen Trauerweide über den See auf das gegenüberliegende Ufer mit seinen schneebedeckten Gipfeln schauen konnte. Die Möwen zogen ihre Kreise dicht über ihren Köpfen, neben ihnen dümpelten ein paar kleine Boote im Wasser.

»Sollen wir uns eins leihen?«, schlug Cornell vor und deutete auf die Bootsvermietung einige Meter weiter.

»Solange es nicht der Tretboot-Schwan ist.«

Cornell sah sie gespielt entrüstet an. »Ich hatte an den rosa Flamingo gedacht. Aber wir können auch gerne ein Motorboot nehmen.«

Sie holten sich zunächst in einer Konditorei an der Promenade zwei Becher Kaffee und Kuchen zum Mitnehmen und suchten dann ein kleines Motorboot aus, das sie mit sechs Pferdestärken über den See schunkeln würde.

»Ich komme mir vor wie eine Touristin«, gestand Carolin, nachdem sie Platz genommen und den Motor angeworfen hatten. Doch da steuerte Cornell sie schon vom Ufer weg. Die Sonne brannte noch recht kräftig vom Himmel, und Carolin war froh über das kleine Stoffdach, das ein wenig Schatten spendete.

Nachdem sie etwa zehn Minuten in Richtung Seemitte gefahren waren, schaltete Cornell den Motor ab, und sie ließen sich von den sanften Wellen ein wenig treiben, tranken ihren Kaffee und aßen den Kuchen.

»Herrlich«, stieß Carolin irgendwann begeistert aus. »Es ist wunderbar, auf dem Wasser zu sein und für nichts die Verantwortung übernehmen zu müssen.« Sie erzählte von den teils sehr stürmischen Ozeanüberquerungen, an denen sie in unterschiedlichsten Segelbooten teilgenommen hatte. Von durchwachten Nächten, allzeit nassen Klamotten und der manchmal aufgeheizten Stimmung zwischen den Crewmitgliedern, wenn man zu lange auf engstem Raum zusammen war.

Cornell legte den Kopf schräg und betrachtete sie ernst. »Da haben Sie sich ein aufregendes Leben ausgesucht, Frau Hohenhausen.«

Carolin lachte. »Na ja, man kommt auch bei solchen Unternehmungen in eine Art Alltagstrott.«

»Aber es sind doch ständig andere Herausforderungen, unterschiedlichste Menschen, mit denen man zu tun hat. Ich weiß nicht, ob das was für mich wäre. Aber du bist vermutlich einfach so ein völlig gelassener Typ, den nichts aus der Ruhe bringt, oder?«

»Das hast du jetzt nett gesagt.« Sie ließ die Hand durchs kalte Wasser gleiten und sah den konzentrischen Kreisen nach, die sich um ihre Finger bildeten. »Ich weiß nicht, ich hoffe es. In unserer Familie war es irgendwie immer laut und hektisch, und ich war froh, wenn ich irgendwo ein einsames Plätzchen und meine Ruhe hatte.

Gelassen wäre schön, aber ich glaube, ich bin einfach gerne für mich und erlaube es mir immer öfter, ohne ein schlechtes Gewissen zu haben.«

»Ein Partygirl warst du zu Schulzeiten jedenfalls nicht. Genau wie ich. Also, ich meine, ich war auch kein Draufgänger oder so.«

Carolin nahm die Kamera aus ihrer Tasche, machte erst ein paar Aufnahmen vom See und dann – »Darf ich?« – einige von Cornell. Das Weitwinkelobjektiv, das sie benutzte, fing wunderbar den Kontrast zwischen der blauen Weite des Sees und Cornells buntem Hemd ein. Sie sollte die Fotos dem Tourismusverband anbieten. Das hier war Urlaubsfeeling pur.

»Und hat sich das bei dir verändert?«, fragte Carolin nach. »Ich meine das mit dem Draufgänger.« Vielleicht würde er etwas über die Frau erzählen, die sie am Tag zuvor mit ihm zusammen gesehen hatte.

»Nicht wirklich«, sagte er. »Aber ich habe auch gar kein Verlangen danach.«

Aha, vermutlich war er schon lange in einer festen Beziehung.

»Ich habe eine ziemlich anstrengende Zeit hinter mir«, erklärte er. Oder hatte es eine Scheidung gegeben? »Mit der ich dich jetzt aber nicht von der Schönheit des Moments ablenken möchte.«

»Kannst du gerne tun.«

»Nein, das ist lieb, aber gerade will ich wirklich nicht an die Vergangenheit denken. Das war ein wichtiger Schritt für mich. Zu verstehen, dass all die Anstrengungen der letzten Jahre hinter mir liegen. Und ich jetzt frei bin. Darauf habe ich lange verzichtet.«

Sie spürte, dass sie nicht weiter in ihn dringen sollte. Vielleicht würde es ja ein weiteres Treffen geben, bei dem er ihr mehr erzählen würde.

»Du hast recht, lass uns einfach den See genießen. Ich mag gerade auch nicht an die Dinge denken, die derzeit an Land passieren.«

»Wegen deiner Eltern?« Er lächelte ihr sanftmütig zu. Sie nickte. »Okay, deine Eltern kommen auch nicht zu uns an Bord.«

»Da bin ich mehr als einverstanden!«

Eine gute Stunde später legten sie wieder bei der Leihstation an, und Carolin musste feststellen, dass sie noch ewig mit Cornell so hätte dahinschippern können. Er war ein ruhiger, zugewandter Gesprächspartner, er hörte zu, er ließ sie ausreden und stellte Fragen. Sein Interesse klang ehrlich, und er hatte offensichtlich keine Hintergedanken. Wann, überlegte Carolin, habe ich mich das letzte Mal so offen mit einem Mann unterhalten? Cornell schien tatsächlich an ihr als Mensch interessiert zu sein. Was sie irgendwo darstellte oder was sie besaß – das spielte wohl keine Rolle für ihn. Er war niemand, der beeindruckt werden wollte. Die Stunden mit ihm hatten ihr gutgetan.

Umso mehr spürte sie leise Enttäuschung in sich aufkeimen, als er nun auf die Uhr blickte und sagte: »Sosehr ich mir wünschte, wir könnten unseren Ausflug noch etwas verlängern – ich halte heute Abend einen Vortrag und muss jetzt leider los. Aber ich habe den Nachmittag total genossen.«

Er breitete die Arme aus und zog sie an sich. Carolin nahm den Geruch des Sees wahr – und seinen ganz eigenen, leicht holzigen Duft. Und dieser war ausgesprochen angenehm, genauso beruhigend wie seine Gegenwart.

»Ich hoffe, wir sehen uns …«, sagten sie beide gleichzeitig, und er kratzte sich verlegen am Kopf.

»Ich bin ja noch gut zehn Tage da«, beeilte sich Carolin zu sagen. »Wir schreiben uns einfach, ja?«

Er nickte und umarmte sie ein zweites Mal. Dann winkte er ihr ein wenig linkisch zu und wandte sich zum Gehen. Beinahe lief er in einen Radler hinein, sah über sich selbst entrüstet zum Himmel auf und schenkte ihr noch ein strahlendes Lächeln.

Carolin grinste breit. Aber es war kein spöttisches Grinsen, sondern einfach ein fröhliches.

»Was siehst du denn so gut gelaunt aus?«, hörte sie da eine Stimme neben sich und zuckte zusammen. »Haben sich Mama und Papa versöhnt?«

»Veri! Mein Gott, du hast mich erschreckt. Nein, haben sie nicht.«

»Schon gut!« Ihre Schwester stellte einen mit Flaschen gefüllten Korb zwischen ihnen ab. »Tut mir leid. Wollte dich nicht erschrecken.«

Carolin spürte einen leichten Widerwillen in sich aufsteigen. Sie wollte sich diesen herrlichen Nachmittag nicht vermiesen lassen, indem sie an das Elend daheim erinnert wurde. Zugleich schämte sie sich, schließlich ging es um das Glück ihrer Familie.

»Komm mit«, sagte Veri versöhnlich. »Ich habe ein paar Flaschen Müller-Thurgau, Bacchus und Prosecco dabei, die ich der Rektorin der Kunstakademie vorbeibringen wollte. Sie plant wieder ihre legendäre ›After Schiff Salsa Party‹ und will Wein von uns beziehen. Sicherlich wird sie ihn mit uns testen wollen, bevor sie sich entscheidet.«

Sie deutete auf das lang gestreckte, klassizistische Gebäude mit den sieben riesigen Rundbogenfenstern, das unweit des Sees lag.

»Aber gerne«, willigte Carolin ein.

Wie sich herausstellte, war die Rektorin der Kunstakademie Veris alte Freundin Barbara. Zu Schulzeiten waren die zwei unzertrennlich gewesen, mittlerweile war der Kontakt lockerer geworden, vor allem deshalb, weil beide viel um die Ohren hatten. Carolin hatte Barbara früher immer heimlich bewundert. Sie hatte sich schon damals ganz der Kunst verschrieben und ständig mit ungewöhnlichen Materialien verrückte Sachen konstruiert. Veri hatte ihr gerne dabei geholfen und sie mit nicht mehr verwendbaren Teilen aus der Schiffswerkstatt versorgt. Seinerzeit hatte es noch eine eigene Werkstatt auf dem Gelände von Hohenhausen Schifffahrt gegeben, wo die Boote repariert und ausgebessert worden waren und genug Holzplanken, riesige Schrauben, Metallstreben und anderes Zeug herumlagen, die Barbara nur zu gerne für ihre überdimensionalen Skulpturen verwendete.

Die beiden Frauen begrüßten sich herzlich, und offensichtlich freute sich Barbara sehr, Carolin wiederzusehen.

»Du hast dich kaum verändert!«, sagte sie und umarmte Carolin freundschaftlich.

»Du auch nicht«, behauptete Carolin, aber Barbara winkte ab.

»Ich wiege zwanzig Kilo mehr als früher, und meine Haare sind so grau, dass ich als Oma durchgehen könnte …«

»Dafür strahlst du noch genau wie zu Schulzeiten!«, erwiderte Carolin. Barbara wirkte tatsächlich älter als Veri, aber sie hatte eine umwerfende Ausstrahlung. Ihre blauen Augen blitzten lebhaft, sie bewegte sich geschmeidig, und ihre geschmackvolle, farbenfrohe Kleidung überspielte die paar Pfunde zu viel auf lässige Art.

»Ja, mir geht es auch richtig gut«, erzählte Barbara und bat die beiden Schwestern in ihr Büro. Durch das riesige Fenster flutete Licht herein, an den Wänden hingen zahlreiche Bilder, auch auf dem Boden standen Kunstwerke verschiedenster Art, und es herrschte insgesamt ein fröhliches Chaos. »Was hast du mir denn dieses Jahr für Schätze aus eurem Keller mitgebracht?«

Während Veri die Flaschen aufstellte, erklärte Barbara, was es mit der »After Schiff Salsa Party« auf sich hatte. Carolin erfuhr, dass Arthur König jeden Sommer eine Salsa-Party-Tour auf seinem größten Schiff veranstaltete, bei der man zu Cocktails und Häppchen selbst tanzen konnte, aber auch eine südamerikanische Salsa-Show geboten bekam. Und wenn das Schiff wieder in Überlingen anlegte, konnte man gleich auf dem Gelände der Kunstakademie weiterfeiern. Für Überlingens Partyvolk, egal ob jung oder alt, ein absolutes Highlight des Jahres.

»Und wer genug von Caipirinha und Rum-Cola hat, der freut sich über guten Bodenseewein«, ergänzte Veri. Sie drückte Barbara und Carolin jeweils ein kleines Probierglas mit hellgelb funkelndem Wein in die Hand. »Prost, die Damen!«

Der Müller-Thurgau rann süffig Carolins Kehle hinab und versetzte sie sofort in Ferienstimmung.

»Wie war eigentlich euer großes Familienfest?«, fragte da Barbara und leerte ihr Probierglas. »Also, der ist schon mal sehr lecker!«

Carolin sah, dass Veri leicht zusammenzuckte und sich darauf konzentrierte, die nächste Flasche zu entkorken.

»Ach, sehr schön«, sagte Carolin leichthin. »Es war toll, die ganze Familie wiederzusehen. Ich war ja fast vier Jahr nicht hier.« Veri warf ihr einen dankbaren Blick zu. »Und das Wetter hat ja auch super mitgespielt.«

»Das ist jetzt der Bacchus«, erklärte Veri und schenkte nach. Carolin atmete das blumige Bukett ein.

»Und hat sich eure Mutter über den speziellen Wein für sie gefreut?«, blieb Barbara beim Thema.

Veri nickte und erklärte schnell etwas über die Besonderheit des Bacchus.

Barbara spürte offensichtlich dem Geschmack nach und lächelte erfreut. »Auch sehr gut! Hast du vielleicht noch was Perlendes im Angebot?«

»Unseren Winzer-Prosecco natürlich.« Sie gab die entsprechende Flasche Barbara, die das Etikett betrachtete.

»Ähm, darf ich eins sagen?«, fragte sie vorsichtig. Veri nickte. »Ich finde eure Etiketten ein wenig … altmodisch. Entschuldige, die Weine sind hervorragend. Aber ich glaube, ihr könntet sie noch besser verkaufen, wenn …«

»… wenn wir den Look modernisieren würden«, beendete Veri den Satz. »Das predige ich Stefan ständig, aber du weißt ja, wie stur er ist.«

»Aber das Etikett für Mamas Wein ist sehr schön«, schaltete sich Carolin ein.

Barbara grinste. »Ähm, das habe ich entworfen«, sagte sie zwinkernd. »Und ich hätte Lust, noch mehr zu machen. Für ein paar Kisten Wein im Gegenzug wäre ich sofort dabei.«

Veri zog begeistert die Augenbrauen hoch. »Total gerne, das weißt du. Bei Mamas Wein war es Stefan egal, wie der aussieht. Vielleicht lässt er sich eher überreden, wenn er Vorschläge sieht. Ich glaube, er kann sich einfach nicht vorstellen, in welche Richtung das Ganze gehen könnte.«

»Lass uns demnächst mal zusammensetzen und ein bisschen brainstormen. Vielleicht hast du ja auch Lust, mitzumachen, Caro? Veri schwärmt immer so von deinen Fotografien.«

»Gerne«, bestätigte diese. »Wenn ich dann noch im Lande bin.«

»Ach, Veri, ich habe übrigens Romy angeheuert, mit einem Stand beim Catering dabei zu sein. Die letzten Jahre hat es zeitlich irgendwie immer nicht hingehauen. Sie hat sich sehr gefreut.«

»Okay.« Veris Stimme klang etwas reserviert.

»Findest du das keine gute Idee?«, bohrte Barbara auch schon nach.

»Ach, doch, natürlich.« Mehr war aus ihr nicht herauszubekommen. »Sie macht das bestimmt prima.«

Die Frauen probierten zum Abschluss noch den Prosecco, dessen Spritzigkeit Barbara sofort überzeugte. Schnell wurde sie sich mit Veri handelseinig, und bald darauf verabschiedeten sich die Schwestern. Kaum hatte sich die Tür hinter ihnen geschlossen, musste Carolin schon nachhaken: »Warum hast du so reserviert reagiert, als es um Romys Catering ging?«

Veri stöhnte und zog sie fort von dem ehrwürdigen Gebäude der Akademie.

»Weil sie so fürchterlich unzuverlässig ist. Du kennst sie doch!«

»Ja, aber ich dachte, im Job ist sie anders. Sie kam mir sehr engagiert vor die letzten Tage.«

Veri legte den Kopf schief und hob kurz die Augenbrauen. »Sie ist nicht engagiert, sie ist chaotisch. Ständig vergisst sie Termine und schiebt das immer auf die Kunden. Sie verwechselt Bestellungen, kocht mal viel zu viel und dann wieder zu wenig.«

»Woher weißt du das?« Carolin war ehrlich überrascht.

»Na ja, unser Kundenkreis überschneidet sich ab und an. Und manchmal wissen die Leute nicht, dass sie es mit meiner Schwester zu tun haben, und beschweren sich über sie. Sie fragen mich dann immer, ob ich ihnen ein anderes Catering empfehlen kann.«

»Auweia.« Carolin schlenderte neben Veri her in Richtung Hafenstraße, wo diese ihr Auto geparkt hatte. »Ich dachte, das hätte sie mittlerweile im Griff. Am Sonntag ging doch auch alles gut.«

»Ja, aber nur, weil ich im Vorfeld mit ihr alles bis ins kleinste Detail durchgegangen bin. Mehrmals. Und ich habe ihr eine von unseren Verkäuferinnen aus dem Shop als Hilfe zur Seite gestellt. Weißt du, Caro, ich habe den Eindruck, es wird immer schlimmer.«

»Oh Mann, darüber hat sie noch nie mit mir gesprochen.«

Veri zuckte mit den Schultern. »Ich weiß auch gar nicht, ob sie das selbst so wahrnimmt. Sie verdrängt Missgeschicke meist sehr flott. Du kennst sie doch, sie ist da ein bisschen wie Mama. Sie lässt sich vom Hier und Jetzt schnell gefangen nehmen, vergisst dann alles um sich, und dadurch bricht das Chaos aus. Keine Ahnung, wie lange das noch gut geht. Das Catering steht jedenfalls nicht besonders gut da.«

»Und können wir ihr da irgendwie helfen?« Carolin spürte, wie die Sorge um ihre kleine Schwester ihr das Herz schwer machte.

»Ich habe ihr schon angeboten, ob sie vielleicht mit ihrer Firma bei uns unterschlüpfen will – dann könnte ich ihr einen Teil des Organisatorischen abnehmen. Das Essen selbst ist ja gar nicht das Problem, das beherrscht sie sensationell. Aber alles drum herum – das ist einfach nicht ihr Ding. Nur müsste sie das leider genauso können.«

»Und das wollte sie nicht? Bei dir einsteigen?«

»Nein, das hat sie kategorisch abgelehnt. Aber ich befürchte auch, sie und Stefan würden sich schon in der ersten Woche zerfleischen.«

Das allerdings konnte sich Carolin nur zu gut vorstellen. Da erginge es ihr auch nicht anders. Aber wieso hatte sie selbst nichts davon mitbekommen, wie es um Romy stand? Bei ihren Skype-Gesprächen oder Telefonaten hatte Romy meist gut gelaunt gewirkt. Gestresst ja, doch nicht überfordert.

»Cool wäre, wenn sie jemanden wie dich hätte«, fuhr Veri fort. »Jemand Ruhigen, ein Gegengewicht. Du könntest ihr die Orga-Arbeit abnehmen, gescheites Marketing für sie machen, und sie konzentriert sich aufs Kochen.«

»Das dürfte von Neuseeland aus schwierig sein«, gab Carolin zu bedenken.

»Natürlich, ich träume ja nur«, stellte Veri klar. »Ach, Mann …«

Sie griff nach Caros Oberarm und zog sie enger an sich heran. »Manchmal vermisse ich dich schon sehr. Nicht nur wegen Romy.«

»Ich euch auch.«

Arm in Arm gingen sie auf Veris Auto zu.

»Aber ich nehme mal an, es gibt keine Chance, dass du so schnell Neuseeland goodbye sagst, oder?«

Carolin schüttelte den Kopf. Bevor sie jedoch etwas sagen konnte, klingelte ihr Telefon. Sie blickte aufs Display und sagte: »Mama.« Während Veri ihr Auto aufschloss, nahm sie den Anruf an.

»Hallo, Mama!«, begrüßte Carolin ihre Mutter. »Ich bin gerade mit Veri unterwegs. Kann ich etwas für dich tun?«

»Ich wollte dich fragen, ob du mir noch ein paar Sachen aus dem Kneippweg bringen kannst.«

»Aber klar, gerne. Ich mache mich jetzt auf den Heimweg. Dann könnte ich alles zusammensuchen und vorbeibringen.« Sie bemerkte, wie Veri missbilligend die Stirn runzelte.

»Am besten, ich schicke dir meine kleine Liste per WhatsApp«, schlug Lotte vor. »Meinst du, du kannst Veronika an den Apparat bekommen?«

»Moment.« Carolin streckte Veri das Smartphone hin. »Mama möchte dich kurz sprechen.«

Veri zog einen Flunsch, aber Carolin presste ihr das Telefon in die Hand. »Komm schon!«, forderte sie ihre Schwester auf.

»Hallo«, sagte diese emotionslos ins Mikrofon. »Was gibt's?«

In den folgenden Minuten redete offensichtlich vor allem Lotte, denn von Veri war nicht viel mehr als ein »Nein« oder »Aber ja« oder »Ich weiß es nicht« zu hören. Dabei ging sie nervös auf und ab und mied Carolins Blick.

»Nein, Mama, das kann ich mir nicht vorstellen«, sagte sie irgendwann ungehalten. »Ich muss jetzt auch los. Ciao!« Schon hatte sie die Verbindung getrennt und reichte Carolin das Telefon. Ihre Wangen hatten sich rot gefärbt, ihre Lippen waren zu einem Strich zusammengepresst.

»Was wollte sie?«, fragte Carolin.

Veri schüttelte missbilligend den Kopf. »Sie wollte, dass ich mich mit ihr und Arthur auf neutralem Terrain zum Essen treffe, um in Ruhe über alles zu reden.«

»Ist doch eine gute Idee.«

»Nicht in diesem Leben!« Veri funkelte sie wütend an. »Und während wir fein dinieren und über Anekdötchen von König lachen, sitzt Papa daheim und weint sich die Augen aus.«

»Papa ist sehr gefasst«, entgegnete Carolin. »Er schafft Ordnung im Haus und tut, als ob nichts gewesen sei.«

»Er verdrängt. Das ist alles. Irgendwann kommt noch der Zusammenbruch, das sage ich dir. Und mir tut er so leid. Wie kann sie ihn nach so langer Zeit im Stich lassen.«

»Ach, Veri …«

»Nix, ach, Veri.« Sie stieg in ihr Auto ein. »Sorry, ich muss los.« Und schon hatte sie die Tür zugeschlagen und startete den Motor.

Traurig sah ihr Carolin hinterher. Die Fröhlichkeit des Tages war endgültig verflogen. Vielleicht sollte sie sich jetzt irgendwo einen Aperol Spritz genehmigen und diesen Vorfall ganz schnell wieder vergessen.

11. Kapitel

Geistesabwesend schloss Carolin die Tür ihres alten Zuhauses im Kneippweg auf. Statt sich mit einem Cocktail an den Landungsplatz zu setzen und den Sonnenuntergang über dem Bodensee zu genießen, hatte sie sich an ihr Versprechen erinnert, ihrer Mutter noch ein paar Sachen vorbeizubringen. Seitdem gingen ihr zahlreiche Gedanken durch den Kopf. Warum hatte ihr niemand gesagt, dass Romy so schlecht dastand mit ihrem Unternehmen? Hatte sie sich schon so weit von der Familie entfernt, dass sie nicht mehr zum Kreis der Eingeweihten gehörte? Und konnte sie ihrem Vater sagen, dass sie gleich zu Lotte fahren würde? Noch dazu blieb ihr vermutlich nichts anderes übrig, als ihn um sein Auto zu bitten. Was ihm sicher auch nicht gefallen würde. Und dann nagte da eine Frage an ihr. Musste sie gegenüber Jacob ein schlechtes Gewissen haben, weil sie den Nachmittag mit Cornell so genossen hatte? Nein, entschied sie erst einmal. Man durfte ja wohl alte Schulfreunde treffen. Und außerdem war das mit Jacob und ihr sowieso nichts Festes. Immerhin hatte er eine Ehefrau. Die er nicht verlassen würde. Hoffte sie.

»Papa?«, rief sie in die Küche, von wo sie ein Klappern gehört hatte.

»Willst du mitessen?«, fragte er, als sie reinkam. Dunst und ein starker Geruch von angebratenem Fleisch schlugen ihr entgegen.

»Du kochst schon wieder?«, begrüßte sie ihn und drückte ihm einen Kuss auf die Wange. »Riecht lecker.« Sie spähte über seine Schulter in die Pfanne. Vier dicke Fleischstücke brutzelten gerade dem perfekten Bräunungsgrad entgegen. »Schweinekoteletts?«

Georg grinste spitzbübisch. »Deine Mutter hat sich geweigert, die zu machen. Sie hat immer behauptet, Schweinefleisch ist ungesund, davon bekommt man Gicht.«

»Aber du achtest doch selbst immer auf deine Gesundheit«, wandte Carolin ein. Sie ging zum Küchenschrank, holte zwei Teller und Besteck heraus. Sie hatte seit Jahren kein Kotelett mehr gegessen, nun war der Duft zu verführerisch, und sie spürte, wie ihr Magen gierig zu knurren anfing.

»Ja, natürlich. Aber ich muss mir ja nicht alles versagen. Ich war extra beim Knoll, dem Metzger in der Aufkircher Straße, du weißt schon. Der kennt seine Schweine noch persönlich.« Er kam mit der Pfanne an den Tisch und verteilte die Koteletts auf die beiden Teller. Er hatte sogar Zwiebeln angeschwitzt. »Magst du eine Scheibe Brot dazu?«

Carolin nickte und beobachtete ihren Vater, wie er mit dem großen Messer konzentriert schmale Scheiben von einem Roggenlaib abschnitt.

»Wie war dein Nachmittag?«, fragte er sie über die Schulter hinweg.

»Sehr schön. Ich habe Cornell getroffen. Ein interessanter Mann.«

»Oh ja, allerdings. Ich sage ja, seit er das Schmetterlingshaus leitet, steht die Mainau so gut da wie schon lange nicht mehr. Sicherlich habt ihr viel über aktuelle Forschungsthemen geredet.«

Er reichte ihr eine Brotscheibe, setzte sich, und sie begannen zu essen. Carolin dachte daran, dass Cornell und sie kaum über irgendwelche beruflichen Themen gesprochen hatten. Sie hatten sich sofort über das Leben im Allgemeinen unterhalten. Und darin waren sie so vertieft gewesen, dass sie den Versuch, etwas darüber herauszufinden, was das für eine Frau gewesen war, mit der sie ihn am Vortag gesehen hatte, schnell aufgegeben hatte. Zumal er deutlich genug gemacht hatte, dass er kein Gespräch über seine jüngste Vergangenheit wünschte.

»Über Forschung weniger«, sagte sie und aß ein Stück Fleisch. Es war etwas fest, aber der Geschmack erinnerte sie sofort an ihre Kindheit. Sie sah sich hier an diesem Tisch sitzen, mit ihren Schwestern, und sie stritten darum, wer noch ein weiteres Stück Fleisch bekam. Sie sah ihre Mutter vor sich, die kopfschüttelnd und mit lauter Stimme versuchte, die aufgeregte Bande zu besänftigen. Meist hatte ihr Vater gefehlt. Umso mehr hatte er darauf bestanden, dass sie sonntags gemeinsam zu Mittag aßen. Und auch das hatte häufig für Diskussionen gesorgt, weil vor allem Romy und Carolin als Teenagerinnen ihr Bett am Wochenende nur ungern vor der Mittagszeit verlassen hatten.

Ein Signalton ihres Handys zog ihre Aufmerksamkeit auf sich. Georg schielte auf das Smartphone seiner Tochter, das neben ihr auf dem Tisch lag.

»Eine Nachricht von deiner Mutter«, stellte er fest.

»Ja, sie … ähm, sie braucht noch ein paar Sachen von hier und wollte mir eine Liste schicken.«

»Aha.« Seine Miene gefror, er legte das Besteck auf den Teller und verschränkte die Arme vor der Brust. Brütend sah er auf die Reste seiner Koteletts vor sich.

»Wäre es dir lieber, sie kommt hierher und holt sich alles?«

Stumm schüttelte er den Kopf.

»Du weißt, wie leid mir das alles tut. Aber ich werde mich nicht auf eine Seite stellen und Partei ergreifen. Ihr seid beide meine Eltern, ich liebe euch beide, und so wird es auch bleiben.«

»So warst du schon immer«, stieß er plötzlich hervor. »Nur nicht anecken, nur nicht einmischen, schön überall raushalten. Deswegen führst du auch so ein Nomadenleben. Verbindlichkeit kennst du gar nicht.«

»Papa!«, stieß Carolin empört aus und stand auf. »Du musst deinen Frust nicht an mir auslassen. Echt nicht!« Sie stellte ihren Teller in die Spüle und verließ die Küche.

»Caro«, rief Georg ihr hinterher, doch sie hatte keine Lust auf weitere Diskussionen. Das hätte überhaupt nichts gebracht. Wenn er meinte, er müsste seinen Schmerz dadurch ausleben, dass er andere verletzte, dann sollte er das machen. Aber ohne sie!

Aus Arthur Königs Wohnzimmer drang das fröhliche Lachen einiger Frauen an Carolins Ohr, untermalt von sanftem Bar-Jazz.

»Komm rein, Schatz«, forderte Lotte sie auf und nahm ihr den Karton ab, in dem sich die gewünschten Dinge befanden: weitere Kleidung, ihr Spezialkopfkissen, ein Ordner mit Bankunterlagen, Klaviernoten sowie einige Bücher.

Ingrid und Gudrun, die besten Freundinnen ihrer Mutter, waren zu Besuch. Sie saßen um den wunderschönen Ahornholztisch, dessen Platte auf schlichten, matt lackierten Rohstahlbeinen auflag. Eine Flasche vom Geburtstagswein stand geöffnet auf dem Tisch, daneben ein paar Knabbereien, und offensichtlich waren die Frauen sehr vergnügt und in bester Stimmung. Es sah jedenfalls nicht danach aus, als würden sie auf Lotte einreden, damit sie zu ihrem Ehemann zurückkehrte.

»Wir haben uns gerade daran erinnert, wie wir uns als junge Mütter manchmal eine Auszeit von euch kleinen Quälgeistern ergaunert haben«, erzählte Gudrun und lächelte schelmisch. »Einmal haben wir zusammengelegt und zwei Babysitterinnen engagiert, die mit euch auf den Spielplatz gegangen sind, während wir – mitten am Nachmittag – unten am See Kir Royal getrunken haben. Was kamen wir uns verwegen vor!« Ingrid und Lotte stimmten in ihr Lachen ein.

»Linchen, setz dich doch. Arthur ist noch bei einem Termin«, forderte Lotte sie auf. »Magst du den Geburtstagswein probieren? Er ist vorzüglich!«

»Ein anderes Mal gerne, ich bin mit dem Wagen da«, erklärte sie und ließ sich auf einer Stuhlkante nieder. Auch wenn sich Georg gerade äußerst gemein verhalten hatte – ihr stand nicht der Sinn danach, mit ihrer Mutter und deren Freundinnen einen fröhlichen Abend zu verbringen. In was für eine Situation hatte Lotte sie da gebracht? Carolin spürte leichte Kopfschmerzen aufziehen und rollte mit den Schultern.

»Wie nimmt Georg denn das Ganze?«, wollte Ingrid nun wissen, und Carolin sah, wie sich drei Augenpaare unverhohlen neugierig auf sie richteten. Sie holte tief Luft, öffnete den Mund, schwieg dann jedoch.

»Ich könnte mir vorstellen, dass er sehr mitgenommen ist«, sagte Gudrun. »Ist ja auch verständlich. Nach all den Jahren. Was meinst du, Caro, was er …«

»Bitte entschuldigt«, unterbrach Carolin sie. »Ich kann da jetzt nichts zu sagen. Ich glaube, die Situation ist für uns alle nicht einfach. Ich für meinen Teil möchte mich da gerade nicht einmischen.«

Lotte stimmte ihr zu, und die Temperatur im Raum schien um einige Grad zu sinken.

»Ich will auch gar nicht weiter stören. Habt noch einen schönen Abend. Bis bald!« Sie stand auf, winkte den drei Frauen knapp zu und ging.

»Caro«, hörte sie ihre Mutter genau wie ihren Vater vorhin rufen. »Wir telefonieren bald!« Carolin winkte ihr knapp zu und verließ das Haus.

Sie wollte gerade in Georgs Auto einsteigen, als ein altes Mercedes-Cabrio neben ihr hielt. Der Abend war lau, und so war das Verdeck offen.

»Hallo, Carolin«, begrüßte Arthur König sie und wand sich sehr geschmeidig aus dem tief liegenden Wagen. »Schön, dich zu sehen. Wie geht es dir?«

»Gut.«

»Ich meine, so mit der ganzen Situation«, sagte er unumwunden.

Carolin stutzte. Es war das erste Mal, dass jemand danach fragte, wie sie sich fühlte.

»Entschuldige, wenn ich so direkt bin. Aber wo ich dich schon mal allein antreffe …«, fügte er hinzu.

»Äh … also«, stotterte sie und musste einen Moment überlegen. »Verunsichert, durcheinander, etwas perplex«, brachte sie schließlich hervor.

»Das tut mir leid!«, antwortete er aufrichtig. Im gelblichen Schein der Straßenlaterne wirkte sein braun gebranntes Gesicht noch jünger, und seine dunklen Augen strahlten Herzlichkeit und Verständnis aus. »Du kannst mir glauben, es war nicht meine Absicht, eure Familie … ähm …«

»… zu sprengen?«, schlug Carolin vor. So fühlte es sich an – als habe ein Erdbeben ihr Familienleben erschüttert, und nun mussten alle Beschädigungen erst einmal festgestellt und dann die Teile neu sortiert werden.

»So ähnlich, ja«, stimmte er zu. »Aber ich kann dir nichts anderes sagen, als dass ich deine Mutter wirklich von Herzen und aufrichtig liebe. Und unser Altersunterschied – falls du dir darüber Gedanken machst – hat für mich keinerlei Bedeutung. Es gibt da keine Hintergedanken. Ich bin kein Heiratsschwindler.«

Carolin musste lächeln. »Ist mir schon klar.«

»Weißt du, nach dem Tod meiner Frau habe ich gelernt, dass man wichtige Dinge nicht auf später verschieben sollte. Wir sind keine zwanzig mehr – wir müssen die Zeit nutzen, die uns noch bleibt. Und seit Lotte und ich zusammen sind, seit wir uns unsere Gefühle füreinander eingestanden haben, weiß ich wieder, was Glück bedeutet. Darauf will ich nicht mehr verzichten.«

Ein harter Ring um ihr Herz, der ihr bis eben nicht bewusst gewesen war, sprang mit einem Ruck auf. Sie spürte, wie ihr Tränen in die Augen traten. Wie musste es sein, so geliebt zu werden?

»Oh, verzeih, das wollte ich nicht.« Arthur legte ihr eine Hand auf den Unterarm, mit der anderen friemelte er ein Taschentuch aus seiner Jackentasche und hielt es ihr hin. »Zerknittert, aber frisch.«

Sie lächelte und wischte sich mit dem Tempo über die Augen.

»Magst du noch mal mit reinkommen?«, fragte er, doch Carolin verneinte.

»Ich glaube, ich brauche jetzt einen kleinen Spaziergang«, sagte sie.

»Alles klar!« Arthur wollte ihr die Hand reichen, aber spontan umarmte Carolin ihn. Sie musste zugeben, dass sie ihrer Mutter immer einen Mann gewünscht hatte, der so zu ihr stand, der ihr seine

Liebe zeigte. Sie wusste natürlich nicht, wie es vor bald fünfzig Jahren gewesen war, als Lotte und Georg sich ineinander verliebt und eine Familie gegründet hatten. Aber sie war sich ziemlich sicher, dass ihr Vater nie verschwenderisch mit den Gefühlen für seine Frau umgegangen war. Er war Rationalist, durch und durch.

Sie winkten sich kurz zu, und Carolin lief die Goldbacher Straße in Richtung Westen entlang, dorthin, wo der nächtliche Himmel letzte rot geränderte Wolkenformationen aufwies, die an die gerade erst untergegangene Sonne erinnerten. Sie fühlte sich zerbrechlich, als würde sich ihr Körper gleich mit der Frühlingsluft vermengen. Sie atmete tief ein und aus und lief etwas schneller. Und doch schien ihr ein Gefühl nicht von der Seite weichen zu wollen. Es war Neid. Sie musste sich eingestehen, dass sie ihre Mutter, ihre alte Mutter, beneidete.

Wie hatte sie gestrahlt vorhin! Wie jung hatte sie ausgesehen! Sogar als ihr das Bedauern über Carolins schnellen Aufbruch ins Gesicht geschrieben stand, hatte das glückliche Glühen nicht nachgelassen. So sah nur ein Mensch aus, der wahrhaft liebte und geliebt wurde. Und Carolin konnte sich nicht daran erinnern, dass sie selbst jemals so ausgesehen hätte.

Neben vielen kurzen, unbedeutenden Liebeleien hatte sie eine längere, fast drei Jahre währende Beziehung gehabt. Sie hatte Márlon in der brasilianischen Forschungsstation im Gebiet von Manaus kennengelernt, wo sie knapp fünf Jahre verbracht hatte. Im Nachhinein betrachtet, verstand Carolin nicht mehr so richtig, was sie damals dazu gebracht hatte, die Beziehung zu beenden und das Land zu verlassen. Márlon war klug, attraktiv und sehr liebevoll gewesen. Er hatte ihre Karrierepläne unterstützt und davon geträumt, eine Familie mit ihr zu gründen. Aber vielleicht war es genau das gewesen – Carolin hatte immer die Ehe ihrer Eltern vor sich gesehen und gespürt, dass sie das nicht wollte: eine Beziehung führen, die von Pflicht und Arbeit geprägt war. Wie sie ihre eigene Version hätte finden können, war ihr nicht klar gewesen. War ihr bis heute nicht klar, wie sie sich eingestehen musste. Und so war sie immer ein klein wenig auf Distanz geblieben, hatte sich nie so ganz auf Márlon eingelassen. Sie wusste nicht, ob er es gespürt hatte, aber er war ein einfühlsamer Mensch. Wie leid ihr im Nachhinein ihr Verhalten tat. Sie sollte einmal nach ihm googeln, vielleicht erfuhr sie ja etwas darüber, wie es ihm seit ihrem Abschied vor rund sechs Jahren ergangen war. Sie hoffte, dass er mittlerweile eine bessere Frau als sie gefunden und eine Familie gegründet hatte.

Vielleicht hatte Georg recht, sosehr sie sein Vorwurf auch schmerzte, und ihr Lebensmotto war die Unverbindlichkeit. Was ja auch perfekt zu ihrer Beziehung mit Jacob passte. Ein verheirateter Mann – das war geradezu typisch für sie.

Sie war mittlerweile von der Straße abgebogen auf einen schmalen Fußgängerweg, der, wie an einigen Stellen in Überlingen, zwischen massiven Felsbrocken hindurchführte. Vor sich sah sie die kleine, in der Dunkelheit weiß herausstechende Schächerkapelle mit ihren Skulpturen von drei Gekreuzigten, Jesus in der Mitte. Kurz hinter der Andachtsstätte machte der Weg eine Kehre, und sie würde zurück über die Straße zu ihrem Auto gehen. Sie hörte das zarte, wohlklingende Gezirpe einer Nachtigall und sah sich automatisch um, auch wenn sie wusste, dass sie den unscheinbaren Vogel nicht entdecken würde. Wie still es hier ansonsten war. Zum Himmel reckten sich die frisch ergrünten Äste von Eichen und Ahornbäumen, ein paar Sterne funkelten hier und da zwischen den Wolken.

Sie bog nach links ab, zurück auf die asphaltierte Straße. Das Licht in den Fenstern des Hauses vor ihr hatte etwas friedvoll Tröstendes.

»Caro?«, hörte sie da hinter sich eine Stimme, und sie zuckte erschrocken zusammen. »Entschuldige, ich wollte dich nicht erschrecken!«

Aus der Dunkelheit tauchte Cornell auf, in den Händen trug er blaue, prall gefüllte Müllsäcke.

»Hallo!«, sagte sie etwas befangen und wischte sich schnell über die Augen. Hoffentlich sah er nicht, dass sie geweint hatte.

»Keine Angst, da sind keine Leichenteile drin«, sagte er schmunzelnd und hob die Plastiksäcke leicht an. »Das ist alles für den Wertstoffhof.«

»Oh, da bin ich aber erleichtert«, gab sie zurück und kicherte lauter, als ihr lieb war. Schnell räusperte sie sich. »Wohnst du hier?«

Er schüttelte den Kopf. »Nicht wirklich.« Sie sah ihn fragend an, und er fuhr fort: »Das da drüben ist mein Elternhaus.« Er deutete auf ein dreistöckiges Haus, dessen Fassade über und über mit Efeu bewachsen war. »Mein Vater hat dort bis zuletzt gelebt. Er ist vor gut einem Jahr gestorben, und ich habe mich ewig nicht entschließen können, was ich mit dem Haus mache.«

»Ach, das tut mir leid!« Ohne darüber nachzudenken, strich sie ihm über den Oberarm.

Er setzte ein verhaltenes Lächeln auf. »Er war schon sehr alt. Fast 94. Und er war die letzten Jahre dement.«

»Das muss belastend gewesen sein. Was ist mit deiner Mutter?«

»Sie ist vor fünfzehn Jahren gestorben.« Sie waren auf seinen dunkelblauen alten Passat zugegangen, und er öffnete den Kofferraum.

»Dann bist du ja quasi ein Waisenkind«, hörte sich Carolin sagen. Was für ein blöder Kommentar! Doch Cornell grinste und legte den Kopf schief.

»Sozusagen. Aber ich glaube, ich schlage mich ganz tapfer.« Er wuchtete die Müllbeutel in das Auto.

»Und jetzt räumst du das Haus leer?«

»Ja, ich will es verkaufen, habe ich beschlossen. Bevor morgen die ersten Interessenten kommen, musste ich für etwas Ordnung sorgen.«

»Verstehe. Aber hattest du nicht heute einen Vortrag?«

Cornell nickte. »Ja, hatte ich. Vorher hat's zeitlich nicht mehr hingehauen mit dem Ausräumen und … keine Ahnung, irgendwie hatte ich das Bedürfnis, noch was Praktisches zu tun. Nach all dem Reden.«

Mit einem Mal bekam Carolin ein schlechtes Gewissen. »Oder habe ich dich heute Nachmittag von der Arbeit abgehalten?«

Er hob abwehrend eine Hand. »Oh nein! Nein, ganz im Gegenteil. Ich habe die Stunden mit dir sehr genossen. Obwohl wir uns von früher ja eigentlich gar nicht gut kennen, hat es sich so … vertraut angefühlt.« Sein Blick hielt ihren fest.

Carolin spürte, wie ein leises Zittern durch ihren Körper ging. »Fand ich auch«, stimmte sie zu. Wo kam nur dieses Gefühl der Nähe auf einmal her? Seine dunkelblauen Augen hatten exakt die Farbe des Nachthimmels.

»Wie lange, sagtest du, bist du noch hier?«

»Zehn Tage.«

»Zehn Tage? Das ist nicht … lang.«

Sie schwiegen, konnten den Blick nicht voneinander abwenden. Wie lange würde es dauern, bis die Situation peinlich wurde?

»Falls … Nun ja, mal sehen, wie sich das ganze Drama mit meinen Eltern weiterentwickelt. Ich meine …« Sie spürte, dass sie viel zu schnell sprach und gar nicht wusste, wohin der Gedanke sie führen würde. »Also, falls mein Vater doch noch zusammenbricht, kann ich vermutlich nicht so bald nach Hause … nach Neuseeland zurückfliegen.«

»Das wünsche ich ihm eigentlich nicht«, sagte Cornell. Stand er noch dichter vor ihr? »Eigentlich …«

Sie lächelte.

»Aber vermutlich erwartet dich jemand daheim. Also, in Neuseeland.« Er hob eine Augenbraue, und um seinen Mund zuckte es. Mit einem Mal sah sie den schüchternen Teenager von einst in seinem Gesicht. Warum hatte sie sich zu Schulzeiten nie für ihn interessiert? Sie machte eine vage Handbewegung.

»Vermutlich. Egal.«

Er trat einen Schritt zurück. Sie spürte die Kühle der Nacht über ihre nackten Arme streichen und schüttelte sich ein wenig.

»Oh, dir ist kalt«, stellte er sofort fest und rieb ihr mit sanftem Druck über die Oberarme. Sein Gesicht bewegte sich langsam auf sie zu. Carolin sah ihn und sich plötzlich wie von außen. Was passierte da gerade? Sie wusste nur, dass sie ihm nicht ausweichen würde. Dass sie sogar auf ihn zustürzen …

»Cornell?«

Erschrocken fuhr sie zusammen. Woher war diese Stimme gekommen? Eine Frauenstimme … Hatte sie die schon mal irgendwo gehört? Cornell ließ ihre Arme los und drehte sich um.

»Katharina«, rief er, und Carolin konnte seinen Tonfall nicht deuten. Genervt? Bestürzt? Reuevoll? In jedem Fall überrascht.

Hinter ihm trat nun eine Frau aus dem Schein der nächsten Straßenlaterne und kam mit schlenkernden Armen auf sie zu. Es war zwar dunkel, aber Carolin war sich sicher, dass es die Frau war, mit der sie ihn am Vortag auf der Mainau gesehen hatte. Die, welche ihn so stürmisch geküsst hatte. Vermutlich kannte sie daher auch die Stimme.

»Ich dachte, ähm … Du hattest geschrieben, du hast hier noch zu tun, und ich wollte sehen, ob ich dir helfen kann«, erklärte sie. Sie blieb mit etwas Abstand stehen, wirkte aber erkennbar verwirrt. Oder war es so, dass sie sich sehr zügeln musste, um nicht laut zu werden? Carolin beschloss, die unangenehme Situation möglichst schnell zu beenden.

»Ich muss jetzt rasch heim zu meinem Vater«, sagte sie. »Wer weiß, was er sonst noch so anstellt. Aber danke für deinen Rat. Wegen des Forschungsprojekts.« Ohne dass diese Katharina es sehen konnte, zwinkerte sie ihm zu. Und er ließ es sich nicht nehmen, sie am Oberarm zu berühren und seine Wange gegen ihre zu pressen. Er roch ganz leicht nach Schweiß, überlagert von einem angenehm holzigen Parfümduft, und sie fröstelte noch mehr, als er sich nun zurückzog.

»Gern geschehen«, sagte er. »Bis bald!«

Sie winkte kurz, und dann ging sie die Straße entlang in Richtung ihres Autos.

»Wir zwei könnten irgendwo einen Wein trinken gehen«, hörte sie Katharina sagen. Cornells Antwort verstand sie schon nicht mehr.

12. Kapitel

»... und dann hat sie gesagt, wir bräuchten vielleicht mal eine Auszeit, und ich habe schon gedacht, sie will sich trennen, zumindest versuchsweise, und stattdessen hat sie mir dann ein Flugticket nach Auckland in die Hand gedrückt. Für ein verlängertes Wochenende. Zu unserem Hochzeitstag. Und mir ist nichts dazu eingefallen. Gar nichts. Ich habe bestimmt geschaut wie ein Schaf am Rand der Klippe ...«

»Oje, ach so, äh, okay ...«, lauteten die knappen Kommentare, die Carolin in der Lage war von sich zu geben, während Jacob redete und redete. Und wenn sie sich gleichzeitig sein Gesicht zum Gesagten vorstellen wollte, dann erschienen immer nur Cornells blaue Lapislazuliaugen. Was wäre geschehen, wäre diese Katharina nicht aufgetaucht? Carolin hatte die halbe Nacht damit zugebracht, über diese Frage nachzudenken. Und es gab nur eine Antwort: Sie hätten sich geküsst. Wie wohl seine Lippen geschmeckt hätten?

»Caro, bist du noch da? Ich verstehe dich nicht!«, holte Jacob sie zurück ins Hier und Jetzt.

»Hallo?«, rief sie in ihr Smartphone. »Oh, irgendwie warst du gerade weg. Was hast du gesagt?«

»Dass ich an dem Montag, wenn du wieder da bist, vermutlich noch in Auckland bin. Ich habe schon überlegt, ob ich irgendeinen geschäftlichen Termin vorschieben soll. Oder ...«

»Nein, nein, das musst du nicht«, versicherte sie ihm. »Ich weiß auch noch nicht, ob es mit dem geplanten Rückflug so klappt.«

»Bitte?« Obwohl 18000 Kilometer zwischen ihnen lagen, konnte sie seine Erschütterung deutlich hören. »Warum nicht? Das kannst du mir nicht antun!«

»Ja, das möchte ich auch nicht, aber mein Vater …« Sie sah von der Terrasse, auf der sie gerade saß, ins Innere des Hauses und hoffte, Georg nirgendwo zu entdecken. »Er verkraftet die Trennung von meiner Mutter nur schwer, und ich habe wirklich Angst, dass er … Ich will nicht sagen, dass er sich was antun könnte, aber er braucht jemanden, der ein wenig auf ihn aufpasst.« Wie leicht ihr diese Ausrede von den Lippen ging!

»Und deine Schwestern? Die sind doch auch noch da …«, brachte Jacob hervor. »Die wohnen doch ganz in der Nähe.«

»Ja, schon, aber die haben so viel mit ihren eigenen Familien zu tun. Und wenn ich nun mal da bin … Pass auf, Jacob, ich gebe zu, dass ich ein schlechtes Gewissen habe gegenüber meinen Eltern. Sie brauchen mich jetzt einfach …« Sie hörte, wie er die Luft ausstieß.

»Ich brauche dich auch«, sagte er dann mit diesem besonders sanften Schmelz in der Stimme, bei dem sich ihr normalerweise alle Härchen aufstellten. Doch ihre Arme blieben unbeeindruckt.

»Ich weiß«, sagte sie. »Und ich komme bald zurück. Vielleicht bleibe ich eine Woche länger. Höchstens zwei.«

»Okay, verstehe schon.« Er klang beleidigt. »Wir hören bald wieder voneinander. Ich muss jetzt los.« Auf die üblichen Küsschenlaute verzichtete er dieses Mal. Bevor Carolin etwas sagen konnte, hatte er die Verbindung unterbrochen.

Sie stand auf und stellte das Frühstücksgeschirr auf einem Tablett zusammen. Die Schönwetterperiode hielt weiter an und gab einen Vorgeschmack auf den bevorstehenden Sommer. Auf dem Rasen sammelten sich bereits die herabgefallenen Apfelblütenblätter, und an den Blütenböden waren kleine, knubblige Verdickungen zu erkennen, aus denen in den nächsten Monaten rote, pausbäckige Äpfel heranreifen würden. In Neuseeland ging es auf den Winter zu. Schnee und kalte Tage konnte sich Carolin gerade gar nicht vorstellen. Zudem war es die Saison, in der sie wieder für drei oder vier Monate ihrem Aushilfsjob würde nachgehen müssen, weil die Ausflüge mit Touristen deutlich seltener stattfanden als in den Sommermonaten und sie dann ihr Einkommen aufbessern musste. Sie versuchte zwar, so sparsam zu leben, dass sie auch von Mai bis September über die Runden kam, aber ganz reichte ihr Verdienst dafür nicht.

Sie trug das Geschirr in die Küche und räumte es in die Spülmaschine, die Lebensmittel in den Kühlschrank. Vor etwa eineinhalb Jahren hatte sie in Jacobs Maklerbüro als Aushilfe angefangen, und keine vier Wochen später war sie das erste Mal mit ihm im Bett gelandet. Dass er verheiratet war, hatte sie zu diesem Zeitpunkt nur geahnt, es hatte sie aber auch nicht wirklich interessiert. Im Gegenteil – Jacob entsprach damit ihrem Beuteschema. Er war nicht zu haben, und somit würde er keine größeren Ansprüche an sie stellen, geschweige denn Zukunftspläne hegen. Doch schnell war es nicht nur der Sex gewesen, der sie verband und den sie beide genossen, sondern sie fühlten sich auch sonst wohl miteinander. Jacob schätzte Carolins unkomplizierte Art, war froh, dass sie ihn nie bedrängte und nicht verärgert war, wenn er mal eine Woche oder länger keine Zeit für sie hatte. Und sie war glücklich über einen aufmerksamen Liebhaber, der ihr genug Freiraum ließ. Allerdings war ihr in den letzten Monaten klar geworden, dass Jacobs Gefühle für sie stärker geworden waren, dass er anfing, doch eine Zukunft mit ihr zu planen. Immer öfter hatte er laut über eine Trennung von seiner Frau nachgedacht. Wären nicht die Kinder gewesen, hätte er sie vermutlich längst verlassen. Carolin dagegen hatte keinerlei Interesse daran, den Status quo zu verändern. Das würde nur Probleme geben. Und ihr war klar – spätestens dann würde wieder dieser Drang einsetzen, aufdringlich wie ein Juckreiz, weiterzuziehen, woanders etwas aufzubauen. Dabei mochte sie ihr Leben in Christchurch und war überzeugt gewesen, endlich den richtigen Ort gefunden zu haben.

Doch seit dem gestrigen Abend war sie mit einem Mal nicht mehr sicher. Sie schimpfte sich eine pubertäre Idiotin. Der Blick aus zwei blauen Augen würde garantiert nicht genügen, um ihr ganzes Leben auf den Kopf zu stellen.

In der Früh war sie jedoch schon gegen sieben aufgewacht, und mit einem Mal war dieser Gedanke da gewesen: Sie könnte ihren Rückflug verschieben. Wenigstens um ein oder zwei Wochen. Und sie hatte gemerkt, wie vergnügt sie diese Aussicht gemacht hatte. Es war noch genug Zeit, eventuell gebuchte Touren an Tom, Humphrey oder Sandy zu übergeben, schließlich war sie schon öfter für ihre Kolleginnen und Kollegen eingesprungen.

Zwar würden Kosten für die Umbuchung des Flugtickets anfallen, aber da sie hier kein Hotel zu bezahlen hatte, wäre das verschmerzbar. Und auch wenn sie sich einredete, eine Verlängerung ihres Aufenthalts diene vor allem der Sorge um ihre Eltern, spürte sie zugleich, dass es sie reizte, Cornell besser kennenzulernen. Cornell – der vermutlich eine Freundin hatte. Aber da war irgendetwas gewesen zwischen ihnen, als sie unter dem warmen Licht der Straßenlaterne gestanden hatten. Und Carolin musste zugeben, dass sie beim Gedanken an das Geschehen das Auftauchen von Katharina wie das einer lästigen Fliege aus ihrer Erinnerung wedeln wollte. Cornell hatte auch nicht gerade so gewirkt, als sei er froh über ihr Erscheinen gewesen, andererseits hatte er Carolin seitdem noch keine Nachricht geschrieben.

Sie checkte vergeblich ihr Handy und öffnete dann die Fotogalerie. Mit einem Lächeln scrollte sie durch die Bilder, die sie am Vortag von Cornell aufgenommen hatte. Wie sein braunes Haar im Sonnenlicht schimmerte, und seine Augen leuchteten … Er wirkte sehr maskulin und gleichzeitig sanft und warmherzig. Während Nase und Kinnpartie recht scharf geschnitten waren, verliehen ihm die großflächigen Wangen etwas Jungenhaftes, Unbekümmertes. Sie wählte mehrere Fotos aus und schickte sie ihm per Messenger. »Danke nochmals für den schönen Nachmittag gestern«, schrieb sie. Warum klopfte ihr Herz schneller, nachdem sie auf »Senden« geklickt hatte?

Aus dem Keller, dessen Zugang gleich neben der Küche lag, drangen dumpfe Töne ins Erdgeschoss. War das ihr Vater? Und was veranstaltete er da? Es klang nicht nach dem Rudergerät, das dort unten seinen Platz hatte. Ein wenig besorgt, ging sie die schmale Stiege hinab und musste sich dabei an das Dämmerlicht gewöhnen. Auf einer altertümlichen Anrichte, deren Farbe an zahlreichen Stellen abgeplatzt war, stand ein alter Wäschekorb, in dem sich Einmach- und Marmeladengläser stapelten.

»Die sind alle hundert Jahre alt«, schimpfte Georg. »Das isst doch kein Mensch mehr!«

Carolin erkannte Apfelmus und Traubengelee, Kirschmarmelade und Aprikosenkonfitüre. Ihre Mutter hatte es sich im Sommer, trotz der vielen Arbeit, die sie sowieso gehabt hatte, nie nehmen lassen einzukochen. Und weil sie gelegentlich zu Maßlosigkeit neigte, war es immer mehr geworden, als die Familie benötigte. Auch wenn sie einen Teil der Gläser im Freundeskreis verschenkt hatte, war stets einiges übrig geblieben, und die Menge hatte sich Jahr für Jahr vergrößert. Etwas wegzuwerfen war für Lotte eine schlimme Vorstellung.

Für Georg offensichtlich nicht. Hinter ihm sah Carolin ein beinahe schon leer geräumtes Regal. Sie trat näher und beugte sich zu den wenigen Gläsern.

»Die sind von letztem Jahr.« Sie hatte die kleinen Etiketten mit der schulmädchenhaften Handschrift von Lotte entziffert. »Die kannst du nicht wegwerfen.«

»Mach ich auch nicht.« Georg griff nach zwei Gläsern und packte sie in einen Karton, der neben dem Wäschekorb stand. »Bring ihr die gerne vorbei. Ich esse das Zuckerzeug sowieso nicht.« Ohne Carolin anzusehen, räumte er nun auch die letzten Gläser weg. Dann rieb er sich zufrieden die Handflächen. »Wieder was erledigt.«

Was würde passieren, wenn er auf diese Weise das ganze Haus ausgemistet hätte?, überlegte Carolin. Käme anschließend das große Loch der Einsamkeit, in dem er versinken würde?

»Wolltest du nicht mal wieder ins Büro gehen?«, versuchte sie ihn abzulenken.

»Mach ich nachher«, gab er knapp zurück. »Wenigstens Frau Sauer scheint mich zu vermissen.« Er betrachtete noch einmal kurz das leere Regal, schnappte sich dann den randvollen Wäschekorb und deutete mit dem Kinn auf den Karton.

»Den nehm ich.« Carolin griff nach dem Karton, und gemeinsam verließen sie den Keller. »Vielleicht kann auch Romy etwas davon gebrauchen – für Kuchen oder Desserts. Oder Veri bietet die Marmeladen zum Verkauf an. Die sind doch alle wahnsinnig lecker.«

»Ach, du und deine Ideen ... Hast du schon mal was von Hygienevorschriften gehört? Man kann kein privat hergestelltes Zeug einfach so verkaufen. Schau mal da ...« Mit dem Ellbogen deutete Georg auf einen bunt bedruckten Karton, der neben der Flurgarderobe auf dem Boden stand und Carolin seltsam vertraut vorkam. »Den habe ich vorhin gefunden, dachte, du willst vielleicht mal wieder reinschauen.«

»Sind da meine alten Fotografien drin?«, fragte sie und hob den Deckel an. Zuoberst lag das großformatige Bild eines Goldenen Scheckenfalters. Sie war erstaunt, wie kräftig die Farben noch waren, wie klar man die braune und orangefarbene Struktur seiner Flügel und den pelzigen Körper erkennen konnte. Gar nicht schlecht! Sie kniete sich auf den Boden und blätterte durch die Fotografien. Da gab es Makroaufnahmen von Tagpfauenaugen und Fotos von tänzelnden Zitronenfaltern, die für immer festgehaltene Schönheit eines Schwalbenschwanzes oder die melancholische Ausstrahlung eines Trauermantels. Auch Bilder eines Admirals und eines leuchtend orangefarbenen Kaisermantels fand sie.

Nur beiläufig bekam Carolin mit, dass Georg »Bis später« sagte und die Haustür von außen zuzog. Sie saß noch immer auf dem ausgeblichenen Flurteppich und stöberte in den alten Fotografien. Neben unzähligen Schmetterlingsmotiven fand sie Ansichten des Bodensees bei allen möglichen Wetterlagen und zu jeder Jahreszeit, Bilder von Obstblüten und Früchten, Wiesen und Wäldern. Es war, als habe sie in ihrer Jugend versucht, sämtliche Naturschönheiten ihrer Heimat festzuhalten. Zwischen all den Bildern fand sie auch ein paar Familienfotos, und sie musste schmunzeln, als sie bemerkte, dass stets einer von ihnen merkwürdig ausschaute. Mal hatte Georg einen grimmigen Blick oder Lotte die Augen geschlossen. Romy zog oft eine Grimasse, und sie selbst sah selten in die Kamera, sondern wirkte, als träume sie sich aus dem Bild hinaus. Nur Veri trug fast immer einen »Cheese«-Ausdruck im Gesicht. Und dann stieß Carolin auf ein altes Klassenfoto in ausgeblichenen Farben.

Sie musterte aufmerksam die etwa 25 Schüler und versuchte, sich an alle Namen zu erinnern. Das Bild war vermutlich in der zwölften Klasse entstanden, und die Gesichter schwankten zwischen noch reichlich kindlich und schon erwachsen. Pia erkannte sie und Jennifer, Thomas und Christian und … Da war er. Cornell. Sie musste laut kichern, als sie ihn betrachtete. Er trug ein schmuddelig graues Sweatshirt und sah aus, als habe er gut und gerne fünf bis zehn Kilo zu viel auf den Rippen. Seine Haare lagen in Wellen um sein pickliges Gesicht, und seine Augen verschwanden hinter einer Brille mit klobigem Gestell. Doch sie konnte dennoch erkennen, wohin er blickte, nämlich nicht in Richtung des Fotografen. Er schaute das Mädchen schräg vor ihm an. Ein Mädchen mit kräftigen roten Haaren, warmen braunen Augen und einem breiten Lächeln auf den Lippen. Er betrachtete *sie*. Und natürlich wollte Carolin diesen einen Moment, in dem der Auslöser betätigt worden war, nicht überbewerten, aber sie fand, in Cornells Gesichtsausdruck lag so etwas wie Sehnsucht. Als hoffte er, das Mädchen vor ihm würde sich zu ihm umdrehen und ihm ihr Lächeln schenken. Wenigstens das. Sie konnte sich nicht daran erinnern, ihn jemals angelächelt zu haben. Sie hatte ihn damals schlichtweg nicht wahrgenommen.

Umso mehr ertappte sie sich nun bei dem Gedanken, ob er schon auf die Bilder reagiert hatte, die sie ihm vorhin geschickt hatte. Das Handy meldete keine neuen Nachrichten. Oder doch … eine.

Romy hatte geschrieben und fragte, ob Carolin um drei nach Konstanz kommen und noch einmal auf Luna und Vince aufpassen könne, weil sie einen Arzttermin habe. »Gerne«, schrieb Carolin zurück. Georg war im Büro sicherlich gut aufgehoben, und sie selbst war froh, wenn sie etwas zu tun hatte, das sie vom Nachrichteneingang auf ihrem Telefon ablenkte.

Bis zum Nachmittag hatte sie noch Zeit, und einer vagen Eingebung folgend, digitalisierte Carolin die alten Fotografien und speicherte das Klassenfoto auf ihrem Handy ab. Sie bearbeitete die Naturaufnahmen, sorgte für leuchtendere Farben, stärkere Kontraste und zog, wo es ging, die Schärfe nach. Dann begann sie in ihrer Bibliothek in der Cloud zu stöbern, in der es mehrere Ordner mit Fotos gab, die seinerzeit in Brasilien entstanden waren, ebenso wie aktuelleres Material aus Neuseeland. Auch wenn sie als Forscherin, als Seglerin oder jetzt als Touristenführerin gearbeitet hatte – das Fotografieren, vor allem die Naturfotografie, hatte sie immer begleitet. Es war ihre Art zu zeigen, wie sie die Welt sah und was ihr wichtig war.

Mit Bedauern wurde ihr klar, dass vermutlich einige der Arten, die sie noch hatte dokumentieren können, mittlerweile ausgestorben waren. Und es war nicht nur die Schönheit einer besonderen Spezies, die damit verloren gegangen war, sondern vor allem die eine spezifische Aufgabe, die diese Art in der komplexen Architektur eines Ökosystems besessen hatte. Der Flügelschlag eines jeden nunmehr verschwundenen Schmetterlings hätte den berühmten Schmetterlingseffekt auslösen können, der zu unvorhersehbarem Chaos führte.

Carolin betrachtete die Fotografien aus den verschiedenen Phasen ihres Lebens, die auf dem Monitor geöffnet waren. Sie bewegte den Mauszeiger darüber, und ohne groß nachzudenken, stellte sie einige der Schmetterlinge vom Hintergrund frei und verschob sie in einen separaten Bildbereich. Sie spielte mit den Reglern für Transparenz, Schwellwerte, Farbintensität und Sättigung, probierte unterschiedliche Filter aus, und mit einem Mal verbanden sich die Darstellungen der Insekten zu etwas ganz Eigenem, Neuem. Im Hintergrund strahlte etwa der große weiße Flügel eines Baumweißlings und verschmolz in der Bildmitte mit einer Detailaufnahme der charakteristischen Flecken eines Tagpfauenauges. Dieses wurde in einer Ecke wiederum von den dramatisch schillernden Rot-, Blau- und Schwarztönen eines brasilianischen Agrias-Schmetterlings überlagert. Es glich einer psychedelischen Farbsymphonie. Die Linien der Flügel und Körper lenkten den Blick hierhin und dorthin, sodass man ein faszinierendes Detail ums andere entdeckte, fast wie auf einem Wimmelbild. Großformatig auf Alu-Dibond gedruckt und im richtigen Licht platziert, würde eine solche Fotografie durch eine ganz andere Wahrnehmung von Natur Betrachter sicherlich fesseln.

Zufrieden klickte Carolin auf Speichern und stellte erstaunt fest, dass beinahe zwei Stunden vergangen waren, in denen sie alles um sich herum komplett vergessen hatte. Sie fühlte sich frisch und belebt und hätte am liebsten einfach weitergemacht. Sie hatte unzählige Fotografien – sie würde so vieles ausprobieren können. Sicherlich könnte es ebenso aufregend sein, Bilder von unterschiedlichen Gewässern – vom Tümpel bis zum Ozean – miteinander zu verbinden und dabei in blauen und grünen Nuancen regelrecht zu baden.

Doch ihr war klar, dass sie sich allmählich auf den Weg zum Bootsanleger machen musste, um rechtzeitig in Konstanz zu sein. Ein wenig Zeit blieb noch, und sie beschloss, kurz nach ihrem Vater im Büro zu sehen. So konnte sie auch Frau Sauer begrüßen, die sie seit Ewigkeiten nicht mehr gesehen hatte.

13. Kapitel

»Ach, Carolin, wie schön, dass du vorbeischaust!« Frau Sauer stand von ihrem Schreibtischstuhl auf und kam mit ausgebreiteten Armen auf sie zu. Dann blieb sie jedoch stehen und ließ sie sinken. »Ach, Gott, entschuldige, ich sage immer noch Du, als wärst du noch das kleine Mädchen von früher.«

»Selbstverständlich können Sie mich weiterhin duzen, alles andere käme mir total merkwürdig vor.« Carolin lachte und umarmte nun ihrerseits Frau Sauer. Sie siezte die altgediente Mitarbeiterin ihres Vaters natürlich. Schließlich sprachen sich auch Georg und sie trotz jahrzehntelanger Zusammenarbeit immer noch mit »Frau Sauer« und »Herr Hohenhausen« an. Und so würde es bleiben, bis sich einer von beiden in den Ruhestand verabschiedete. Soweit Carolin wusste, musste auch Frau Sauer das Rentenalter längst erreicht haben, konnte jedoch ebenso wie ihr Chef dem Schifffahrtsbetrieb nicht so einfach Lebewohl sagen.

»Wie geht es dir, Carolin? Du schaust aus wie das blühende Leben!« Sie setzte sich wieder an ihren Schreibtisch.

»Oh danke, Sie aber auch, Frau Sauer«, gab Carolin zurück. Sie schielte durch die einen Spaltbreit offenstehende Tür in das Büro ihres Vaters, das hinter dem von Frau Sauer lag. Er saß an seinem Computer und starrte mit konzentrierter Miene auf den Bildschirm. Das Erscheinen seiner Tochter schien er gar nicht mitbekommen zu haben.

»Mir geht es gut, ich kann nicht klagen«, sagte Carolin. »Na ja, mal abgesehen von der Sache mit meiner Mutter.«

Frau Sauer sah sie fragend an. »Ist was passiert?«

Ach herrje! Anscheinend hatte ihr Vater seiner engsten Mitarbeiterin noch nichts von der häuslichen Misere erzählt. Und wahrscheinlich hatte er Ben dazu verdonnert, gegenüber jedem in der Firma Stillschweigen zu wahren.

»Ähm, ach so«, stotterte Carolin. Wie sollte sie aus der Nummer nur wieder rauskommen? »Ich dachte, nun ja … Ach, wissen Sie was? Fragen Sie einfach meinen Vater bei passender Gelegenheit. Erzählen Sie mir lieber, wie es Ihnen geht!«

Frau Sauer berichtete von ihrem Enkelsohn, der dieses Jahr eingeschult werden würde, von ihrer ältesten Tochter, die sich als Schmuckdesignerin selbstständig gemacht hatte, und von ein paar gesundheitlichen Problemen wie Rückenschmerzen und Kniearthrose, die ihr das Leben erschwerten. Während Carolin ihr zuhörte, nickte sie.

Kurz darauf erschien Georg in der Tür. Endlich hatte er seine Tochter bemerkt. »Habe ich was vergessen zu Hause?«, fragte er.

Carolin verneinte und teilte ihm mit, dass sie den Nachmittag mit Romys Kindern verbringen würde.

»Was ist denn mit Ihrer Frau? Carolin sagte etwas von Problemen? Ist sie krank?« Frau Sauer war offensichtlich von einer solchen Neugier – oder war es Sorge? – erfüllt, dass sie sofort nachfragen musste.

Georg sah zuerst seine Sekretärin erschrocken an, dann warf er seiner Tochter einen wütenden Blick zu. Carolin biss sich auf die Unterlippe.

»Ich dachte, Sie hätten gerade erst so ein schönes Fest gefeiert.« Frau Sauer ließ nicht locker.

»Haben wir auch. Ich weiß nicht, was Carolin meint. Entschuldigen Sie mich kurz.« Er ging an den beiden vorbei in Richtung Toilette.

»Oje – da habe ich wohl in ein Wespennest gestochen, tut mir leid!« Frau Sauer wedelte mit den Fingern in der Luft, dann schob sie Tesa-Abroller und Locher ungezielt auf ihrem Schreibtisch hin und her. »Hach, ich bin aber auch unmöglich!«, schimpfte sie sich selbst. »Meine Zunge ist immer schneller als mein Hirn.«

Carolin tätschelte ihren Unterarm. »Schon gut! Ich verstehe sowieso nicht, wieso er das vor Ihnen geheim hält.«

»Was denn?«

Carolin berichtete in knappen Worten, was geschehen war.

»Arthur König?«, entfuhr es Frau Sauer, und sie zog ungläubig die Augenbrauen hoch. »Na, das erklärt so einiges …«

»Wie meinen Sie?«

Die Sekretärin beugte sich zu Carolin vor und senkte die Stimme. »Na, zuerst habe ich mich gewundert, dass er Montag und Dienstag gar nicht hier war. Gut, ich dachte, er ist müde vom Fest oder es muss noch viel aufgeräumt werden. Aber als er heute Vormittag kam, war er extrem wortkarg. Von der Feier hat er so gut wie nichts erzählt, und …« Sie sah sich kurz um, ob er sich nicht über den Flur näherte. »… und ich hatte die ganze Zeit das Gefühl, er sitzt nur da und starrt auf seinen Bildschirm. Nicht ein Mal hat die Tastatur geklappert, er hat nicht telefoniert, keine Akten durchgesehen, gar nichts!«

Carolin nickte, doch bevor sie etwas erwidern konnte, betrat Georg wieder das Büro. Wie auf ein geheimes Kommando lächelten ihn Carolin und Frau Sauer freundlich an.

»Was gibt's?«, fragte er.

Carolin ging auf ihn zu und legte einen Arm um seine Schulter. »Ich habe gerade gemeint, dass es doch schön wäre, wenn du mich nach Konstanz begleitest. Dann könnten wir mit deinen Enkelkindern ein Eis essen. Was meinst du? Einfach mal einen Nachmittag blaumachen? Frau Sauer hat versprochen, die Stellung zu halten.«

»Ja, gehen Sie nur«, unterstützte die Sekretärin Carolins Vorschlag. »Es ist sowieso nicht viel los. Der Kostenvoranschlag für die Reparatur an der *MS Romy* kommt sicher erst morgen.« Sie zwinkerte Carolin verschwörerisch zu.

Georgs Miene blieb undurchdringlich.

»Komm schon, Paps, das Wetter ist so schön! Und ich glaube, Luna würde sich sehr freuen, mit dir ein Eis zu essen.«

»Also gut!« Georg streckte den Rücken durch. »Dann müssen wir aber los. Lass uns nach Meersburg fahren und die Autofähre nehmen, so sind wir schneller.«

Carolin vermutete, dass er nur vermeiden wollte, ab Überlingen ein Schiff der König-Linie zu nutzen, das fahrplangemäß als Nächstes auf die andere Seite des Sees fuhr. Die Fähre dagegen gehörte zum Netz der städtischen Bodensee-Schiffsbetriebe.

»Spa-ghe-tti, Spa-ghe-tti«, skandierte Luna und schlug mit den Fäusten auf die metallene Oberfläche des Tisches in der Eisdiele.

»Sch, sch, Luna, gib mal Ruhe«, ermahnte sie ihr Großvater.

»Ich will jetzt ein Spaghettieis«, erklärte die Kleine und verschränkte die Arme vor der Brust. »Ich hab so einen Hunger! Bei der Betreuung gab's heute Spinat und Kartoffeln. Igitt …«

»Du bekommst doch gleich dein Eis«, versicherte Georg und strich seiner Enkelin übers Haar.

»Ich liebe diese Bubble-Waffeln«, sagte Vince mit stierem Blick auf die Eiskarte. »Die mit den Gummibärchen.«

Carolin fiel die Entscheidung schwer, da jeder Eisbecher einfach köstlich klang. Schließlich fiel ihre Wahl auf einen Frozen Yogurt mit Mango, während Georg nur einen Cappuccino bestellt hatte.

In der schmalen Fußgängerzone, die sich vom Schnetztor aus nach Nordosten erstreckte, herrschte reger Betrieb. Die Menschen genossen das wunderbare Frühlingswetter und schlenderten vergnügt vorbei an den wunderschönen Fachwerkhäusern, in deren Erdgeschoss meist noch eigentümergeführte Geschäfte residierten und wo man die sonst üblichen Kettenläden vergeblich suchte. Das kleine Eiscafé Gladina war mit seinen rechteckigen dunklen Tischen und den weiß bespannten Stühlen behaglich und zugleich modern. Unter der Schatten spendenden Markise sitzend, konnte man die Flaneure beobachten und den Tag dahinplätschern lassen. Das Café lag zwischen einem altmodischen Spielzeugladen, an dessen Schaufenster sich Luna oft die Nase platt drückte, und einem Schmuckatelier, in dessen Auslage außergewöhnliche Armbänder, Halsketten und Ringe ausgestellt waren.

Endlich brachte der Kellner das Bestellte, und Luna juchzte beim Anblick ihrer riesigen Portion Spaghettieis. Auch Vince bekam große Augen, als die Bubble-Waffel vor ihm stand. Sie war aus dickem Teig, und die Vertiefungen darin waren mit Eis, Schokostreuseln und einer roten Sauce gefüllt. Getoppt wurde das Ganze von einem Berg Gummibärchen. Selig machten sich die Kinder über beides her. Romy hatte versprochen, sie hier zu treffen, wenn ihr Termin beendet war, um Luna und Vince abzuholen.

»Schmeckt's?«, fragte Georg und rührte in seiner Kaffeetasse.

Seine Enkelin gab nur ein Grunzen von sich, und ihr Bruder streckte einen Daumen nach oben.

»Es tut mir leid«, sagte Carolin. »Ich wusste nicht, dass Frau Sauer nicht eingeweiht ist. Ich dachte, du hättest es ihr gesagt.«

Georg nickte. »Schon gut. Sie hätte sich vermutlich sowieso bald gewundert, dass deine Mutter gar nicht mehr im Büro auftaucht.«

»Opa, wo wohnt die Oma jetzt?«, wollte Luna wissen.

»Woanders«, antwortete er knapp.

Luna legte den Kopf schief. »Und bist du deshalb traurig?«

Carolin bemerkte, dass ihr Vater erstarrte. Er nahm hastig einen Schluck von seinem Cappuccino und tupfte sich mit der Serviette den Mund ab.

»Ein wenig schon«, antwortete er schließlich.

Luna stand auf und legte ihre dünnen Arme um ihren Großvater. »Das musst du nicht sein«, sagte sie. »Du kannst sie doch besuchen. Sie ist ja nicht gestorben.«

»Da hast du recht.« Georg wuschelte ihr durch das wie immer zerzauste Haar. Schimmerten Tränen in seinen Augen?

»Ach, schaut mal, da sind Tante Veri und Onkel Stefan!«, rief da Luna.

Georg schob seine Enkelin auf ihren Stuhl zurück und sah sich um. Winkend kamen Veronika und Stefan auf sie zu.

»Romy hat uns gesagt, dass ihr hier seid, und gefragt, ob wir zufällig in der Nähe sind und uns mit euch treffen möchten«, erklärte Veri. »Zufällig zwar nicht, aber wir nehmen uns gerne die Zeit, ehe du wieder nach Neuseeland abhaust.« Sie zwinkerte Carolin zu.

Die Männer schoben einen weiteren Tisch und Stühle dazu, sodass alle Platz hatten.

»Und, Carolin, wie fällt der Vergleich Neuseeland – Bodensee aus?«, wollte Stefan wissen. »Hier ist es doch bestimmt viel schöner, oder?« Er lächelte freundlich, Carolin war jedoch überzeugt, dass er nur ihre Zustimmung wollte und gar nicht an ihrer Meinung interessiert war.

»Kann ich so nicht sagen«, sagte sie. »Ich bin froh über meine Zeit, die ich hier hatte, aber ich freue mich auch wieder auf Neuseeland.«

»Sicher?«, fragte er mit einem spöttischen Unterton.

»Ganz sicher. Wisst ihr schon, was ihr nehmt?«

»Ich nur einen hausgemachten Eistee«, verkündete Veri.

Carolin vermutete, dass ihre Schwester sich wieder einmal darum bemühte, ein paar Kilo loszuwerden. Dabei konnte man Veri wirklich nicht als dick bezeichnen. Aber während Romy und Carolin mehr nach ihrem schlanken Vater kamen, hatte Veri den Stoffwechsel ihrer eher rundlichen Mutter geerbt und kämpfte regelmäßig mit ihrem Gewicht. Ein Kampf, den Carolin völlig überflüssig fand.

Stefan verkündete, er nehme eine XL-Bubble-Waffel mit Eierlikör und Schokosauce, und schnappte sich eins von Vince' Gummibärchen.

»Und, was ist bei euch so los?«, wollte Carolin wissen.

Wie erwartet, berichtete Stefan in großer Ausführlichkeit über die viele Arbeit auf dem Weingut, die kaum zu bewältigen war. Es klang, als sei er allein für alles zuständig. Dass Veri einen immensen Teil davon stemmte, wusste Carolin dagegen ganz genau. Sie nickte zwar zu den Worten ihres Schwagers, hörte aber nicht wirklich zu.

Stattdessen hing ihr sein spöttisches »Sicher?« noch nach. Natürlich wollte sie zurück nach Neuseeland. Nur eben nicht sofort. Das bedeutete doch nicht, dass sie sich dort nicht mehr so wohlfühlte. Oder?

»Das ist so schade! Findest du nicht auch, Caro?«, wollte Veri nun wissen, und sie zuckte zusammen.

»Entschuldige, ich war gerade … ähm …«

»Mit den Gedanken in Neuseeland«, vollendete Stefan grinsend ihren Satz.

»Nein, nein«, widersprach sie und spürte, dass dies nicht sehr überzeugend klang. Sollte sie ihrer Familie einfach sagen, dass sie vorhabe, länger zu bleiben? Aber hatte sie sich dazu wirklich schon entschieden?

»Ich meinte, es wäre so schön, wenn wir alle zusammen auf die After Schiff Salsa Party in die Kunstakademie gehen würden, doch leider bist du dann ja nicht mehr hier.«

»Wann ist die noch mal?«, hakte Carolin nach.

»Samstag in einer Woche.«

»Oh ja, da …« Sag es ihnen! »Na ja, da bin ich vermutlich … Ach, da kommt ja auch Romy.«

In der Tat bahnte sich ihre jüngere Schwester den Weg zwischen den Passanten hindurch und steuerte geradewegs auf die Gruppe zu.

»Ach, wie schön, dass ihr euch alle hier getroffen habt«, sagte sie zur Begrüßung und verteilte Luftküsschen in die Runde. »Und sogar Papa ist dabei! Das ist ja eine Überraschung.« Er winkte ihr schief lächelnd zu, und Romy ließ sich auf den letzten freien Stuhl neben Carolin fallen. Dann rief sie dem gerade vorbeikommenden Kellner zu: »Giancarlo, machst du mir einen Espresso macchiato, per favore?«

Der Ober, der bisher eher zurückhaltend aufgetreten war, legte sein schönstes Lächeln an den Tag. »Ma si, Bellisima! Kommt sofort!«

Offensichtlich war Romy hier häufiger zu Gast.

»Süß, oder?«, flüsterte sie Carolin zu, wandte sich dann aber an ihre Kinder. »Wie war euer Tag?«

»Toll!«, rief Luna, womit sie vermutlich vor allem die letzte halbe Stunde und das Eis meinte.

Carolins Blick schweifte von einem zum anderen, während ihre Familie über dies und das plauderte, lachte und sich ab und an etwas neckte. Sie spürte die warme Sonne in ihrem Nacken und zugleich ein Gefühl von Geborgenheit. Ihr wurde mit einem Mal bewusst, wie selbstverständlich und vertraut ihr Umgang miteinander war. Sie hatten so viel zusammen erlebt, Schönes genauso wie Trauriges, dass alle genau wussten, wie die anderen tickten. Carolin kannte jeden Knopf, den sie hätte drücken müssen, um Veri zum Lachen, Romy zum Staunen oder ihren Vater zum Meckern zu bringen. Dies hier war ihre Familie. Von der sie in Neuseeland weit fort war.

»Oma?«, rief plötzlich Vince und riss sie aus ihren Gedanken.

»Oma!«, echote Luna und sprang vom Stuhl auf.

»Hallo zusammen!« Lottes Gesicht nahm eine leichte Starre an, als sie den Blick über ihre Familie gleiten ließ. Was womöglich auch daran lag, dass sie in Begleitung von Arthur König war.

Carolin stand auf und umarmte ihre Mutter. Es war ein spontaner Impuls, und ihr war es egal, ob ihr Vater das womöglich als Verrat empfinden würde.

Romy hatte sich ebenfalls erhoben und schob schnell zwei freie Stühle an ihren Tisch. »Schön, dass ihr gekommen seid«, sagte sie, und Carolin – und vermutlich auch allen anderen – wurde klar, dass Lottes und Arthurs Erscheinen keinesfalls zufällig war. Romy hatte das alles eingefädelt. »Ich hoffe so sehr, dass wir uns weiterhin als Familie begegnen können. Daher habe ich gedacht …«

»Es ist alles erst drei Tage her«, flüsterte Carolin ihr möglichst unauffällig zu.

»Na ja, war vielleicht ein bisschen voreilig«, gab Romy genauso leise zu und hob hilflos die Schultern. »Und ich wusste ja auch nicht, dass Papa … Äh, wollt ihr euch trotzdem setzen?«

Lotte warf Arthur einen fragenden Blick zu, aber er nickte nur, und so nahmen sie Platz. In der weitest möglichen Entfernung zu

Georg. Dieser betrachtete ausgiebig seine Schuhspitzen unter dem Tisch. Carolin bemerkte, dass seine Unterlippe leicht zitterte.

»Oma, du musst unbedingt Spaghettieis essen«, krähte Luna und durchbrach das Schweigen. »Das ist soooo lecker!« Sie streckte ihre Arme gen Himmel.

»Oh, das glaube ich sofort«, sagte Lotte, und ein warmes Strahlen trat in ihre Augen. »Aber ich habe vorhin schon ein Stück Kuchen gegessen, ich nehme nur einen Kaffee.«

»Was soll das?«, blaffte da Veri Romy an. »Du glaubst ja wohl nicht, dass es jetzt die große Versöhnung gibt? Ohne mich!« Sie griff nach ihrer Handtasche und holte die Geldbörse heraus. Offenbar wollte sie zahlen und dann das Weite suchen.

»Warte«, versuchte Romy sie aufzuhalten. »Ich wollte gerne, dass wir uns alle sehen. Damit wir miteinander reden.«

»Das ist lieb gemeint.« Lotte fuhr ihrer Tochter über den Unterarm. »Aber vielleicht wirklich noch ein wenig früh? Ich möchte niemanden unter Druck setzen, meine Entscheidung zu akzeptieren.«

»Das wirst du auch gar nicht können«, sagte da Georg barsch. Er hob das Gesicht nur gerade so, dass man erkannte, wie er Lotte anfunkelte. »Ich werde das niemals akzeptieren.« Er warf die Serviette, die auf seinem Schoß lag, auf den Tisch und sprang vom Stuhl auf. Stefan hielt ihn in letzter Sekunde fest, damit er nicht umfiel.

Georg marschierte davon, ohne sich umzudrehen.

»Papa«, rief ihm Romy nach, doch er ignorierte sie. Sie sah ihm kurz hinterher und wandte sich dann ihrer Familie zu. »Ich wusste ja nicht, dass er auch hier sein würde.«

»Was ist das denn für eine Entschuldigung?« Veri schüttelte empört den Kopf. »Du wolltest dich hinter seinem Rücken mit uns treffen? Um was genau zu tun? Uns gegen ihn zu verbünden?«

»Aber nein!« Romy sah nun regelrecht verzweifelt aus. »Ich wollte doch nur, dass wir miteinander reden. Und dass wir uns in Ruhe anhören, was Mama zu allem zu sagen hat.« Dass sie von Lotte als »Mama« sprach, zeigte deutlich, wie aufgebracht sie war.

»Tut mir leid.« Veri legte einen Fünf-Euro-Schein auf den Tisch. »Dazu bin ich noch nicht bereit. Kommst du mit, Stefan?«

»Ähm …« Er deutete auf seine Waffel. »Ich würde gerne zu Ende essen.«

»Alles klar, wir treffen uns am Auto, ich mache bis dahin ein paar Besorgungen.« Schnell war sie zwischen den Passanten verschwunden.

»Die kriegt sich wieder ein«, murmelte Stefan.

»Hoffen wir's«, sagte Arthur. »Es wäre sehr schön, wenn sich irgendwann alle an die neue Situation gewöhnen würden. Wir hatten nicht vor, die Familie zu sprengen.«

»Na ja, dass es nicht ohne die eine oder andere Auseinandersetzung gehen würde, war klar«, meinte Lotte und griff kurz nach seiner Hand.

Carolin bewunderte, wie ruhig sie trotz der Reaktion von Georg und Veri geblieben war. Als könnte sie dank der Liebe, die sie und Arthur verband, nichts mehr erschüttern.

»Mama, warum weinst du?«, fragte Luna und kletterte ihrer Mutter auf den Schoß.

Romy wischte sich übers Gesicht und schlang die Arme um ihre Jüngste. »Schon gut«, sagte sie und wiegte Luna, als sei sie noch ein Baby. »Ich mag es einfach nicht, wenn sich alle streiten. Tut mir leid, war wohl eine blöde Idee.«

»Ich streite mich nicht mit dir«, versicherte Luna und kuschelte sich eng an ihre Mutter. »Und mit Vince streite ich mich heute auch nicht. Versprochen! Obwohl er vorhin gesagt hat, ich bin verfressen, dabei …«

»Hab ich gar nicht gesagt!«, kam es sofort. »Hier, ihr bekommt sogar meine letzten Gummibärchen.« Er hielt den beiden seinen fast leeren Teller hin, und Luna stürzte sich begeistert darauf.

»Ich bin dir nicht böse«, versicherte Lotte ihrer Tochter. »Ich glaube, ich muss mit Veri mal in Ruhe allein sprechen. Es ist schon okay, wenn sie mir Vorwürfe macht. Ich verkrafte das. Ich hoffe nur, dass sie das, was ich getan habe, irgendwann nachvollziehen und akzeptieren kann. Und mir dann verzeiht.«

»Ich glaube, sie sorgt sich vor allem um Papa«, sagte Carolin.

»Das tue ich ebenfalls«, gab Lotte zu. »Auch wenn ich mich von ihm getrennt habe, bedeutet das nicht, dass er mir gleichgültig ist. Uns verbinden eine lange Geschichte und drei wundervolle Töchter. Das wird sich niemals ändern. Ich wäre glücklich, wenn er vielleicht irgendwann begreifen würde, dass die Trennung auch für ihn etwas Positives haben kann.«

»Immerhin mistet er das Haus aus«, bemerkte Carolin. »Das scheint ihn schon mal sehr zu befriedigen.«

»Moment, Luna«, sagte Romy und schob die Kleine von ihrem Schoß. »Mein Telefon klingelt.« Sie holte es aus ihrer Umhängetasche und stellte mit einem Blick aufs Display fest: »Oh, das ist Barbara von der Kunstakademie. Ich gehöre zu den Caterern bei der After Schiff Salsa Party. Entschuldigt mich kurz!«

»Es läuft wohl wieder besser bei ihr, oder?«, fragte Lotte Carolin leise. »Hast du etwas mitbekommen?«

Carolin hob die Schultern. »Ich wusste gar nicht, dass es schlecht läuft. Das hat sie mir verheimlicht.«

Lotte knetete die Finger in ihrem Schoß und sah nach, ob Romy noch von ihrem Telefonat abgelenkt wurde. »Vor ein paar Monaten waren Vince und Luna ständig bei uns oder ich bei ihnen, weil Romy so viel zu tun hatte«, berichtete Lotte. »Aber seit einiger Zeit benötigt sie meine Hilfe kaum noch. Ich kann mir nicht vorstellen, dass das daran liegt, dass sie plötzlich so gut organisiert ist. Aber wenn man sie drauf anspricht, dann wiegelt sie immer ab. Alles bestens, behauptet sie.«

»Also, diese Woche hat sie gut zu tun«, sagte Carolin. »Wie es sonst aussieht, kann ich schlecht einschätzen.«

Carolin ahnte, dass in ihrer Mutter unschöne Erinnerungen aufkamen. Nach ihrem Realschulabschluss hatte Romy eine Ausbildung zur Köchin gemacht und eine Zeit lang im Gastronomiebereich gearbeitet. Doch die aufbrausenden Chefs, die ungünstigen Arbeitszeiten und der mickrige Verdienst passten nicht zu der lebenslustigen jungen Frau. Auch ein Job auf Veris und Stefans Weingut war nur von kurzer Dauer gewesen. Nebenher hatte sich Romy allerdings selbst die Herstellung von Pralinen und Törtchen beigebracht, und so hatten ihre Eltern sie mit finanziellen Mitteln darin unterstützt, einen Pralinenladen aufzumachen. Carolin konnte sich noch gut erinnern, wie fantastisch die Trüffel, Macarons und das edle Konfekt geschmeckt hatten. Doch auch wenn die Produkte von hervorragender Qualität waren, mit der Buchführung und allem Organisatorischen haperte es dafür umso mehr. Und dann hatte sie Pierre bei einem Patisserie-Workshop kennengelernt, war recht schnell mit Vince schwanger geworden und hatte die letzten Monate bis zur Entbindung viel liegen müssen. Romys »Pralinen-Paradies« – das im gleichnamigen Konstanzer Stadtteil gelegen hatte – war damit in einen Dornröschenschlaf gesunken, aus dem es nicht mehr erwacht war. Das Catering-Unternehmen hielt sich immerhin schon seit knapp vier Jahren, und aus der Ferne betrachtet, hatte Carolin bisher geglaubt, Romy habe endlich ihre Bestimmung gefunden. Und zwar eine, die sie auch bewältigen konnte.

»Alles okay?«, fragte Lotte, als Romy ihr Telefonat beendet hatte und an den Tisch zurückkehrte.

»Na klar, alles bestens.« Eine Antwort, genau, wie Lotte prophezeit hatte. Carolin bemühte sich, Romys Lächeln als glaubhaft zu deuten.

»Barbara und ich mussten nur noch kurz was besprechen. Das wird bestimmt ein tolles Event. Da müsst ihr unbedingt kommen.«

»Und für meinen eigenen Wein bezahlen? Sicher nicht.« Stefans Augenbrauen zuckten kurz nach oben. Dann stand er auf und verabschiedete sich in die Runde. Niemand bedauerte, dass er ging.

»Danke für deine Initiative.« Lotte beugte sich zu Romy und griff nach ihrer Hand. »Ich weiß, du hast es gut gemeint. Sei nicht traurig, dass nicht alle so … äh, begeistert davon waren. Bis bald!« Arthur und sie standen auf und winkten in die verbliebene Runde.

»Danke, dass ihr gekommen seid!« Romy umarmte ihre Mutter zum Abschied. »Wir müssen jetzt auch dringend heim. Ich muss mit Luna noch was für die Schule morgen basteln, und Vince, sag mal, bist du schon fertig mit den Hausaufgaben?«

»Nicht ganz«, gestand er.

»Also dann, auf geht's! Sonst kommt ihr wieder zu spät ins Bett.«

»Soll ich mitkommen?«, fragte Carolin. »Papa hat mich ja quasi sitzen lassen. Ich könnte mit Luna basteln.«

»Au ja!«, rief Luna begeistert und zog ihre Tante an der Hand mit sich.

»Das wäre toll«, stimmte auch Romy ein. »Ich kann dich ja dann später zum Schiff bringen.«

14. Kapitel

Das Haus, in dem Romy mit den Kindern lebte, lag in der Münzgasse, mitten in der Altstadt von Konstanz. Im Erdgeschoss war ein Laden mit asiatischem Kunsthandwerk, bunten, flattrigen Kleidern, Dutzenden Teesorten und einem Räucherstäbchensortiment, das man bis auf die kopfsteingepflasterte Straße hinaus riechen konnte. Momentan mischte sich dazu der Duft von blühenden Glyzinien, die sich bis zu dem zierlichen schmiedeeisernen Balkongitter im ersten Stock hochrankten.

Alle hatten gestaunt, dass Romy in dieser zentralen Lage eine Wohnung ergattert hatte, deren Miete durchaus erschwinglich war. »Der Vermieter ist ein alter Idealist, dem es nicht wichtig ist, Kohle zu machen«, hatte Romy seinerzeit erklärt, nachdem sie den Mietvertrag für die Drei-Zimmer-Wohnung unterschrieben hatte. Damit war er sicher eine Ausnahmeerscheinung auf dem hart umkämpften Konstanzer Wohnungsmarkt.

Durch die dunkle Holztür mit dem kleinen Glasfenster ging es in ein schmales Treppenhaus, wo eine weitere Tür in einen kleinen, von einer Mauer umgebenen Garten führte, den alle Mieter nutzen konnten.

Romy öffnete den Briefkasten, und Carolin sah, dass darin ein dicker Stapel Briefe lag. Ihre Schwester warf nur einen kurzen Blick auf den obersten Umschlag, schob ihn zurück und schloss die Klappe dann wieder.

»Nimmst du die Post nicht raus?«, wollte Carolin wissen.

»Das ist Mamas Büro«, erklärte Luna. »Wenn die Briefe da drin liegen, gehen sie nicht verloren, sagt sie.«

Romy hob kurz die Schultern. »Hat sich bewährt. Kommt ihr?«

Sie stiegen über die knarzenden Holzstufen hinauf ins Dachgeschoss. Luna war vorausgesprungen und mühte sich bereits mit dem Schlüssel ab, als Carolin, Romy und Vince oben ankamen. Vor der Tür standen ein Penny-Board, Rollerblades und ein neonpinkfarbener Roller, dazwischen lagen unzählige Schuhe für alle Wetterlagen, ein Regenschirm lehnte an der Wand, und eine Mülltüte wartete darauf, entsorgt zu werden.

»Willkommen in unserem Chaos!«, rief Romy und half Luna mit dem Türschloss. In der Wohnung war es nicht ordentlicher als davor. Ein Stapel alter Zeitungen lag herum, der Staubsauger hatte es sich mitten im Flur gemütlich gemacht, und Spielzeug aller Art legte eine Spur von Lunas Zimmer bis in die Küche. Dort stapelte sich Geschirr in der Spüle, auf dem honiggelb gestrichenen Holztisch stand noch das Frühstücksgeschirr, und die Arbeitsfläche war mit Brotkrümeln und anderen Essensresten übersät.

»Sorry!«, beeilte sich Romy zu sagen. »Wir sind morgens immer – wirklich immer – zu spät dran.«

»Kein Thema«, versicherte Carolin. Schon als Kind hatte Romy stets für Unordnung gesorgt. Carolin trat auf den schmalen Balkon, der vor der Küche lag. Hier dagegen war alles picobello. In pastellfarbenen Blumenkästen wuchsen lauter Kräuter, die in bester Verfassung waren: Basilikum und glatte Petersilie, Zitronenmelisse und Rosmarin, Majoran, Thymian und Koriander. Dazwischen blühte es in Orange, Gelb und Weiß, und nirgendwo war ein braunes Blatt zu sehen.

»Wunderschön!«, sagte Carolin und deutete auf das gärtnerische Kleinod.

»Komm mal hinten schauen«, rief Luna und zog ihre Tante durch das Wohnzimmer, das zum Hof hinaus lag. Das Dach war hier ausgebaut worden, und auch wenn der Raum nicht groß war, wirkte er durch die bodentiefen Fenster luftig und großzügig. In einer Ecke stand versteckt hinter einem Paravent Romys Bett – sie hatte zugunsten zweier Kinderzimmer auf ein eigenes Schlafzimmer verzichtet.

Von hier aus gelangte man auf eine Terrasse, die wie eine Oase der Ruhe inmitten der quirligen Altstadt wirkte. In großen Kübeln wuchsen Oleander und Jasmin, und auch hier rankten Glyzinien an den Mauern. Zudem gab es ein weißes Rattansofa sowie einen Nordseestrandkorb, die zum Verweilen einluden.

»Boah, als ich das letzte Mal hier war, hat es aber nicht so heimelig ausgesehen«, erinnerte sich Carolin. Außerdem war es Herbst gewesen und die Blütenpracht längst vergangen.

»Basteln wir jetzt?« Luna zog Carolin weiter in ihr kleines Prinzessinnenreich. »Schau, wir sollen so Schlangen machen.« Sie drückte ihrer Tante einen Streifen Karton und zwei Wollknäuel in die Hand. Dann erklärte sie ihr sehr konzentriert, dass man um das in Schlangenlinien ausgeschnittene Stück Pappe die Wolle wickeln sollte und dort, wo der Kopf war, am Ende Augen aufgeklebt wurden. Carolin nickte eifrig zu ihren Worten, und gemeinsam wickelten sie Strang um Strang um den Kartonstreifen.

Carolin merkte, dass ihr die Bastelei guttat. Sie lenkte ab vom Streit in der Familie und von den Gedanken daran, wie es mit Jacob weitergehen würde, falls er tatsächlich seine Frau verlassen sollte. Auch ihr Handy vergaß sie für eine Weile – und die Frage, warum Cornell noch immer nicht auf die Fotos reagiert hatte, die sie ihm geschickt hatte. Und warum sie überhaupt darüber nachdachte.

»Hast du jetzt eigentlich auch ein Kind?«, fragte Luna unvermittelt. Carolin zuckte zusammen. »Hast du das in Neuseeland gelassen?«

»Nein, habe ich nicht«, antwortete Carolin und strich ihrer Nichte übers Haar. »Also, ich habe kein Kind.«

»Warum nicht? Magst du keine Kinder?«

»Doch, natürlich, aber irgendwie … Es hat sich nie ergeben. Weißt du, ich habe bisher niemanden kennengelernt, von dem ich geglaubt habe, er könnte ein guter Papa sein.«

»Mein Papa ist ein guter Papa.«

Carolin musste lachen. Meinte Luna, sie könne sich Ben quasi

»ausleihen«? »Das glaube ich dir. Aber weißt du, ich war so viel auf Reisen … Da hätte sich kein Kind wohlgefühlt.«

»Ich finde es toll zu verreisen. Schau mal, die grüne Wolle ist schon fast alle. Da nehmen wir noch von der gelben.«

Das Thema Kind schien sie nicht länger zu interessieren. Carolin betrachtete ihre Nichte nachdenklich. Mit Anfang dreißig hatte es eine Phase gegeben, in der sie intensiv darüber nachgedacht hatte, ob sie Mutter werden wollte oder nicht. Damals war sie zu dem Schluss gekommen, dass ein Kind nicht in ihr Leben passen würde. Aber sie hatte auch nie ganz ausgeschlossen, eines Tages doch schwanger zu werden. Wahrscheinlich hätte tatsächlich der richtige Mann in ihr Leben treten müssen. Und nun, mit 42, war der Zug vermutlich sowieso abgefahren. Sie verspürte eine leichte Wehmut, und schnell konzentrierte sie sich wieder aufs Basteln.

Nach einer guten halben Stunde rief Romy, dass das Abendessen fertig sei – die Wollschlange war es glücklicherweise auch. Weil sich der Himmel bewölkt hatte und es nicht mehr so frühlingshaft warm war, aßen sie die Nudeln mit Tomatensauce in der Küche.

»Ich weiß nicht, wie du das machst …« Carolin fuhr sich mit der Zunge über die Lippen. »Selbst aus einem so einfachen Gericht zauberst du ein kulinarisches Highlight.«

»Danke!«, sagte Romy ein wenig verlegen.

»Mama ist die beste Köchin!« Luna drückte ihrer Mutter einen Kuss auf die Wange und hinterließ dort mit ihrem tomatenverschmierten Mund einen roten Abdruck. »Ich werde auch mal Köchin.«

Romy strubbelte ihr übers Haar. »Los, ihr Mäuse, esst auf, und dann geht es ab ins Bett.«

»Ich will aber noch lesen«, sagte Vince und schob sich eine Gabel Nudeln in den Mund.

»Je früher du in der Kiste liegst, umso länger kannst du das tun«, versprach Romy, und ihr Sohn schaufelte die restlichen Spaghetti flott in sich hinein.

Es dauerte beinahe eine Stunde, bis die Kinder tatsächlich im Bett waren. Carolin bewunderte die Geduld ihrer Schwester, denn es gab unzählige Kleinigkeiten, die noch erledigt werden mussten. Vince brauchte fünf Euro und eine Unterschrift, damit er Ende der Woche an einem Schulausflug teilnehmen konnte. Luna fand ihre Ballettschuhe für den Unterricht am nächsten Tag nicht, was eine hektische Suchaktion auslöste. Dann meckerten beide, ihre Zahnpasta würde eklig schmecken, und Luna bestand darauf, am kommenden Morgen ihr meerjungfrauengrünes T-Shirt anzuziehen, das nur leider, mit zahlreichen Flecken übersät, ganz unten im Wäschekorb lag.

Es war fast halb neun, als sich Romy in den altmodischen Ohrensessel im Wohnzimmer sinken ließ. »Puh«, stieß sie aus. »Wieder ein Tag geschafft.«

»Wahnsinn, wie du das alles stemmst!«, sagte Carolin, die ihr gegenüber auf dem Sofa saß. »Ich weiß nicht, ob ich das könnte. An wie viele Dinge du gleichzeitig denken musst …«

»Na ja, man wächst da rein.« Romy angelte nach dem Weinglas, das Carolin bereits für sie hingestellt hatte. »Manchmal frage ich mich allerdings auch, wie ich das schaffe.«

»Das kann ich mir vorstellen.« Sie prosteten sich zu und nahmen einen Schluck von dem roten Burgunder, der natürlich von Veris Weingut stammte. »Aber kannst du nicht Ben mehr einbinden?«

Romy drehte nachdenklich das Glas in ihren Händen, dann zuckte sie mit den Schultern. »Der arbeitet nun mal Vollzeit und oft auch am Wochenende. Er nimmt Luna ja, wann immer es passt, und die beiden kommen gut miteinander klar. Aber so, wie es jetzt geregelt ist, passt das schon. Wenn ich ihn mehr einbinden würde …« Sie verdrehte die Augen.

»Würde er sich mehr einmischen«, vollendete Carolin den Satz. »Wäre das so schlimm?«

»Nein, grundsätzlich nicht. Aber ich glaube, dann würde er sich Hoffnungen machen, wir kommen wieder zusammen. Er hat es bis heute nicht verstanden, dass ich ihn verlassen habe.«

»Ich auch nicht, ehrlich gesagt.«

»Anderes Thema.« Romy trank ihr Glas aus und schenkte ihnen beiden nach.

»Okay.« Carolin sah ihrer Schwester forschend ins Gesicht. »Wie läuft dein Catering?«

»Prima«, kam es wie aus der Pistole geschossen. »Wie läuft es mit Jacob?«

»Ey, lenk nicht ab …«

»Was soll ich denn sagen? Ich habe so viele Aufträge, wie ich gerade bewältigen kann. Was zum Leben einigermaßen reicht. Natürlich wird es manchmal stressig, aber was soll's. Ich schaffe das schon.«

Carolin senkte das Kinn und betrachtete Romy schweigend.

»Ehrlich!«, stieß diese aus. »Mein Gott, immer meint ihr, ich krieg das nicht hin.«

»Schon gut.«

»Ey, ich bin mittlerweile auch fast Ende dreißig. Und ihr behandelt mich so, als sei ich eure Baby-Schwester.«

»Entschuldige, ja, du hast recht. Ich möchte halt, dass es meiner Baby-Schwester gut geht.« Sie zwinkerte und hielt Romy ihr Weinglas hin. Schweigend stießen sie noch einmal an und tranken.

»Ich habe überlegt«, begann Carolin zögerlich, »vielleicht bleibe ich ein wenig länger.«

Romy strahlte. »Das wäre toll! Gibt's einen Grund?«

»Ja, dann konnte ich noch ein bisschen auf Papa schauen. Er schlägt sich im Moment ja ganz tapfer, doch irgendwie traue ich dem Frieden nicht.«

»Das wäre sicher gut. Aber … ist das der einzige Grund?« Und als ihre Schwester schwieg, schob sie hinterher: »Hat es mit Jacob zu tun?«

»Irgendwie klammert er mir in letzter Zeit ein bisschen zu sehr.«

»Ist das schlimm? Ich meine, ich dachte, du magst ihn.«

»Ja, klar mag ich ihn. Sonst wäre ich ja nicht mit ihm zusammen. Aber … ich mag auch, dass er verheiratet ist.«

»Und dass du dich nicht voll und ganz auf ihn einlassen musst.«

Carolin rutschte ein wenig nach vorne auf die Sofakante. Sie betrachtete die rote Flüssigkeit in ihrem Glas. »Ich frage mich manchmal, wieso das bei uns so ist.«

»Was?«

»Na ja, du hast zwei Kinder von zwei Männern, mit denen du nicht zusammen bist. Ich habe einen verheirateten Kerl und bin froh, wenn er mir nicht zu nahe kommt. Und Veri …«

»Veri hat sich einen Typen ausgesucht, mit dem sie einen auf Familie macht, aber ich habe meine Zweifel, ob sie auch glücklich ist.«

»Stimmt. Was ist da schiefgelaufen? Ich meine, Mama und Papa haben für ein intaktes Familienleben gesorgt. Das hätte uns doch ein Vorbild sein müssen.«

»Glaubst du?« Romy zuckte mit den Schultern. »Klar, um uns Kinder haben sie sich gut gekümmert. Aber ich hatte schon sehr früh den Eindruck, Lotte war mit Georg nicht wirklich glücklich. Und hat es verdrängt. Bis vor Kurzem.«

»Sie hat uns nie damit behelligt. Sie hat doch immer versucht, uns das Gefühl zu geben, dass alles in Ordnung ist.«

»Stimmt, hat sie. Aber hast du ihr das wirklich geglaubt?«

»Gute Frage.« Carolin knabberte an ihrer Unterlippe. »Wenn ich so drüber nachdenke, erinnere ich mich, dass ich, wenn ich nach Hause kam, immer als Erstes versucht habe rauszufinden, wie die Stimmung ist. Sowohl seine als auch ihre.«

»Ging mir ähnlich. War sie mies drauf, habe ich mich bemüht, sie aufzuheitern. War er mies drauf, bin ich in Deckung gegangen.«

»Ich habe mich am liebsten vor beiden zurückgezogen. Ich fand das fürchterlich. Und habe mich total hilflos gefühlt. Aber ich dachte, es ist normal. Und manchmal hatte ich Angst, schuld daran zu sein.«

Romy griff über den Couchtisch und legte ihre Hand auf Carolins. »Ich bin froh, dass es dir auch so ging. Ich hatte immer ein schlechtes Gewissen, wenn ich nicht für bessere Stimmung sorgen konnte.«

»Komisch, warum haben wir damals nie darüber geredet? Ob es Veri auch so ging?«

Romy zuckte mit den Schultern.

»Zumindest hast du Mama und Papa oft von ihren Problemen abgelenkt.« Carolin lachte auf und drückte Romys Hand. »Mit deinem Sinn für spontanes Chaos hast du das häufig geschafft. Vermutlich waren sie dir dafür sehr dankbar.«

Romy stimmte in ihr Lachen ein. »Weißt du noch, wie ich diesen Holundersekt gebraut habe?«

»Der dann im Vorratskeller explodiert ist? Und dann war überall dieses klebrige Zeug …«

»Und Mama hatte auch noch die ganze Bügelwäsche danebengestellt …«

»Oder wie ich immer verletzte Tiere heimgebracht habe? Sogar eine kleine Elster …«

»Oh ja, und Igel zum Überwintern. Was haben die gestunken!« Romy rümpfte die Nase.

Carolin atmete tief ein und aus. »Es war schon auch schön.«

»Na klar war es das. Und lustig.«

»Und irgendwie war immer jemand da, mit dem man reden konnte.«

»Falls man wollte«, ergänzte Romy.

Carolin spürte, wie sich mit einem Mal ein Ring um ihr Herz legte, schwer wie Blei. Diese Vertraulichkeit, dieses Sich-nicht-erklären-Müssen – das hatte sie die letzten Jahre vermisst und es bis gerade eben gar nicht gemerkt. Natürlich konnte sie in Neuseeland ab und an mit Sandy über Probleme reden, in Brasilien hatte Márlon stets ein offenes Ohr für sie gehabt. Aber die Wahrheit war, dass sie sich Freundinnen oder Freunden nie so nah, nie so verbunden gefühlt hatte, dass sie ihnen nie so vertraut hatte wie ihren Schwestern.

»Was ist?«, fragte Romy prompt.

»Ich vermisse euch«, sagte Carolin und kämpfte gegen die Enge in ihrer Kehle an. »Euch alle. Dich. Veri. Mama und Papa. Luna, Vince, Rosalie. Sogar Ben.«

»Dann bleib. Komm zurück. Wir vermissen dich auch. Sehr sogar.«

Über dem dunklen See hing der Nebel in dichten Schwaden, die Luft war feucht und kühl. Fröstelnd zog Carolin die dünne Strickjacke enger um sich. Dennoch wäre sie um nichts in der Welt ins Innere der Fähre gegangen. Der Anblick war märchenhaft, als führe das Schiff durch ein mystisches Land und im Wasser warteten Sagengestalten darauf, an die Oberfläche zu steigen. Das bisschen Zittern war nichts im Vergleich zu dem Schlottern in manchen Nächten, die sie mitten auf dem schwarzgrauen Ozean erlebt hatte. Hunderte Seemeilen von jeder Küste entfernt, gegen Müdigkeit, Kälte und manchmal auch Angst kämpfend, zur Wache verpflichtet, während sich die übrige Bootsbesatzung in den Kajüten ausruhte. Wie oft hatte sie sich damals genau hierher geträumt – an den Bodensee, allerdings die hellen Tage, das glatte Wasser vor Augen, die Lieblichkeit der Landschaft tief in ihrem Herzen verankert.

Sie schloss für einen Moment die Augen und sog die kühle Nachtluft ein, als ihr Handy einen piepsenden Ton von sich gab. Schnell zog sie es aus der Hosentasche und schaute auf das Display.

Cornell hatte geschrieben. Endlich.

»Sorry, war den ganzen Tag auf einer Konferenz mit möglichen Sponsoren. War anstrengend.« Ein lachendes Smiley mit einer Schweißperle auf der Stirn folgte. Dann: »Aber deine tollen Fotos haben mich aufgemuntert. Wir sollten noch mal auf den See rausfahren. Solange du noch da bist …« Zwinkersmiley, Lachsmiley.

»Sehr gerne. Ich habe Zeit, sag, wann es dir passt«, schrieb sie und klickte auf »Senden«.

Nicht weit von ihr entfernt ertönte ein kurzer Klingelton. Wie von einem Smartphone. Das eine Nachricht empfing. Sie drehte sich um. Erst jetzt sah sie, dass außer ihr noch ein paar andere Leute die

Fahrt in der frischen Nachtluft genossen. Und einer davon zückte sein Handy und rief eine Nachricht auf, die er soeben erhalten hatte.

»Ganz schön kalt hier draußen, was?«, schrieb Carolin schnell hinterher. Wieder piepte das andere Telefon. Der Mann an der Reling gegenüber las die zweite Nachricht und blickte dann auf.

»Hi«, sagte Cornell. Das Lächeln in seinem Gesicht erhellte die Nacht, und mit wenigen Schritten stand er neben ihr. Carolin spürte, wie sich ihr Mund zu einem geradezu unsinnig breiten Lächeln verzog. »Woher kommst du?«, fragte er.

»Von meiner Schwester«, sagte sie. »Romy wohnt in Konstanz. Ich habe auf ihre Kinder aufgepasst, und dann haben wir den Abend zusammen verbracht.«

»Wie schön.«

Sie hatte nicht den Eindruck, dass sich seine Erwiderung auf den Umstand bezog, wo Romy lebte. Seine nachtdunklen Augen ließen sie nicht los. Was passierte hier?

»Du frierst«, stellte er nun fest und zog seine Jacke aus.

»Hab schon Schlimmeres erlebt«, gab sie zurück, spürte aber, wie angenehm es war, als er die Jacke um ihre Schultern legte. Er hielt den Kragen unter ihrem Kinn zusammen, sodass der Wind nicht darunterfahren konnte. An ihrem Hals fühlte sie die Wärme seiner Hände. Über ihm teilten sich die Wolken, und ein paar Sterne funkelten zu ihnen herab. »Aber jetzt frierst du.«

Ohne darüber nachzudenken, trat sie noch dichter an ihn heran und sah ihm in die Augen. Sein Blick war voller Zärtlichkeit. Das Herz schlug ihr bis zum Hals, er würde es bestimmt spüren.

Ganz langsam näherte sich sein Gesicht dem ihren. Hier und jetzt würde sie nichts mehr aufhalten. Und da lagen seine Lippen auf ihren, federleicht und weich und warm.

»In wenigen Minuten erreichen wir Meersburg«, tönte es aus den Lautsprechern. »Bitte begeben Sie sich in Ihre Fahrzeuge.«

15. Kapitel

Ohne ein Wort darüber zu verlieren, stiegen Carolin und Cornell gemeinsam in seinen alten Passat, der im Bauch der Fähre geparkt stand. Aus den Augenwinkeln sah sie, dass er ein Lächeln im Gesicht trug, genau wie sie wahrscheinlich. Noch immer spürte sie ihr Herz schlagen.

»Das war schön«, sagte Cornell in die Stille und startete den Wagen.

»Ja, das war es.« Sie betrachtete ihn und gab dann dem Impuls nach, ihre Hand auf seine zu legen, die den Griff der Gangschaltung umklammerte. Es dauerte keine Sekunde, bis sein Daumen ihre Handkante streichelte.

Umwabert vom nächtlichen Nebel, fuhren sie vom Schiff, durch die Hafenanlage von Meersburg und hinauf auf die Landstraße in Richtung Überlingen.

Aus dem Autoradio erklang »What the World Needs Now is Love« von Dionne Warwick, ein Klassiker aus den sechziger Jahren, und Carolin konnte nicht anders, als leise mitzusingen. Die Welt braucht Liebe – simple Worte, aber in diesem Moment dachte sie, dass es manchmal wirklich so einfach war. Sie bemerkte, dass auch Cornell die Melodie summte.

»Herrlich kitschig«, sagte er, als das Lied zu Ende war. Er fuhr langsam, denn wegen des Nebels konnte man kaum zwanzig Meter weit sehen. Dennoch fühlte sich Carolin sicher und geborgen. Es kam ihr vor, als sei sie in einer Art Blase, herausgefallen aus dem Alltag.

Doch was würde geschehen, wenn sie in Überlingen ankamen? Mussten sie das überhaupt? Könnten sie nicht einfach immer weiterfahren?

»Am liebsten würde ich jetzt bis in die Schweiz, dann biegen wir nach Süden ab und gehen in Mailand frühstücken. Da ist es bestimmt nicht so nebelig.« Cornell lachte kurz auf.

Carolin lehnte den Kopf an die kühle Fensterscheibe. »Das wäre schön.«

Er nahm ihre Hand in seine und führte sie an seinen Mund. Jeden einzelnen Finger küsste er. Plötzlich wich er zurück. »Sorry, ist das unangenehm?«

»Aber nein! Gar nicht«, versicherte sie ihm. »Wer ist die Frau?«

Er legte ihre Hand auf seinen Oberschenkel und hielt sie dort fest. »Du meinst Katharina?«

»Ja.« Sie holte tief Luft. Wollte sie das wirklich wissen? War dies hier nicht nur ein kleiner Flirt? Eine Laune, die sie vergessen haben würde, wenn sie zurück in Neuseeland sein würde? Aber warum interessierte sie dann, wer Katharina war?

»Ich habe sie vor zwei Wochen kennengelernt.«

Carolin beobachtete von der Seite seine Mimik. Er sah weiterhin ganz entspannt auf die Fahrbahn, über die sich weiter der Nebel wälzte.

»Über eine Dating-App.«

»Okay.«

Er sah kurz zu ihr hinüber, und sein jungenhaftes Lächeln wurde noch einen Tick breiter. »Ich muss vielleicht dazu sagen, dass ich den letzten Jahren … Also, das klingt bestimmt blöd, aber ich hatte so viel zu tun, dass das Thema Frauen überhaupt keine Rolle mehr gespielt hat.«

»Oje.« Sie sah einen einsamen Wolf vor sich, der seine Wege ohne eine Gefährtin zurücklegte.

»Na ja, nach dem Tod meines Vaters im letzten Jahr hatte ich langsam das Gefühl, ich könnte mal wieder Ausschau halten. Weil ich aber noch mehr arbeite als zuvor, dachte ich, ich versuche es einfach mal auf diesem Weg.«

»Dafür ist das sicher praktisch.« Vermutlich hörte er aus ihren Worten, dass sie selbst noch nie einen solchen Dienst genutzt hatte.

»Jedenfalls hatte ich über diese Plattform vor zwei Wochen das erste Date – mit Katharina.«

Das wahrscheinlich nicht gut lief, sonst säße er jetzt nicht hier mit mir, dachte Carolin. »Und, wie war's?«

»Ach, na ja …« Das klang etwas nüchtern. »Es war … nett. Sie ist eine interessante Frau, Biologin, und ja, auch attraktiv …«

»Aber?«

»Aber zumindest bei mir ist der Funke nicht übergesprungen.«

»Und bei ihr?«

Sie stoppten an einer roten Ampel, und Cornell wandte sich Carolin zu. Er presste die Lippen aufeinander und hob die Augenbrauen. »Das ist ein wenig das Problem. Ich glaube, sie ist verknallt in mich.«

Verständlich, hätte Carolin beinahe gesagt. Doch sie hielt sich zurück.

»Sie lauert … nein, auflauern ist zu viel gesagt, aber sie sucht immer nach Gelegenheiten, mich zu sehen. Und wenn ich nicht auf ihre Nachrichten reagiere, dann taucht sie ungefragt auf.«

»Hu, das wirkt etwas verzweifelt.«

Er nickte und fuhr wieder an. »Ich weiß ehrlich gesagt nicht so genau, wie ich mit ihr umgehen soll. Ich habe versucht, ihr klarzumachen, dass das mit uns nichts wird. Aber sie stellt sich einfach taub.«

Mittlerweile hatten sie Überlingen erreicht und hielten an der nächsten roten Ampel. Schon länger hing eine Frage im Raum, die nun nicht länger einer Antwort harren konnte.

»Geradeaus geht's zum Kneippweg, links zu mir«, sagte Cornell. Seine blauen Augen funkelten im milchigen Licht der umnebelten Straßenlaternen. Carolin war klar, dass er ihr die Entscheidung überließ. Und sie hatte das Gefühl, er würde einverstanden sein, egal wie sie antwortete. Sie fand es gut, wie offen er mit ihr sprach. Das Zusammensein mit ihm fühlte sich so selbstverständlich an, vertraut – aber auch aufregend.

»Links. Auf einen Absacker.«

Er beugte sich zu ihr hinüber, und sie küssten sich erneut. Diesmal wurden sie noch schneller unterbrochen als auf dem Schiff, denn hinter ihnen ertönte eine Hupe. Die Ampel hatte auf Grün geschaltet.

Um diese Uhrzeit war es still am Ende der Münsterstraße, unterhalb der Menzinger Gärten, wo Cornell wohnte. Beim Aussteigen bemerkte Carolin, dass ein paar Häuser weiter noch immer das Fotostudio war, in dem sie nach dem Abitur ihre Ausbildung gemacht hatte. Auch wenn sie schon so lange nicht mehr in Überlingen lebte – sie genoss es, wie geläufig alles war und wie angenehm, dass man sofort wusste, wo man sich befand.

»Bitte sehr«, sagte Cornell und hielt ihr die Tür zu einem mehrstöckigen, alten Fachwerkhaus auf, das sicher aus dem 16. oder 17. Jahrhundert stammte. Die vielen Sprossenfenster waren von dunkelgrünen Fensterläden flankiert.

Carolin schenkte Cornell ihr schönstes Lächeln und betrat das Treppenhaus.

Bis zum Absacker kam es nicht. Kaum hatte sich die Tür seiner kleinen Wohnung unter dem Dach geschlossen, fielen sie sich in die Arme. Endlich störte nichts und niemand mehr ihre Küsse. Sie konnten zuerst zärtlich, dann immer leidenschaftlicher den Körper des anderen erforschen. Langsam tasteten sie sich, ohne einander loszulassen, durch den Flur, bis sie im Wohnzimmer zu einem großen Sofa gelangten und sich darauf niederließen. Nicht denken, befahl sich Carolin, einfach nur genießen.

»Müssen wir nicht verhüten?«, fragte Cornell leise, und sie flüsterte: »Ich nehm die Pille«, was der Romantik glücklicherweise keinen Abbruch tat, sondern seine Aktivitäten eher anzuspornen schien.

Wie wunderbar war es, in seinen Armen zu liegen, dachte sie eine Stunde später, während sie eine wohlige Müdigkeit verspürte. Er kraulte ihre Schulter und drückte immer wieder seine Lippen in ihr Haar. Sie hatten beide kein Bedürfnis zu reden, sie lagen stumm da und genossen das Abebben der Funken, die durch ihre Körper gesprüht waren.

»Magst du einen Tee?«, fragte Cornell irgendwann. Vermutlich hatte er gemerkt, dass sich ihre Haut kühl anfühlte.

»Au ja, gerne!«

Er schob sie leicht zur Seite und breitete eine Decke über ihr aus, dann verschwand er, nackt, wie er war, in der Küche. Jetzt erst sah sich Carolin um. Das Wohnzimmer war klein, aber gemütlich. Warme Brauntöne dominierten, passend zu den freigelegten Holzbalken, die den Raum in zwei Bereiche aufteilten. Hier, wo sie lag, war die kuschelige Sofaecke, auf der anderen Seite stand ein schlichter Esstisch mit vier verschiedenen Stühlen im Vintage-Look. Behaglich, das war das Wort, das ihr zu dieser Einrichtung einfiel.

Gerade als Cornell mit einem Tablett zurückkam, auf dem zwei Tassen und eine dickbäuchige Kanne standen, gab ihr Handy einen Laut von sich. Einerseits genervt, andererseits von einer besorgten Vorahnung erfüllt, entsperrte sie es. Sie hatte ihrem Vater nicht mitgeteilt, wo sie gewesen war, seit er die Eisdiele am Nachmittag so überstürzt verlassen hatte. Jetzt erst sah sie, dass er sie schon mehrmals angerufen und zwei SMS geschickt hatte.

»Auch wenn du sauer auf mich bist, kannst du mir kurz Bescheid geben, wo du bist«, hatte er geschrieben, und sofort tauchte sein vorwurfsvoller Blick vor ihrem inneren Auge auf. »Ich weiß, du bist alt genug, aber ich möchte nur wissen, dass es dir gut geht«, lautete die zweite.

»Alles okay, habe einen alten Freund getroffen und mich verquatscht«, schrieb sie schnell zurück. Dass er nach Mitternacht noch wach war, war eher untypisch für ihn. Wollte er sie mit seiner Nachricht dezent darauf hinweisen, dass es *ihm* nicht gut ging?

»Vermisst dich jemand?«, fragte Cornell und goss Tee ein.

»Mein Vater hat nur gefragt, wo ich bin. Man ist immer Tochter, egal wie alt.« Sie nahm eine der Tassen, die mit Silhouetten von Schmetterlingen verziert waren, und nippte an der heißen Flüssigkeit. Das fühlte sich herrlich an. Cornell setzte sich so, dass sie sich an ihn lehnen konnte. Sie breiteten die Decke über sich aus, und Carolin legte den Kopf an Cornells Wange.

»Ich glaube, es ist besser, wenn ich mich gleich auf den Heimweg mache. Irgendwie bin ich unruhig. Wer weiß, auf welche Ideen mein Vater so kommt. Dass er noch nicht schläft, verheißt nichts Gutes.«

Cornell küsste sie auf die Schläfe, stellte seine Tasse ab und schlang beide Arme um sie. »Das kann ich verstehen. Soll ich dich schnell heimfahren?«

»Danke, das ist lieb, aber ich kann ein Taxi nehmen. Du musst morgen sicher früh raus.«

Er blickte zur Decke. »Mist, jetzt hast du mich daran erinnert, dass es einen Alltag gibt. Das hatte ich gerade so schön verdrängt.«

Er schickte seine Lippen zu einer Erkundungstour über ihre nackten Schultern, und am liebsten hätte sie anders entschieden und wäre doch die ganze Nacht geblieben.

Sie hatte kaum die Tür des Taxis hinter sich zugeschlagen, als sie ein ungewöhnliches Geräusch vernahm, das in der nächtlichen Stille geradezu verstörend wirkte.

Und es kam vom Grundstück ihres Elternhauses.

Es klang, als schlage jemand mit einem großen Gegenstand auf etwas Hartes ein. Alarmiert beschleunigte sie ihre Schritte und schlüpfte durch das niedrige Tor, das von der Straße direkt in den Garten führte. Als sie um die Ecke hinter das Haus bog, lagen der Rasen, die Büsche und Bäume im Licht der zwei Laternen, die auf der Terrasse standen.

»Papa?«, rief Carolin und sah sich um. Keine Reaktion.

Dann wieder ein Schlag. Sie drehte sich in die Richtung, aus der das Geräusch gekommen war. Und da sah sie einen Schemen ganz links hinter dem Apfelbaum, dem ältesten der vier.

»Papa!« Sie schrie nun beinahe und rannte auf ihren Vater zu. »Was machst du? Hör auf!«

Er achtete gar nicht auf sie und hieb ein weiteres Mal die Axt in den Baumstamm. Soweit Carolin erkennen konnte, hatte er bereits eine tiefe Kerbe in das Holz getrieben.

»Hör doch auf«, schrie sie erneut und wollte seinen erhobenen Arm mit dem scharfen Werkzeug festhalten.

Er wich aus, aber statt den Schlag auszuführen, ließ er den Arm nun sinken.

»Was machst du da? Der schöne Baum!«

Er sah sie aus glasigen Augen an. Hatte er getrunken?

»Der stört mich. Der muss weg. Der nimmt dem Garten alles Licht.« Er sah sie nicht an, während er das sagte, sondern stierte auf die Axt in seiner Hand. Seine Stimme klang nüchtern. »Ich will den Baum nicht mehr sehen.«

Sie verstand schon. Dieser Apfelbaum, gepflanzt zur Hochzeit ihrer Eltern vor bald 47 Jahren, war nun nichts anderes als ein Mahnmal seiner gescheiterten Ehe.

»Der Baum kann doch nichts dafür«, sagte sie leise.

Nun drehte sich Georg endlich zu ihr und sah sie an. Es wirkte, als erwache er aus einem düsteren Traum. Die Axt glitt ihm aus der Hand und fiel mit einem dumpfen Schlag zu Boden. »Du hast recht.« Wie müde er klang.

»Komm, Papa, wir gehen rein. Ich mach dir einen Tee.«

»Es tut so weh!« Unbewegt stand er da, als könne er keinen Schritt tun.

Carolin legte den Arm um seine Schulter. Geschrumpft war er, fiel ihr dabei auf. Aus dem großen, stattlichen Mann war ein gebeugter Alter geworden, dem die weißen Haare vom Kopf abstanden und dessen sonst so gepflegter Spitzbart sich allmählich zu einem wuchernden Vollbart auswuchs.

»Ich verstehe dich!« Etwas anderes fiel ihr nicht ein. Ihr war klar, dass sie sein Leid nicht nachvollziehen konnte, wo doch die längste ihrer Beziehungen gerade mal drei Jahre gedauert hatte. »Jetzt lass uns reingehen.«

»Ich kann nicht.« Er wirkte, als sei er plötzlich eingefroren. Vielleicht meinte er aber auch, er könne so nicht leben.

»Doch, du schaffst das«, versuchte sie ihm Mut zu machen, und tatsächlich tat er einen zögernden Schritt nach vorne.

»Caro?«, hörte sie da jemanden ihren Namen rufen. Auf eine Weise, wie niemand hier sie rief. Mit einem rollenden R.

Das! Konnte! Nicht! Sein!

»Caro!«, erklang es da erneut.

»Wer ist da?«, fragte Georg, und Carolin war einen Moment froh, dass ihr Vater offenbar wieder in der normalen Welt angekommen war.

»Jacob?«, rief sie in die Dunkelheit – und tatsächlich, dort stand er, gleich an der Gartenpforte, die sie vorhin in der Eile nicht geschlossen hatte. »Where do you come from?« Englisch zu sprechen fühlte sich vollkommen falsch an. Dies hier war nicht der Ort dafür, dies war ihre Heimat, die nichts mit ihrem anderen Leben zu tun hatte, dem Leben am anderen Ende der Welt.

Mit ausgebreiteten Armen kam er auf sie zugelaufen, die Schöße seines kurzen dunkelgrauen Trenchs flatterten in der Nachtluft.

»Ich bin so froh, dich gefunden zu haben!«, rief er in seiner Muttersprache. Und schon drückte er sie an sich, küsste ihr Haar, ihre Wangen, ihre Stirn, ihre Nase und schließlich ihren Mund.

Carolin hätte nicht sagen können, wie sie sich in diesem Moment fühlte. Sie war überrascht, verlegen, aber vor allem überfordert.

Was machte er hier? Sollte er nicht mit seiner Frau in Auckland ihren Hochzeitstag feiern?

»Ich habe es nicht mehr ausgehalten!«, flüsterte er ihr ins Ohr. »Ich musste da raus. Einfach weg. Und wohin sollte ich gehen, wenn nicht zu dir?«

»Äh …«, stotterte sie. »Verstehe … Ich … puh … das ist …«

»Du bist überwältigt!«, befand er und zog sie noch enger an sich. »Als du vor ein paar Tagen am Telefon gesagt hast, dass du mir gerne deine Heimat zeigen möchtest, war mir klar, dass ich herkommen muss. Ich bin so glücklich, wieder bei dir zu sein, my darling!«

16. Kapitel

Beinahe erschrak Carolin, als sie am nächsten Morgen, die Sonne stand schon hoch am Himmel, die Augen öffnete.

Da lag ein Mann in ihrem Bett. Allerdings nicht der, mit dem sie am Abend zuvor leidenschaftlichen Sex gehabt hatte.

»Good morning, Beauty!« Jacob lag auf der Seite, hatte den Kopf auf die Hand gestützt und betrachtete sie liebevoll. »Hast du gut geschlafen?«

Vielleicht die letzten zwei, drei Stunden. Davor hatte sie wach gelegen und gegrübelt, wie sie in diese verzwickte Situation hatte geraten können. Und vor allem: wie sie wieder herausfinden sollte. Sie unterdrückte ein Stöhnen. Nicht dass er dies als Aufforderung verstand, sich ihr zu nähern.

Sie rutschte in Richtung Kopfende des Bettes und setzte sich auf, die Decke eng um sich geschlungen. »Ich weiß noch immer nicht, was ich sagen soll«, gestand sie. Er hatte ihr vor dem Schlafengehen berichtet, dass er seiner Frau gesagt habe, er müsse kurzfristig für einen erkrankten Kollegen einspringen, der zu einer Immobilienmesse nach München hätte reisen sollen. Die Messe gab es tatsächlich, den Kollegen nicht.

»Weißt du, Honey, seit du fort bist, ist mir klar geworden, wie wichtig du mir bist«, hatte er ihr gestanden. Sie hatte Rührung vorgetäuscht und ihn dann schnell davon überzeugt, dass sie schlafen mussten – er nach der langen Reise und sie nach einem emotional anstrengenden Tag voller Sorge um ihren Vater. Er hatte ihre Zurückhaltung respektiert, und es hatte nur wenige Minuten gedauert, bis sein Atem so gleichmäßig gegangen war wie der eines Babys. Immer wieder hatte sie zu ihm hinübergesehen, seine Züge in der Dunkelheit kaum erkannt und sich gefragt, ob und wie sie ihn wieder loswurde. Aber sie konnte sich doch nicht einfach hinstellen und sagen: »Hey, ich war gestern im Bett mit einem Schulfreund, und jetzt ist mein ganzes neuseeländisches Leben null und nichtig. Ich bleibe hier, bye-bye!«

Denn sie wusste gar nicht, was jetzt war.

»Honey, freust du dich nicht, dass ich da bin? Du schaust so ernst!«, holte er sie aus ihren Gedanken zurück.

Ohne zu überlegen, strich sie über seine bärtige Wange, eine so vertraute Geste. »Doch, und wie«, log sie. »Es ist nur … es ist gerade alles etwas too much. Bisher hat sich mein Vater ganz wacker gehalten, aber seit gestern Abend befürchte ich, dass er noch mehr Unsinn macht, weil er mit der Trennung – natürlich – nicht klarkommt.«

Er nahm ihre Hand und küsste sie, dann rutschte er näher an sie heran. Carolin war klar, dass er auf heißen Wiedersehensfreudesex aus war. Er wirkte ausgeschlafen und voller Tatendrang … Wie sollte sie ihn nur davon abhalten? Denn dass sie jetzt mit ihm schlief, kam ihr schlichtweg unmöglich vor. Sie spürte Cornell noch immer auf jedem Quadratzentimeter ihrer Haut, und dieses Gefühl würde sie für nichts auf der Welt hergeben wollen. Cornell …

Er und Jacob konnten gegensätzlicher kaum sein. Ersterer sehr aufmerksam, seinem Gegenüber stets zugewandt und nicht an Oberflächlichkeiten interessiert. Der andere immer lässig, auf sein eigenes Wohlbefinden bedacht, einer, der sich nahm, was er wollte. Doch nun blickte Jacob sie auf einmal verunsichert an, was sie selten bei ihm erlebt hatte. Er konnte aufbrausend und ungeduldig sein, wie ein Rohrspatz über seine Frau schimpfen, über unfähige Kollegen oder schlampige Handwerker. Zugleich hatte er viel Humor und Carolin immer das Gefühl vermittelt, sie seien gemeinsam in einer Blase, herausgefallen aus dem Alltag, in die man sich jederzeit verkriechen konnte, wenn einem danach war. Mehr aber auch nicht. Sie hatte ihm nie zu verstehen gegeben, sie erwarte etwas Festes, Beständiges. Es klappte mit ihnen, weil ihre Beziehung nur in den wenigen Stunden existierte, in denen sie beisammen waren.

Schon wanderten seine Hände über ihre Hüften, ihren Bauch … Sie zog die Knie an und warf die Decke zur Seite.

»Ich muss mal aufs Klo«, sagte sie und stand auf.

Er legte sich quer übers Bett und winkte ihr zu. »Beeil dich!«

Sie nickte und verließ das Zimmer. Einen Moment lehnte sie sich im Flur an die Wand und presste die Lippen zusammen. Und nun?

Unten im Haus hörte sie ihren Vater herumwerkeln. Hoffentlich stellte er nicht schon wieder Unsinn an! Sie ging kurz ins gegenüberliegende Badezimmer, pinkelte, wusch sich das Gesicht und schlüpfte in einen hellgelben Morgenrock, der noch aus ihrer Teenagerzeit stammte. Dann lief sie die Treppe hinunter – zerknirscht, weil sie Jacob enttäuschte, erleichtert, weil sich ihr ein Grund dafür auf dem Silbertablett darbot.

»Guten Morgen«, rief sie ihrem Vater zu. Er war bereits angezogen und hantierte – zu Carolins großer Überraschung – am Herd herum.

»Oh, guten Morgen, mein Schatz, gut geschlafen?« Er warf ihr ein heiteres Lächeln zu. Was ging hier vor sich?

»Ja«, behauptete sie und sah ihn prüfend an. »Du auch?«

Er nickte. »Ich dachte, dein Gast braucht bestimmt ein kräftiges Frühstück nach der langen Reise. Ich mache ›Vollmondbrot‹. Das hast du doch als Kind so geliebt.«

»Ui, toll! Daran erinnerst du dich? Das ist sehr lieb von dir!«

Carolin sah in der Pfanne drei frische Scheiben Brot mit einem Loch in der Mitte brutzeln, die bereits knusprig gebräunt waren. Gekonnt schlug Georg nun nacheinander drei Eier auf und ließ sie so auf die Brote gleiten, dass das Eigelb das Loch ausfüllte. Gleich würde er sie vorsichtig wenden, sodass das Eiweiß fest wurde. Am Pfannenrand schmurgelten zudem einige Streifen Speck.

»Bleibt er länger? Also, nicht dass du denkst, ich hätte was dagegen … Nur, dann würde ich entsprechend einkaufen.«

Carolin zuckte mit den Schultern. »Das hat er mir noch nicht gesagt.«

»Ist es mittlerweile … Ich will mich ja nicht einmischen, aber ist es etwas Ernstes zwischen euch?«

Carolin musste schmunzeln. Georg war es stets unangenehm gewesen, mit seinen Töchtern über Liebesdinge zu reden. Wie die allermeisten Väter hatte er die Partner von Veri, Carolin und Romy immer erst einmal kritisch gesehen. Eigentlich war ihm nie einer gut genug für seine drei Augäpfel gewesen.

»Nicht wirklich«, formulierte Carolin ausweichend.

»Gut! Dann muss ich mir mit dem Essen nicht ganz so viel Mühe geben.« Nun kicherte er sogar.

»Das musst du sowieso nicht«, entgegnete Carolin und öffnete den Küchenschrank, um Frühstücksgeschirr herauszunehmen. »Wir, ähm, bevorzugen weiterhin eine eher lockere Beziehung.«

»Dafür hattest du schon immer eine Vorliebe.«

»Papa!«

»Na, ich sag's ja nur. Das war lediglich eine Feststellung, kein Vorwurf.«

»Good morning«, kam es von der Tür.

Georg wandte sich dem Gast zu. »Breakfast ist gleich ready«, radebrechte er und lächelte freundlich.

Carolin stellte mit Erleichterung fest, dass Jacob sich bereits angezogen hatte. Sie deutete auf die Sitzbank und ließ sich ebenfalls dort nieder.

»Ich habe dich vermisst, wo warst du?«, flüsterte er ihr auf Englisch zu.

»Ich musste hier mal kurz nach dem Rechten schauen«, behauptete sie und zwinkerte ihm zu.

Jacob runzelte die Stirn, dann legte er ihr Handy vor sich auf den Tisch. »Ich habe es mitgebracht, es hat vorhin mehrmals gepiepst«, erklärte er.

»Danke!« Sie schielte auf das Display. Drei Nachrichten von Cornell. Ihr war klar, dass Jacob nicht verstehen würde, was dieser geschrieben hatte. Aber falls er ihr irgendwelche Emoticons geschickt hatte – diese waren universell. Auch wenn sie vor Neugier platzte, würde sie die Nachrichten lieber später, in einem ungestörten Moment, lesen.

»Was habt ihr vor heute?«, fragte Georg und kam mit der Pfanne an den Tisch. Er tat Jacob eine Scheibe Eierbrot auf. »Ihr könntet mit der *MS Veronika* eine schöne Tour über den See machen.«

»Mal sehen.« Carolin verspürte plötzlich großen Hunger und schnitt ein Stück vom Brot ab. Sie kaute genüsslich. Es schmeckte noch genauso gut wie früher.

»What do you make in Neuseeland? For working?« Georg schien sein bescheidenes Englisch in keiner Weise peinlich zu sein. Carolin wollte schon dolmetschen, aber Jacob versicherte ihr, er habe verstanden.

»Ich bin Immobilienmakler in einem der größten Unternehmen in Christchurch«, erklärte er, und Carolin übersetzte ins Deutsche.

»Oh, interesting!«, rief Georg und blickte sein Gegenüber erwartungsvoll an.

Die Männer redeten angeregt über Häuser und Schiffe und das Leben am Wasser, und Carolin war froh, dass die beiden sich verstanden.

»Sorry«, sagte sie kurz darauf, »ich gehe mal eben hoch und zieh mich an.« Schnell huschte sie aus der Küche und hinauf ins Bad, verschloss die Tür und ließ sich auf dem Rand der Badewanne nieder. Aufgeregt klickte sie die Nachrichten von Cornell auf ihrem Handy an.

»Ich hoffe, du bist gut nach Hause gekommen«, hatte er als Erstes geschrieben, bald nachdem sie bei ihm aufgebrochen war.

»Ich wünsche dir einen schönen Tag.« Um 6.27 Uhr. Puh, da hatte er wirklich eine kurze Nacht gehabt.

»Sorry, wenn ich wie ein Stalker wirke, aber das musste ich dir unbedingt schicken. Gleich beim Ankommen vorhin live miterlebt im Schmetterlingshaus. Ein Anartia chrysopelea.« 10.15 Uhr. Angehängt war ein kurzes Video, das zeigte, wie die tropfenförmige grüne Puppe eines nur auf Kuba heimischen Falters allmählich aufplatzte und sich der fertige Schmetterling daraus hervorschälte.

Auch wenn Carolin diesen Vorgang schon unzählige Male gesehen hatte, so war sie doch jedes Mal wieder fasziniert. Wie zielstrebig sich das Tierchen bewegte, damit die Hülle aufriss, wie anmutig es begann, seine samtig-braunen Flügel mit den weißen Tupfen aufzupumpen, dann auszubreiten und zaghaft loszufliegen. Carolin wusste, dass es Zeitrafferaufnahmen waren, die sie da betrachtete. Manchmal dauerte es Stunden, das Puppenstadium zu beenden und hinaus in die Welt zu fliegen.

Die Zeit, die sie in Brasilien verbracht hatte, war mit einem Mal wieder präsent. Sie hatte sich so lebendig damals gefühlt, als Teil der Natur, die sie erforschte. »Die Interaktion zwischen Schmetterlingen und Pflanzen und daraus resultierende Gründe für evolutionäre Veränderungen« waren ihr Forschungsgebiet gewesen. Sie hatte gehofft, sie könne dazu beitragen, die Artenvielfalt und Biodiversität zu erhalten. Überstunden, Wochenendeinsätze und ausgefallene Urlaubstage, die einem straffen Zeitplan geschuldet waren, der wiederum auf die stets knappen Forschungsgelder zurückzuführen war, hatten ihr nichts ausgemacht. Eine Wanderung durch den Regenwald oder eine Diskussionsrunde mit ebenso engagierten Kolleginnen und Kollegen waren ihr allemal lieber gewesen, als irgendwo an einem Swimmingpool abzuhängen und Cocktails zu schlürfen. Doch nach gut drei Jahren hatte sie gespürt, dass ihre Leidenschaft nachließ, und beschlossen, dass sich etwas ändern müsse. Es hatte dann noch einmal zwei Jahre gedauert, bis sie sich tatsächlich aus dem Wissenschaftsbetrieb verabschiedet hatte. Wenn sie ehrlich war, war ihr dies bei den folgenden Jobs in immer kürzeren Abständen genauso passiert. Die Assistenzjobs bei Fotoshootings hatte sie nach drei Jahren aufgegeben, ausgelaugt und ermüdet. Die Überführung von Segeljachten war ihr nach zwei Jahren zu entbehrungsreich geworden. Es war, als würde der Muskel, der sie zu Abenteuern antrieb, allmählich erschlaffen. Lag es am Alter? Aber dann müsste ihre jetzige Tätigkeit in Neuseeland eigentlich ideal sein.

Die Ausflugstouren mit den Touristen waren für sie nicht anstrengend. Ihr Wissen über die Natur und der Umgang mit Motorbooten, Segelschiffen oder Kanus lag ihr so im Blut, dass sie nicht weiter darüber nachdenken musste, um ihrer Klientel eine unvergessliche Erinnerung zu bescheren. Und doch spürte sie inzwischen auch bei diesem Job, wie die Leichtigkeit allmählich schwand, und immer öfter geschah es, dass sie sich hinfortträumte an einen anderen Ort, auch wenn sie den nur schemenhaft vor ihrem inneren Auge sah. Sie schüttelte sich dann immer schnell, denn schon wieder einen neuen Ort zum Leben zu suchen, einen neuen Job, neue Kontakte und Beziehungen, das erschien ihr mittlerweile höllisch anstrengend.

Cornell war nicht der einzige Grund, weshalb sie sich über das Wiedersehen mit Jacob nicht gefreut hatte, dafür kannte sie Cornell schließlich noch viel zu wenig. Es lag vor allem daran, dass Jacob sie an etwas erinnerte, was sie gerne weiter verdrängt hätte: dass sie sich mittlerweile zu alt fühlte, um wie ein Schmetterling von Blüte zu Blüte zu flattern. Es war Zeit, mehr Verbindlichkeit in ihr Leben zu bringen. Aber Jacob, das spürte sie deutlich, war nicht derjenige, mit dem sie diese Verbindlichkeit leben wollte.

»Honey?« Er klopfte an die Badezimmertür. »Bist du bald fertig? Ich brenne darauf, deine Heimat kennenzulernen.«

»Komme gleich«, rief sie und bemerkte, dass sie minutenlang die Zähne geputzt hatte, ohne sich dessen bewusst zu sein. Nach einem Ausflug mit Jacob stand ihr gerade so gar nicht der Sinn. Sie hätte jetzt einen langen Spaziergang allein gebraucht, um all die wirren Gefühle zu sortieren und all die Baustellen zu besichtigen, die sich ihr in den Weg gestellt hatten und die sie verwirrten. Die kaputte Ehe ihrer Eltern, die Verfassung ihres Vaters, die Sorgen von Romy und ja, natürlich, was da eigentlich zwischen ihr und Cornell passiert war.

Sie hatte schon so manche One-Night-Stands gehabt, meist in der Folge von feuchtfröhlichen Abenden. Oft war es vergnüglich, manchmal befremdlich und in einzelnen Fällen auch vollkommen überflüssig gewesen. Und sie hatte sich immer häufiger an der daraus entstehenden Pseudointimität gestört. Der Sex mit Cornell hatte sie dagegen anders berührt. Daran hatte sich nichts »pseudo« angefühlt. Es war, als wäre sie nach langem Suchen endlich unter die passende Decke gekrabbelt. Weich und wärmend, leicht und einhüllend.

»Caro?« Diesmal klang Jacob schon etwas drängender.

»Komme!« Sie zog das T-Shirt vom Vortag über den Kopf und meinte, Cornell zu riechen. Sie atmete tief ein und wollte gerade die Tür öffnen, als ihr einfiel, dass sie ihm noch nicht auf seine Nachrichten geantwortet hatte. Okay, ganz schnell.

»Wunderschön«, tippte sie. »So wie gestern.« Und ein Herzsmiley. Ihr Finger verharrte über dem Senden-Button. Konnte sie das wirklich schreiben? Er war mit keiner Silbe darauf eingegangen. Vielleicht wollte er …

»Caro!«

»Coming!« Sie klickte auf »Senden« und öffnete die Tür. »Bootstour gefällig?«

»Supergerne! Ich habe gehört, die Mainau …« Er sprach das Wort so lustig aus, dass sie ihn im ersten Moment nicht verstand. »Diese Insel – sie soll wunderschön sein. Und da gibt es Schmetterlinge, oder? Wir sollten uns die Schmetterlinge anschauen.« Er strahlte wie ein Achtjähriger, der gerade eine zweite Portion Eis bekommen hatte.

Carolin brachte unter Mühen ein Lächeln zustande. Wie konnte sie ihm das nur ausreden? »Ich weiß gar nicht, ob das Schmetterlingshaus heute geöffnet hat«, versuchte sie es lahm.

Aber Jacob hielt ihr sein Smartphone hin. »Habe ich schon gecheckt. Einem Besuch steht nichts im Wege.«

Doch! Ich!

»Geht ihr jetzt?«, rief Georg von unten, und sie stiegen die Treppe hinab. Sein Blick wirkte nicht mehr so fröhlich wie vorhin, stellte

Carolin fest. Was ihr beinahe natürlicher vorkam. Als habe er beim Frühstück all seine noch zur Verfügung stehende Energie aufgebracht, um vor dem Gast nicht wie ein Trauerkloß herumzusitzen.

»Möchtest du nicht mitkommen?«, fragte sie. Genau! Das war eine sehr gute Idee! Zu dritt war nicht so pärchenmäßig. Und Jacob würde sich vor ihrem Vater vielleicht mit Zärtlichkeiten zurückhalten.

»Nein, nein, geht ihr mal.« Georg wandte sich ab und wollte zurück in die Küche.

Carolin legte ihm die Hand auf die Schulter und hielt ihn auf. »Ach bitte, Papa!«, sagte sie. »Es ist wunderschönes Wetter, da kannst du doch einen Tag blaumachen. Spiel doch mal Tourist auf deinem eigenen Schiff.«

»Ich verderbe euch nur die Laune.«

»Was ist los?«, fragte Jacob. Carolin erklärte ihm kurz die Lage. »Oh ja, kommen Sie mit! Ich möchte Sie gerne besser kennenlernen.«

»Du sollst mitkommen. Findet auch Jacob.«

»So viel Englisch verstehe ich gerade noch.« Georg nahm das Küchenhandtuch, das auf seiner Schulter lag, in die Hände. »Also gut. Wenn wir uns beeilen, erwischen wir die *Romy*.«

»Deine Schwester kommt mit?«, hakte Jacob nach. »Die möchte ich auch kennenlernen!«

»Ein anderes Mal«, versprach Carolin. Oder auch nicht.

17. Kapitel

Carolin war sich sehr schnell sicher, die richtige Entscheidung getroffen zu haben. Während das Boot die glitzernde Wasseroberfläche des Sees zerteilte, führte Georg Jacob in jeden Winkel des Schiffes, quetschte sich an den vielen Fahrgästen vorbei und rief ständig: »Look! Look!« Dass seine ausführlichen Erklärungen, die nur ab und an mit einem englischen Wort gespickt waren, von seinem Gegenüber kaum verstanden wurden, war ihm dabei offensichtlich nicht bewusst. Endlich konnte er wieder einmal das sein, was er in seinem Herzen immer gewesen war: Kapitän einer Bodenseeflotte. Sie konnte nachvollziehen, warum es ihm so schwerfiel, loszulassen.

Carolin lehnte sich mit dem Rücken an die Reling und ließ den Wind ihr Haar zerzausen. Von der Brücke winkte Ben zu ihr hinunter. Sie beschloss, ihn begrüßen zu gehen, und bahnte sich einen Weg durch die Touristenmenge.

Die Aussicht von hier oben war einfach herrlich. Ungestört konnte der Blick über das Wasser hinweg zum zarten Grün der Bäume am Ufer bis zu den Bergen wandern, die sich in der Ferne erhoben. Wie duftige Seidenschals hingen ein paar Schleierwolken am hellblauen Maihimmel.

»Komm, gib's zu: Hier ist es schon auch schön!« Ben zwinkerte ihr zu, die Hand lässig auf dem Steuerrad liegend.

»Ja, natürlich, das habe ich nie angezweifelt!«, gab sie zurück.

»Ich könnte das nicht – so weit weg von hier leben.«

Was war das hier? Hatte irgendwer alle Menschen in ihrem Umfeld dazu aufgestachelt, sie davon zu überzeugen, zurückzukehren?

Und sie glaubten, die Schönheit der Landschaft genüge als Grund? Selbst wenn sie bliebe, was sollte sie hier tun?

»Aber du musst ja auch gar nicht von hier weg«, sagte Carolin zu ihrem ehemaligen Beinahe-Schwager.

Er grinste breit, und die Sommersprossen auf seiner Nase tanzten ein wenig.

»Und trotzdem, findest du den See nicht manchmal zu klein? Immer die gleiche Strecke?«

Er neigte den Kopf zur Seite. »Ich gehe mal davon aus, dass ich noch nicht am Ende der Karriereleiter angekommen bin. Vielleicht gibt es schon bald ein paar Veränderungen.« Als sie ihn fragend ansah, senkte Ben kurz den Blick, dann lächelte er verlegen. »Ach, ich bin schlimm«, schimpfte er über sich selbst. »Ich kann einfach meinen Mund nicht halten …«

»Ich schweige wie ein Grab!« Carolin legte drei Finger auf ihre Brust. »Versprochen.«

»König hat mich vor zwei Tagen gefragt, ob ich Geschäftsführer seiner Firma werden will. Er hat mich extra im Renker zum Abendessen eingeladen.«

»Nicht dein Ernst!« Carolin trat einen Schritt zurück und riss die Augen auf. »Glückwunsch!« Von dort war der neue Mann an der Seite ihrer Mutter also gekommen, als sie ihn abends vor seinem Haus getroffen hatte.

»Na ja, so einfach ist das nicht.« Ben fixierte einen Punkt in der Ferne. »Ich fühle mich deinem Vater schon sehr verpflichtet. Er hat mich immer wie einen Sohn behandelt.«

»Und er wird dir die Firma nie übergeben, das weißt du.«

»Ja, eben.«

»Also, wirst du das Angebot annehmen?«

»Ich weiß es noch nicht. Aber bitte sag niemandem etwas.«

Carolin versprach es ein zweites Mal und musste sich dann auch schon verabschieden. Das Schiff würde gleich an der Mainau anlegen. Sie umarmte Ben kurz und stieg hinunter, um ihren Vater und Jacob zu suchen, den sie für einen Moment ganz vergessen hatte.

Doch er strahlte ihr vom Fuß der Treppe bereits entgegen und zog sie in seine Arme, kaum hatte sie das Deck erreicht. Er küsste sie, aber sie schob ihn schnell weg.

»Nicht vor meinem Vater«, mahnte sie. »Ich möchte ihn nicht ständig daran erinnern, dass seine Ehe grade den Bach runtergeht.«

Jacob nickte eifrig. »Oh ja, natürlich, daran habe ich nicht gedacht.«

Sie ließ es immerhin zu, Hand in Hand mit ihm vom Boot auf den Landungssteg zu schlendern. Georg plauderte am Ausgang kurz mit einem der Mitarbeiter, dann kam er ihnen nach. Wie würde er es aufnehmen, wenn ihn auch noch Ben verließe? Eine Frage, die Carolin schnell verdrängte.

»Wonderful! Really wonderful!« Jacob war kaum zu beruhigen. An jedem Blumenbeet blieb er stehen und konnte sich gar nicht mehr einkriegen über all die Pracht. Unter anderen Umständen hätte Carolin das vielleicht süß gefunden, aber seit sie die Insel betreten hatten, war sie in Habachtstellung. Ihr graute davor, ins Schmetterlingshaus zu gehen. Was, wenn sie Cornell dort begegnen würden?

Er sitzt bestimmt in seinem Büro, redete sie sich ein. Oder hatte sogar einen Auswärtstermin.

»Aber findest du nicht, es gibt hier auch Ähnlichkeiten mit Neuseeland«, stellte Jacob fest. »Der See und die Berge – das ist bei uns nicht viel anders.«

Carolin stimmte ihm zu. Vor allem auf der Südinsel gab es viele Orte, die sie immer wieder an ihre Heimat erinnert hatten.

»Oh, das ist witzig!« Jacob ging auf die mächtige Viktoria-Linde zu, unter der ausrangierte Musikinstrumente standen, aus denen Pflanzen wuchsen und rankten. So sprossen Efeu und Farne aus dem Deckel eines Klaviers, Immergrün aus dem Korpus eines Cellos, und darüber hingen, an kräftigen Ästen befestigt, Geigen, Trompeten und Posaunen.

»Schaut, hier hängt der Himmel voller Geigen«, sagte Georg, und Carolin musste lächeln. In ihrer Kindheit war es ihre Mutter gewesen, die diesen Satz genau hier immer gesagt hatte. Damals hatte sie nie verstanden, was Lotte damit gemeint hatte. Nun überlegte sie, ob es vielleicht eine Anspielung auf die mangelnde Romantik in ihrer Ehe gewesen war.

Jacob zog es weiter. Sie liefen die Stufen zur Italienischen Blumen-Wassertreppe hinunter, die ihn erneut in Begeisterung versetzte. In Kaskaden zogen sich Tulpen und Narzissen entlang der steilen Treppenkonstruktion, über die munter das Wasser plätscherte. Unweit davon sah man die vielen Pfingstrosen, die gerade in unzähligen Farben erblühten.

Vielleicht, überlegte Carolin, lenkte Jacob diese ganze Pracht der Mainau so sehr ab, dass er das Schmetterlingshaus vergaß. Doch Georg machte ihr einen Strich durch die Rechnung.

»Doktor Stiegler hat mir erzählt, dass sie im Schmetterlingshaus derzeit minütlich darauf warten, dass ein … ähm, ich habe den Namen vergessen, aber dass ein ganz besonderer Schmetterling schlüpft. Den möchte ich unbedingt sehen.« Er spreizte seine Ellbogen vom Körper ab, als seien sie Flügel. »Flutterby – you know?«

Jacob sah ihn verständnislos an.

»Butterfly, Papa«, korrigierte Carolin ihn leise.

»Oh, yes – the butterflies! I would love to see them!«

Keine zehn Minuten später standen sie vor der Glasfront des Schmetterlingshauses. Seine zur Mitte hin leicht abfallenden Dachschrägen gaben dem Gebäude selbst die Form eines Schmetterlings. Von »Doktor Stiegler« war glücklicherweise nichts zu sehen. Carolin holte tief Luft und trat nach den beiden Männern durch den dicken Plastikvorhang, der als Schleuse diente, in den warmen, feuchten Raum. Irgendwo kreischte einer der Kakadus, die in einer großzügigen Voliere lebten. Kinder lachten, und überall waren Rufe des Erstaunens zu hören. Carolin konnte es den Besuchern nicht verdenken. Allein die Menge an Schmetterlingen war faszinierend. Kaum folgte man einem der blau schillernden Morphofalter, lenkte einen der Anblick eines amerikanischen Monarchfalters ab, einer jener Schmetterlinge, die in der freien Wildbahn über 3000 Kilometer flogen, um von ihrem Sommer- ins Winterquartier zu gelangen.

An einer Futterstelle, die mit Orangen und überreifen Bananen bestückt war, tummelten sich unzählige der bunten Wesen.

»Was ist das für einer?«, fragte Jacob und deutete auf einen Falter mit schwarz-orangen Flügeln.

»Ein Passionsblumenfalter«, sagte Carolin und war froh, dass sie sogar den englischen Namen kannte.

»Herrlich!« Absorbiert von der Pracht und staunend wie ein kleiner Junge, der in eine Fantasiewelt abgetaucht war, wanderte er über die gepflasterten Pfade des weitläufigen Hauses. Georg hatte einen Bekannten getroffen und plauderte mit ihm. Carolin folgte Jacob, wobei sie sich immerzu vergewisserte, ob irgendwo Cornell auftauchte. Bisher hatte sie Glück.

Jacob war stehen geblieben und strahlte sie an. Er war an einer der kleinen Grotten angelangt, von der aus man durch üppige Pflanzenranken die Wasserkaskade betrachten konnte, die sich in einen künstlichen See, begrenzt von wuchtigen Ufersteinen, ergoss. Dahinter spannte sich eine schmale Holzbrücke. Blendete man die gläserne Dachkonstruktion mit ihren Stahlstreben aus, konnte man sich hier tatsächlich wie in einem tropischen Regenwald fühlen. Carolin setzte sich auf die weiße, gusseiserne Bank und betrachtete Jacob, der völlig versunken in den Anblick schien.

Dass er tatsächlich den weiten Weg von Neuseeland hierher auf sich genommen hatte, um bei ihr zu sein, verwirrte sie noch immer. Sollte sie ihn nicht fragen, was wirklich dahintersteckte?

Jacob drehte sich nun um und kam auf die Bank zu. Sein Gesicht leuchtete, sein Ausdruck war geradezu verklärt. Er nahm ihre Hände und zog sie nach oben. Seine Lippen senkten sich auf ihre, und sie wusste, sie musste den Kuss erwidern. Schließlich löste er sich von ihr, nur ihre Finger noch immer in seinen.

»Jacob …«, begann sie.

»Sch«, machte er, und sein Lächeln wurde breiter. Dann ließ er sich auf eins seiner Knie hinunter und sah zu ihr auf. Carolin begann zu frösteln.

»Caro …« Wie feierlich seine Stimme klang! »Ich wollte es lange nicht wahrhaben, aber jetzt bin ich mir absolut sicher. Du bist die Liebe meines Lebens. Ich habe für uns das Strandhaus am Sumner Beach gekauft. Willst du mich heiraten?«

»Du bist doch schon …« Sie kam jedoch nicht dazu, ihren Satz zu beenden. Denn hinter Jacob, der noch immer kniete, erblickte sie die Silhouette eines Mannes, der auf den Steinen direkt vor der Grotte stand. Er trug hohe Gummistiefel, eine Gärtnerschürze und hielt in der einen Hand Pflanzen samt Wurzelballen, mit der anderen suchte er Halt an den herabhängenden Lianen.

»Caro!«, rief er.

»Cornell!«

Jacob ließ sie los und federte aus seiner knienden Position hoch, machte dabei einen Schritt nach hinten und bemerkte den großen Stein nicht, der verhinderte, dass er den Fuß aufsetzen konnte. Er ruderte noch mit den Armen, doch dann verlor er das Gleichgewicht und landete mit einem lauten Platschen in dem künstlichen See, direkt vor Cornells Füßen.

»Jacob!«, rief Carolin. Sie wollte augenblicklich fort von hier, war aber unfähig, sich zu bewegen. Als sei sie in einer Schneekugel gefangen, beobachtete sie, wie Cornell Jacob eine Hand hinstreckte und ihm half, aus dem Wasser aufzustehen. Seinen Blick konnte sie nicht deuten. Hatte er mitbekommen, was soeben passiert war?

»Oh my God«, sagte Jacob mehrmals und strich mit den Händen über seine nassen Klamotten.

»Beim Wasserspielplatz gibt es im Toilettenraum einen Föhn«, hörte sie Cornell wie aus weiter Ferne sagen. Dann zwängte er sich an ihr und Jacob vorbei, noch immer die Pflanzen in Händen haltend, und ging davon.

»Cornell!« Es war, als würde eine Fremde seinen Namen rufen.

Denn er lief einfach weiter. Zumindest so weit, bis Georg vor ihm auftauchte.

»Doktor Stiegler! Ich grüße Sie!« Er hob kurz die Hand und fuhr gleich fort. »Ich schau schon die ganze Zeit nach diesem besonderen Schmetterling, von dem Sie neulich erzählt haben. Der jetzt schlüpfen sollte. Wie hieß der noch?«

»Anartia chrysopelea. Entschuldigen Sie mich, ich muss … ähm, ich habe einen dringenden Termin.« Und damit ließ er Georg stehen, der ihm irritiert nachsah.

»Hat der ein Gespenst gesehen, oder was?«

18. Kapitel

Die nächsten zwei Tage brachte Carolin wie im Nebel zu. Irgendwie hatte sie es geschafft, auf Autopilot zu schalten. Wenigstens hatte Jacob seinen Antrag bisher nicht wiederholt. Offensichtlich war ihm der Vorfall peinlich, und dass Carolin nicht von sich aus darauf zu sprechen kam, schien ihn zu verunsichern. Vielleicht wartete er einfach auf eine günstige, romantische Gelegenheit, um einen neuen Versuch zu starten. Carolin bemühte sich nach Kräften, eine solche nicht entstehen zu lassen.

Sie nutzte das gesamte touristische Angebot ihrer Heimatstadt, das glücklicherweise sehr groß war, um ihn auf Trab zu halten und so abzulenken. Sie machten eine Führung in englischer Sprache zu den wichtigsten Sehenswürdigkeiten der Altstadt mit. Ausführlich wurde der »Bodenseereiter« erklärt, ein außergewöhnlicher Brunnen mit grotesken Steinfiguren, in deren Mitte und in luftiger Höhe ein Reiter von den riesigen Flossen zweier Meerjungfrauen getragen wurde.

Besonders beeindruckt zeigte sich Jacob aber von den vielen alten Patrizierhäusern, den langen Stadtgräben mit ihren Felswänden und den üppigen Gartenanlagen, die die Überlinger Innenstadt prägten.

Dann nahmen sie sogar an einem Outdoor-Escape-Walk teil, bei dem man knifflige Rätsel zur Geschichte der Stadt lösen musste, und stakten auf Stand-up-Paddles über den See. Die Abende verbrachten sie im Kino und in einer Aufführung des Musicals »Mamma Mia!«.

Carolin tat, als interessiere sie dies alles wahnsinnig, suchte aber immer wieder eine Möglichkeit, kurz auf eine Toilette zu verschwinden, oder probierte in einer Boutique Klamotten an. Nur damit sie ein paar Minuten in einer Umkleidekabine für sich hatte. Doch jedes Mal war der Blick auf ihr Handy ernüchternd. Keine Nachricht von Cornell.

Allerdings hatte auch sie sich nicht bei ihm gemeldet. Sie grübelte, seit dem unglückseligen Vorfall, was sie schreiben sollte.

»Es war nicht das, wonach es aussah.«

»Ich kann dir alles erklären.«

»Lass uns reden.«

Das stimmte natürlich, aber es kam ihr schal und unpassend vor. Sie spürte Unsicherheit und Verwirrung und wie ein Strudel von Fragen in ihr anschwoll.

Die Nacht mit Cornell war anders gewesen als alles, was sie zuvor erlebt hatte. Intimer. Tiefer. Vertrauter. Erfüllender. Es kam ihr vor, als seien sich nicht nur zwei Körper begegnet, sondern zwei Seelen.

Aber vermutlich interpretierte sie viel zu viel. Denn falls das stimmte, dann wäre die logische Konsequenz, auszuprobieren, ob sie ein Liebespaar werden könnten. Dies jedoch funktionierte nur, wenn sie nicht in Neuseeland lebte. Was wiederum bedeuten würde, sie müsste ihre Zelte dort abbrechen und zurück nach Deutschland kommen. Doch war sie dazu bereit? Und vor allem: Gingen Cornells Gefühle in die gleiche Richtung wie ihre? Vielleicht war sie nur eine Liebelei für ihn, ein kleiner Spaß zwischendurch? Ihr schwirrte der Schädel.

Jacob hatte noch mit keiner Silbe erwähnt, wann er nach Neuseeland zurückfliegen würde, und sie ging davon aus, dass er es mit ihr gemeinsam tun würde. In einer Woche also. Ihr kam es absurd vor, dass es erst acht Tage her war, seit sie in Christchurch ein Flugzeug bestiegen hatte. Wie viel sich in acht Tagen ändern konnte … Ob die kommenden auch so turbulent werden würden?

»Müssen wir nicht langsam los, wenn wir pünktlich bei Veronika sein wollen?«, war es nun ihr Vater, der sie aus ihren Gedanken riss. Er stand in einem hellen Poloshirt und einer beigen Cargohose vor ihr und klimperte mit dem Autoschlüssel.

Carolin erhob sich von der Gartenliege, auf der sie die letzte halbe Stunde verbracht hatte, während Jacob geduscht und sich umgezogen hatte. Die Einladung ihrer Schwester auf das Weingut war ihr sehr recht gewesen – wieder würden sie inmitten anderer Menschen sein. Am nächsten Nachmittag waren Jacob und sie mit ihrer Mutter und Arthur verabredet. Was Georg nicht unbedingt wissen sollte, wie Carolin fand.

Die kurze Fahrt nach Meersburg hinüber betrachtete sie vom Rücksitz des Wagens aus die vorbeiziehende Landschaft, während sich Jacob und ihr Vater vorne unterhielten. Georgs Englisch hatte sich schon ein wenig verbessert, und Carolin hatte den Eindruck, ihm machte es sogar Spaß, sich in der fremden Sprache auszudrücken.

Es war unglaublich, wie die Natur in der einen Woche, seit sie hier war, geradezu explodiert war. Überall grünte und blühte es, und auch das Blau des Sees schimmerte heute besonders frühlingshaft, fand Carolin. Soviel sie wusste, würden Romy und Vince ebenfalls kommen, Luna verbrachte das Wochenende bei Ben. Offensichtlich wollte sich Veri nach ihrem überstürzten Aufbruch aus dem Eiscafé mit dieser Einladung bei ihnen entschuldigen.

Entsprechend herzlich begrüßte Veri ihren Vater, Carolin und auch Jacob. Sie nahm den neuen Gast, wie es ihre Art war, strahlend in Empfang und schlug vor, ihm gleich das Weingut zu zeigen. Carolin ließ die beiden ziehen und setzte sich mit ihrem Vater auf die Terrasse, wo Veri den langen Holztisch bereits prachtvoll eingedeckt hatte. Neben dem schlichten weißen Geschirr standen mehrere Weingläser in verschiedenen Größen. Hellgrüne Servietten, passend zur Jahreszeit, und auch die Apfelblütenzweige in kleinen Glasvasen fügten sich harmonisch ins Gesamtbild.

Mit dem massigen Kopf unter dem Tisch lag Zenzi und schnarchte dezent. Der Bernhardiner war wirklich in die Jahre gekommen, denn er bemerkte nicht einmal die Neuankömmlinge, die er früher mit Bellen und wildem Schwanzwedeln begrüßt hätte.

»Hi, Rosa«, rief Carolin ihrer Nichte zu, die bereits auf der Holzbank am Tisch Platz genommen hatte und mit ihrem Handy beschäftigt war.

»Hi«, antwortete sie, sah aber nur kurz auf.

»Rosalie!«, ermahnte Stefan seine Tochter und stellte zwei tönerne Weinkühler mit Flaschen darin ab. »Leg das verdammte Handy weg und begrüße deine Tante anständig!«

»Schon gut«, hielt ihn Carolin zurück.

»Nein, diese Unhöflichkeit lasse ich nicht durchgehen«, widersprach er.

Mit einem Augenrollen erhob sich Rosalie und umarmte Carolin. »Der geht mir so was von auf den Zeiger«, flüsterte ihre Nichte. Carolin tätschelte ihr den Rücken.

»Na, geht doch!« Stefan grinste zufrieden. »Und vielleicht kannst du mal mithelfen und das Essen holen, das deine Mutter vorbereitet hat, junge Dame.«

»Ich komme mit«, bot sich Carolin an. Sie hätte sogar schwere Weinfässer hergewuchtet, wenn sie dadurch einem Gespräch mit Stefan ausweichen konnte.

»Und jetzt musst du auch noch den Samstagabend mit der ollen Familie verbringen«, raunte Carolin Rosalie zu, während sie ins Haus gingen.

»Das ist nicht so schlimm!« Rosalie hängte sich bei Carolin ein. »Ich bin ehrlich gesagt neugierig auf deinen Jacob und was er von Neuseeland erzählt. Ich habe nämlich überlegt, ob ich nicht dort ein Auslandsjahr machen könnte. Irgendwo in deiner Nähe ...«

Sie betraten die helle Küche, wo in einem großen Topf dampfender Spargel darauf wartete, serviert zu werden. In einem weiteren glänzte eine hellgelbe Hollandaise, und daneben stand einer mit kleinen, wie glatt polierten Kartoffeln. Carolin nahm eine bereitstehende Porzellanplatte und drapierte darauf den Spargel. Rosalie füllte die

Hollandaise in eine Sauciere und die Kartoffeln in eine Terrine. Letztere gab sie Carolin zum Tragen. Sie selbst griff noch nach einer Schüssel mit Salat, auf dem knallrote Kirschtomaten und zartgrüne Avocadostücke leuchteten.

»Hast du denn schon mit deinen Eltern darüber geredet?«, fragte Carolin. Langsam gingen sie mit den Speisen in Richtung Terrasse zurück.

»Mit Mama ja. Ich glaube, sie wäre einverstanden. Aber Papa … Der redet immer nur davon, was das kostet. Und dass meine Noten erst mal besser werden sollen.«

Kaum hatten sie alles auf dem Tisch abgestellt, tauchte Veri mit Jacob im Schlepptau aus dem Weinkeller auf, dessen Zugang neben der Terrasse lag.

»Ach, herrje, ihr hättet das noch gar nicht … Na ja, egal …«, rief Veri.

»Oh, sorry, wir wollten nur helfen«, erklärte Carolin.

»Papa hat gesagt, wir sollen das Essen holen!«, stellte Rosalie klar, was dieser jedoch nicht mitbekam, weil er in ein Gespräch mit Georg vertieft war.

»Da fehlen noch die Schnittlauchröllchen auf dem Spargel«, sagte Veri leise. »Außerdem wollte ich ihn warm halten, bis wir den Salat gegessen haben.«

Carolin nahm die Spargelplatte und trat den Rückweg zum Haus an. »Kein Problem«, sagte sie. »Bringe ich ihn halt wieder rein.«

Diesmal hob Stefan den Kopf und sah sie irritiert an. Carolin ging einfach weiter.

»Was habe ich jetzt falsch gemacht?«, hörte sie ihn sagen. »Habe ich mich wieder in Sachen eingemischt, von denen ich nichts verstehe?«

»Nein, nein, alles gut«, beschwichtigte Veri ihn und kam schnell hinter Carolin her.

»Wie ist der denn drauf?«, entfuhr es Carolin.

Veri hob nur die Schultern und öffnete die Tür des Backofens. »Er ist heute etwas angespannt, weil doch gerade die Eisheiligen sind.«

Carolin stellte den Spargel in den Ofen. Veri schloss die Klappe und stellte eine niedrige Temperatur ein. »Na, bisher hattet ihr ja Glück mit dem Wetter.«

»Ja, aber ab morgen ist ein regelrechter Wettersturz vorhergesagt, und wir überlegen, was die beste Methode ist, um die Reben zu schützen. Letztes Jahr haben über dreißig Prozent der Früchte Schäden gehabt, das soll nicht noch mal passieren. Vielleicht zieht Nebel auf, der bietet etwas Schutz. Aber sicher ist das ja auch nicht.«

»Verstehe.« Carolin betrachtete nachdenklich ihre ältere Schwester, die ein Bund Schnittlauch in Röllchen schnitt. War sie ungerecht gegenüber Stefan? Immerhin lasteten auf ihm und Veri die Verantwortung für ein großes Weingut mit zahlreichen Angestellten, die alle vom Ertrag der Weinberge abhängig waren. »Aber, na ja …« Carolin legte ihrer Schwester eine Hand auf die Schulter. »Ich meine, dich betrifft das ja auch, und du bist nicht so … nervös. Sondern strahlend wie immer.«

»Im Moment freue ich mich einfach, dass du da bist. Heute haben wir frei. Morgen sehen wir weiter.« Sie drehte sich um und schloss Carolin in ihre Arme.

»Schon ein Schnuckelchen, dein Jacob«, flüsterte sie ihr zu und grinste verschmitzt. »Den würde ich mir warmhalten.«

»Ja …« Carolin konnte ein Stöhnen nicht unterdrücken.

»Sag nicht, es gibt mal wieder was zu meckern!«

»Du weißt, dass er verheiratet ist.«

»So was lässt sich ja ändern.«

Carolin riss die Augen auf. »Das aus deinem Mund? Ich meine, nach dem, was Mama …«

»Von ihr rede ich nicht«, gab Veri schnell zurück. Sie griff nach einem goldgelben Baguette und begann, dicke Stücke davon abzuschneiden. »Jacobs Frau kenne ich nicht – aber ich möchte, dass *du* glücklich bist. Und wenn er das hinbekommt, soll er ruhig seine Frau verlassen.«

»Und seine Kinder?«

Veri konzentrierte sich einen Moment auf das scharfe Messer in ihrer Hand und schnitt etwas kraftvoller ins Brot. »Ich wünsche mir einfach, dass du eine erfüllende Beziehung findest. Du hast es verdient!« Sie sah auf und lächelte Carolin liebevoll an.

»Vielleicht liegt es ja nicht an den Männern, dass es nie klappt«, meinte Carolin. »Vielleicht liegt es an mir. Vielleicht will ich gar nicht …«

Doch, ich will, schoss es ihr durch den Kopf. Und zugleich sah sie Cornells Gesicht vor ihrem inneren Auge. Cornell, wie er sie angeschaut hatte, kurz bevor sie sich geküsst hatten. Cornell, der den Arm um sie gelegt hatte. In diesem Moment hatte sie sich so sicher und geborgen wie noch nie zuvor gefühlt. Ohne darüber nachzudenken, zog sie ihr Smartphone aus der hinteren Hosentasche und sah kurz darauf. Natürlich, keine Nachricht. Enttäuscht ließ sie die Hand sinken.

»Caro, was ist los?«

Es war wie früher. Veri genügte ein Blick, und sie hatte Carolins Seelenlage erfasst.

»Oh Mann …«, stammelte diese. »Kacke ist das alles …« Und dann konnte sie sich nicht länger beherrschen, und Tränen rannen ihr über die Wangen. Sofort spürte sie Veris Arme um sich, und nun schluchzte sie regelrecht los.

»Fangen wir jetzt mal mit dem Essen an?«, rief Stefan von der Tür. »Romy und die Kids sind auch endlich da.«

»Wir kommen gleich«, sagte Veri bestimmt und drückte ihrem Mann den gefüllten Brotkorb in die Hand.

»Frauen«, hörten sie ihn sagen, als er die Küche verließ.

»Sollen die ruhig warten. Also, was ist los?«, fragte Veri ihre Schwester.

Carolin zog die Nase hoch, und Veri reichte ihr ein Blatt Küchenpapier. Kräftig schnäuzte sie sich und trocknete dann ihre feuchten Wangen. »Tut mir leid«, stammelte sie, aber Veri strich ihr nur sanft über die Schultern. »Jacob hat mir einen Heiratsantrag gemacht. Und der Verrückte hat sogar ein Haus für uns gekauft.«

»Und deswegen musst du weinen?«

»Nein, aber ich glaube … Ich weiß nicht … Vermutlich ist das Quatsch … aber ich habe mich vielleicht in einen anderen verliebt.«

Veri trat einen Schritt zurück und betrachtete Carolin irritiert. »Jetzt? Hier? In den letzten paar Tagen?«

Carolin nickte und erzählte, zuerst stockend, dann immer schwärmerischer, von ihren Treffen mit Cornell. Auch die gemeinsame Nacht verschwieg sie nicht und die peinliche Szene im Schmetterlingshaus.

»Cornell Stiegler?«, fragte Veri.

»Mama, wir haben Hunger, wo bleibt ihr?« Diesmal war Rosalie geschickt worden.

»Fangt schon mal mit dem Salat an, wir kommen gleich.« Veri wedelte kurz mit den Fingern, und ihre Tochter verschwand so schnell, wie sie aufgetaucht war.

»Ja, verrückt, oder?«

»Ganz ehrlich, Caro …« Veri legte den Kopf leicht schief. »Ich verstehe dich. Total! Das ist ein richtig guter Typ. Wahnsinnig nett! Und Familie geht ihm über alles.«

»Wie meinst du das?«

»Hat er dir nicht erzählt, dass er seinen dementen Vater bis zu dessen Tod drei Jahre lang gepflegt hat? Er ist sogar wieder zu Hause eingezogen, um für ihn da zu sein. Er hat seine Arbeitszeit reduziert. Am Anfang konnte er ihn noch ein paar Stunden allein lassen, aber als das nicht mehr ging, hat er halbtags eine Pflegerin eingestellt und sich den Rest der Zeit selbst gekümmert. Am Ende ist er ganz schön auf dem Zahnfleisch gegangen.«

»Das hat er mit keiner Silbe erwähnt. Woher weißt du das?«

»Na ja, er ist ein Kunde von uns. Ich glaube, eine schöne Flasche Wein ab und an hat ihm in der Phase geholfen. Und wir haben immer mal wieder etwas geplaudert.«

»Er hat nur gesagt, dass er anstrengende Zeiten hinter sich hat. Ich dachte, er hätte vielleicht eine Scheidung oder so was durchgemacht.«

»Soviel ich weiß, war er nie verheiratet. Was ich vor allem beeindruckend fand, war, dass er eigentlich nie gejammert hat. Er hat das so erzählt, als sei es das Selbstverständlichste der Welt.«

Carolin spürte, wie sich eine eisenharte Hand um ihr Herz legte. Als wollte ihr diese sagen, wenn du den Typ laufen lässt, dann lasse ich dich nie wieder los. »Aber was soll ich denn jetzt machen?«, stöhnte sie.

»Mit ihm reden. Und mit Jacob. Komm, wir müssen uns endlich draußen blicken lassen.« Sie drückte Carolin die Schüssel mit den Kartoffeln in die Hand, nahm die beiden Spargelplatten und ging voran.

»Alles okay? Du bist so still heute Abend.« Jacob legte den Arm um ihre Schulter und küsste sie auf die Schläfe.

»Nur etwas müde«, beeilte sie sich zu sagen, und er fragte glücklicherweise nicht weiter nach. Dabei hatte er recht: Carolin hatte die letzten zwei Stunden kaum ein Wort gesagt. Sie hatte mitbekommen, dass sich die ganze Familie bemüht hatte, Englisch zu sprechen, und dass Rosalie eifrig für Vince übersetzt hatte. Selbst ihr Vater war ihr gelöst vorgekommen, und er hatte für seine Verhältnisse richtig viel gegessen. Romy hatte Jacob mit Fragen gelöchert und ihn sogar aufgefordert, zu erzählen, wie er und Carolin sich kennengelernt hatten. Aus seinem Mund hatte es sich angehört wie eine schmalzige Liebeskomödie. Carolin spürte, wie ihr die Röte in die Wangen stieg, und hoffte inständig, dass er jetzt nicht auch noch von dem Heiratsantrag sprach. Zum Glück rettete Veri sie.

»Jacob, sei doch so nett und hilf mir, den Nachtisch zu holen«, hatte sie ihn genau im richtigen Moment gebeten.

Carolin warf ihr einen dankbaren Blick zu. »Puh, ich habe viel zu viel gegessen, ich vertrete mir mal die Füße«, verkündete sie dann und stand vom Tisch auf. »Bin gleich wieder da.«

Sie ging die Stufen von der Terrasse herunter und lief dann über den schmalen Trampelpfad, der zwischen den Weinreben bis hinunter ans Seeufer führte. Mittlerweile war die Dämmerung angebrochen, und das Wasser schimmerte rötlich im letzten Licht der Sonne. Dunkle Wolken türmten sich auf. Carolin spürte die Kälte in der Luft, die sich nach den vergangenen warmen Tagen doch noch einmal aufmachte, gegen den Frühling anzutreten.

Mit den Fingern strich sie im Vorbeigehen über die zarten jungen Triebe der knorrigen Rebstöcke. Unten am See blieb sie bei einem Apfelbaum stehen, dessen herabgefallene Blütenblätter wie eine auf die Erde herabgesunkene Wolke das Gras bedeckten. Sie atmete tief durch und holte ihr Handy hervor. Keine Nachricht von Cornell.

Sie tippte seinen Kontakt auf Whatsapp an und vergrößerte sein Profilfoto. Sein Gesicht war etwas unscharf, denn der Fokus des Bildes lag auf seiner Fingerspitze, die dicht vor seiner Nase zu sehen war und auf der ein frisch geschlüpfter Morphofalter saß. Dennoch konnte man sein jungenhaftes Lächeln erkennen und seine warmen Augen.

Carolin ließ das Foto verschwinden und begann eine Nachricht zu tippen. Sie musste ihn um ein Treffen bitten. »Bitte lass uns reden …«, schrieb sie, und dann sah sie oben unter seinem Namen die Meldung »schreibt …«.

Wie konnte das sein? Jetzt, in diesem Augenblick … Dachte er an sie, so wie sie an ihn? Sollte sie noch etwas hinzufügen? Ein Herzsmiley setzen, damit er wusste … Ja, was? Dass sie sich in ihn verliebt hatte? Was er aber vielleicht gar nicht hören wollte?

Sie drückte auf »Senden«, ohne länger darüber nachzudenken.

Eine Sekunde später gab ihr Telefon einen Ton von sich.

»Bitte lass uns reden«, las sie. Unglaublich – er hatte wörtlich das Gleiche geschrieben. Genau in diesem Moment.

Schon kam von ihm ein grinsendes Smiley.

Und dann klingelte ihr Telefon.

»Hi«, meldete sie sich sofort.

»Hi«, sagte er. »Störe ich?«

»Nein, ich glaube nicht.« Sie drehte sich zu den Weinbergen um und spähte in die einsetzende Dunkelheit, doch sie konnte niemanden entdecken, der auf dem Weg zu ihr war. »Cornell, es tut mir leid!«

»Ähm, okay, und was genau?«

»Dass ich mich nicht gemeldet habe. Die letzten Tage. Ich wusste nicht …«

»… wie du es mir sagen sollst?«, vollendete er ihren Satz. »Ich habe mich auch nicht gemeldet. Weil ich nicht wusste, ob ich es hören will.«

Herrje, was meinte er? Hatte er Sorge, dass sie Jacob heiraten wollte, oder genau das Gegenteil – dass sie mehr für Cornell empfand als er für sie?

Sie holte tief Luft. »Also, es ist so …« Sie kniff die Augen zusammen, als würde ihr das helfen, all ihren Mut zusammenzunehmen.

»Du lädst mich nicht zur Hochzeit ein«, sagte er. Lag da ein Hauch Ironie in seiner Stimme?

»Nein, nein, nein«, stieß sie aus.

»Du lädst mich ein?« Nun lachte er sogar.

»Nein! Cornell, bitte, ich werde nicht heiraten. Nicht Jacob! Ich …«

»Was ist mit mir?«, hörte sie plötzlich hinter ihr die Stimme des Mannes, über den sie gerade sprach. Sie fuhr zusammen und drehte sich um. Jacob lehnte am Stamm des Apfelbaums, einen Schritt nur entfernt, und sah sie mit finsterem Ausdruck an.

»Nothing«, antwortete sie schnell und wedelte mit der Hand. Er sollte gehen. Jetzt, sofort, weg aus ihrem Leben …

»Äh, Caro, mit wem sprichst du?«

»Sorry, ich kann jetzt nicht mehr weiterreden. Ich will dich sehen, bitte. So bald wie möglich.«

»Klar. Wann hast du Zeit?«

»Äh, ich weiß nicht … Scheiße …« Sie sah hinauf in den Himmel, der immer dunkler wurde. »Es ist gerade alles so kompliziert. Kann ich mich noch mal bei dir melden?«

»Natürlich.« Da war sie wieder, diese Sanftheit, die sich wie eine warme Decke über sie ausbreitete.

»Gut, danke. Ich danke dir!« Sie trennte die Verbindung und drehte sich langsam um. Es war keine Fata Morgana gewesen. Noch immer stand Jacob unter dem Apfelbaum und sah sie grimmig und genervt an.

»Okay, Caro, seit Tagen weichst du mir aus!« Er trat auf sie zu und griff nach ihren Handgelenken. »Du tust so, als hätte ich dir nie einen Heiratsantrag gemacht. Vielleicht hast du gedacht, ich meine es nicht ernst, und willst mir die Chance geben, das Ganze ungeschehen zu machen. Aber ich versichere dir: Es ist mein völliger Ernst. Soll ich jetzt hier noch mal auf die Knie sinken?« Er schickte sich an, genau das zu tun, doch Carolin griff nach seinen Händen und hielt ihn zurück.

»Bitte, nein, es tut mir leid.«

»Dass du nichts dazu gesagt hast?«

»Ja. Auch.« Sie lehnte ihre Stirn gegen seine Brust und wünschte sich, es wäre Cornells.

»Hey!« Er legte einen Finger an ihr Kinn und zwang sie, zu ihm aufzuschauen. Wie ein kleines Kind kam sie sich vor, und sie entwand sich seinem Griff. »Ich verlasse meine Frau. Na ja, eigentlich habe ich sie ja schon verlassen, schließlich bin ich hier. Ich reiche die Scheidung ein, und in zwei Jahren können wir heiraten. Wartest du so lange auf mich? In das Strandhaus können wir natürlich früher einziehen.«

Sie atmete tief ein, und dann sprach sie die Wahrheit endlich aus. »Nein, Jacob, nein. Ich werde dich nicht heiraten.«

»Schau, wir können sie gleich fragen – da kommt sie!«, rief Rosalie, als sie zurück auf die Terrasse kamen, die mittlerweile von Kerzen und Lichterketten erhellt wurde. Jacob war strammen Schrittes drei, vier Meter vor ihr gelaufen. Er hatte kein Wort mehr gesagt, sich nicht nach ihr umgedreht. Bevor er nun in den Lichtschein trat, sah sie, wie er tief Luft holte und ein unechtes Lächeln aufsetzte.

»Beautiful – the lake in the darkness«, sagte Jacob, kniete sich zu Zenzi und streichelte sie ausgiebig, was diese mit einem wohligen Grunzen quittierte. Dann erhob er sich wieder und setzte sich neben Carolin.

»Was könnt ihr mich fragen?«, wollte sie wissen.

»Ob ich für ein Schuljahr zu dir nach Neuseeland kommen darf!« Rosalies hoffnungsvoller Schimmer in den Augen brach Carolin fast das Herz.

»Das klären wir erst mal unter uns«, entschied Veri, und Carolin sah sie ein weiteres Mal an diesem Abend voller Dankbarkeit an.

»Immer weicht ihr dem Thema aus«, beharrte Rosalie und zog einen Flunsch. »Was ich will, ist euch total egal.«

»Führ dich nicht so auf«, fuhr Stefan sie an. »Wir haben Gäste. Das gehört jetzt nicht hierher.«

Rosalie stand abrupt auf und ging ins Haus. Veri stieß einen leisen Seufzer aus.

»Meine Tochter ist genauso«, versuchte Jacob die Wogen zu glätten. Auch wenn er wahrscheinlich nicht verstanden hatte, worum es gegangen war, so hatte er doch die Stimmung erfasst. »Sehr emotional und schnell wütend.«

»Teenager eben«, meinte Georg. »Als ihr in dem Alter wart …« Er sah kurz seine Töchter eine nach der anderen an. »Herrje, was seid ihr uns auf den Nerven herumgeturnt. Ständig gab es Gemecker, Gezanke und Geheule.«

»Echt? Waren wir solche Monster?«, fragte Carolin.

»Wir haben uns oft gestritten, das stimmt«, erinnerte Romy sie. »Zwei gegen eine, alle gegeneinander, wir gegen die Eltern … Es ging endlos. Hast du Geschwister, Jacob?«

»Einen jüngeren Bruder«, sagte er. »Aber, Entschuldigung, seid mir nicht böse, ich habe ein bisschen … Magenprobleme. Ich glaube, ich würde gerne zurückfahren. Geht das?«

»Mir passt das«, meinte Georg, nachdem Carolin ihm übersetzt hatte, was Jacob gesagt hatte.

»Ach, Caro, bleib du doch wenigstens noch ein bisschen«, sagte Romy und zwinkerte ihrer Schwester zu. »Ich kann dich nachher heimfahren.«

Auch wenn sie sich so oft gestritten hatten, mittlerweile schienen sie sich wortlos zu verstehen.

19. Kapitel

Es war nach ein Uhr gewesen, als sich Carolin in ihr Zimmer getraut hatte. Glücklicherweise hatte Jacob tatsächlich tief und fest geschlummert, offensichtlich hatte er eine Schlaftablette genommen, denn sie erkannte die Schachtel neben dem Bett. Die nächsten Stunden hatte sie wach gelegen, seinen gleichmäßigen Atemzügen gelauscht und gegrübelt. Sollte sie wirklich Neuseeland den Rücken kehren? Sollte sie einen – allerletzten – Neuanfang wagen? Und das ausgerechnet in ihrer alten Heimat? War das keine Niederlage?

Aber wer außer ihr würde es als eine solche empfinden? Ihre Familie würde sich sicherlich freuen. Und Cornell hoffentlich auch. Blieb nur noch eine wichtige Frage: Wovon sollte sie leben? Ihre Ersparnisse waren nicht der Rede wert. Und die Mietpreise in der Bodenseeregion waren in den letzten Jahren förmlich explodiert. Aber wahrscheinlich könnte sie zunächst weiter bei Georg wohnen und würde für den Anfang irgendeinen Job finden. Vielleicht sogar auf der Mainau? Wie ihr Cornell erzählt hatte, wurden dort ständig kundige Leute gesucht, die Führungen für die vielen Touristen leiteten.

Unruhig hatte sie sich hin und her gewälzt, bis ihr klar geworden war, dass der Schlaf nicht kommen würde. Also war sie aufgestanden, hatte sich mit ihrem Laptop auf den kleinen Balkon gesetzt, eine Decke über den Schultern, und sich in den vielen Fotografien in ihrem Bildarchiv verloren.

Genau wie vor ein paar Tagen hatte sie Ausschnitte aus Fotos miteinander kombiniert und aus verschiedenen Schmetterlingen einen neuen kreiert, ein Fabelwesen voller Anmut und Poesie, das auf einer Blüte saß, die es so in der Natur ebenfalls nicht gab. Das Bild wirkte aber nur auf den ersten Blick zauberhaft, denn wenn man genau hinsah, konnte man auch ein paar verstörende Elemente entdecken. Das rosa-violette Muster der Flügel erinnerte an das auf dem Rumpf des Totenkopfschwärmers. Und die glühenden Augen des Fantasietieres waren ein wenig größer als üblich. Auch die Mundwerkzeuge – vor allem der Rüssel – waren überdimensioniert, stark gezackt und bedrohlich wie eine Waffe. Als Carolin das Bild betrachtete, hätte sie nicht sagen können, wieso sie diese Elemente eingebaut hatte.

Irgendwann hatte sie dann doch die Müdigkeit übermannt, und sie war zurück ins Bett gegangen. Allerdings schlief sie nur wenige Stunden. Um kurz nach sechs wachte sie wieder auf. Während Jacob sanft vor sich hin schnarchte, stand Carolin auf und beschloss, eine kleine Joggingrunde am See entlang zu machen.

Wie Veri angekündigt hatte, waren die Temperaturen deutlich gesunken, sie lagen kaum über dem Gefrierpunkt, während eine dichte Nebeldecke alles sacht einhüllte. Sollte das Wetter so bleiben und der Nebel abziehen, würden sie sich sicher um die Rebstöcke kümmern müssen.

Nach einer Dreiviertelstunde kehrte sie verschwitzt und ausgepowert in ihr Elternhaus zurück. Es hatte gutgetan, sich den Kopf ein wenig freizulaufen, obwohl sie nach wie vor keine Idee hatte, wie es weitergehen sollte. Oder doch? Eigentlich musste sie nur ihren Gefühlen folgen … Das war es doch, was einem immer geraten wurde.

Vorsichtig spähte sie in ihr altes Zimmer, in der Annahme, Jacob würde noch schlafen. Aber er saß angezogen auf dem Bett und scrollte auf seinem Handy herum.

»Good morning«, wünschte sie ihm, wohlwissend, dass der Morgen vermutlich nicht gut werden würde. Es fiel ihr schwer, das zu sagen, was sie nun zu sagen hatte. »Jacob …«

»Hi. Warst du joggen?« Er deutete auf ihre Sportkleidung, und sie nickte.

»Ich wollte …«, sagten sie beide gleichzeitig, und trotz der angespannten Situation lächelte er.

»Ich wollte dich bitten, abzureisen. Es tut mir leid.« Carolin senkte den Kopf. Er stand vom Bett auf, berührte sie an der Schulter und zeigte auf sein Smartphone.

»Ich habe noch einen Platz in dem Flieger um 16.50 Uhr bekommen. Ich wollte *dich* bitten, mich zum Flughafen zu bringen. Falls das möglich ist.«

»Jacob …«

»Caro …«

Sie nahmen sich bei den Händen und schauten sich nun endlich in die Augen. Auch er sah übernächtigt aus. Trotz der Schlaftablette.

»Wir hatten eine schöne Zeit«, sagte Caro leise. »Ich bereue sie nicht.«

Er sah kurz an die Decke. »Ja, das geht mir genauso. Und es tut mir leid, dass ich dich so überrumpelt habe. Ich hätte merken müssen, dass es dir nicht so ernst mit mir ist wie andersherum. Ich weiß, es gab Zeichen, doch ich habe sie ignoriert.«

»Wer rät seinem Geliebten schon zur Paartherapie?« Sie lächelte schief, und er nickte. Sein Lachen klang bitter.

»Okay, jetzt habe ich es eben auf die harte Tour gelernt. Aber … wirst du nach Neuseeland zurückkommen? Ich meine, vielleicht können wir Freunde bleiben. Du könntest auch allein in das Strandhaus ziehen. Ich mache dir einen guten Preis …«

Sie ließ ihn los und hängte ihre verschwitzte Fleecejacke über die Lehne des Schreibtischstuhls. »Ich weiß es noch nicht. Es passiert gerade so wahnsinnig viel auf einmal. Ich bin ziemlich durch den Wind.«

»Gibt es einen anderen? Deine Stimme, als du telefoniert hast gestern Abend am See … Ich habe nicht verstanden, was du gesagt hast, aber da war so viel Zärtlichkeit darin.«

Sie war verblüfft, dass er tatsächlich mitbekommen hatte, wie emotional dieses kurze Gespräch für sie gewesen war.

»So hast du auch mit mir gesprochen, als wir uns kennengelernt haben«, ergänzte er.

»Ach Jacob …« Warum sollte sie ihn mehr verletzen? »Ich weiß selbst noch nicht, was passieren wird. Belassen wir es dabei. Bitte! Ich muss jetzt dringend duschen gehen.«

Carolin wollte den Abschied kurz halten. Sie ließ Jacob am Flughafen Zürich einfach aus dem Auto aussteigen. Es hätte nicht viel gefehlt, und sie hätten sich nur die Hand gegeben. Aber der Ausdruck in seinen Augen brachte sie dazu, ihn mit einer ungeschickten Bewegung in dem engen Wagen doch noch an sich zu ziehen. Sie hörte, dass er ein leises Stöhnen von sich gab, als er sich abschnallte. Doch dann beeilte er sich, aus dem Auto zu kommen, holte rasch sein Gepäck von der Rückbank, und mit einem letzten Winken verschwand er in der Abflughalle.

Statt Erleichterung verspürte sie in den ersten Minuten eine unerwartete Traurigkeit. Oder war es Mitleid? Der Anblick von Jacobs hängenden Schultern und wie er beim Gehen auf den Boden starrte, taten ihr im Herzen weh. Aber deswegen würde sie von ihrer Entscheidung nicht abrücken.

Sie blieb noch einen Moment sitzen und betrachtete das Flughafengebäude. Irgendwo über ihr stieg ein Flieger mit lautem Getöse in den milchig-weißen Himmel. Wie oft hatte sie in einer solchen Maschine gesessen. Meist auf dem Weg zu einem Job, ohne weiter darüber nachzudenken, manchmal war es auch der Aufbruch in einen neuen Lebensabschnitt gewesen. Von Überlingen nach Brasilien, von Brasilien über unzählige Zwischenstopps für Fotoshootings nach Florida, wo sie dann zum ersten Mal eine Jacht überführt hatte. Drei Jahre lang hatte sie keinen festen Wohnsitz gehabt, hatte in Hotels oder kurzzeitig angemieteten Apartments gewohnt. Neuseeland schließlich hatte sich wie Heimkommen angefühlt und Jacob wie der Beweis, dass ihre Entscheidung richtig gewesen war. Aber jetzt? Ihr Leben bestand auf einmal aus lauter Fragezeichen, und sie wusste im

Moment nicht, hinter welche Frage sie bald ein Ausrufezeichen setzen konnte.

Vielleicht wäre es ein guter Anfang, mit Cornell zu reden. Weil sie die vielen »Vielleicht«, »Wenn« und »Aber« nicht länger in ihrem Kopf herumjonglieren wollte, griff sie zum Smartphone und rief ihn an. Es klingelte sicher acht- oder neunmal, bevor er dranging, und sie hätte fast schon aufgegeben. Doch dann hörte sie seine Stimme, atemlos.

»Hi, Caro«, sagte er. »Sorry, musste erst das Telefon finden.«

»Störe ich?«

»Nein, nein, ich bin beim Ausmisten im Haus meines Vaters.«

»Hat es geklappt mit den Kaufinteressenten?«

»Mal sehen, sie haben sich noch nicht endgültig entschieden.«

»Okay. Ähm, ich … ich wollte fragen, wann du Zeit hast. Ich würde dich gerne treffen.«

»Ja, klar.« Klang seine Stimme etwas zögerlich? Oder bildete sie sich das nur ein?

»Cornell, du musst kommen und mir helfen!«, hörte sie in dem Moment eine Frauenstimme aus dem Hintergrund.

»Moment«, rief er zurück. »Entschuldige, es sind ein paar Freunde da und packen mit an. Wie wäre es mit heute Abend?«

»Cornell!« Diesmal klang es drängender. Und Carolin war sich beinahe sicher, dass sie die Stimme kannte. War das nicht diese Katharina?

»Ja, sehr gerne. So um sieben? Vielleicht können wir eine Kleinigkeit essen gehen.«

»Okay, wir können uns ja noch schreiben, wo. Sorry, ich muss jetzt hier weitermachen.«

»Ich freue mich«, sagte Carolin, aber da hatte er schon aufgelegt.

Sie gab die Adresse von Arthur König ins Navi ein und startete den Wagen. Das verabredete Kaffeetrinken mit ihm und ihrer Mutter wollte sie nicht ausfallen lassen.

Eine gute Stunde lag vor ihr, in der sie nichts weiter tun konnte, als während der Fahrt über dieses kurze Telefongespräch nachzudenken und alle möglichen Interpretationen anzustellen. War das tatsächlich Katharina gewesen? Gab es wirklich noch andere Freunde, die ihm halfen? Würde er sie anlügen? War sie hysterisch? Konnte sie ihren Gefühlen überhaupt vertrauen, die so plötzlich so groß geraten waren? Sollte sie nicht besser doch zurück nach Neuseeland gehen? Und wie würde sie Lotte erklären, dass Jacob nicht beim Kaffeetrinken dabei war?

Sie musste ihr die Wahrheit sagen, denn wenn jemand für Trennungen Verständnis hatte, dann ihre Mutter.

Erst eine Woche war vergangen, seit Lotte eröffnet hatte, dass sie von nun an mit Arthur zusammen sein würde. Doch sie bewegte sich in seinem Haus, als lebte sie dort schon seit Ewigkeiten. Die beiden wirkten wie ein eingespieltes Team. Während Arthur der Erdbeertorte mit ein paar aufgesetzten Sahnehäubchen den letzten Schliff verlieh, hantierte Lotte gekonnt an der Siebträgermaschine, und bald erfüllte köstlicher Kaffeeduft die Küche.

»Hier, dein Latte«, sagte Lotte und reichte Carolin eine Tasse. »Obwohl du aussiehst, als könntest du eher einen doppelten Espresso brauchen. Kurze Nacht gehabt?«

Carolin hatte ihr schon beim Reinkommen erzählt, dass sie sich von Jacob getrennt hatte und er abgereist war, und Lotte hatte nur, ohne weitere Kommentare, verständnisvoll genickt.

Sie setzten sich mit Kaffee und Kuchen an den Esstisch, denn draußen war es zu frisch.

»Hoffentlich wird es wieder wärmer – Veri fürchtet um ihre Rebstöcke«, meinte Carolin.

Arthur schüttelte besorgt den Kopf. »Das bleibt erst mal so kalt, sagt meine Wetterapp. Da werden wir kaum Passagiere haben auf den Schiffen.«

»Apropos …« Carolin war unsicher, ob sie von dem Thema anfangen sollte, aber sie wollte gerne wissen, was eventuell auf ihren Vater zukam. »Ich habe vor ein paar Tagen Ben getroffen. Er hat mir erzählt, du hast ihm eine Stelle angeboten?«

Arthur hob erstaunt die Augenbrauen.

»Ich habe Ben versprochen, niemandem etwas davon zu sagen«, erklärte sie schnell.

»Das wäre gut. Denn ich will nicht, dass es gleich die große Runde macht. Du verstehst …«

»Er möchte nicht, dass sich Georg schon ärgert, bevor überhaupt etwas entschieden ist«, ergänzte Lotte. »Und Ben hat noch nicht zugesagt.« Sie nahm einen Happen von ihrem Kuchenstück.

»Er hat sicher einen echten Loyalitätskonflikt«, meinte Carolin. »Was ich gut verstehen kann. Er arbeitet gerne für Papa, aber er will auch weiterkommen.«

»Es tut mir leid, dass das jetzt alles auf einmal kommt.« Arthur rührte etwas energischer als nötig in seiner Kaffeetasse. »Aber ich werde nun mal nicht jünger. Und ich möchte in absehbarer Zeit einfach flexibler sein. Wir planen zu reisen.«

»Solange es geht«, sagte Lotte.

Arthur legte sanft seine Hand auf ihren Unterarm. »Das wird noch lange gehen, mein Schatz«, sagte er und lächelte sie an.

Süß, schoss es Carolin durch den Kopf. Wenn man die beiden so sah, konnte man ihnen wirklich nicht böse sein. Hoffentlich würde das auch Veri bald begreifen.

»Noch eins?«, fragte Arthur an Lotte gerichtet und griff zum Tortenheber.

»Gerne!« Lotte reichte ihm strahlend ihren Teller. Blitzlichtartig zuckten Szenen in Carolins Kopf auf, wie ihr Vater ihre Mutter früher gemaßregelt hatte, wenn sie es gewagt hatte, sich ein zweites Stück Kuchen oder beim Mittagessen einen Nachschlag aufzutun. »Denk an deine Figur«, hatte er dann gezischt.

»Sehr lecker«, sagte Carolin und bekam ebenfalls ein weiteres Stück. Ihr fiel jetzt erst auf, dass sie in den letzten Tagen nur wenig gegessen hatte, weil sie so angespannt gewesen war. Nicht dass sie es jetzt nicht mehr gewesen wäre, aber sie verdrängte es, so gut es ging.

»Und, was hast du jetzt vor?«, wollte Lotte nun wissen. »Bleibt es dabei, dass du nächsten Samstag zurückfliegst?«

Carolin hob die Schultern und ließ sie wieder sinken. »Wenn ich das wüsste …«

»Bleib noch ein bisschen. Ich habe dich so wenig gesehen.« Lotte langte über den Tisch und ergriff Carolins Hand. »Versprich mir, dass wir nächste Woche einen Mutter-Tochter-Tag machen, ja?«

»Natürlich.«

»Oh, du platzt ja geradezu vor Vorfreude.« Lotte verzog den Mund. »Einen Nachmittag gönnst du mir aber, oder?«

»Ja, klar, gerne …« Sie spürte selbst, dass sie deutlich freundlicher klingen könnte. Doch in ihrem Kopf blockierten die nach wie vor herumkreisenden Gedanken ihr Zentrum für Fröhlichkeit.

»Quält dich der Abschied von Jacob?«, hakte Lotte nun nach.

»Soll ich euch noch einen Kaffee machen?«, fragte Arthur und stand auf.

Carolin nickte. Sie war ihm dankbar dafür, dass er merkte, wenn er störte. »Er ist so lieb zu dir, das freut mich so«, sagte sie, anstatt die Frage ihrer Mutter zu beantworten.

»Ja, das ist er. Und wer ist lieb zu dir?«

Sollte sie ihr von Cornell erzählen? Von ihren Überlegungen, hierzubleiben? Seit wie vielen Jahren hatte sie sich bei Problemen schon nicht mehr ihrer Mutter anvertraut? Wenn überhaupt, hatte sie mit Romy oder Veri gesprochen. Irgendwie fühlte es sich falsch an, Cornell zu erwähnen. Es hing alles noch so sehr in der Schwebe …

»Okay, entschuldige, du möchtest nicht darüber reden«, nahm Lotte ihr die Entscheidung ab.

»Nein, das ist es gar nicht … Ich komme schon klar. Da gibt es gerade nichts zu erzählen.«

»Ach, was bin ich unsensibel …« Lotte schlug sich die Hand vor den Mund. »Du sorgst dich um Georg – ist es das?«

Ehe Carolin darüber nachdenken konnte, hatte sie schon genickt.

Warum nicht auf einen Nebenschauplatz ausweichen? »Er … er wollte den Apfelbaum fällen. Euren Hochzeitsapfelbaum.«

Lotte sah sie schockiert an. »Nicht dein Ernst!«

»Ich konnte ihn gerade noch davon abhalten. Er hat behauptet, der Baum würde so viel Licht nehmen. Er stellt das ganze Haus auf den Kopf, ehrlich gesagt. Fehlt nur noch, dass er euer Ehebett zersägt.«

»Ich habe auch merkwürdige Nachrichten von ihm bekommen«, erzählte Lotte und schob sich das letzte Stück ihres Kuchens in den Mund. »Er hat geschrieben, wenn ich irgendwelche Kartons nicht abhole, bringt er alles zum Wertstoffhof. Ich bin gerade mal ein paar Tage fort, und schon will er meine Sachen wegwerfen?«

»Vielleicht möchte er, dass du in den Kneippweg kommst und er noch mal mit dir reden kann. Du musst zugeben, dass du ihm dazu keine Chance gegeben hast.«

»Das stimmt. Danke, Schatz!«

Arthur war wieder hereingekommen, zwei Tassen in den Händen, die er nun vor ihnen abstellte. »Vielleicht ein Gläschen Sekt?«, fragte er, aber Carolin verneinte. Sie wollte am Abend einen klaren Kopf haben, wenn sie Cornell traf.

»Ich habe gedacht, ich lasse ihm erst ein wenig Zeit, um sich zu beruhigen, bevor wir miteinander sprechen«, nahm Lotte den Faden wieder auf.

»Er hat jahrzehntelang Zeit zum Reden gehabt!« Arthur stand Georg offensichtlich deutlich kritischer gegenüber. Oder hatte er Angst, Lotte würde ihre Entscheidung bereuen?

»Er gehört halt zu der Generation, die den Mund nicht aufbekommt«, erwiderte Lotte. »Linchen hat schon recht – ich schulde ihm eine Aussprache. Und vielleicht sind die Kartons wirklich ein guter Grund, zu ihm zu fahren und mit ihm zu reden. Ich will auch nicht, dass er irgendwann einfach Post von meiner Anwältin vorfindet. Er soll es von mir selbst erfahren, dass ich die Scheidung einreiche.«

Wie immer machte ihre Mutter Nägel mit Köpfen. Und sie wirkte so im Reinen mit sich, dass Carolin nicht anders konnte, als sie zu bewundern. Aber gut – was wusste sie schon, wie viele schlaflose Nächte dem vorausgegangen waren?

Arthur strich Lotte über den Rücken. »Wenn es deinem Seelenheil dient, dann sprich mit ihm.«

Sie lächelte ihn an, beugte sich zu ihm hinüber und küsste ihn auf die Wange. »Außerdem möchte ich, dass wir im Guten auseinandergehen. Dann kann mir Veronika vielleicht auch verzeihen.« In ihr Gesicht hatte sich mit einem Mal ein Anflug von Traurigkeit geschlichen. »Mir war schon klar, dass nicht jeder von der Trennung begeistert sein wird. Doch es schmerzt mich mehr, als ich gedacht hätte, dass Veri so abweisend ist.«

»Gib ihr Zeit«, empfahl Arthur.

»Das tue ich ja. Aber …«

Das Klingeln von Carolins Smartphone ließ sie verstummen.

»Wo wir gerade von ihr gesprochen haben …« Carolin deutete auf das Display, das den Namen ihrer älteren Schwester anzeigte. »Hi, Veri, was gibt's?«

»Caro!« Veri klang, als sei sie unsagbar erleichtert, Carolin zu erreichen. »Bitte, kannst du uns helfen? Wir haben heute Morgen beschlossen, Fackeln in den Weinbergen aufzustellen. Gegen den Frost! Aber das ist eine Menge Arbeit, und jetzt hat sich auch noch Kuno verletzt und fällt aus. Und wir müssen bis zum Abend fertig sein, sonst können wir die Ernte … Bitte, kannst du kommen? Und bring Jacob mit und jeden, den du auftreiben kannst. Machst du das?«

»Aber klar! Bin schon auf dem Weg!«

Sie legte auf und erklärte Lotte und Arthur die Lage. Dann nahm sie schweren Herzens erneut ihr Smartphone zur Hand. »Es klappt nicht mit heute Abend«, schrieb sie an Cornell. »Notfall bei meiner Schwester auf dem Weingut. Es tut mir so leid!«

20. Kapitel

Überall leuchtete es. Obwohl die Sonne noch nicht untergegangen war, waren die brennenden Fackeln schon von Weitem zu erkennen. Was auf den ersten, etwas beängstigenden Blick wie unkontrollierte Glutnester aussah, wurde auf den zweiten durch die Gleichmäßigkeit, mit der die lodernden Flammen zwischen den Reben verteilt worden waren, entkräftet.

»Irgendwie sieht das ja wunderschön aus«, bemerkte Lotte und schnallte sich ab, nachdem Carolin auf dem Weingut geparkt hatte. Ihre Mutter hatte es sich nicht nehmen lassen, sie zu begleiten. »Vielleicht versteht sie es als Friedensangebot, wenn ich mithelfe«, hatte Lotte gesagt.

Rasch stiegen sie aus und eilten in Richtung des Weinberges, der sich zum Ufer des Sees hinunterzog. Die Parzellen oberhalb des Guts, die parallel zur Bundesstraße verliefen, waren bereits vom Licht der Fackeln erhellt.

»Veri!«, rief Carolin und winkte, als sie ihre Schwester entdeckte. Diese stand inmitten der Rebstöcke, eingemummelt in eine dicke Jacke und mit einer Mütze auf dem Kopf, unter der ihre dunklen Haare hervorquollen. Sie trug feste Arbeitshandschuhe, und ihre Wangen waren gerötet – von der Wärme, die das Feuer ausstrahlte, und von der Anstrengung, wie Carolin vermutete.

»Ah, Gott sei Dank!« Veri kam ihr entgegengelaufen, blieb aber abrupt stehen, als sie ihre Mutter erblickte. »Ach, Mama, du bist auch hier.« Ihrem Tonfall war nicht zu entnehmen, dass sie sich darüber freute. Ihr Gesichtsausdruck blieb immerhin einigermaßen neutral.

»Natürlich helfe ich mit«, verkündete Lotte. Sie öffnete die Arme – entweder um ihre Bereitschaft zu unterstreichen oder um Veri eine Chance zu geben, sie versöhnlich an sich zu drücken. Doch diese machte keinerlei Anstalten.

»Da hinten in der Kiste liegen noch Arbeitshandschuhe«, sagte sie. »Holt euch welche, dann zeige ich euch, was zu tun ist.«

Carolin zog den Schal, den Lotte ihr gegeben hatte, enger um den Hals. Sie war wirklich überrascht, wie kalt es war. An einem der Rebstöcke hing ein Thermometer, und bereits jetzt lag die Temperatur nur knapp über null Grad. Keine Frage – in der Nacht würde der Frost kommen.

Sie liefen mit den Handschuhen hinüber zu Veri, die aus einem Transporter Blecheimer in bereitstehende Schubkarren lud. Carolin sah, dass die etwa zwanzig Zentimeter hohen Eimer mit Wachs gefüllt und einem Holzwolle-Anzünder bedeckt waren.

»Wir hatten noch Fackeln, die wir vor ein paar Jahren mal vorsichtshalber gekauft haben und die bisher nicht zum Einsatz kamen«, erklärte sie. »So einen Temperatursturz um diese Jahreszeit hatten wir noch nie.«

Carolin und Lotte halfen Veri, die Eimer aus dem Transporter zu holen. Sofort liefen ein paar Angestellte mit den beladenen Schubkarren los, um die Fackeln zu verteilen.

»Hallo, Rosa, mein Mädchen!«, rief Lotte neben ihr.

»Oma!« Rosalie umarmte ihre Großmutter freudestrahlend, aber das Lächeln verschwand, als sie kurz zu Veri blickte, die nun grimmig dreinschaute. Doch Rosalie ließ sich nicht beirren. »Komm, Oma, ich zeig dir, was du machen musst.« Eingehakt zogen die beiden davon. Veri holte tief Luft.

»Du hast gesagt, ich soll jeden mitbringen, den ich finden kann!«, sagte Carolin, bevor ihre Schwester das Wort ergreifen konnte. »Lass sie! Sie will dir helfen. Gib ihr eine Chance.«

»Schauen wir mal« erwiderte Veri. »Egal jetzt. Ich habe gerade keine Zeit für Streitereien. Wir müssen die Reben retten.«

Nachdem der Transporter ausgeladen war, gingen die beiden mit je einer Schubkarre los und verteilten die Fackeln an den Zugängen zu den einzelnen Reihen mit Reben. Dann nahmen sie sich eine der Reihen vor. Veri stellte die Eimer in Abständen von etwa einem Meter auf, und Carolin zündete das Paraffin darin an. Immerhin strich ihr dank der Flammen ein wenig Wärme ins Gesicht.

»Es wird von Jahr zu Jahr schlimmer«, berichtete Veri. »Durch den Klimawandel treiben die Pflanzen zeitiger aus als früher, und die Gefahr, dass die Knospen dann noch erfrieren können, wird immer größer. Du glaubst gar nicht, was uns das hier kostet …«

»Das kann ich mir vorstellen, wie viel zahlt ihr für so einen Paraffineimer?«

»Neun Euro! Und für einen Hektar brauchen wir locker fünfhundert.«

»Krass!« Carolin ignorierte das leichte Ziehen im Rücken, das sich durch das ständige Bücken bereits eingestellt hatte. Wenn sie ehrlich war, hatte sie sich nie Gedanken darüber gemacht, welche Verantwortung Veri und Stefan mit dem Weingut trugen. Dagegen waren ihre Probleme geradezu … lächerlich. Schließlich hingen von ihr nicht die Existenzen anderer Menschen ab.

»Und gibt es andere Methoden?«

»Ja, schon, man könnte es mit riesigen Ventilatoren versuchen, die die kalte Luftschicht aufwirbeln. Manche Winzer lassen sogar Helikopter über den Weinbergen aufsteigen. Aber das ist alles mindestens genauso teuer«, sagte Veri. »Warum ist Jacob eigentlich nicht mitgekommen?«, wechselte sie das Thema. Sie waren mittlerweile am unteren Ende des Hangs angekommen und bahnten sich nun in der nächsten Reihe den Weg nach oben zurück.

»Ich fürchte, ich habe ihn sehr verletzt. Er hat mir einen Heiratsantrag gemacht, und ich habe abgelehnt.« Carolin erzählte, dass sie nun die Beziehung ganz beendet hatte und Jacob im Flugzeug auf dem Weg nach Hause saß.

»Oh nein«, rief Veri. »Das tut mir leid!«

»Muss es nicht«, gab Carolin zurück. »Ich merke …« Sie spürte, dass es tatsächlich stimmte. »… dass ich wieder freier atme, seit er weg ist.«

»Und Cornell? Weiß er es schon?«

»Das wollte ich ihm eigentlich heute Abend sagen.« Sie grinste.

»Ach, nein! Und stattdessen bist du hier!« Veri schaute sie entschuldigend an.

»Kein Thema!« Carolin legte ihrer Schwester einen Arm um die Schulter. »Das hat bis morgen Zeit. Das hier ist jetzt wichtiger!«

Als wären sie seit Jahren ein eingespieltes Team, arbeiteten sie weiter. Ein paar Reihen von ihnen entfernt bemerkte Carolin Rosalie und Lotte. Auch sie waren ganz auf ihre Arbeit konzentriert, man hörte sie dabei jedoch reden und lachen. Veri entdeckte die beiden ebenfalls und wandte schnell den Blick ab.

»Ich weiß, es ist schwer für dich«, sagte Carolin. »Aber gib ihr eine Chance. Du quälst dich selbst doch nur, wenn du Mama nicht verzeihst.«

Veris Blick blieb nur kurz an ihr hängen, ihre Lippen zu einem Strich gepresst. Sie seufzte, sagte jedoch nichts, und Carolin bedrängte sie nicht weiter.

Es war bereits beinahe elf, als die letzten Fackeln aufgestellt waren. Alle Helferinnen und Helfer versammelten sich im Hof des Weingutes, wo Rosalie gemeinsam mit Lotte und ein paar anderen Frauen inzwischen ein paar Bierbänke herbeigeholt und auf einem langen Tisch eine handfeste Brotzeit bereitgestellt hatte. Auch hier waren ein paar Fackeln entzündet worden – gegen die Dunkelheit und gegen die Kälte.

Mit klammen Fingern nahm sich Carolin eine dicke Scheibe Sauerteigbrot, die mit Käse und sauren Gürkchen belegt war. Schon der Anblick ließ ihr das Wasser im Munde zusammenlaufen. Außer den beiden Stücken Erdbeerkuchen hatte sie heute kaum etwas gegessen – nach Frühstück war ihr nicht zumute gewesen. Endlich hatte sie Zeit, auf ihr Handy zu schauen.

»Alles klar. Muss mal sehen, vielleicht morgen?«, hatte Cornell geschrieben. »Melde mich.« Hm, kein Smiley, kein Bedauern ... Irgendwie klang seine Antwort abweisend. Hör auf zu interpretieren, mahnte sich Carolin und biss in ihr Brot.

»Guten Appetit«, wünschte ihr da jemand dicht hinter ihr.

»Papa! Was machst du denn hier?«

»Glaubst du, ich bleibe daheim, wenn meine Tochter Hilfe braucht?«, antwortete er und griff nach einem Schinkenbrot.

Carolin schüttelte verdattert den Kopf. Ob er Lotte schon gesehen hatte? Mit Sicherheit! Sie stand keine fünf Meter entfernt am Ende des Tisches, und Georg drehte ihr so betont den Rücken zu, dass diese Schlussfolgerung nahelag.

»Alle mal herhören!«, rief nun Stefan über die Gruppe der Leute hinweg, die sich vor den Brotplatten drängten. Er stand auf einer der Bierbänke und klopfte an ein Weinglas. »Ich wollte Danke schön sagen für eure Hilfe! Noch dazu an einem Sonntag! Ihr seid spitze! Alle Angestellten bekommen natürlich den Wochenendzuschlag draufgelegt.« Er nahm einen Schluck aus seinem Glas. »Es gibt dahinten übrigens auch Bier.«

Neben ihm kletterte nun Veri auf die Bank und klopfte erneut an sein Glas. »Ich möchte mich ebenfalls bedanken!« Sie nickte in alle Richtungen. »Ohne euch wäre mindestens die Hälfte unserer Ernte in Gefahr! Aber weil wir hier zusammenhalten, können wir uns jetzt hoffentlich auf einen guten Jahrgang freuen. Bitte nehmt alle, bevor ihr nach Hause geht, ein paar Flaschen Wein mit. Ich habe dort hinten Kisten hingestellt. Bedient euch! Vielen Dank!« Sie prostete allen Anwesenden zu, und gemeinsam stiegen sie und Stefan wieder von der Bank.

»Du verschenkst einfach unseren Wein?«, hörte Carolin Stefan seiner Frau zuzischen. »Könnten wir so was vielleicht vorher absprechen?«

Veri tätschelte seinen Unterarm und gab ihm einen schnellen Kuss auf die Wange, dann ließ sie ihn stehen.

»Caro, wann wolltest du denn …«, hörte sie nun ihre Mutter sagen, die neben ihr aufgetaucht war. »Oh, hallo Georg!«, unterbrach sie sich selbst.

Ein Zucken lief über das Gesicht ihres Vaters, dann sah es aus, als seien seine Züge eingefroren. Seine Lippen waren zusammengepresst, die Augen nur schmale Schlitze.

»Hallo!«, sagte er tonlos und wandte sich ab. Nach zwei Schritten machte er jedoch eine Kehrtwende und deutete mit dem Finger auf seine Noch-Ehefrau. »Ich fahre nicht mit ihr in einem Auto zurück!« Dann ging er mit seinem Schinkenbrot von dannen und setzte sich ein Stück weiter stöhnend auf eine der Bierbänke.

Lotte rollte mit den Augen. »Er führt sich auf wie ein kleines Kind«, beschwerte sie sich.

Carolin strich ihr über den Arm. »Ich glaube, er ist noch nicht zu einem Gespräch bereit«, sagte sie.

»Ich schon.« Neben den beiden tauchte nun Veri auf. »Danke, dass du mitgeholfen hast, Mama. Das war sehr nett von dir.«

Lotte lächelte. »Das ist doch selbstverständlich. Auch wenn ich das Gefühl habe, mir bricht gleich der Rücken durch.« Sie fuhr sich mit den Händen über die Lendenwirbel und ächzte ein wenig.

»Dann setz dich doch!« Veri führte ihre Mutter am Ellbogen zur nächsten freien Bank, auf die sie sich erleichtert fallen ließ. Veri und Carolin setzten sich daneben.

»Ich kann nicht behaupten, dass ich über deinen Entschluss, Papa zu verlassen, froh bin. Im Gegenteil«, begann Veri nun. »Aber es ist deine Entscheidung, und ich weiß, dass ich mich nicht einmischen sollte. Sagen wir also, ich ziehe mich auf einen neutralen Posten zurück und versuche, unparteiisch zu sein.«

Carolin hatte den Eindruck, ihre Schwester hatte lange an diesen Worten gefeilt. So richtig von Herzen schienen sie nicht zu kommen. Aber es war ein Anfang.

»Danke dir, Liebes«, erwiderte Lotte. Ihr war anzusehen, dass sie viel zu erschöpft für eine Diskussion war. »Das weiß ich sehr zu schätzen. Und falls du irgendwann bereit dafür bist, dann kann ich dir gerne meine Gründe erläutern. Jetzt aber bin ich nur noch müde.« Mit einem Mal wirkte sie im Licht der Fackeln tatsächlich wie siebzig.

»Na klar.« Veri stand auf. »Wenn du willst, fahre ich dich schnell rüber nach Überlingen. Und du kannst mit Papa heimfahren, Caro, okay?«

Carolin nickte.

»Moment noch«, bat Veri Lotte und verschwand kurz im Haus. Gleich darauf kam sie mit einem kleinen Karton zurück. »Vielleicht magst du das mitnehmen. Caro hat sich so viel Arbeit damit gemacht.«

Lotte und Carolin spähten in die Schachtel.

»Herzlich gerne, vielen Dank!«, sagte Lotte erfreut und zog eines der Puzzleteile heraus. Georg und sie selbst waren darauf zu sehen, wie sie sich fröhlich anlächelten. Schnell ließ ihre Mutter das Holzteil in den Karton fallen und setzte ein etwas unechtes Lächeln auf.

»Auf geht's. Ich freue mich auf mein Bett!«

Wenig später verließen auch Carolin und ihr Vater das Weingut. Es dauerte keine fünf Minuten, da war Georg neben ihr auf dem Beifahrersitz weggenickt. Er war zwar für sein Alter drahtig und fit, aber die anstrengende Arbeit im Weinberg hatte ihn genau wie Lotte sichtlich mitgenommen.

Carolin war froh, dass er nicht reden wollte. Wahrscheinlich hätte er nur über seine Frau geschimpft und seiner Verärgerung darüber Luft gemacht, dass seine Tochter sie mitgebracht hatte. Im Rückspiegel hatte sie noch eine Weile die flackernden Fackeln gesehen, das Ganze wirkte beinahe wie eine Kunstaktion. Carolin ärgerte sich, dass sie ihre Kamera nicht mitgenommen hatte. Wenigstens hatte sie mit dem Handy während der Arbeit ein paar Fotos gemacht.

Die schicke ich nachher an Cornell, schoss es ihr durch den Kopf. Den sie hoffentlich morgen treffen würde. Die Dunkelheit und die leisen Atemgeräusche ihres Vaters gaben ihr die Möglichkeit, sich ein wenig zu sortieren. Sie spürte Erleichterung, wenn sie an Jacob dachte. Es war richtig gewesen, sich von ihm zu trennen. Sie war beinahe verwundert, *wie* gut es sich anfühlte.

Aber irgendwie beschlich sie das Gefühl, dass dies nicht nur daran lag, dass ihr Plan wieder einmal aufgegangen war. Die Trennung war einfach gewesen, weil die Verbindung genau das nicht gewesen war – verbindlich. Jacob hatte akzeptiert, dass er keine Ansprüche stellen durfte, genau wie sie es immer gewollt hatte. Aber dieses Mal war etwas anders, irritierend anders: Sie spürte eine große Erleichterung, weil sie nun frei für Cornell war.

Sie wusste einfach, dass sie alles tun würde, aber nicht am Ende der kommenden Woche in ein Flugzeug steigen und einfach abhauen. Sie wollte hierbleiben und herausfinden, was das für ein Netz war, das da gerade zwischen Cornell und ihr gesponnen wurde.

»Papa, aufwachen«, sagte sie leise, nachdem sie den Wagen in der Auffahrt geparkt hatte. Georg zuckte kurz zusammen und blinzelte sie verdattert an. Dann murmelte er »Ach so« und stieg schwerfällig aus dem Auto. Gemeinsam betraten sie das Haus.

»Ich gehe gleich schlafen. Ich bin total erledigt! Gute Nacht!«, verabschiedete sich Georg und mühte sich die Treppenstufen nach oben.

»Gute Nacht, schlaf schön!« Sie sah ihrem Vater hinterher, und zum ersten Mal kam ihr der Gedanke, ob er hier auf Dauer überhaupt allein leben könnte. Was, wenn er gebrechlicher wurde? Nicht mehr zum Schlafzimmer hinaufkam? Ein Treppenlift wäre sicher nur eine vorübergehende Lösung. Sie ahnte, dass da noch einige gewaltige Themen auf sie und ihre Schwestern zukamen.

Sie holte sich ein Glas Wasser in der Küche und wollte sich damit ins Wohnzimmer setzen, um Cornell ihre Fotos von den leuchtenden Weinbergen zu schicken. Doch schon an der Tür bemerkte sie eine Spur aus Papierschnipseln auf dem Fußboden, der sie verblüfft folgte bis zu einem kleinen Haufen zerknüllter und zerrissener Stücke neben dem Couchtisch. Alte Fotoalben lagen auf dem Tisch und dem

Sofa, auch eine Schere entdeckte sie. Voller Vorahnung öffnete sie eins der Alben. Es war, wie sie es beinahe befürchtet hatte: Georg hatte offenbar zahlreiche Bilder, auf denen Lotte zu sehen gewesen war, herausgetrennt und zerfetzt. Carolin blätterte schneller – überall waren Lücken, die Seiten an manchen Stellen sogar eingerissen, Rückstände von Kleber zu erkennen. Auch wenn er sich äußerlich im Griff hatte – in ihm schien ein Feuer zu toben, welches das in den Weinbergen bei Weitem übertraf.

21. Kapitel

Eine weitere Nacht hatte sie unruhig geschlafen, obwohl sie erleichtert gewesen war, dass ihr das Bett wieder allein gehörte. Aufgewacht war sie, als durch die gekippte Balkontür der zarte Gesang einer Blaumeise hereingeweht wurde. Durch die halb offenen Lider sah sie die verblassende Pracht der blühenden Apfelbäume im Garten. Sie setzte sich auf, rieb sich die Augen und streckte sich gähnend. Dann trat sie ans Fenster und sah, dass Raureif die Gräser umhüllte, und sie war froh, dass sie am Vorabend geholfen hatte, die Rebstöcke ihrer Schwester zu schützen. Hoffentlich war die Aktion erfolgreich gewesen. Veri hatte ihr erklärt, dass man das immer erst ein paar Tage später am Zustand der Knospen erkennen konnte. Im Moment blieb nur, abzuwarten und zu hoffen, dass es wieder milder wurde.

Carolin griff nach ihrem Smartphone auf dem Nachttisch und rief die Wetterapp auf. Erleichtert las sie, dass die Temperaturen in den kommenden Tagen wieder steigen würden. Unglaublich – da lebte man im 21. Jahrhundert mit den ausgefeiltesten Techniken, und noch immer war die Natur machtvoll und unberechenbar und der Mensch einfach nur ein Teil davon. Vielleicht hatte sie sich deshalb so zu den Naturwissenschaften hingezogen gefühlt: weil sie die Hoffnung gehabt hatte, sich ihr zugehöriger zu fühlen, wenn sie die Prinzipien der Natur verstand.

Sie klickte die App weg und starrte auf den Messengerdienst. Keine Nachricht. Okay, es war noch früh, aber Cornell war bestimmt schon auf dem Weg zur Arbeit. Auf die Fotos, die sie ihm am Abend geschickt hatte, hatte er auch nicht reagiert. Sie spürte eine leise Unruhe in sich aufsteigen und verließ das Bett. Ablenkung würde nun am besten helfen. Sie hoffte, dass diese nicht darin bestehen würde, ihren Vater erneut bei merkwürdigen Aktivitäten zu überraschen. Was ihm wohl noch alles einfiel?

Im Haus war es still, und aus der Küche wehte ihr kein Kaffeeduft entgegen. Ungewöhnlich. Ob er schon ins Büro gegangen war? Als sie unten angekommen war, sah sie seine Jacke an der Garderobe hängen, die abgeschabte dunkelbraune Aktentasche stand darunter. Ob er noch schlief? An einem Montagmorgen um kurz vor acht? Sie ging wieder hoch und öffnete vorsichtig seine Schlafzimmertür. Tatsächlich – er lag im Bett.

»Papa?«, flüsterte sie leise. Nur ein Zucken seines Kopfes deutete an, dass er sie gehört haben musste. Sie trat in das dämmrige Zimmer. »Alles okay?«

Er lag auf dem Rücken und starrte an die Decke.

»Papa?«, wiederholte sie. Nun sah er sie an, und seine Hände wanderten unter der Bettdecke hervor.

»Ja, was denn?«, knurrte er.

»Ich wollte nur sehen, ob alles in Ordnung ist.«

Er schwieg einen Moment, dann drehte er sich mit dem Rücken zu ihr um. »Kann ich nicht einmal in meinem Leben an einem Montagmorgen ausschlafen? Das wird ja wohl gestattet sein!«

»Ja, natürlich.« Ratlos betrachtete sie ihn. »Soll ich Frau Sauer sagen, dass du später kommst?«

»Ist mir egal. Lass mich schlafen.« Er machte eine scheuchende Handbewegung, und Carolin zog sich stumm zurück. Sie konnte sich nicht daran erinnern, dass ihr Vater einmal blaugemacht hätte. Natürlich musste er mittlerweile nicht mehr täglich ins Büro, aber er nahm die Arbeit nach wie vor sehr ernst.

Sie ging in die Küche hinunter und setzte Kaffee auf in der Hoffnung, der Duft würde ihn herbeilocken. Dann schnappte sie eine Mülltüte, um die Papierschnipsel im Wohnzimmer einzusammeln. Doch sie waren bereits verschwunden, die Alben säuberlich zurück ins Regal geschoben. Offenbar war Georg in der Nacht durch das Haus gegeistert. Carolin ließ sich einen Moment auf das Sofa sinken und schaute durch die Terrassentür in den Garten, der noch leicht von Nebel verschleiert dalag. Sie brauchte etwas, das sie ablenkte – von allem. Von den Gedanken, was da gerade mit ihrem Vater passierte und warum sich Cornell nicht meldete. Von den Überlegungen, wie es nun weitergehen und ob sie tatsächlich ihren Flug für kommenden Samstag stornieren sollte. Wäre es nicht viel einfacher, in fünf Tagen ihren Platz im Flieger einzunehmen und zurückzukehren nach Christchurch? Weiter Touristen auf Kajaktouren begleiten, das Leben der Wale erklären und Fotos von kichernden Japanern und feixenden Australiern schießen? Ja, das wäre einfach. Natürlich. Sie würde ihre Eltern allein lassen, sie waren schließlich erwachsen und für sich selbst verantwortlich. Ihr Einfluss war sowieso begrenzt, wie sie gerade nicht zum ersten Mal hatte feststellen müssen. In ein paar Jahren würde sie wieder vorbeischauen, sie könnte Rosalie für ein Schuljahr bei sich aufnehmen, und alles wäre prima.

Aber da wäre immer die Erinnerung an diese eine Nacht mit Cornell und das Gefühl, fortgelaufen zu sein. Nicht nur vor ihrer Familie. Sondern vielleicht sogar vor dem Glück. Sie sah Lotte und Arthur vor sich, wie sie sich liebevoll über die Erdbeertorte hinweg angesehen hatten. Wie Arthurs Hand ihre gesucht hatte, wie innig und glücklich sie gewirkt hatten. Wollte sie selbst noch so viele Jahre warten, bis es so weit war? Immer mit der Ungewissheit lebend, dass sie auch einfach einsam vor sich hin altern konnte?

Nein.

Sie stand auf, ging nach oben und zog ihre Joggingklamotten an. Bewegung half bei trübseligen Gedanken immer.

Egal, wie Cornell bei ihrem nächsten Treffen reagieren würde, eine Chance müsste sie ihm und sich auf jeden Fall geben. Wie es auch enden würde, sie würde damit klarkommen.

Um sich zu beweisen, dass sie es ernst meinte, rief sie auf ihrem Smartphone die Flugbuchung für den kommenden Samstag auf. Einige Sekunden verharrte ihre Fingerspitze über dem roten Button. Dann klickte sie »Umbuchen« an. Sie hatte keine Ahnung, wann ein guter Zeitpunkt wäre, zurückzufliegen, aber ihr war klar, dass sie, egal was passieren würde, irgendwann nach Neuseeland musste. Entweder, um in ihren Alltag zurückzukehren – oder um ihre Wohnung und ihr Leben dort aufzulösen. Sie entschied sich für ein Datum in gut vier Wochen. Falls sich bis dahin nicht alles geklärt haben sollte, würde sie den Flug eben noch einmal verschieben.

Eine Stunde später hatte sich nicht nur die Sonne aus dem morgendlichen Nebel herausgekämpft, auch Carolin spürte eine Art Kampfeslust in ihren Gliedern. Sie hatte sich erst beim Joggen ausgepowert und machte dann einen Abstecher zum Bäcker, den es schon seit ihren Kindertagen gab, um ein paar Brötchen fürs Frühstück zu holen. Dabei kam sie an dem Fotostudio vorbei, in dem sie damals ihre Ausbildung absolviert hatte. Das Geschäft fertigte immer noch Porträtfotos und Passbilder an, verkaufte inzwischen aber auch exquisite Schreibwaren. Ein Zettel im Schaufenster erregte ihre Aufmerksamkeit. »Aushilfe gesucht«, stand darauf, und laut der Beschreibung offensichtlich nicht nur für den Verkauf, sondern ebenso für das Fotostudio. Der Laden war geschlossen, aber sie nahm sich fest vor, ihren alten Chef zu besuchen. Vielleicht hatte er ja Verwendung für sie.

Als sie zum zweiten Mal an diesem Vormittag in Georgs Schlafzimmer kam, trat sie mit einem lauten »Guten Morgen« an die Vorhänge und riss sie auf. Helles Sonnenlicht erfüllte den Raum, und Georg rührte sich unter seiner Bettdecke. Offensichtlich war er tatsächlich noch einmal eingeschlafen, aber er sollte nicht glauben, dass er den Tag über hier herumliegen könnte.

»Ich habe deine Lieblingsbrötchen mitgebracht«, sagte sie. »Und der Kaffee ist auch schon fertig. Kommst du? Wir können wunderbar auf der Terrasse frühstücken.«

»Nein!«, knurrte er und drehte ihr wieder den Rücken zu.

Carolin öffnete das Fenster und baute sich dann mit den Händen in den Hüften vor ihm auf. »Das hätte ich mir als Teenager mal erlauben sollen, dass ich mich weigere, aufzustehen. Sogar sonntags hast du spätestens um halb zehn bei uns im Zimmer gestanden und uns unerbittlich geweckt. Da half kein Bitten und Betteln. Komm schon! Wir machen uns einen schönen Tag!« Sie zog an der Bettdecke, was er stöhnend über sich ergehen ließ.

»Na gut, ich komme gleich, du Quälgeist«, gab er schließlich von sich.

Und als sie eine Viertelstunde später den Frühstückstisch gedeckt hatte, piepte ihr Handy.

»Nimm das Boot um 18.10 Uhr zur Mainau. Ich erwarte dich am Steg. Passt das? Ich freue mich!« Und dahinter ein Smiley mit einem Kussmund.

Es war nicht nur die Sonne, die Carolin mit einem Mal wärmte.

22. Kapitel

Von außen betrachtet, stand an Deck der *MS Veronika* eine sehr attraktive, große Frau, deren rote Haare sanft ihren Kopf umwehten und deren Figur in dem schmal geschnittenen, ärmellosen Kleid wunderbar zur Geltung kam. Der hellgraue Stoff war bedruckt mit stilisierten Zitronenscheiben. Sicherlich dachte jeder bei ihrem Anblick, sie ruhe ganz in sich.

Doch dieses Bild trog. Carolins Hände umklammerten die Reling, und mit jedem Meter, den das Schiff durchpflügte, klopfte ihr Herz schneller.

Sie versuchte, sich in die Stimmung in der Bodensee-Therme zurückzuversetzen, in der sie zuvor einige Stunden gemeinsam mit ihrem Vater verbracht hatte. Wie herrlich war es gewesen, in kraftvollen, gleichmäßigen Zügen das Schwimmbecken zu durchqueren, im Außenbereich in dem Whirlpool zu sitzen, das blubbernde warme Wasser zu genießen und ebenso den Blick auf den seidig schimmernden See. Und weil es ein Montag außerhalb der Ferien war, ging es in der Therme recht beschaulich zu. Nach dem Schwimmen hatte sie sich in der Aromasauna, wo es bei angenehmen sechzig Grad nach Blüten und Kräutern duftete, mit Atem- und Meditationsübungen ganz auf das Hier und Jetzt konzentriert. Ihr Vater war in der finnischen Sauna verschwunden, und sie hatte ihn nur kurz gesehen, als er nach dem Abkühlen aus dem See gestiegen war. Beim gemeinsamen späten Mittagessen im Restaurant der Therme hatte sie Georg in die ihm bis dahin unbekannte Welt der Bowls eingeführt.

»Früher hat man dazu einfach Salat gesagt«, hatte er angesichts der appetitlich bunten Schüssel knapp bemerkt, dann aber genüsslich die Augen verdreht, nachdem er sich die erste Gabel in den Mund geschoben hatte.

Nach dem Mittagessen hatte sie sich eine Rückenmassage gegönnt, und als sie zum Abschluss noch einen Kaffee am Seeufer getrunken hatten, hatte Georg geradezu vergnügt gewirkt. Plötzlich hatte er die Hand auf ihr Knie gelegt und gesagt: »Das war eine gute Idee, Tochter. Sollten wir wiederholen.«

Carolin freute sich, dass ihr Vater wenigstens für ein paar Stunden von all seinen Problemen abgelenkt gewesen war. Vielleicht hatte er gemerkt, dass es auch noch Dinge gab, die einem ein leichteres Gefühl gaben. Sie hoffte, er würde sich daran erinnern, wenn der Trennungsschmerz ihn erneut zu übermannen drohte.

Auf jeden Fall hatte sie ihn guten Gewissens daheim abgesetzt, zumal sie wusste, dass er am Abend mit Rudolf und anderen alten Freunden zum Schafkopf verabredet war.

Mittlerweile kam der Anleger der Mainau in Sicht. Er war überfüllt mit Touristen, denn die Besuchszeit der Insel war bald vorüber. Carolin reckte den Kopf in der Hoffnung, Cornell zu entdecken. Erst beim Näherkommen entdeckte sie am Ende des Stegs einen Mann, der lässig am Absperrgitter lehnte. Sein buntes Hawaiihemd verriet ihn eindeutig. Carolin lächelte kopfschüttelnd. Wie konnte ein so gut aussehender Typ so … verstörende Hemden tragen?

Das hielt sie allerdings nicht davon ab, zielstrebig auf ihn zuzugehen, kaum dass sie das Schiff verlassen hatte. Sie bemerkte, dass sein Blick über ihren Körper glitt, und offensichtlich schien ihm zu gefallen, was er sah, denn sein Lächeln wurde immer breiter. Carolin fühlte sich einen Moment lang unsicher. Was ging ihm durch den Kopf, während er ihr entgegensah? Klopfte auch sein Herz schneller?

Als sie vor ihm stand, hob sie ein wenig unschlüssig die Hände, aber da tat er schon einen Schritt auf sie zu und umarmte sie. Sie küssten sich auf die Wangen – vielmehr, sein Kuss landete sehr dicht neben ihrem Mundwinkel.

»Schön, dass du da bist«, sagte Cornell und wies in Richtung des Uferpfads.

»Ich freue mich auch«, erwiderte sie. »Aufregend, auf der Mainau zu sein, wenn all die Touristen weg sind.«

»Oh ja, dann ist die Insel am allerschönsten«, meinte er. »Ich dachte, wir …«

»Cornell«, unterbrach sie ihn und blieb stehen. Vorsichtig umfasste sie seine Hände und sah ihm in die Augen.

»Ja?«, fragte er und betrachtete sie in einer Mischung aus Neugier, Gespanntheit und Wärme.

»Ich möchte dir bitte als Erstes erklären, was für eine Szene du da letzte Woche miterlebt hast.«

»Nur zu.« Seine Finger strichen sanft über ihre. »Für mich sah es aus wie ein Heiratsantrag.«

Sie nickte und senkte kurz den Blick. Womit anfangen? »Das stimmt. Jacob ist … Nein, er *war* mein neuseeländischer Freund. Oder so etwas Ähnliches. Ich war komplett überrascht – und überfordert –, als er da vor mir auf die Knie gegangen ist. Unsere Beziehung war … na ja, wie soll ich das sagen …«

»Caro«, unterbrach er sie. »Glaubst du, ich habe mir eingebildet, eine Frau wie du wäre Single?«

»Nicht?« Sie war wirklich erstaunt.

Er legte den Kopf zurück und lachte. »Nein, das habe ich nicht gedacht.« Seine dunkelblauen Augen strahlten noch wärmer. »Mir war schon klar, dass es da vermutlich jemanden gibt. Du hattest auch so eine Andeutung gemacht. Aber ich dachte mir, wenn du dennoch mit mir schläfst, dann kann diese Beziehung nicht hundertprozentig intakt sein. Abgesehen davon bist du eine erwachsene Frau und wirst wissen, was du tust.«

Sie senkte beschämt den Kopf. Sie hatte ihn unterschätzt. »Natürlich, du hast recht. Nein, das war überhaupt keine … richtige Beziehung. Jacob ist verheiratet. Und ich wollte gar nicht, dass er seine Frau verlässt. Ich war völlig einverstanden damit, dass wir nur eine Affäre hatten und nicht mehr.«

»Und dann hast du ihn mit deinem bezaubernden Wesen aber offensichtlich so überwältigt, dass er dich heiraten will?« Er senkte ebenfalls den Kopf und drückte seine Stirn an ihre.

»Offensichtlich.«

Einen Moment lang schwiegen sie. Und wie sie so dastanden, Stirn an Stirn, die Hände ineinandergelegt, hatte Carolin plötzlich das Gefühl, sie seien auf beinahe magische Weise miteinander verbunden. Sie hob den Kopf und blickte in seine Augen. Es bedurfte nur einer ganz kleinen Bewegung – und ihre Lippen lagen auf seinen. Sofort erwiderte er den Kuss, und sie vergaßen alles um sie herum.

»Wow«, sagte er, als sie sich voneinander lösten. »Können wir das bitte noch mal machen?«

Carolin lachte, dann küssten sie sich erneut, noch länger, noch intensiver. Neuseeland verblasste, ihre Familie verblasste – sie fühlte sich, als sei es der erste Kuss ihres Lebens.

»Okay«, sagte er und holte tief Luft. »Okay. Jetzt kommt mein Geständnis. Ich muss auch was loswerden. Ich weiß, es ist alles noch so frisch und … fragil. Aber seit …« Er sah kurz in den Himmel. »… seit 24 Jahren wollte ich dir schon sagen …« Nun sah er sie an, wandte den Blick aber gleich wieder ab. Sie spürte, wie er ihre Hände fester drückte.

»Ja?«, machte sie ihm Mut und lächelte.

»Ich bin schon seit der zehnten Klasse in dich verknallt. So – jetzt weißt du's.«

»Seit der zehnten? Das ist lang!« Sie boxte ihn sanft gegen den Oberarm. »Du spinnst ja!«

»Nein, warum?« Er nahm ihre Hand, und sie schlenderten los. Sie hatte keine Ahnung, wohin er sie bringen würde, und genoss dies umso mehr.

»Na ja, da wird es doch in all den Jahren die ein oder andere gegeben haben, oder? Das wäre ja sonst fast ein wenig creepy.«

»Ja, okay, na klar«, gab er zu. »Natürlich gab es ein paar Frauen. Und ich hatte auch eine Beziehung, die hat acht Jahre gedauert. Und sie war gut. Zumindest die ersten sechs Jahre.« Er lächelte leicht bitter. »Aber ich habe zwischendurch immer wieder an dich gedacht, und da war so eine … ich weiß nicht, so eine Art Wehmut, dass nie etwas aus uns geworden ist. Ich habe mich oft gefragt, wie es dir wohl geht und was du so machst.«

»Wirklich?« Carolin spürte, wie ihr ganz warm ums Herz wurde.

»Ja. Und ich hatte immer das Gefühl, dass wir uns noch mal begegnen werden. Dass da noch etwas nicht erledigt ist. Das klingt vermutlich auch creepy, entschuldige.«

»Nein, gar nicht. Mein Gott, und ich habe dich auf dem Fest meiner Mutter nicht einmal wiedererkannt.«

»Ehrlich gesagt bin ich froh darüber.« Er blieb stehen und hielt seine Hand an ihre Wange. Sie schmiegte sich augenblicklich hinein.

»Warum?«

»Da konntest du gar nicht erst auf den Gedanken kommen, ach, das ist ja dieser merkwürdige Nerd von früher.«

»Das stimmt.« Sie nahm seine Hand von ihrem Gesicht und küsste die Innenfläche. Sie traten dichter aneinander heran. »Ich dachte nur, wer ist dieser verflixt gut aussehende Typ da? Und warum geht er gleich wieder?«

Cornell lachte. »Ja, ich habe echt ein Gespür für Timing, oder? Erst platze ich in die Erkenntnis deines Vaters, dass seine Frau ihn betrügt, und dann in den Heiratsantrag deines Lovers.«

»Ex-Lovers.«

»Was er zu dem Zeitpunkt noch nicht war. Egal, ich habe dich auf dem Fest gesehen – und ich muss gestehen, dort vorbeizukommen war tatsächlich Absicht, weil ich genau darauf gehofft hatte – und da stand wieder dieses Mädchen von damals vor mir. Und es war genauso bezaubernd und anmutig …«

»Hör auf, jetzt wird's kitschig!« Sie pikste ihm in den Bauch.

»Na und?« Er nahm ihren Finger und legte ihn an seine Lippen. »Jedenfalls ... Die Gefühle von damals waren sofort wieder präsent. Und als wir uns dann getroffen haben, habe ich wieder genau gewusst, warum ich mich damals in dich verliebt habe. Weil ich da eine Verbindung gespürt habe, die ganz tief geht. Keine Ahnung, warum, schließlich hast du mich damals ja kaum beachtet. Aber das war mir ziemlich egal. Irgendwas in mir hat darauf vertraut, dass auch du es eines Tages merken wirst.«

Carolin reckte sich und küsste ihn erneut. Diesmal nur kurz. »Ich bin noch nie einem Mann begegnet, der so offen über seine Gefühle redet«, sagte sie. »Hast du keine Angst, ich könnte deine Erwartungen enttäuschen?«

»Erwartungen?«

»Na ja, oder Vorstellungen? Dass ich anders sein könnte, als du gedacht hast? Was, wenn ich nur mit dir spiele und in ein paar Tagen auf Nimmerwiedersehen nach Neuseeland verschwinde?«

Sein Blick wurde mit einem Mal ernst, und er atmete tief ein, bevor er sagte: »Über das Risiko habe ich nachgedacht und bin zu dem Schluss gekommen, dass ich es eingehen will. Heute ist Montag, und ich werde jede Sekunde dieses Abends einfach genießen. Was morgen kommt – who cares?«

Sie wuschelte über sein Haar. »Du komischer Mann im Hawaiihemd ...«

Sie setzten sich wieder in Bewegung, Hand in Hand.

»Das kann ich erklären«, sagte er. »Die Hemden sind alle von meinem Vater. Ich habe seine übrige Kleidung zur Diakonie gegeben, aber von denen konnte ich mich nicht trennen. Wenn ich sie sehe, sehe ich ihn. Er hat sie bis zum Schluss getragen. Ich glaube, sie haben ihm geholfen zu begreifen, dass er noch er selbst ist.«

»Das kann ich verstehen.«

»Irgendwann bekommen sie einen Ehrenplatz ganz hinten im Schrank. Aber noch nicht.«

Sie waren den steilen Weg hinaufgegangen, der sich in Serpentinen zum Schloss und zur Schlosskirche wand. Nun, wo keine Besucher mehr auf der Insel waren, hörte man nur noch die lockenden Rufe einer Amsel und ein leichtes Rauschen in den Bäumen.

»Das ist schon ein schöner Arbeitsplatz hier«, bemerkte Carolin und betrachtete das barocke Schloss, das in Hufeisenform den Platz dominierte. Trotz seiner imposanten Größe hatte es mit seiner hellgelben Fassade, den zahlreichen Sprossenfenstern und dem riesigen Wappen am Giebel einen einladenden Charakter.

»Ich muss dich enttäuschen«, sagte Cornell lachend. »Mein Arbeitsplatz ist deutlich bescheidener. Komm.«

Sie überquerten den großen Platz und hielten auf das sogenannte Torbogengebäude zu, das trotz seiner klassizistischen Schlichtheit etwas Gemütliches ausstrahlte.

»Ich verbringe die meiste Zeit des Tages im Schmetterlingshaus«, erklärte Cornell, zog einen Schlüssel aus der Hosentasche und schloss die hölzerne Eingangstür auf. »Aber manchmal habe ich auch Büroarbeit zu erledigen, und dann bin ich hier. Ich will nur kurz was holen.«

Carolin folgte ihm eine Treppe hinauf in einen schmucklosen Flur, von dem einige Zimmer abgingen. Als Cornell eines davon betrat, erhaschte sie kaum einen Blick hinein, denn er holte nur einen geflochtenen Korb mit Deckel heraus und klemmte sich zwei Wolldecken unter den Arm. Carolin bat er, zwei Stuhlkissen zu tragen.

»Ich hoffe, es wird nicht zu schnell kühl.«

Sie verließen das Torbogengebäude und schlugen den Weg ein, der an der Blumen-Wassertreppe vorbei zum Südufer führte. Dort lag ein kleiner, von hohen Bäumen umringter Teich. Auf der Wiese standen mehrere breite Holzliegen, auf denen man es sich gemütlich machen konnte.

Sie verteilten die Kissen auf zwei nahe beieinanderstehenden Liegen und legten die Decken parat. Cornell stellte den Korb ab, öffnete ihn und holte alles hervor, was man für ein gediegenes Picknick brauchte: zwei Porzellanteller, Besteck, zwei hübsch geschliffene Weingläser, Korkenzieher, eine Flasche Wein in einem Kühler sowie alle möglichen Leckereien wie Käse, Schinken, Oliven, Hummus, Auberginenpaste und schließlich ein großes Baguette.

»Das sieht köstlich aus!« Carolin nahm sich sofort einen Käsewürfel und schloss beim Kauen kurz die Augen.

Durch die Bäume sah man den See und in der Ferne die Silhouette von Konstanz. Der Himmel leuchtete in flammenden rosa und orangefarbenen Tönen, die sich im Wasser spiegelten. Das Licht war so romantisch, als habe Hollywood seinen besten Beleuchter geschickt.

»Lass es dir schmecken«, sagte Cornell und hielt ihr das Baguette hin. Carolin riss ein Stück davon ab und tunkte es in das Hummus.

»Ein Glas Wein, die Dame?« Cornell hatte die schlichte grüne Flasche entkorkt und schenkte ihr nun ein. Sie stießen an, verloren sich dabei im Blick des anderen. Fasziniert entdeckte Carolin in seinen blauen Augen dunklere Sprenkel – wie ein umgekehrter Sternenhimmel. Er beugte sich vor und küsste sie, und sie hatten Mühe, die Weingläser so zu halten, dass sie nichts verschütteten.

Es dauerte, bis sie endlich dazu kamen, einen Schluck zu kosten.

»Oh, der ist aber gut«, stieß Carolin aus und schmeckte der feinen Säure und den leichten, frühlingshaften Aromen auf ihrer Zunge nach. »Was ist das für einer?«

Cornell lächelte und zog die Augenbrauen hoch. »Ein Müller-Thurgau. Ein Geschenk vom Inselgrafen. Auf der Mainau wird zwar nur wenig, dafür aber sehr guter Wein angebaut. Man kann ihn nur bei seltenen Verkostungen trinken, kaufen kann man ihn nicht«, erklärte er. »Verdiente Mitarbeiter erhalten schon mal eine Flasche als Weihnachtsgeschenk. Letztes Jahr habe ich eine bekommen und sofort beschlossen, sie für einen ganz besonderen Moment aufzubewahren.«

Sie stießen noch einmal an und widmeten sich dann den Leckereien, die Cornell für sie eingepackt hatte. Dabei plauderten sie über alles Mögliche, zum Beispiel darüber, was sie als Kinder am liebsten gegessen hatten. Während es bei Carolin Grießbrei mit Erdbeeren gewesen war, hatte Cornell die Käsekrapfen seiner Schweizer Großmutter geliebt. Dann kamen sie auf ihre Schulzeit zu sprechen und erinnerten sich an ein paar Lehrer, die aus unterschiedlichen Gründen einen bleibenden Eindruck hinterlassen hatten.

»Ach, schau mal.« Carolin zog ihr Handy hervor und rief das Klassenfoto von damals auf, das sie abfotografiert hatte. »Das muss in der Zwölften gewesen sein, glaube ich.«

Cornell betrachtete das Bild sehr lange. Dann nahm er ihre Hand und küsste sie. »Du hast das ganze Schuljahr vor mir gesessen, und ich habe immer versucht, deinen Duft einzuatmen. Du hast so … verführerisch gerochen.«

»Echt?«

»Ja, nach weiblichen Geheimnissen, und nach Wiese, nach Freiheit. So hast du auch auf dem Fest letzte Woche geduftet.«

Sie streichelte seine Wange. Es war, als würde sie ihre Vergangenheit noch einmal neu kennenlernen. »Damals habe ich mich überhaupt nicht attraktiv oder so gefühlt. Ich habe mit meinen roten Haaren gehadert, den Sommersprossen … Ich dachte, ich bin der Typ graue Maus. Und ich habe mich natürlich immer in die falschen Typen verknallt. Die Coolen, die Rebellen. Die haben mich aber gar nicht gesehen.«

»Dabei hättest du dich nur einmal zu mir umdrehen müssen.«

Sie fuhr ihm durchs Haar und flüsterte: »Vielleicht muss man erst weit weggehen, um zu erkennen, wie nah das Glück sein kann.«

Hier auf dieser Insel hatte Carolin das Gefühl, sie befände sich fernab vom Alltag, von all den Problemen, Fragen und anstehenden Entscheidungen, die die letzten Tage auf ihr gelastet hatten. Cornell war ein ungewöhnlich aufmerksamer Zuhörer, er fragte nach, wollte verstehen, was sie meinte, und teilte glaubhaft ihre Gefühle. Sie konnten gemeinsam lachen, aber auch schweigen. Ihre Hände schlangen sich dann ineinander, sie beobachteten still, wie die Fingerkuppen die des anderen erkundeten.

Als die Sonne untergegangen war, begann Carolin zu frösteln. Sie hatte bereits ihre Strickjacke übergezogen, war aber froh, als Cornell nun auch noch eine der mitgebrachten Decken über ihr ausbreitete. Dann packte er die Reste des Essens ein und streckte sich unter der zweiten auf der Liege neben ihr aus, den Arm um ihre Schulter gelegt. Sie kuschelte ihren Kopf in seine Halsbeuge, und gemeinsam sahen sie zu, wie die ersten Sterne am Himmel blinkten. Eine Weile sagte keiner von ihnen ein Wort, als wollten sie diesen Moment nicht zerstören.

»Ich habe meinen Flug am Samstag storniert«, platzte es irgendwann aus Carolin heraus.

Statt einer Antwort beugte sich Cornell über sie, und sie versanken erneut in einem langen Kuss.

»Meinetwegen?«, fragte er ganz direkt, als sie den Blick wieder zu den Sternen richteten.

»Sagen wir mal so ...« Carolin sah ihn von der Seite an. »Du spielst keine unerhebliche Rolle für meine Entscheidung. Aber ... kein Stress.«

»Was meinst du damit?«

»Ähm ...« Schon wieder schwirrten ihr lauter Wörter wie »falls«, »wenn«, »vielleicht« und ähnliche Kandidaten durch den Kopf. »Such dir was aus: Ich will dich nicht unter Druck setzen. Und mich auch nicht. Und ich habe keine Ahnung, wohin das alles führt. Und ich weiß nicht, ob es mich nicht doch irgendwann zurück nach Neuseeland zieht. Oder ganz woandershin.«

»Verstanden.« Er schmunzelte und legte den Kopf schief. »Ist das nicht eigentlich so ein Männerding? Du weißt schon, sich nicht festlegen wollen?«

»Ist es das?«

»Normalerweise suchen doch die Kerle immer ihre Freiheit – seit Jahrhunderten erfinden sie dolle Ausreden, um von zu Hause fortzukommen. Fahren zur See, ziehen in Kriege und gehen auf Abenteuerreisen.«

»Hm, das habe ich alles durch – bis auf die Kriege glücklicherweise. Irgendwann kehren sie dann ja auch wieder heim.«

Sie grinsten sich an, aber Carolin spürte, dass die Leichtigkeit des Abends ein wenig verloren gegangen war.

»Wie gesagt, lass uns schauen, was passiert«, wiederholte sie.

Er nickte. »Jetzt sollten wir erst mal schauen, dass wir ins Warme kommen, was meinst du?«

23. Kapitel

Carolin versuchte, sich zu erinnern, wann sie zuletzt am Morgen neben einem Mann aufgewacht war. Es musste ziemlich lange her sein. Natürlich hatte sie hier das Bett mit Jacob geteilt, aber das zählte nicht. Und in Christchurch war das nie vorgekommen. Vermutlich war es vor rund drei Jahren auf der *Ocean Sky* gewesen, einem Segelboot, das sie von Florida in die Karibik überführt hatten. Während des Törns hatte sie eine Affäre mit dem Skipper gehabt, und sie hatten sich eine Kabine geteilt. Romantisch war das nicht gerade gewesen, eher eng und unbequem.

Mit einem sanften Kuss auf ihre Schulter hatte sich Cornell um halb acht von ihr verabschiedet und war zur Arbeit aufgebrochen. Sie beneidete ihn nicht, war die Nacht doch sehr kurz gewesen. Dennoch hatte er frisch und gut gelaunt gewirkt.

»Fühl dich wie zu Hause und plündere den Kühlschrank, wenn du magst«, hatte er gesagt, bevor er losgegangen war. Sie hatte sich noch einmal umgedreht und ein wenig weitergeschlafen.

Nun saß sie auf dem kleinen Balkon, von dem aus man die üppig blühenden Menzinger Gärten oberhalb des Hauses betrachten konnte, und trank einen Espresso. Ihr Handy zeigte glücklicherweise keine Nachrichten an, und sie war froh, dass sie einen unverplanten Tag vor sich hatte. Ihrem Vater hatte sie am Vorabend gesagt, dass sie nicht heimkommen würde, was er unkommentiert gelassen hatte – untypisch für ihn. Ihre Schwestern waren mit ihrem Kram beschäftigt und Lotte mit Arthur.

Sie begann zu überlegen, wie ihr Alltag in Überlingen aussehen könnte. Würde sie sich eine eigene Wohnung suchen? Dafür bräuchte sie aber zuerst einmal einen Job. Sollte sie Kontakt zu alten Schulfreundinnen aufnehmen? Wie wurde man überhaupt sesshaft? Die Kleider, Möbel und Alltagsdinge, die sie in Neuseeland besaß, waren austauschbar, sie brauchte sowieso nur wenig. Natürlich gab es ein paar besondere Andenken, die sie von ihren zahlreichen Reisen mitgebracht hatte, wie einen seidenüberzogenen Lampenschirm aus Vietnam, ein Teeservice aus Tunesien und kleine bunte Skelettfiguren aus Mexiko. Die wichtigsten Erinnerungen schlummerten aber in ihrer Fotosammlung, und die ruhte in einer Cloud, auf die sie überall und jederzeit Zugriff hatte.

Da fiel Carolin ein, dass ja ganz in der Nähe das Fotostudio war, in dem sie ihre Ausbildung gemacht hatte und das eine Aushilfe suchte. Auch wenn sie im Moment noch gar nicht wusste, ob sie tatsächlich hierbleiben würde, konnte es nicht schaden, dort einmal vorbeizuschauen.

Eine Stunde später betrat sie also den Laden, der unweit von Cornells Wohnung entfernt lag. Über zwanzig Jahre war es her, dass sie bei »Tausend Fotos« das Handwerk gelernt hatte. Das Geschäft hieß immer noch so, hatte sich aber komplett verändert. Früher war es ein reines Fotogeschäft gewesen, wo sie auch selbst Abzüge gefertigt hatten. Mittlerweile dominierten schöne Schreibwaren die Auslage des Schaufensters.

»Wie kann ich Ihnen helfen?«, fragte eine mittelalte Verkäuferin mit exakt geschnittener Ponyfrisur und einer großen Brille mit rotem Gestell.

»Ich wollte mich nach der Stelle als Aushilfe erkundigen«, begann Carolin. »Ist denn Herr Tausend noch hier tätig?«

Die Frau legte den Kopf schief und sah sie prüfend an. Dann erschien ein breites Lächeln auf ihrem Gesicht. »Carolin? Carolin Hohenhausen?«

Sie nickte irritiert. Sie sollte die Frau offensichtlich kennen …

»Ich bin's, die Gabi!«

Mit einem Mal dämmerte es ihr. Gabi Steinfass war damals als Laborantin hier beschäftigt gewesen. Sie war vielleicht zehn Jahre älter als Carolin, und sie erinnerte sich, dass Gabi Herrn Tausend, den verheirateten Inhaber, hoffnungslos angehimmelt hatte.

»Ach je, entschuldige!«, stieß Carolin aus und ließ sich von Gabi herzlich umarmen.

»Der Peter ist bei einem Arzttermin, Probleme mit den Knien«, sagte sie. »Aber er sollte bald kommen. Was wird er sich freuen, dich zu sehen! Magst du einen Kaffee? Los, du musst mir erzählen, wie es dir in den letzten Jahren ergangen ist.«

Auf dem Weg in die winzige Kaffeeküche, die es früher auch schon gegeben hatte, betrachtete Carolin die Porträtfotos, die im hinteren Bereich des Ladens die Wände schmückten. Hier sah es beinahe noch so aus wie damals. Am Bild eines Hochzeitspaares blieb ihr Blick erstaunt hängen.

»Seit wann das?«, fragte sie Gabi.

Die lächelte stolz und drehte einen goldenen Ring an ihrem Finger. »Peter und ich haben vor acht Jahren geheiratet. Meinetwegen hat er sich scheiden lassen.«

»Wie schön! Also, das mit euch! Du hast ihn doch schon damals so gemocht.«

Gabi nickte enthusiastisch, und für eine Sekunde beneidete Carolin die Frau, dass diese ihr Glück direkt vor ihrer Nase gefunden hatte. Auch wenn sie ziemlich lange darauf hatte warten müssen.

Kaum dampfte der Kaffee aus dem Becher, ging die Ladentür auf, und Peter Tausend erschien. Ihn erkannte Carolin sofort – trotz der zwanzig Jahre mehr auf dem Buckel sah er beinahe unverändert aus. Ein paar Falten auf der Stirn und um die Mundwinkel, etwas lichteres Haar – aber seine hellblauen Augen strahlten genauso wie damals. Und auch er schien sie auf Anhieb zu erkennen.

»Die Carolin!«, rief er aus und nahm sie in die Arme. »Bist du mal wieder im Lande? Wie geht's dir in Neuseeland? Deine Mutter hat mir irgendwann mal davon erzählt.«

Carolin war regelrecht gerührt, dass er sich das gemerkt hatte. Und überhaupt spürte sie, wie gut es ihr tat, dass sie einmal nicht erklären musste, wer sie war, woher sie kam und was sie so umtrieb. Das hatte sie jedes Mal gestört, wenn sie wieder einmal versucht hatte, irgendwo sesshaft zu werden.

»Fotografierst du noch? Ich hoffe doch!«, sagte Peter und begrüßte nun seine Frau mit einem Kuss. »Du warst die begabteste Azubine, die wir jemals hatten.«

»Danke schön!« Carolin bemerkte, dass sie leicht rot anlief. Die Ausbildung hatte sie zwischendurch gelangweilt, das musste sie zugeben. Zu viel Innenräume, zu wenig Bewegung an der frischen Luft. Aber Peter Tausend war stets freundlich und interessiert gewesen. Und er hatte ihr tatsächlich einige Dinge beigebracht, die sie bis heute beherzigte. So hatte er ihr immer eingebläut, dass Wissen und Erfahrungen wichtiger seien als Equipment. Was nützte die teuerste Kamera, wenn man die grundlegenden Prinzipien des Fotografierens nicht kannte? Und er hatte sie aufgefordert, herauszufinden, welche Fotos wirklich gelungen waren und warum. Auch schlechte Bilder hatte sie analysieren müssen. Denn davon lernte man am meisten, hatte er gesagt. Täglich hatte er sie für eine halbe Stunde losgeschickt, um ein brauchbares Foto zu machen, direkt in der Umgebung. Ihm war es egal, dass sie nach einer Weile das Gefühl gehabt hatte, jeden Winkel zu kennen – er wollte, dass sie ihren Blick schulte, dass sie Neues, Spannendes und Unerwartetes entdeckte. Meist war es ihr gelungen.

Sie plauderten eine Weile und erzählten sich, wie es ihnen in den letzten Jahren ergangen war. Gabi und Peter machten einen zufriedenen Eindruck.

»In zwei Jahren werde ich das Geschäft aufgeben und mich zur Ruhe setzen«, erklärte er. »Gabi und ich wollen uns Zeit zum Reisen gönnen. Vielleicht kann ich meinen Ältesten überreden, es zu übernehmen. Und wenn nicht – dann geht Tausend-Fotos eben mit in Rente.«

»Was sehr schade wäre!«, warf Gabi ein.

»Ja, aber du bist ja nicht bereit, es ohne mich weiterzuführen. Na ja, egal. Carolin, falls du Lust hast, hier zu arbeiten – jederzeit gerne!«

Sie bedankte sich für das Angebot und sagte, dass sie momentan nicht zu hundert Prozent sicher sei, ob sie bleiben würde. »Aber wenn ich mich dazu entschließe, dann melde ich mich. Und hoffe, der Job ist dann noch zu haben.«

»Wir sagen dir Bescheid, sollte ein anderer Interessent auftauchen. Der Zettel hängt schon zwei Wochen, und bisher war niemand da, der auch nur annähernd unseren Vorstellungen entspricht.«

»Prima! So machen wir das!«

»Ach, noch eins, Carolin!«, rief ihr Peter hinterher, als sie gerade den Laden verlassen wollte. »Bist du am Samstag bei der After-Schiff-Salsa-Party dabei? Barbara von der Kunstakademie hat mich beauftragt, Fotos zu machen – aber meine Knie … Na ja, blödes Thema. Hättest du Lust, den Auftrag zu übernehmen? Deine Kamera hast du ja sicher dabei, oder?«

Sie nickte. Und spürte, wie sich ein Lächeln auf ihrem Gesicht ausbreitete. »Sehr gerne!«

Beschwingt spazierte Carolin durch die Altstadt von Überlingen. Im »Blütenrausch« am Pflummernplatz kaufte sie einen ganzen Arm voller Pfingstrosen in Zartrosa, Pink und strahlendem Weiß. Dann bummelte sie über den Wochenmarkt direkt vor dem mächtigen Sankt-Nikolaus-Münster und erstand spontan ein Bio-Huhn, dazu ein Stück Rohmilchkäse, Datteltomaten, einen Salatkopf, Erdbeeren, sonnengelbe Zitronen und einen Bund pralle Radieschen. Zuletzt besorgte sie noch ein frisches Baguette. Sie bekam, ganz gegen ihre sonstige Natur, auf einmal große Lust zu kochen. Vielleicht könnte sie Romy fragen, ob sie nicht Lust hätte, am Abend mit den Kindern zum Essen vorbeizukommen.

Gerade wandte sie sich vom Bäckerstand ab, da stieß eine Frau unsanft gegen sie.

»Entschuldigung«, rief die Frau.

Carolin sah sie erstaunt an. War das nicht …? »Katta!«

»Caro!«, entgegnete diese, und ein Lächeln erschien in ihrem Gesicht. Ein Lächeln, das ihre Augen nicht erreichte. Und rasch wurde Carolin auch klar, warum. Denn Katta, ihre Studienfreundin während der ersten vier Semester, das war Katharina. Ebenjene Katharina, die Cornell vor wenigen Wochen über eine Dating-App kennengelernt hatte. Jetzt wurde ihr klar, weshalb ihr die Stimme bei der kurzen Begegnung in der Dunkelheit vor einigen Tagen bekannt vorgekommen war. Während Carolin diese nicht hatte zuordnen können, hatte Katta sie vermutlich sofort erkannt. Und vielleicht sogar mitbekommen, dass sie und Cornell sich umarmt hatten. Ob Katta in dem Moment einfach nur perplex gewesen war oder sich bewusst nicht zu erkennen gegeben hatte, war Carolin nicht klar.

»Das ist ja eine Überraschung!«, rief Katta nun aus. Sie machte einen Schritt auf Carolin zu, als wollte sie sie umarmen, stoppte dann aber angesichts ihrer Blumen und all der anderen Einkäufe.

»Allerdings! Wie geht es dir?« Carolin stellte ihre Tüten auf dem Boden ab und versuchte, unauffällig durchzuatmen. Wenn sie nur wüsste, was Katta wusste …

»Ziemlich gut«, antwortete sie und nestelte am Saum ihrer gestreiften Bluse. »Und du? Besuchst du deine Eltern? Wie lange bist du hier?«

Vermutlich hoffte sie, Carolin würde ganz schnell wieder abreisen und das Feld räumen. Ihr bisheriges Verhalten konnte man nur so deuten, dass sie sich von Cornells Abfuhr nicht beirren ließ und darauf hoffte, ihn doch noch für sich gewinnen zu können.

»Ein runder Geburtstag in der Familie, deshalb bin ich hier. Mal sehen, wie lange ich bleibe.«

»Ach, aber nicht dein Fünfzigster, oder?« Katta warf lachend den Kopf zurück. »Nein, so viel älter als ich bist du ja doch nicht.«

Am Anfang ihrer Freundschaft hatte Carolin Kattas spitze Bemerkungen lustig gefunden – vor allem wenn sich diese gegen unsympathische Mitstudentinnen oder launische Professoren gerichtet hatten. Jetzt fand sie die Bemerkung einfach nur peinlich und reagierte nicht weiter darauf.

»Hast du Lust auf einen Kaffee? Da vorne gibt es einen kleinen Stand, die haben leckeren Espresso«, schlug Katta vor. »Ich geb einen aus.«

Wahrscheinlich wollte sie nur unauffällig herausfinden, wie es um das Verhältnis zwischen Cornell und Carolin bestellt war.

»Gerne!«, stimmte Carolin zu. Das war die Gelegenheit herauszufinden, ob sie sich seit den Unizeiten vielleicht doch zum Positiven verändert hatte – und um vielleicht unauffällig zu erfahren, wie Katta ihr Verhältnis zu Cornell betrachtete.

»Lebst du immer noch in Brasilien?«, fragte Katta, während sie auf den zum Kaffeestand umgebauten VW-Bus zuliefen.

»Nein, schon lange nicht mehr. Inzwischen hat es mich nach Neuseeland verschlagen.«

»Oh, das ist aber weit weg.« Ein »glücklicherweise« setzte sie sicherlich in Gedanken hinzu. »Da bist du vermutlich nur selten hier.«

Es schien, als würde sich Katta mit jeder Minute mehr entspannen. Du bist keine Gegnerin, dachte sie wohl. Wenn sie sich da mal nicht getäuscht hatte.

»Ja, aber ehrlich gesagt …« Carolin legte eine Kunstpause ein. »Ich überlege, ob ich zurück nach Überlingen komme. Ich habe genug von der Rumreiserei.«

»Ach, äh, großartig! Auch einen Espresso für dich?« Katta wirkte sehr froh darüber, dass sie sich kurz durch den Barista von dieser Information ablenken lassen konnte.

Carolin nickte und stellte sich an einen der Stehtische. Bald darauf kam Katta mit zwei kleinen Porzellantassen.

»Aber mal sehen, was die kommende Zeit so bringt«, nahm Carolin den Faden wieder auf. »Wie geht es denn dir? Bist du Biologin geworden? Wolltest du nicht immer Zoodirektorin werden?«

Katta ließ ein verächtliches Lachen hören. »Na ja, was man so träumt, wenn man jung ist. Ich bin Dozentin an der Uni Konstanz für Populationsökologie. Ich befasse mich viel mit der Ökologie des Bodensees.«

»Großartig! Ist doch weitaus besser, als in einem Zoo zu sitzen, oder?«

»Die Uni ist tatsächlich ein Zoo für sich. Aber ich arbeite zum Glück auch außerhalb der Uni. Beispielsweise plane ich ganz frisch ein Projekt mit Doktor Stiegler. Kennst du ihn? Er ist für das Schmetterlingshaus auf der Mainau zuständig.«

Carolin musste zugeben, dass es nicht nur der Espresso war, der bitter schmeckte. Schnell rührte sie ein Tütchen Zucker in den Kaffee. Dass die beiden ausgerechnet jetzt mehr miteinander zu tun haben würden, war Cornell sicher unangenehm. »Ja, mein Vater trifft sich ab und an mit ihm. Er ist im Vorstand des Freundeskreises der Mainau.«

»Ein interessanter Mann«, fuhr Katta fort. »Und so charmant.«

Und gut im Bett, ergänzte Carolin in Gedanken. Aber das wirst du hoffentlich nie erfahren! »Hast du eigentlich Familie, Katta? Mann? Frau? Kinder?« Gemein konnte sie auch sein.

»Nein, ich war die letzten Jahre so eingespannt mit meiner Arbeit. Aber inzwischen habe ich meine Fühler mal wieder ausgestreckt, bin ja noch jung genug. Doktor Stiegler hat mich erst unlängst auf glatt zehn Jahre jünger geschätzt, als ich bin. Und weißt du, was: So fühle ich mich auch.«

»Das ist schön!«

»Und du? Gibt's in Neuseeland einen Ehemann?«

»Nein. Bislang wollte ich mich einfach nicht fest binden. Aber das heißt nicht, dass die große Liebe nicht noch kommen kann.«

»Ja, so denke ich auch. Und ich glaube, sie ist bei mir schon im Anmarsch.« Kattas Augen funkelten.

»Spannend, erzähl!«, forderte Carolin sie auf.

»Ach, es ist alles noch sehr frisch. Ich denke, er muss sich erst noch seiner Gefühle klar werden. Er hatte lange keine Beziehung, ist früher einmal sehr verletzt worden, und seitdem scheint es ihm schwerzufallen, sich auf eine Frau einzulassen. Also muss ich ihm Zeit lassen. Aber ich habe so das Gefühl, das zwischen uns könnte was Ernstes sein.« Sie nahm den letzten Schluck aus ihrer Tasse und stellte sie dann so energisch ab, dass der ganze Tisch wackelte.

Carolin war kurz davor, laut zu lachen. Wie bescheuert war diese Frau? Nach seinen Worten hatte Cornell Katta unmissverständlich klargemacht, dass er keine Beziehung mit ihr wollte.

Ganz kurz beschlich sie ein Zweifel, doch dann musste sie lächeln. Niemals würde sich Cornell auf eine Frau wie Katta einlassen. Never ever.

Katta zückte ihr Handy und sah auf das Display. Dann lächelte auch sie. »Oh, ich sehe gerade, Doktor Stiegler möchte sich möglichst bald mit mir treffen«, säuselte sie. »Wir haben noch so viel wegen unseres Projekts zu besprechen. War schön, dich wiedergesehen zu haben, Caro! Gute Heimreise, falls du doch zurückgehst.« Sie winkte und zog von dannen.

Carolin sah ihr hinterher, bis sie in der Menge verschwunden war. Dann kramte sie aus ihrer Umhängetasche das Smartphone hervor und wählte die Nummer von Cornell. Doch der Klingelton verhallte ungehört.

24. Kapitel

Katta ist nur eine dumme Schwätzerin, eine blöde Kuh, sie ist eifersüchtig und neidisch und missgünstig … Mit diesen Worten im Kopf betrat Carolin das Haus im Kneippweg. Sie würde sich von dieser Frau nicht die gute Laune verderben lassen. Ganz bestimmt nicht!

Und dennoch spürte sie, dass sie die Lebensmittel sehr viel weniger enthusiastisch auspackte, als sie sie gekauft hatte. Nachdenklich betrachtete sie das Huhn. Sie hatte in ihrem Leben noch keines zubereitet – Kochen war einfach nicht ihr Ding. Und die Idee, dass Romy mit den Kindern vorbeikommen könnte, und dann würden die drei, ihr Vater und sie selbst dieses Vieh fröhlich verzehren, war wohl auch nicht ganz durchdacht gewesen. Wie sollten drei Erwachsene und zwei Kinder von einem Huhn satt werden? Und was würde es dazu geben? Die Radieschen? Okay, sie könnte noch einen Salat machen, obwohl ihr das schon wieder zu viel Mühe wäre. Und aßen Kinder überhaupt Salat?

Verärgert räumte sie die Sachen in den Kühlschrank und ging dann ins Wohnzimmer auf der Suche nach einer Blumenvase. Hoffentlich hatte Georg in seinem Aufräumwahn nicht alle weggeworfen. Wo war er überhaupt?

»Papa?«, rief sie ins leere Treppenhaus, bekam aber keine Antwort. Sie lief zur Terrassentür, öffnete diese und sah sich im Garten um. Vielleicht war er wieder dabei, unter Büschen Unkraut zu zupfen oder Bäume zu fällen? Doch hier sah sie nur die Nachbarskatze durchs Gras streifen und sehnsüchtig zu einem Vogelnest in einem der Apfelbäume hinaufschauen. Vermutlich war er ins Büro gegangen. Es war kurz nach zwölf, und er hatte ja schon gestern blaugemacht, weil er mit ihr in der Therme gewesen war.

Im Schrank neben dem Fernseher fand sie tatsächlich eine schlichte Glasvase, die groß genug für den Strauß Pfingstrosen war. Sosehr sie sich über sie gefreut hatte – jetzt kamen ihr die Blumen auf dem Wohnzimmertisch deplatziert vor. Mit gesenktem Blick ging sie in die Küche zurück und lehnte sich an den Herd. Und nun?

Sie versuchte noch einmal, Cornell zu erreichen, aber wieder ging er nicht ans Telefon. Sie schalt sich eine Närrin, konnte jedoch nicht verhindern, dass Szenen vor ihrem inneren Auge aufstiegen, in denen Cornell und Katta vor einem Computerbildschirm saßen und sich küssten. So ein Unsinn! Schluss damit!

Garantiert hätte er sich am Vorabend nicht mit ihr getroffen und hätte nicht diese geradezu magische Nacht mit ihr verbracht, wenn er sich in irgendeiner Weise zu Katharina hingezogen fühlte! Cornell war aufrichtig, das spürte sie.

Carolin erinnerte sich mit einem Mal daran, warum ihre Freundschaft zu Katta nach dem vierten Semester entzweigebrochen war. Denn diese hatte schon immer fies intrigiert. Zwar hatte es Carolin nicht persönlich betroffen, aber sie hatte miterlebt, wie Katta eine gemeinsame Kommilitonin, die frisch mit einem der wissenschaftlichen Mitarbeiter liiert gewesen war, vor diesem schlechtgemacht und damit dazu beigetragen hatte, dass der Typ das Mädchen schnell wieder hatte fallen lassen. Und dann hatte Katta wochenlang gejammert, dass sie sich den Kerl dennoch nicht selbst hatte angeln können. Carolin hatte das so abgestoßen, dass sie nach den Semesterferien jedem Kontakt mit Katta aus dem Weg gegangen war. Und sie war erleichtert gewesen, als diese ein halbes Jahr später an eine andere Uni gewechselt war.

Ganz sicher würde es der Frau nicht gelingen, das gleiche Spiel zwanzig Jahre später mit ihr zu wiederholen. Dafür würde sie schon sorgen!

Aber zunächst rief sie im Büro ihres Vaters an, um zu fragen, wann er zum Abendessen daheim sein würde. Sie würde ihm ein leckeres Brathähnchen auftischen, so schwierig konnte das ja nicht sein.

»Nein, Carolin, tut mir leid«, antwortete Frau Sauer jedoch, als sie nach ihrem Vater fragte. »Der Herr Hohenhausen ist nicht im Büro. Er hat sich auch nicht bei mir gemeldet. Ich habe schon versucht, ihn anzurufen, habe ihn aber nicht erreicht. Ich melde mich bei dir, wenn ich was von ihm höre.«

Einigermaßen beunruhigt, legte Carolin auf. Wo konnte er sein? Sie spürte ein unangenehmes Ziehen in der Magengegend. Schnell ging sie die Treppe hinauf und spähte in das elterliche Schlafzimmer. Dieses war leer, und das Bett war ordentlich gemacht. Ob er am Vorabend nach dem Kartenspielen bei Rudolf geblieben war? Vielleicht hatte er ein wenig zu viel getrunken und nicht mehr heimfahren wollen? Aber ihr Vater trank nie, wurde ihr klar. Sie lugte in die Einfahrt und entdeckte den Mercedes. Weit konnte er also eigentlich nicht sein.

Ob er noch einmal in die Therme gegangen war, weil es ihm dort so gut gefallen hatte? Sollte sie ihre Schwestern anrufen und fragen, ob die etwas wussten? Aber Veri würde sich vermutlich gleich verrückt machen und eine Helikopter-Suchaktion starten.

Sie rief Georgs Handynummer auf – doch genau wie Cornell ging auch er nicht dran. Unruhig lief sie auf der Terrasse auf und ab. Wo war die gute Stimmung vom Morgen geblieben? Wenn sich wenigstens Cornell melden würde …

Sie setzte sich unter ihren Apfelbaum ins Gras und lehnte sich an den Stamm. Ihre Finger spielten mit den unzähligen Blütenblättern, die rings um sie verteilt herumlagen. Sie atmete tief ein und aus.

Was war nur mit ihr los? Sie und Cornell – das war, wie wenn ein Eisenstück auf einen Magneten traf. Als sei es vorherbestimmt, etwas, woran Carolin bisher immer abgelehnt hatte zu glauben. Doch genau so fühlte es sich an, folgerichtig, unausweichlich. Und dann kam diese Katta, von der sie doch wusste, dass sie keine wirkliche Bedrohung war, und schaffte es, die alten Mechanismen in ihr wachzukitzeln. Wäre es nicht doch besser, sich zurückzuziehen? War sie überhaupt geschaffen für eine ernsthafte Beziehung? Es konnte doch nicht mit rechten Dingen zugehen, sich innerhalb so kurzer Zeit mit einem Mann so verbunden zu fühlen. Was, wenn das nur ein ganz besonders verrückter Hormoncocktail war? Ach, wäre sie jetzt in Neuseeland! Dann hätte sie Katta nicht getroffen, wüsste nicht, dass ihr Vater verschwunden war, würde die Zweifel an ihrer Beziehung zu Cornell nicht spüren, die ihr Rückgrat hinaufkletterten und sich in ihrem Hirnstamm verhakten …

Sie zuckte zusammen, als ihr Handy einen Laut von sich gab. Cornell? Georg? Doch es war eine Nachricht von Romy. »Schau mal, hat Luna für dich gemalt …« Angehängt war das Foto eines wunderschönen Bildes. Darauf war ein Klettergerüst zu sehen, auf dem drei staksige Strichmännchen standen. Um sie herum flatterten Schmetterlinge in allen möglichen Farben, und auch wenn sie ungelenk gezeichnet waren, konnte man erkennen, dass dies Luna, Vince und sie selbst auf dem Spielplatz der Mainau waren.

»Wunderschön, vielen Dank! Ich hoffe, ich bekomme das Original. Das kriegt dann einen Ehrenplatz«, schrieb sie zurück.

Nur wo? Sie starrte in die Baumkrone über sich, sah weiße Wolken darüber hinwegziehen und entdeckte einen echten Schmetterling, der zwischen den Ästen herumflatterte. Es war ein ganz gewöhnlicher Kaisermantel, aber die Anmut, mit der er sich seinen Weg suchte, rührte sie geradezu. Sie tippte auf Romys Kontakt und ließ es klingeln. Immerhin diese ging sofort dran.

»Hi, Romy, störe ich?«, fragte Carolin zaghaft.

»Nö, sitze gerade im Eiscafé und mach eine kleine Pause. Süß, das Bild, gell?!«

»Ja, und wie, total!«

»Was ist los, du klingst irgendwie … nicht so glücklich.«

Carolin spürte, dass ein Lächeln ihre Lippen in die Breite zog. Wie schön war es, dass ihre Schwester sofort merkte, wenn etwas nicht stimmte. »Ich weiß auch nicht«, stöhnte sie. »Es ist alles so merkwürdig gerade.«

Und dann erzählte sie von Cornell und von Katta und von der ganzen Ungewissheit, die auf ihren Schultern lastete, und am Ende sagte sie: »Und wo Papa ist, weiß ich auch nicht. Hast du was von ihm gehört?«

»Papa ist weg?« Romy klang besorgter, als Carolin gedacht hätte.

»Na ja, was heißt weg? Im Büro ist er jedenfalls nicht, aber er kann ja einen Termin haben oder so was und kommt bald nach Hause. Dass er nicht ans Handy geht, ist doch eher normal, richtig?« Oft genug hatten ihre Schwestern bei Skype-Telefonaten gejammert, dass ihr Vater das Smartphone ständig vergaß, es aus Versehen auf stumm gestellt oder nicht aufgeladen hatte.

»Ja, klar, du hast recht. Vielleicht macht er mal wieder eine Fahrt mit einem seiner Schiffe? Ab und an schleicht er sich an Bord, um zu schauen, ob alles gut läuft.«

»Stimmt, das könnte auch sein.« Carolin fand diese Erklärung ziemlich glaubhaft. »Am besten warten wir noch etwas ab. Ich dachte, Veri sage ich vorerst nichts, die regt sich immer so schnell auf.«

»Hast recht.« Romy klang nachdenklich. »Ich ... hm, na ja, ich bin nur ein wenig besorgt wegen der ganzen Situation mit Mama. Wahrscheinlich geht ihm das doch alles näher, als er zugibt.«

»Mit Sicherheit«, stimmte Carolin zu. »Aber vielleicht braucht er genau deshalb Zeit für sich und will nur mal allein sein.«

»Na, Ruhe hat er daheim auch. Aber gut, dort erinnert ihn alles an Lotte.«

»Ach, Romy ...«

»Komm, Caro, der taucht schon wieder auf. Ich frage mal Ben, ob er etwas von ihm gehört hat. Und Cornell meldet sich bestimmt auch bald bei dir.«

»Meinst du?«

»Na klar! Ey, glaubst du, der lässt sich so auf eine Frau ein, von der er weiß, dass sie in ein paar Tagen ans andere Ende der Welt verschwinden will, wenn er nicht die Möglichkeit sehen würde, sie umstimmen zu können?«

»Aber er könnte es doch auch gerade nicht ernst meinen und nur seinen Spaß haben wollen.«

»So einer ist der nicht!«

»Kennst du ihn näher?«

»Nein, aber was du erzählt hast ... Der ist total verknallt in dich. Picknick auf der Mainau, romantische Nächte ...«

»Es gibt genug Männer, die einen auf verliebt machen, und wenn's dann ernst wird, kneifen sie.«

»Aber nicht Cornell. Schau, du hast doch erzählt, wie aufopfernd er sich um seinen Vater gekümmert hat. Der ist so. Das ist nicht gespielt. Der macht dir nichts vor.«

So wie Romy es sagte, klang es mit einem Mal sehr einleuchtend. Und Carolin musste zustimmen: Bis jetzt hatte Cornell ihr tatsächlich nicht den kleinsten Anlass gegeben, an seiner Aufrichtigkeit zu zweifeln. Er ging nicht ans Handy, weil er arbeitete. Das spielte sich alles nur in ihrem Kopfkino ab.

»Ja, du hast recht. Und außerdem habe ich ihm gesagt, dass ich meinen Flug erst mal gecancelt habe.«

»Wow! Das ist toll!«

Carolin konnte sich genau vorstellen, wie Romy freudig grinste.

»Super, dann sehen wir uns ja noch öfter. Das ist wunderbar!«

»Finde ich auch!«

»Caro?« Romy stockte kurz. »Ich finde es gut, dass du nicht gleich wieder ... na ja, wegläufst. Es wird sich alles lösen.«

»Ja, du hast recht. Ich weiß es ja.«

»Ich drück dich! Und wir sehen uns bald, ja? Ich melde mich, wenn ich Luft habe.«

»Ach, eigentlich wollte ich fragen, ob ihr zum Abendessen vorbeikommen wollt, du und die Kinder«, fiel ihr noch ein.

»Heute passt es eher schlecht«, sagte Romy. »Ein anderes Mal gerne!«

Sie verabschiedeten sich und legten auf. Carolin spürte den Baumstamm in ihrem Rücken. Wie er ihr Halt gab und sie aufrichtete. Genau wie ihre Schwester.

Sie stand auf und beschloss, nach einem Rezept für Brathähnchen zu googeln. Sicher würde sich Georg freuen, wenn er nach Hause kam und es aus der Küche lecker duftete. Sie aktivierte ihr Display und sah eine neue Nachricht.

»Was machst du, meine Schöne? Leider habe ich heute einen Termin nach dem anderen. Treffen wir uns morgen?«, hatte Cornell geschrieben. Und weiter: »Verdammt hart, sich auf die Arbeit zu konzentrieren. Ich muss die ganze Zeit an dich denken.« Ein Kussmund, drei Herzen und ein lächelndes Smiley folgten.

Nach den Stunden der Ungewissheit und der nagenden Zweifel fühlte sich Carolin mit einem Mal so erleichtert, dass sie vor Freude im Kreis hüpfte.

Dann ging sie in die Küche, um sich dem Huhn zu widmen. Einen großen gusseisernen Topf fand sie schnell, auch Öl und Gewürze. Und nun? Sie wollte schon nach einem Rezept googeln, aber da fielen ihr ein paar Kochbücher ins Auge, die Georgs Aufräumwahn offensichtlich noch nicht zum Opfer gefallen waren. Ein dickes, vergilbtes war darunter – es hatte ihrer Großmutter väterlicherseits gehört, erinnerte sich Carolin, und sie zog es heraus. Das Buch stammte aus den sechziger Jahren und war ziemlich abgegriffen. Es gab darin Kapitel über Krankenkost und Säuglingsernährung, Rezepte der »Auslandsküche« sowie seitenlang Vorschläge für Alltagsmahlzeiten. Überraschend war vor allem, mit wie wenigen Zutaten die Gerichte auskamen. Die Verwendung besonderer Gewürze und Kräuter war damals offensichtlich noch nicht üblich. Auch das Brathähnchen-Rezept klang simpel. Es dauerte kaum zwanzig Minuten, bis das Huhn im Ofen vor sich hin schmurgelte. Mit dem Frisée, den Tomaten und Radieschen begann sie einen Salat zuzubereiten.

Gerade als sie im Küchenschrank nach Olivenöl suchen wollte, klingelte es an der Haustür. Ob Georg seinen Schlüssel vergessen hatte?

Doch es war Rosalie, die da vor ihr stand. Sie hatte rote Wangen und sah erhitzt aus, vermutlich vom Radeln, denn Carolin entdeckte am Gartentor ein knallrotes Rennrad.

»Komm rein!«, ermunterte sie ihre Nichte. »Ich habe gerade ein Hühnchen im Ofen, wenn dein Opa nachher kommt, können wir gerne zusammen essen.«

Rosalie umarmte Carolin kurz und betrat das Haus. »Ich ess doch kein Fleisch«, erklärte sie.

»Dann isst du einfach nur Salat. Magst du was trinken?« Carolin ging voran, und Rosalie folgte ihr, nachdem sie sich ihrer Schultasche entledigt hatte.

»Wolltest du Opa besuchen?«, fragte sie, holte ein Glas aus dem Schrank und füllte es mit eiskaltem Leitungswasser.

Rosalie nahm es dankbar an und leerte es in einem Zug. Dann schüttelte sie den Kopf. »Nein, zu dir!«

»Wie schön! Sollen wir uns raussetzen?«

Sie gingen auf die Terrasse und ließen sich auf den gemütlichen Rattanmöbeln nieder. Es war Rosalie anzusehen, dass etwas auf ihrer Seele lastete, und Carolin ahnte auch, was.

»Ärger mit deinen Eltern gehabt?«, fragte sie ohne Umschweife.

»Die sind so …« Rosalie griff nach einem der Kissen neben sich, legte es sich auf den Bauch und verschränkte die Arme darüber. Mit dem schmollenden Ausdruck sah sie aus wie die Vier- oder Fünfjährige, die sie einmal gewesen war. Zumindest musste Carolin an Fotos aus der Zeit denken, die ihr Veri geschickt hatte. Sie empfand ein wenig Wehmut bei dem Gedanken, dass sie das Aufwachsen ihrer Nichten und ihres Neffen kaum miterlebt hatte.

»Die sind so was?«, fragte sie sanft nach.

Rosalie hatte stumm in die Ferne geschaut und wandte sich nun wieder Carolin zu. »Die verstehen mich einfach nicht.«

»Ja, das ist leider ziemlich häufig der Fall – zumindest nehme ich an, dass sich, was das angeht, seit meiner Teenagerzeit nicht allzu viel verändert hat.«

Rosalie erwiderte ihr Schmunzeln nicht, sondern begann, an einem Fingernagel zu knabbern. »Ich habe heute Morgen gehört, wie Mama zu Papa gesagt hat, dass sie auf keinen Fall möchte, dass ich ins

Ausland gehe. Nachher werde ich noch so wie du, hat sie gesagt, komm nicht zurück und lass meine Familie im Stich. Ey, echt, da geh ich gar nicht mehr nach Hause!«

»Das hat sie wirklich gesagt?« Carolin fühlte einen dumpfen Groll in sich aufsteigen. Veri war ihr gegenüber so freundlich und warmherzig gewesen und sprach in Wahrheit so über sie?

»Ja, hat sie.« Rosalie versetzte dem Kissen einen Hieb. »Ich muss einfach nach Neuseeland. Bitte, Caro, lass mich bei dir wohnen, ja? Ich helfe dir beim Putzen und so, und kochen kann ich auch ganz gut. Also, zumindest vegan.«

Carolin spürte, wie ihr mit einem Mal schwer ums Herz wurde. Aber sie wollte Rosalie nicht anlügen. »Das würde ich total gerne machen, aber …«, fing sie zu erklären an.

»Ach komm, du sagst jetzt nicht Nein, oder?« Rosalie sah sie entsetzt an.

Carolin griff über die Sofalehne und legte eine Hand auf den Arm ihrer Nichte. »Rosa, vermutlich kehre ich nicht nach Neuseeland zurück«, sagte sie dann.

Rosalie riss ihren Arm weg. »Was? Aber du gehst woandershin, oder? Wieder nach Brasilien? Ich komme auch zu dir nach Brasilien.«

Carolin schüttelte kurz den Kopf, dann sah sie in Rosalies erwartungsvolles Gesicht. »Nein, mein Schatz, ich werde vermutlich hier am Bodensee bleiben.«

»Ey, das ist so langweilig hier. Das kann nicht dein Ernst sein – du verarschst mich, oder?«

Carolin verneinte. Rosalie stand abrupt auf und schleuderte das malträtierte Kissen in eine Ecke.

»Aber, Rosa, du kannst doch auch irgendwo anders hingehen, ohne mich. Ich rede gerne mit deinen Eltern, wenn du magst, und versuche sie umzustimmen. Und du findest sicher eine supernette Gastfamilie. Ich habe eine Freundin in Christchurch, die hat ein süßes Zwillingspärchen, und die würden dich garantiert aufnehmen. Ich kann sie fragen.«

»Nee, lass mal.« Rosalie spurtete mit langen Schritten quer durch den Garten auf das Tor zu, wo ihr Fahrrad stand.

Mist!

»Rosalie!« Carolin lief ihr ein Stück nach, sah aber nur noch, wie sich das Mädchen aufs Fahrrad schwang und davondüste. »Deine Schultasche!« Doch das hörte sie schon nicht mehr.

Carolin ging in die Küche zurück und starrte in den Backofen, wo das Hühnchen allmählich Farbe annahm. Sie öffnete die Tür und bestrich es mit dem abgetropften Fett. Es roch köstlich. Doch der Appetit war ihr vergangen.

Wie enttäuscht musste Rosalie jetzt sein! Da zählte das Mädchen einmal auf ihre Tante, und die machte mal eben ihre Pläne zunichte. Aber bedeutete ihre heftige Reaktion nicht vielleicht auch, dass sie noch nicht bereit war, ganz allein ein Auslandsjahr zu verbringen? Carolin dachte daran, was Veri über sie selbst gesagt hatte. Dass sie die Familie im Stich gelassen habe. Stimmte das? War es so?

Carolin war immer der Überzeugung gewesen, dass Kinder ihren Eltern nichts schuldeten – und Lotte hatte sie in diesem Gedanken stets bestärkt. Ihre Mutter würde vermutlich niemals sagen, dass Carolin ihre Familie im Stich gelassen hatte, sondern hätte erklärt, dass sie stolz auf ihre Tochter und deren Abenteuerlust sei. Aber Veri … Carolin erinnerte sich, dass auch früher öfter mal ihre Vorstellungen vom Leben aufeinandergeprallt waren. Als Veri vor 18 Jahren geheiratet hatte, 28 war sie da gewesen, hatte Carolin das überaus spießig gefunden und das auch gesagt. Zudem hatte sie damals schon den Eindruck, dass Stefan nicht der richtige Mann für Veri sei. Er war so steif und nüchtern gewesen und hatte so gar nichts von der Herzlichkeit seiner Braut. Aber Veri hatte ihn immer verteidigt und Carolin erklärt, dass Romantik und Schmetterlinge im Bauch auf Dauer für eine Ehe sowieso nicht ausreichen würden. Sie dagegen sei mit Stefan ein unschlagbares Team – sie hatten die gleichen Ziele (das Weingut seiner Eltern übernehmen und profitabler machen) und die gleichen Wünsche (sie wollten eine Familie gründen). Carolin war klar gewesen, dass sie ihre Schwester nicht vom Kurs abbringen konnte, und so hatte sie von da an zu deren Beziehung und Lebensführung geschwiegen. Sie hatte eigentlich gedacht, dass Veri es genauso sah wie sie: Selbst wenn man die Lebensweise eines anderen nicht nachvollziehen konnte, so würde man sich nicht kritisch dazu äußern. Dass Veri nun so schlecht über sie redete, stieß ihr bitter auf. Sie sollte sie darauf ansprechen. Bei der Vorstellung zog sich ihr Magen zusammen – eine Auseinandersetzung war das Letzte, was sie sich wünschte. Aber manchmal war es wohl einfach nötig.

Wieder einmal war es ihr Smartphone, das sie aus ihren Gedanken riss. Cornell? Georg? Doch es war eine unbekannte Nummer. Carolin meldete sich mit ihrem Namen.

»Ah, Frau Hohenhausen, wie gut, dass ich Sie erreiche«, hörte sie eine fremde weibliche Stimme. »Hier ist Bauer von der Nachmittagsbetreuung, in der Vincent und Luna sind. Leider ist Ihre Schwester nicht gekommen, um die beiden abzuholen, und wir schließen gleich. Wissen Sie vielleicht, wo Sie sein könnte?«

Carolin durchfuhr ein Schauer. Waren denn heute alle untergetaucht?

»Äh, nein … Das heißt, ich habe so vor zwei, drei Stunden noch mit ihr telefoniert, da hat sie gerade Mittagspause gemacht.«

»Ach so, verstehe. Wissen Sie, es kommt nicht zum ersten Mal vor, und wir können es einfach nicht länger hinnehmen, dass unsere Erzieherinnen Überstunden machen müssen, weil es Ihre Schwester nicht schafft, ihre Kinder pünktlich abzuholen. Könnten Sie vielleicht kommen?«

»Ja, das geht schon, aber ich bin in Überlingen, das heißt, es würde eine Weile dauern, bis ich da bin. Können sie nicht vielleicht mit zu Freunden gehen?«

»Es sind bereits alle weg. Wie lange bräuchten Sie denn hierher?«

»Na ja, eine Dreiviertelstunde bestimmt.«

Am anderen Ende wurde der Hörer abgedeckt und getuschelt.

»Woher haben Sie überhaupt meine Nummer?«, fragte Caro.

»Von Veronika von Osten«, erklärte Frau Bauer. »Sie sagte, sie hätte keine Zeit, und gab mir Ihre Nummer. Da Sie ja auch eine Tante der Kinder sind, wäre ich Ihnen dankbar, wenn Sie die beiden abholen kommen.«

Carolin war bereits klar, dass sie nicht ablehnen konnte, und sie versprach, sich sofort auf den Weg zu machen. Wenigstens konnte sie Georgs Wagen nehmen, den Schlüssel hatte sie sowieso noch in ihrer Tasche. Sie schaltete den Ofen ab und hoffte, das Hähnchen würde die Unterbrechung nicht übel nehmen.

Glücklicherweise herrschte nicht allzu viel Verkehr auf der Bundesstraße nach Konstanz, und Carolin schaffte es tatsächlich, fünfzig Minuten nach dem Telefonat bei Vincents und Lunas Nachmittagsbetreuung anzukommen. Romy war offensichtlich immer noch nicht aufgetaucht, und die Kinder saßen an einem Tisch und malten still vor sich hin. Eine sehr junge Betreuerin saß in einer Ecke und scrollte auf ihrem Handy herum.

»Caro!«, rief Luna begeistert, sprang auf und warf sich ihrer Tante in die Arme. »Holst du uns heute ab?«

»Wonach sieht's denn aus?« Vince rollte mit den Augen und machte ein mürrisches Gesicht. »Mama hat uns ja wohl mal wieder vergessen.«

Die Betreuerin ging mit ihnen zur Tür und strich Vince über den Nacken. »Das hat sie bestimmt nicht. Bestimmt ist ihr nur etwas dazwischengekommen.«

»Dann hätte sie auch mal anrufen können.«

»Akku leer? Kein Netz?«, schlug Carolin vor.

Vince zog nur die Schultern hoch und ging auf das Auto zu.

»Ich finde es toll, dass du heute da bist.« Luna schob ihre farbverschmierten Finger in Carolins Hand und schmiegte sich im Laufen an sie.

»Ja, find ich auch. Und um eure Mama braucht ihr euch bestimmt keine Sorgen zu machen.« Sie öffnete den Kindern die Tür des Fonds. »Also, was machen wir jetzt?«

»Eis essen?«, fragte Luna und grinste. Die Lücke zwischen ihren Vorderzähnen war noch größer geworden, offensichtlich hatte sie einen weiteren Zahn verloren.

»Ich muss noch lernen für die Rechenarbeit morgen – da muss ich richtig gut sein, sonst kann ich nicht aufs Gymnasium«, sagte Vince.

»Willst du da überhaupt hin?« Caro setzte aus der Parklücke zurück und fädelte sich in den Verkehr ein.

»Alle meine Freunde gehen aufs Gymi«, kam es von hinten. Im Rückspiegel konnte sie sein ernstes Gesicht erkennen.

»Na ja, aber das heißt ja nicht, dass du das unbedingt musst. Die Realschule ist auch super. Und man lernt da auch viel.«

»Warst du auf der Realschule?«, wollte Luna wissen.

Carolin schüttelte den Kopf. »Nein, aber eure Mama. Und sie hatte immer tausend Stunden mehr Freizeit als Veri oder ich.«

»Wie man sich um seine Kinder kümmert, hat sie da nicht gelernt!«

»Ach, Vince ... Ich weiß, dass eurer Mama nichts auf der ganzen Welt wichtiger ist als ihr zwei. Aber es ist auch sehr, sehr viel Arbeit für sie, sich allein um euch zu kümmern.«

Vince hatte den Blick gesenkt und schwieg.

»Wisst ihr was? Wie wäre es damit, wir bringen dich jetzt heim, Vince, und dann gehen Luna und ich Eis besorgen«, schlug Carolin vor. »In der Zeit übst du für Mathe, und anschließend machen wir es uns gemütlich. Und für eure Mama holen wir auch Eis – die ist dann bestimmt wieder da.«

Caro versuchte, so fröhlich wie möglich zu lächeln. Was war das nur für ein Tag? Georg war verschwunden und jetzt auch noch Romy. Wo steckten sie nur?

»Einen Hausschlüssel habt ihr, oder?«

Luna krähte »Ja!«, und kurz darauf erreichten sie den kleinen Parkplatz hinter Romys Haus, der für Anlieger reserviert war.

»Da ist ja Mamas Auto«, stellte Luna fest und deutete auf den türkisfarbenen VW Caddy. »Dann ist sie bestimmt schon zu Hause!«

Sie stiegen aus, und Luna stürmte durch den geöffneten Hintereingang ins Treppenhaus, während ihr Bruder langsam hinterhertrottete.

»Komm schon, Vince.« Carolin merkte, dass ihr Neffe bedrückt war. »Sicher hat Luna recht. Mach dir keine Sorgen.«

»Tu ich nicht«, behauptete er. »Aber wenn mit Mama mal was ist … Ich meine, Luna kann dann zu Ben … aber ich? Wer kümmert sich dann um mich?«

»Ich«, wollte Carolin schon ausrufen, aber ihr wurde klar, dass man Kindern nicht leichtsinnig ein Versprechen geben sollte, das man womöglich nicht halten konnte. Es war nicht anzunehmen, dass sich irgendwer anders als Romy um Vince kümmern müsste, aber das Schicksal schrieb gerne die unwahrscheinlichsten Geschichten.

»Ben würde genauso für dich da sein wie für Luna. Aber so weit wird es nicht kommen. Sie ist bestimmt daheim! Oder kommt bald!«, sagte sie stattdessen.

Als sie oben angekommen waren, saß Luna schon auf der obersten Treppenstufe und zog ihre Schuhe aus. Vince klaubte den Schlüssel aus seinem Ranzen und schloss auf. Luna drängte sich an ihm vorbei, blieb dann jedoch im Flur plötzlich stehen, und Vince lief fast in sie hinein.

»Ey«, rief er, aber Luna legte den Finger auf den Mund und machte »Pscht!«.

Sie sahen sich alle drei fragend an und lauschten auf das Geräusch, das zu ihnen hinüberdrang. Ganz eindeutig: Da schnarchte jemand.

»Mama?«, flüsterte Luna und ging auf die Wohnzimmertür zu. »Ich glaube, die schläft …«

»Warte!« Carolin versuchte, ihre Nichte aufzuhalten, aber da hatte sie schon die Tür aufgerissen. Augenblicklich wurde das Schnarchen lauter. Im Wohnzimmer herrschte Dämmerlicht, aber man erkannte, dass der Paravent vor Romys Bett beiseitegeschoben war. Und so war ein stark behaarter Männerarm zu sehen, der über die Matratze hinausragte. Und ein nackter Oberkörper, der sich gleichmäßig hob und senkte.

»Ihhh!«, schrie Luna so laut, dass der schlafende Mann hochschreckte.

»Ah! Fanculo!« Er zog reflexartig die Bettdecke über seinen Körper.

»Woher kommt …?«, stieß Romy aus und zerrte ihrem Bettgenossen die Decke weg, um ihre eigene Blöße zu verhüllen. Es war nicht zu übersehen: Beide waren nackt und Romys Haare ziemlich zerzaust. »Mist!«

Vince hatte sich bereits in sein Zimmer verzogen und die Tür hinter sich zugeknallt. Luna sprang unbekümmert auf das Bett.

»Schatz, hey, hallo …« Romy knuddelte ihre Tochter, die sich aber von ihr losriss.

»Ih, du stinkst nach Schweiß!«

»Tut mir leid, Luna, ich bin wohl einfach eingeschlafen. Ich war so müde!«

»Und ist der da mit eingeschlafen?«, wollte Luna wissen und deutete auf den Mann neben ihrer Mutter.

War das nicht … Carolin erkannte ihn erst jetzt. Das war doch der Kellner aus dem Eiscafé, den Romy so süß gefunden hatte.

»Ja, genau, Giancarlo hat mir ein bisschen Gesellschaft beim Schlafen geleistet.« Romy kicherte. »Warum gehst du nicht spielen?«

»Nö.« Luna musterte weiterhin Giancarlo, der ein verlegenes Lächeln aufsetzte.

»Und du musst doch bestimmt zurück zur Arbeit, oder?« Romy warf Giancarlo einen eindringlichen Blick zu, doch der sah sich nur leicht verzweifelt um. Männerkleidung lag nirgendwo herum.

Carolin legte den Kopf schief und sah Romy fragend an.

»Küche«, flüsterte diese, und Carolin ging hinüber. Tatsächlich: Auf dem Fußboden lagen vier Socken, zwei Unterhosen, ein BH, eine Jeans, ein kurzer Rock, ein Hemd und ein T-Shirt. Sie raffte alles zusammen, ging zurück ins Wohnzimmer und warf die Sachen schweigend auf das Bett ihrer Schwester.

»Komm, Luna, du wolltest mir doch zeigen, was du da vorhin Schönes gemalt hast.«

Während Luna vom Bett runterkrabbelte, formte Romy mit ihren Fingern ein Herz, und Carolin schloss die Tür hinter ihnen. Dann schob sie Luna in ihr Kinderzimmer.

Eine Viertelstunde später war Giancarlo sehr leise verschwunden, die Kinder durften etwas auf Kika anschauen, und Romys hellblonde Haare waren zu einem strammen Dutt hochgesteckt.

»Du hast mich gerettet, danke!«, stieß Romy erleichtert aus und wollte Carolin umarmen, hielt aber plötzlich inne. »Shit, bist du sauer auf mich? Hältst du mich jetzt für eine verantwortungslose Mutter? Weißt du, ich kann das erklären …«

»Romy, Romy …« Carolin schob ihre Schwester ein Stück von sich fort. »Natürlich bin ich nicht sauer. Ey, du bist allein mit den Kindern! Ich kann mir höchstens ansatzweise vorstellen, wie anstrengend und schwierig das sein muss. Da braucht man schon mal ’ne Pause.«

Romy legte die Arme um Carolin und begann zu schluchzen. »Es tut mir so leid, ich bin echt ’ne schlechte Mutter …«, stammelte sie.

»Nein, überhaupt nicht. Du liebst deine Kinder, und das wissen sie auch.« Carolin strich ihr beruhigend über die Oberarme.

»Weißt du, das mit Giancarlo … das war so spontan. Ich dachte, keine Ahnung, nur ein kleiner Quickie, und dann fahre ich sofort die Kinder abholen. Aber irgendwie … Wir sind beide eingeschlafen.«

»Dann hast du wohl ein Nickerchen gebraucht.«

»Oh Mann …« Romy wischte sich die Tränen ab und schüttelte den Kopf.

»War’s denn wenigstens gut?« Carolin grinste breit.

»Hatte schon schlechtere Lover …«

Nun tauchte das Grinsen auf, das Carolin an ihrer Schwester so liebte und in dem sie den Wirbelwind wiederfand, der Romy einst gewesen war. Sie sah auch die Ähnlichkeit zu Luna. Da würden noch harte Zeiten auf sie zukommen, wenn ihre Nichte erst mal ins Teenageralter kam.

»Ist denn Papa inzwischen aufgetaucht?«, fragte Romy plötzlich.

Carolin schüttelte den Kopf. »Aber vielleicht ist er ja inzwischen zu Hause.« Sie zog ihr Smartphone hervor, wählte die Festnetznummer und ließ es lange klingeln. Keiner nahm ab. Romy versuchte es parallel auf Georgs Handy, aber auch dort erreichte sie ihn nicht.

»Sollen wir doch Veri Bescheid sagen?«, fragte Carolin. »Vielleicht können wir ja erst mal vorsichtig horchen, ob sie was von ihm gehört hat.«

»Guter Plan!«

Aber bevor sie diesen in die Tat umsetzen konnten, ging ein Anruf auf Romys Handy ein.

»Veri!«, sagte sie mit einem Blick aufs Display und aktivierte beim Annehmen auch gleich den Lautsprecher.

»Papa hat mich gerade angerufen«, hörten sie Veri atemlos sagen. »Er ist auf Mallorca.«

25. Kapitel

»Was?!«, riefen Carolin und Romy im Chor.

»Ja, genau, er hat mich ›informiert‹, exakt das Wort hat er gebraucht, dass er sich eine kleine Auszeit auf Mallorca gönnt. Eine Woche.«

»Nicht dein Ernst!«, Carolin konnte es nicht fassen. »Er hat sich freiwillig in ein Flugzeug gesetzt?«

»Offensichtlich. Er ist heute Morgen mit dem Zug nach Stuttgart zum Flughafen gefahren und hat geschaut, wohin der nächstbeste Flieger geht. Und das war Palma. Hotel inbegriffen. Er hat es sogar geschafft, ein Foto von seinem Balkon aus mit Blick aufs Meer zu machen. Ich schicke es euch weiter.«

»Krass!« Romy grinste. »Wird er auf seine alten Tage noch unternehmungslustig. Und klang er denn munter?«

»Ja, sehr vergnügt. Hat dann auch das Telefonat beendet, weil er zum Begrüßungscocktail für die neuen Gäste musste.«

»Er trinkt doch gar keine Cocktails«, warf Carolin ein.

»Na ja, jetzt wohl schon. Er hat nämlich gleich noch ein Foto geschickt. Von so einem riesigen Glas mit quietschrotem Zeug darin. Und mit Schirmchen.«

»War bestimmt alkoholfrei«, mutmaßte Romy. »Ach, ich gönne ihm das. Ich finde es toll, dass er sich mal was Gutes tut. Das brauchen wir doch alle zwischendurch.« Sie zwinkerte Carolin zu.

»Äh, wie geht es eigentlich Rosalie?«, fragte Carolin, deutete auf Romys Smartphone und dann ihr eigenes Ohr. Romy überließ ihr das Gerät, und Carolin stellte den Lautsprecher aus.

»Gut, warum fragst du?«, antwortete Veri und klang dabei unbefangen.

»Ach na ja, bei Teenagern ist ja immer schnell mal was los.« Sie wusste selbst nicht so recht, worauf sie hinauswollte. Ihr erster Impuls war, zu hören, ob ihre Nichte überhaupt zu Hause und nicht einfach mit dem Rennrad zu einer Tour ins Unbekannte aufgebrochen war – genau wie ihr Großvater.

»Nein, nein, die sitzt in ihrem Zimmer und lernt. Hoffe ich zumindest.«

»Ähm, sie hat vorhin …«, begann Carolin, dachte dann aber, dass jetzt nicht der richtige Zeitpunkt war. »Sie hat mich vorhin besucht und dann ihre Schultasche liegen lassen. Soll ich sie später vorbeibringen?«

»Oh Mann, das Kind vergisst noch mal seinen Kopf«, ereiferte sich Veri. »Also wenn es dir nichts ausmacht, wäre das natürlich super. Ich habe noch so viel zu erledigen. Aber was wollte sie denn bei dir?«

»Das erzähle ich dir dann nachher, okay?«

Veri stimmte zu, und sie verabschiedeten sich. Romy sah sie fragend an, und Carolin berichtete kurz von Rosalies Besuch und dessen abruptem Ende.

Was Veri über sie gesagt hatte, behielt sie für sich.

»Veri ist manchmal so engstirnig«, entfuhr es Romy. »Soll sie sich doch freuen, dass ihre Tochter in die Welt hinauswill. Ich würde meine beiden sofort losziehen lassen, wenn sie das wollten.«

»Vielleicht hat sie Angst, Rosa haut für immer ab. So wie ich.«

Romy runzelte die Stirn. »Das glaube ich nicht. Eher sorgt sie sich, Rosa könnte dem Ganzen nicht gewachsen sein oder sogar, ihr würde etwas zustoßen. Sie ist schon eine arge Glucke.«

Bald darauf verabschiedete sich Carolin von Romy und den Kindern und machte sich auf den Weg zurück nach Überlingen, um die Schultasche zu holen und dann gleich weiter nach Meersburg zu fahren. Ihr Brathähnchen würde vermutlich niemand mehr mit ihr teilen. Aber morgen war ja auch noch ein Tag.

»Rosa, deine Tante hat dir die Schultasche vorbeigebracht«, rief Veri die Treppe ins Obergeschoss des Hauses hinauf, doch es blieb still. »Rosalie! Sie hat sicher wieder Kopfhörer auf.« Veri stieß einen genervten Laut aus, holte ihr Smartphone hervor und rief ihre Tochter an. Tatsächlich nahm sie das Gespräch an. »Deine Schultasche – Caro hat sie dir gebracht!«, sagte sie.

»Okay«, antwortete Rosalie und legte wieder auf.

»Das ist doch …« Veri bekam allmählich einen roten Kopf.

»Bestimmt kommt sie gleich runter«, versuchte Carolin, sie zu besänftigen. Aber im oberen Teil des Hauses blieb es still. »Ist schon gut.«

»Nein, das ist nicht gut. Ich dachte, wir hätten ihr wenigstens Höflichkeit beigebracht.« Sie schüttelte den Kopf und wies in Richtung Küche. »Magst du einen Wein? Oder eine Schorle? Habe gerade eine Flasche zur Probe aufgemacht.«

»Danke, nein«, erwiderte Carolin. »Ich habe heute noch so gut wie nichts gegessen.«

»Dann komm, ich habe noch etwas vom Mittagessen übrig, das kann ich uns schnell warm machen.«

Während ihre Schwester am Herd hantierte, sah sich Carolin in der Küche um. Sie war gediegen im Landhausstil eingerichtet, hatte aber auch etwas Gemütliches. Das lag sicher auch an den nicht gerade formschönen Blumentöpfen auf der Fensterbank, die vermutlich Rosalie in der Grundschule getöpfert hatte. Am Kühlschrank waren Postkarten, Zeichnungen und Sinnsprüche mit Magneten angebracht, und auf der Eckbank mit den rot-weiß karierten Kissen stapelten sich Zeitschriften und Broschüren. Man sah auf den ersten Blick, dass hier eine Familie lebte.

»Ich komm nicht zum Aufräumen«, bekannte Veri, als sie Carolins Blick bemerkte. »Leg einfach die Stapel da auf den Boden und setz dich. Bin gleich fertig.«

Carolin nahm auf der Eckbank Platz, und kurz darauf servierte Veri zwei Teller. Das »Etwas vom Mittagessen« stellte sich als Barschfilet mit einer köstlich duftenden Sahnesauce heraus. Dazu gab es Spinat und Reis. Veri setzte sich gegenüber von Carolin hin.

»Wow, das ist aber sehr lecker«, sagte sie, nachdem sie sich die erste Gabel in den Mund geschoben hatte. »Ich habe schon ewig keinen Barsch mehr gegessen. Und diese Sauce!«

»Da ist neben ordentlich Sahne auch viel von unserem Weißburgunder drin.« Veri nahm ebenfalls einen Bissen. »Freut mich, dass es dir schmeckt.«

»Ach, wie geht es denn den Weinreben? Hat unsere Aktion geholfen?«

Veri sah auf und lächelte. »Wir konnten natürlich nicht alles retten, aber den allergrößten Teil schon. Die Knospen sehen ganz gut aus. Wir sind total erleichtert. Vielen Dank noch mal für deine Hilfe.«

»Keine Ursache.«

Eine Weile aßen sie schweigend weiter, und Carolin spürte, dass sie es scheute, den eigentlichen Grund für ihren Besuch anzusprechen. Sie wollte sich nicht mit Veri streiten, merkte aber auch, dass ihr Veris Worte, von denen Rosalie erzählt hatte, immer noch im Magen lagen.

»Und warum war jetzt Rosa bei dir?«, fragte Veri unvermittelt. »Ach, lass mich raten: Es ging um das Auslandsjahr. Sie hat behauptet, du hättest sie nach Neuseeland eingeladen.«

»Das habe ich nicht«, stellte Carolin klar. »Aber stimmt, darüber wollte sie mit mir sprechen. Und ich glaube, ihr solltet …«

»Sorry, wenn ich dich gleich unterbreche.« Veri schob den Teller ein wenig von sich fort. »Ich finde, das geht niemanden außer Rosalie, Stefan und mich was an.«

Carolin setzte sich gerader hin. »Du meinst, ich als Frau ohne Kinder sollte mich nicht in Elternprobleme einmischen?«

»Das habe ich nicht gesagt. Aber glaub mir, Stefan und ich machen uns genug Gedanken, was das Beste für Rosalie ist. Und ein Auslandsaufenthalt zum jetzigen Zeitpunkt gehört nicht dazu. Dafür ist sie einfach noch zu unreif.«

Carolin stocherte lustlos in dem Reis, der ihr gerade noch so gut geschmeckt hatte. Sie holte tief Luft. »Kann es sein, dass du Angst hast, deine Tochter kommt nicht nach Hause zurück und lässt – wie du es nennst – die Familie im Stich? Genau wie ich?«

Veri erstarrte regelrecht. Dann zogen sich ihre Augenbrauen zusammen. »Wie kommst du denn da drauf?«

»Rosalie hat gehört, wie du das zu Stefan gesagt hast«, erklärte Carolin.

»Wie bitte? Und das glaubst du ihr?«

»Warum sollte ich nicht?«

»Weil ich deine Schwester bin und nicht über deine Entscheidungen urteile.«

»Aber so was denkt sich Rosalie doch nicht aus«, gab Carolin zu bedenken.

Veri lehnte sich zurück und verschränkte die Arme vor der Brust. Sie wirkte nachdenklich. »Caro, bitte, du musst mir glauben! So was würde ich wirklich nie sagen. Weil ich es auch nicht denke.« Sie nahm einen Schluck von ihrer Weißweinschorle. »Ich vermute, Rosalie hat nur einen Teil unseres Gesprächs gehört. Ich habe mich heute Morgen, bevor sie zur Schule gegangen ist, mit Stefan gestritten. Er hat dir das vorgeworfen – und ich habe seinen Vorwurf nur wiederholt und dann weitergesprochen.« Als sie merkte, dass Carolin noch nicht ganz überzeugt war, streckte sie die Hand aus und berührte ihren Unterarm. »Ich habe gesagt, er solle nicht immer behaupten, du hättest die Familie im Stich gelassen. Und dann sinngemäß so was wie, dass man von niemandem verlangen kann, zu Hause hocken zu bleiben. Ich habe dich vor ihm in Schutz genommen.«

Veri wirkte nun so bestürzt, dass sich Carolins ganzer Ärger mit einem Mal in Luft auflöste. Sie griff nach den Händen ihrer Schwester, und sie sahen sich einen Moment schweigend an.

»Caro, ich weiß, dass du das Glück woanders suchst als ich. Ich kann zwar nicht nachvollziehen, was dich so reizt an der Fremde. Aber wir beide … na ja, wir waren schon immer sehr unterschiedlich.«

Carolin nickte und atmete laut aus. Sie war so froh, dass sie mit Veri wieder im Reinen war. Und sie wusste genau, dass Stefan schon immer gerne gegen sie stänkerte.

»Ich bin stolz auf meine Schwester, die sich in die abenteuerliche Welt hinausbegibt, glaub mir das«, fuhr Veri fort. »Nur … Rosalie ist ganz anders als du.«

»Danke, Veri«, sagte Carolin leise. »Das bedeutet mir viel. Und natürlich mische ich mich nicht ein, was Rosalie angeht. Ich habe ihr sowieso schon gesagt, dass ich womöglich meine Zelte in Christchurch abbrechen werde.«

»Wirklich?« Veri riss die Augen auf und strahlte. »Das finde ich super! Ähm … und kommst du zurück an den Bodensee?«

»Ja, klar.«

Veri stieß einen begeisterten Juchzer aus und griff dann nach ihrem Smartphone, das einen Piepston von sich gegeben hatte. Sie öffnete eine Nachricht, grinste breit und drehte sie so, dass Carolin sie sehen konnte.

»Offensichtlich hat er wirklich Spaß!«

Diesmal hatte Georg sogar einen kleinen Film geschickt. Mit dem Handy hatte er sich auf der Tanzfläche einer Bar abgelichtet. Er drehte sich mit der Kamera im Kreis herum, und an seinem Arm hing eine fremde Frau, die ein lilafarbenes Hütchen auf dem Kopf trug. Und er sang lauthals zu einem Schlager mit. »Ich brauche einen Mann« wiederholte er sehr schief die Worte von Maite Kelly.

»Das kann nur ein Klon von ihm sein«, stieß Veri aus und schlug die Hand vor den Mund. »Was ist bloß mit Papa passiert?«

Aber darauf wusste auch Carolin keine Antwort.

Eine halbe Stunde später verabschiedete sie sich mit einer festen Umarmung von ihrer Schwester und machte sich auf den Heimweg. Was für ein verrückter Tag, ging es ihr auf der Fahrt durch den Kopf. Sie war am Nachmittag so in Beschlag genommen gewesen von ihrer Familie, dass sie kaum Gelegenheit hatte, an Cornell zu denken. Cornell … Sie wunderte sich einmal mehr, wie schnell es gegangen war, dass er solche Gefühle in ihr ausgelöst hatte. Kurz zweifelte sie, ob sie ihren Emotionen trauen konnte.

War es wirklich richtig, nicht nach Neuseeland zurückzukehren? Frisch Verliebte reagierten aufeinander genauso wie der Körper auf Kokain, hatte sie irgendwo mal gelesen. Euphorisch, hingerissen, aufgekratzt, aber weit davon entfernt, rationale Entscheidungen treffen zu können. Und dennoch – schon seit Ewigkeiten hatte sie nicht mehr solch intensive Gefühle für einen Mann gehabt. Was interessierte sie im Moment, was in drei, vier Monaten sein würde? Wenn sie während der langen Zeit des unsteten Lebens etwas gelernt hatte, dann war es, das Vertrauen zu haben, dass immer irgendetwas passieren würde, was ihr helfen würde.

Ohne zu überlegen, rief sie Cornells Kontakt auf und klickte seine Nummer an. Es war ihr egal, ob sie ihn vielleicht störte, sie musste jetzt einfach seine Stimme hören.

»Warte, warte, warte«, begrüßte er sie, und sie hörte, wie er »Entschuldigung, das ist wichtig« in den Raum rief, dann ein Stuhl geschoben wurde, dazu Gemurmel im Hintergrund, und endlich wurde es leiser. »Du rettest mich!«

»Was ist los?«

»Ich hocke hier in so einer Projektsitzung fest«, erklärte er. »Die hat mir mein Chef aufs Auge gedrückt, die Uni Konstanz will mit uns zusammenarbeiten, und gerade führen wir so eine Art Sondierungsgespräche.«

Und garantiert sitzt Katta mit am Tisch, schoss es Carolin durch den Kopf. Doch das Thema wollte sie jetzt nicht bereden. »Ich vermisse dich«, sagte sie stattdessen. »Vielleicht passt es ja gerade nicht, aber wenn du magst … Du könntest bei mir im Kneippweg vorbeikommen. Mein Vater hat sich nach Mallorca abgesetzt, und ich habe sozusagen sturmfreie Bude.«

»Wie bitte?« Cornell klang gleichermaßen belustigt und überrascht. »Das ist ja krass. Einfach so?«

»Ja, das erste Mal in seinem Leben – zumindest soweit ich mich erinnern kann – hat er etwas Spontanes getan. Eine Woche ist er weg.«

»Wow!« Cornell ließ sein sonores Lachen hören, das Carolin so mochte.

»Also, wenn du nicht zu müde bist nach deiner Sitzung …«

»Das klingt verlockend«, entgegnete er. »Ich kann allerdings noch nicht genau absehen, wie lange sich das hier hinzieht.«

»Egal. Komm einfach, wenn ihr fertig seid.«

Er versprach es, und sie verabschiedeten sich. Carolin betrachtete den Himmel, wo die untergehende Sonne ein geradezu barockes Wolkengebilde ins beste Licht setzte. Kurz zog sie ein Tagesresümee: Zwar hatte es viel Aufregung gegeben, aber die Lage war mittlerweile entspannt – und genau so fühlte sie sich auch. Sie war sogar ein wenig stolz auf sich. Sie hatte Romy tatkräftig unterstützt und sich mit Veri ausgesprochen. Ihr Vater war wieder aufgetaucht, und Rosalie würde ihr sicherlich irgendwann verzeihen, dass sie nicht zu ihr nach Neuseeland oder sonst wohin kommen konnte. Und jetzt konnte sie sich auch noch auf Cornell freuen. Vielleicht sollte sie das Brathähnchen zu Ende bringen, dann könnten sie später einen kleinen Mitternachtssnack einnehmen.

Carolin bog freudig in die Einfahrt ihres Elternhauses und musste sogleich abrupt bremsen, denn der Parkplatz war blockiert. Arthur Königs Mercedes-Cabrio stand dort. Wie es schien, war das Thema »Familie« für heute noch nicht durch.

»Mama?«, rief sie in den Flur, als sie die Tür aufschloss. Von oben war das Knarren einer Treppenstufe zu hören, und kurz darauf kam Lotte mit einem beladenen Waschkorb herunter.

»Ach, Linchen, wie schön, dass ich dich noch treffe«, sagte ihre Mutter, stellte den Korb neben der Garderobe ab und umarmte ihre Tochter. Wie immer roch sie nach Chanel N° 5.

»Hallo, Mama.« Carolin sah, dass ihre Mutter noch einiges an Kleidung zusammengesucht hatte und auch ein paar Bücher und Unterlagen.

»Weißt du, was dein Vater mit meinem Föhn angestellt hat? Es gibt auch noch ein paar andere Sachen, die ich vergeblich gesucht habe!« Sie stemmte die Hände in die Hüften und sah sich um.

»Ja, Papa hatte Ausmistanfälle, er hat alles komplett auf den Kopf gestellt.« Carolin beschloss, Lotte nichts davon zu sagen, dass er sogar Fotos von ihr aus den Alben gerissen hatte, das würde sie nur unnötig kränken.

»Wo ist er überhaupt? Ich bin auf gut Glück hier vorbeigefahren, und als ich gesehen habe, dass der Wagen weg ist, habe ich die Gunst der Stunde genutzt und bin ins Haus.«

»Er ist …« Carolin musste grinsen. »… er ist ziemlich spontan nach Mallorca geflogen.«

»Wie bitte?« Lotte schüttelte irritiert den Kopf. »Wie ist er denn auf die Idee gekommen?«

»Keine Ahnung«, bekannte Carolin. »Er war heute Morgen verschwunden und hat sich erst vorhin bei Veri gemeldet. Aber es scheint ihm gut zu gehen.«

»Wenn er einmal so etwas mit mir gemacht hätte …« Lotte ging in die Küche, öffnete einen der Hängeschränke und nahm sich ein Glas, das sie mit Wasser füllte. Sie trank in großen Zügen, und Carolin fiel auf, dass sie ein wenig abgekämpft wirkte. »Zu so spontanen Aktionen hätte ich ihn nie überreden können.«

»Vielleicht ist eure Trennung ja auch für ihn nicht nur schlecht«, sagte Carolin. »Er hat sogar mit einer fremden Frau getanzt.«

»Nicht dein Ernst!« Lotte schmunzelte. »Ich hoffe, dass es so ist, wie du sagst. Aber irgendwie traue ich dem Frieden nicht.« Sie stellte das Glas ab und sah ihrer Tochter ernst in die Augen. »Nicht dass er irgendetwas Unüberlegtes tut. Wie war er denn drauf in den letzten Tagen?«

»Ich glaube, seine Stimmung hat ziemlich geschwankt«, erzählte Carolin. »Ab und an wirkte er sehr niedergeschlagen, aber dann war er auch wieder voller Tatendrang. Ich weiß gar nicht, was ich befremdlicher fand.«

»Linchen, aber du weißt sicher, wie froh ich bin, dass du gerade da bist und ein Auge auf ihn hast.« Lotte trat auf Carolin zu und nahm ihre Hand. »Auch wenn ich mich von ihm getrennt habe, heißt das nicht, dass er mir egal ist. Wir haben den größten Teil unseres Lebens miteinander verbracht. Und auch wenn ich es an seiner Seite nicht mehr ausgehalten habe, wünsche ich mir für ihn, dass er seinen Frieden mit der Situation macht.«

»Gib ihm Zeit«, sagte Carolin.

»Ja, natürlich. Das tue ich.« Sie sah aus dem Küchenfenster in die Dunkelheit. »Weißt du, was mir in den letzten Tagen klar geworden ist?«

Carolin schüttelte den Kopf.

»Ich habe in den vergangenen ein, zwei Jahren immer mehr über die Vergangenheit nachgedacht. So viele Dinge sind in meiner Erinnerung aufgestiegen, an die ich ewig nicht gedacht hatte. Die Namen von Klassenkameraden aus der Grundschule. Dass die Nachbarin von Oma und Opa einen kleinen weißen Hund hatte, mit dem ich als Kind so gerne gespielt habe und den ich ein paarmal als meinen eigenen ausgegeben habe. Ajax hieß er. Letztlich lauter unsinniges Zeug.«

»Na ja, ist das nicht normal?«

»Ja, das gehört wohl zum Altern dazu«, stimmte Lotte zu. »Aber seit ich mit Arthur zusammen bin, da denke ich wieder an die Zukunft. Und weißt du, was? Das ist der beste Jungbrunnen, den es gibt!«

Carolin verstand, was ihre Mutter meinte.

»Und ich habe gemerkt, dass mir vor allem die Menschen im Gedächtnis geblieben sind, die mir gutgetan haben. Und nicht die, über die ich mich geärgert habe. Und ich wünsche mir, dass ich auf dem Sterbebett noch an zahlreiche schöne Dinge denken kann, die ich mit Arthur erlebt habe. Der Mann, der mir so viel Gutes tut wie niemand zuvor.«

»Gar niemand?«, fragte Carolin zaghaft, und Lotte riss die Augen auf.

»Oh Gott, euch habe ich damit nicht gemeint«, beeilte sich ihre Mutter zu sagen. »Meine Töchter waren und sind mir immer ein Quell größter Freude.« Sie legte Carolin die Hand an die Wange und streichelte sie. »Und versteh mich nicht falsch. Euer Vater ist ein guter Mann. Nur nicht für mich.«

Carolin musste unwillkürlich lachen. Vermutlich brachte es diese Aussage so ziemlich auf den Punkt.

»Es hat lange gedauert, bis ich mir eingestanden habe, dass mir die Sicherheit, die Georg mir geboten hat, gar nicht so viel bedeutet. Eine gute Brise Freiheit und Abenteuer ist ziemlich belebend, das weißt du am besten.«

Carolin nickte, und ihre Mutter fuhr fort: »Habe ich dir schon mal gesagt, dass ich dich ein wenig darum beneidet habe, dass du das schon so früh ausgelebt hast? Du wusstest stets, was du wolltest, und hast es einfach gemacht. Egal, was es für Konsequenzen hatte. Ich bilde mir ein, dass ich es war, die dir beigebracht hat, dass es immer irgendwie weitergeht.«

»Das hast du«, bestätigte Carolin. »Weißt du noch, als ich meine erste Raupe zum Schmetterling durchgebracht habe? Sie hat auf einem dicken Ast in einem großen Karton gelebt, und ich habe ihr täglich frisches Futter gebracht. Ich war so stolz!«

»Oh ja, da warst du sechs oder sieben. Du hast dich wirklich aufopfernd gekümmert, sie ständig beobachtet und fotografiert und ihr sogar Gutenachtgeschichten vorgelesen. Aber eines Tages ist aus der Raupe tatsächlich eine Puppe und dann ein Schmetterling geworden, und er ist auf Nimmerwiedersehen davongeflattert. Du hast geweint, als sei deine Oma gestorben.«

»Du hast mich getröstet und gesagt, dass man niemanden aus Liebe einsperren darf. Dass nur zu einem gehört, was freiwillig bei einem bleibt. Und dass die Liebe nicht vergeht, wenn man mal nicht beieinander ist. Ich glaube, ich habe damals schon verstanden, dass du bereit bist, mich meinen Weg gehen zu lassen, wohin er auch führt.«

»Ja, du warst von euch drei Mädchen immer die mit der größten

Neugier. Dich hat es nie lange an einem Platz gehalten. Bereits der Laufstall war für dich die Hölle.« Lotte lachte und sah in den Garten hinaus.

»Na ja, und so, wie es im Moment aussieht, führt mich mein Weg nun wohl wieder an den Bodensee.«

Lotte drehte sich Carolin zu und umfasste ihr Handgelenk. »Wirklich? Oh, das freut mich sehr!«

Sie umarmten sich, und Carolin meinte, ihre Mutter leise seufzen zu hören. Zum ersten Mal kam ihr die Idee, dass es für Lotte schwer gewesen sein könnte, dass ihre Tochter so weit fort gewesen war. Und ein warmes Gefühl von Dankbarkeit durchströmte sie, dass Lotte sich das nie hatte anmerken lassen.

»Was ist das da eigentlich im Ofen?« Lotte löste sich von Carolin und beugte sich hinunter.

»Ach, ich wollte ein Hähnchen braten, doch ständig kam heute was dazwischen. Jetzt wird es wahrscheinlich nicht mehr so gut schmecken.«

»Hm, ein bisschen trocken vielleicht.« Lotte nahm ein Messer, öffnete die Backofentür und schnitt damit ins Fleisch. »Ist aber durch. Müsstest du nur warm machen und noch mal mit Öl einpinseln.«

»Isst du mit mir mit? Ich habe nämlich vorhin bei Veri schon Barsch gegessen und gar keinen großen Hunger.«

»Warum nicht? Ich sage nur kurz Arthur Bescheid«, sagte sie. »Und meinst du, dein Vater hat auch die ganzen Weinflaschen entsorgt?«

Carolin schüttelte den Kopf. »Die habe ich rechtzeitig in Sicherheit gebracht.«

Zwanzig Minuten später saßen die beiden Frauen in der Essecke der Küche. Es duftete köstlich nach dem Huhn, das sich als weniger trocken erwies als befürchtet. Carolin hatte noch Sandwichbrötchen zum Aufbacken gefunden und dazu Mayonnaise, Salatblätter und die Datteltomaten auf den Tisch gestellt, und nun schmausten sie ihre Hähnchensandwichs und tranken einen Trollinger.

»Hast du dir denn schon überlegt, wo du wohnen willst? Und eine Arbeit brauchst du ja auch.«

Carolin zuckte mit den Schultern. »Mal sehen, vielleicht kann ich bei Tausend Fotos einen Job bekommen. Und Papa freut sich bestimmt, wenn ich noch eine Weile hier bei ihm wohne.«

Sie erzählte von ihrem Besuch im Fotostudio, und beinahe schraken sie zusammen, als es an der Tür klingelte.

Cornell, schoss es Carolin durch den Kopf. Den hatte sie tatsächlich völlig vergessen. Eigentlich war es viel zu früh für eine Begegnung zwischen ihm und ihrer Mutter. Aber sie konnte ihn nun auch nicht wieder wegschicken.

»Besuch?«, fragte Lotte nur, und Carolin beeilte sich, die Tür zu öffnen.

Ihr Herz machte einen Hüpfer, als er einen Schritt auf sie zutrat, und sein Begrüßungskuss ließ sie die Anwesenheit ihrer Mutter für einen Moment vergessen.

»Meine Mutter ist da«, flüsterte sie ihm zur Warnung zu und hätte auch verstanden, wenn er sich daraufhin wieder verabschiedet hätte.

»Wie schön«, sagte er stattdessen und folgte Carolin in die Küche.

»Äh, Mama, also …«, stotterte sie los. Herrje, musste sie erklären, warum er hier war? Die beiden kannten sich über Georg sowieso.

»Doktor Stiegler«, rief Lotte erfreut, erhob sich halb von der Bank und drückte herzlich seine Hand. »Wenn Sie möchten, können Sie sich auch ein Hähnchensandwich zusammenstellen.« Sie deutete auf den Tisch, und es war ihr nicht anzumerken, ob sie sich irgendwie wunderte.

»Oh, das ist nett, ich habe tatsächlich Riesenhunger«, bekannte er. »Aber bitte, sagen Sie doch Cornell zu mir.«

»Lotte«, erwiderte sie. »Und wir können uns gerne duzen.« Sie zwinkerte ihm charmant zu. Carolin hatte das Gefühl, ihre Mutter erwartete keinerlei Erklärung für seine Anwesenheit. »Was machen die Schmetterlinge?«

»Fliegen herum.« Er lachte. »Entschuldigung, ich habe eine mörderlange Sitzung hinter mir, da schwirrt mein Kopf so, als sei das ganze Schmetterlingshaus da drin.«

»Verstehe, aber jetzt ist Feierabend.« Lotte schenkte ihm vom Wein ein, nachdem Carolin ein Glas, Teller und Besteck für ihn hingestellt hatte.

»Vielen Dank!« Mit großem Appetit biss Cornell in sein Sandwich und nickte begeistert. »Ich hoffe, ich habe euch nicht gestört?«

»Nein, nein, überhaupt nicht.« Carolin lächelte. Ohne sich zu beteiligen, verfolgte sie das Gespräch zwischen Lotte und Cornell. Die beiden verstanden sich prächtig. Lotte kannte ein paar der Seniorinnen, die seine aktuelle Vortragsreihe besuchten, und sie tauschten sich über die Marotten einiger Zuhörerinnen aus.

»Wiederholt Frau Sedlitz auch immer die letzten Worte, die du gerade gesagt hast?«, fragte Lotte.

Cornell nickte. »Allerdings! Was bei einem Vortrag nicht gerade wünschenswert ist.«

Beide brachen in schallendes Gelächter aus. Carolin kam sich merkwürdig gefangen vor, wie eine Zuschauerin in einem Theater, die keinen Einfluss auf die Handlung nehmen kann. Was war jetzt schon wieder los mit ihr? Als wolle ihr ein dunkler Dämon zuflüstern, dass sie nicht hierhergehörte, dass sie spätestens in vier, fünf Monaten wieder würde aufbrechen wollen an einen anderen Ort. Und dass sie dann Cornell zwangsläufig verletzen würde.

»Mag noch jemand Wein?«, fragte sie und hob die Flasche. Cornell, dessen Glas noch halb voll war, und Lotte verneinten, und Carolin schenkte nur sich nach.

»Ich muss mich sowieso langsam auf den Heimweg machen. Wie komisch das klingt, wo ich hier in dieser Küche sitze, die bis vor Kurzem mein Zuhause war.« Lotte schüttelte den Kopf und stand auf. »Dann will ich euch jetzt mal allein lassen. Hat mich gefreut, dich wiederzusehen, Cornell! Bis bald hoffentlich.« Sie gaben sich über den Tisch hinweg die Hand.

»Ich bring dich zum Auto.« Carolin erhob sich ebenfalls. »Dann kann ich dir beim Tragen helfen.« Und zu Cornell gewandt: »Bin gleich wieder da.«

Wenig später schlug Carolin die Kofferraumhaube des Mercedes zu, und Lotte umarmte sie.

»Ich freue mich für dich«, flüsterte sie ihrer Tochter ins Ohr. »Er ist so ein Netter.«

»Danke, das ist er! Bis bald«, sagte Carolin, trat ein Stück zurück und wartete, bis ihre Mutter ins Auto gestiegen und losgefahren war. Kurz winkte sie noch, bis die Rücklichter in der Dunkelheit verschwunden waren.

Mit einem Mal pochte ihr Herz ganz laut. Aber warum? Sie hatte sich doch gefreut, dass Cornell gekommen war. Sie sehnte sich nach seiner Nähe, seinem Körper. Und sie zweifelte auch nicht an seiner Aufrichtigkeit. Allein sein Blick sagte ihr, dass er in sie verliebt war. Ihre Mutter hatte recht – er war ein Netter, mehr als das. Nein, es lag allein an ihr und all den Zweifeln, die da plötzlich hochgekommen waren. Was, wenn es nicht funktionieren würde zwischen ihnen? Was, wenn sie einfach nicht in der Lage war, sich richtig auf einen Mann einzulassen? Wäre es nicht besser, ihm gleich reinen Wein einzuschenken? Ihm zu sagen, dass er nicht sicher mit ihr rechnen konnte?

»Frierst du nicht?« Er legte seine Arme von hinten um ihre Taille und drückte einen Kuss in ihr Haar. Sie lehnte sich an ihn, genoss seine Nähe und hätte sich zugleich am liebsten losgerissen und wäre davongelaufen.

»Ist es dir nicht recht, dass ich vorbeigekommen bin?« Gedankenleser schien er auch noch zu sein. »Caro, ich verstehe, wenn gerade alles etwas viel für dich ist und du Zeit für dich brauchst. Damit habe ich kein Problem.«

Sie drehte sich zu ihm um und schlang die Arme um seinen Hals. »Ich glaube, ich muss tatsächlich über einiges nachdenken«, sagte sie. »Danke, dass du dafür Verständnis hast.«

»Ich möchte nur, dass du weißt, dass du über alles mit mir reden kannst.«

»Ja, das weiß ich! Und ich danke dir!« Carolin küsste ihn, und einen Moment lang hätte sie nichts lieber getan, als mit ihm zurück ins Haus zu gehen. Aber da war eine Sperre in ihr, die sie nicht durchbrechen konnte. Und sie wusste nicht, wie sie ihm erklären sollte, was sie so bremste.

»Dann werde ich jetzt gehen«, sagte Cornell und gab ihr zum Abschied einen Kuss.

»Ich melde mich«, versprach sie.

»Wann immer du bereit bist.« Er winkte und ging zu seinem Auto, das ein Stück die Straße runter geparkt war.

Schnell drehte sie sich um, stürmte zurück ins Haus und schlug die Tür mit einem Knall hinter sich zu. Endlich allein.

26. Kapitel

»Hi Caro, how you're doing?« Sandys sommersprossiges Gesicht nahm beinahe den ganzen Bildschirm ein, so nah saß ihre Freundin vor der Handykamera. »Ich bin ja schon ein bisschen sauer, dass du dich gar nicht mal gemeldet hast!« Sie zog einen Flunsch, schnappte sich dann aber wie so oft eine ihrer hellblonden Haarsträhnen und zwirbelte sie herum.

»Tut mir leid«, sagte Carolin und setzte sich aufrecht in ihrem Bett hin. »Es war so unglaublich viel los hier. Ich weiß kaum, wo mir der Kopf steht. Meine Familie nimmt mich voll in Beschlag.«

»How wonderful!« Sandy grinste, und es sah aus, als ob sie Carolin vergeben hatte. »Wann kommst du zurück?«

Samstag. Samstag in vier Wochen. Gar nicht. Noch heute.

»Das weiß ich noch nicht genau.« Carolin spürte, dass ihre Strategie der letzten Tage nicht länger verfing. Sie hatte gehofft, wenn sie nur möglichst vielen Leuten erzählte, dass sie ihren Aufenthalt verlängerte, dann würde sie es auch tun. Aber nach der Erkenntnis vom Vorabend, dass ihre Gefühle nicht so stabil waren, wie sie selbst gedacht hatte, fühlte sie sich komplett verunsichert. »Wahrscheinlich bleibe ich noch etwas länger.«

»Es ist sicher großartig, Zeit mit der Familie zu verbringen, alte Freunde zu treffen …«

Und sich in alte Freunde zu verlieben. Oder auch nicht. Oder … oder … oder …

»Absolut!«

»Hey, dafür guckst du aber unglücklich.« Sandy war eine Meisterin darin, die Stimmungen anderer Menschen zu erspüren. Deswegen war sie eine der beliebtesten Tourguides, denn sie konnte perfekt auf die Bedürfnisse ihrer Kundinnen und Kunden eingehen. Wer brauchte mehr Abenteuer? Wer liebte es gemütlicher? Hatte ein Paar gerade einen Streit hinter sich, oder waren die Teenager kurz davor, das Kanu ihrer Eltern zum Kentern zu bringen?

»Ja, sorry, ich weiß auch nicht«, antwortete Carolin lahm.

»Aber zurückkommen tust du?«

Carolin zog die Schultern hoch und ließ sie wieder sinken.

»Autsch!« Sandy rümpfte die Nase. »Hey, wir brauchen dich doch hier. Bert's Boat Tours ist nur ein Schatten seiner selbst ohne dich.«

Carolins Lächeln geriet schief. Und sie spürte, wie es in ihrem Hals kratzte. Die Flut der Gefühle, die durch ihre Adern pulsierte, hatte sie am Vorabend schon nicht einschlafen lassen. In der Nacht hatte sie sich damit abgelenkt, gleich drei neue Schmetterlingscollagen anzufertigen. In dieser Arbeit konnte sie sich ganz verlieren, alles andere komplett vergessen. Dann gab es nur Farben und Muster und bisher unentdeckte Verbindungen und Verknüpfungen.

»Wie viel Uhr ist es bei euch?«, wollte Sandy wissen.

»Kurz nach acht«, antwortete Carolin. »Und ich habe nicht wirklich viel geschlafen.«

»Weil …?« Sandys grüne Augen funkelten. »Ist ein Kerl im Spiel? Komm schon, sag's mir! Gib meinem Herzen etwas, wofür es schwärmen kann.« Sandy lebte seit neun Jahren mit ihrem Mann Stewart zusammen, und sie hatten vierjährige Zwillinge. Viel Zeit für Romantik blieb da nicht mehr, obwohl Carolin oft miterlebt hatte, dass die abenteuerlustige Sandy und Stewart, der Banker, noch immer sehr verliebt miteinander umgingen. Vielleicht war gerade ihre Unterschiedlichkeit der Schlüssel für ihre gute Beziehung.

»Ich weiß es nicht genau«, wiegelte Carolin nun ab. »Es ist … kompliziert.«

»Aber sag mir bitte, dass du Jacob in die Wüste geschickt hast!«

»Ja, habe ich.«

»Juchhu! Endlich!« Sandy wirkte hellauf begeistert. »Das war längst überfällig.«

Carolin erzählte ihr in aller Kürze, wie es dazu gekommen war, und Sandy schien mit der Entscheidung mehr als einverstanden zu sein.

»Ich weiß schon, du hast immer so getan, als sei das nichts Festes zwischen euch, aber letztlich hat er dich nur blockiert. Denn wenn ich eines weiß, dann, dass du eine echte, lebendige Partnerschaft mehr als verdient hast.«

Ehe Carolin es verhindern konnte, liefen ihr zwei Tränen die Wange hinunter. Warum sah ihre Freundin so viel Gutes in ihr, sie aber sabotierte sich selbst, wo es nur ging?

»Honey, die Kinder schlafen, Stewart ist mit Bud unterwegs – ich habe den ganzen Abend Zeit. Erzähl mir, was dich so bedrückt. Das hilft, glaub mir.«

Carolin hätte Sandy am liebsten fest umarmt. Mit ihrer unerschütterlich guten Laune und dem Optimismus, den sie ausstrahlte, war sie ein Fels in der Brandung und die beste Gesprächspartnerin für Probleme aller Art. Ihr wurde jedoch klar, dass die Freundschaft zu Sandy bisher dennoch immer eher oberflächlich gewesen war. Carolin hatte ihr nie Dinge anvertraut, die ihr schwer auf dem Herzen lagen. Aber nun schien es ihr selbstverständlich, der Freundin von ihrem Kummer zu erzählen. Sandy erwies sich als kluge Zuhörerin, die Carolin in Ruhe Worte finden und Fäden weiterspinnen ließ und nur ab und an kurze Nachfragen stellte.

»Aber wenn du dich mit Cornell so wohlfühlst und das Gefühl hast, bei ihm ganz du selbst sein zu können, warum glaubst du dann, dass eine feste Beziehung schiefgehen würde?«, wollte sie wissen.

»Ja, das klingt in der Tat ziemlich dämlich«, musste Carolin zustimmen.

»Ich fasse mal zusammen«, bot Sandy an. »Er ist ein absoluter Traummann, der dich auf Händen trägt, aber du denkst, du bist seiner nicht würdig, weil du nicht genau weißt, ob deine Gefühle für die nächsten zwanzig Jahre stabil sind. Kann man das so ausdrücken?«

Carolin zog die Schultern hoch und ließ sie wieder fallen. Es kam ihr schon schräg vor, so viel über sich selbst und ihre Gefühle zu sprechen. »So fühlt es sich an, ja.«

»Also zum einen, kann kein Mensch wissen, was in der Zukunft passiert und wie sich irgendwelche Gefühle entwickeln. Und zum anderen … Ich meine, denk mal logisch weiter. Wenn du seiner nicht wert wärst und er aber in dich verliebt ist, dann heißt das doch, dass er sich irrt und damit kein so toller Mensch sein kann, wie du glaubst. Dann ist er auch kein Traumpartner, und du kannst ihm ganz einfach den Laufpass geben.«

»Das will ich aber nicht«, gab sie ohne Zögern von sich.

»Aha!« Sandy grinste breit. »Offensichtlich bist du sehr viel mehr wert, als du selbst wahrnimmst. Und Cornell sieht das genau – nur du hinkst da ein bisschen hinterher.«

»Puh, wenn du das so sagst …« Carolin musste lächeln. »Oh Mann, ich komme mir so kindisch und wehleidig vor. Und jetzt vermiese ich dir auch noch deinen freien Abend mit meinem Gejammer.«

»Stop it, Caro!« Sandy wedelte mit der Hand vor dem Bildschirm herum. »Glaubst du nicht, ich fühle mich super, wenn ich das Gefühl habe, meiner Freundin ein bisschen auf die Sprünge helfen zu können?«

»Okay, ja, du hast ja recht. Schade, dass ich dich jetzt nicht umarmen kann.«

»Das holen wir nach.«

»Auf jeden Fall.«

»Aber nur, wenn du noch mal herkommst.«

»Das werde ich. Über kurz oder lang.«

»Caro, du bist eine tolle Frau, und ich bin überzeugt davon, dass du das tief in deinem Herzen auch weißt. Vertraue dir selbst, dann kann nichts mehr schiefgehen.« Neben Sandys Schulter tauchte nun ein platt gedrückter Kuschelbär auf, mit dem gegen ihren Oberarm gehauen wurde.

»Mummy, Mummy, da sind lauter Kängurubabys unter meinem Bett, du musst kommen.«

Sandy seufzte und zog Takita auf ihren Schoß. »Sag Hi zu Caro!«, forderte sie ihre Tochter auf, aber das Mädchen verbarg ihr Gesicht an der Brust ihrer Mutter.

»Es gibt doch gar keine Kängurus in Neuseeland«, versuchte Carolin sanft, sie abzulenken. »Bestimmt hast du geträumt.«

»Nein, gar nicht!«, quietschte Takita los. »Da sind lauter Kängurubabys …« Das S zog sie in die Länge und wurde dabei immer schriller.

»Sorry, Caro, ich muss …« Sandy winkte in die Kamera. »Hab Mut! Bis bald!« Sie warf ihr eine Kusshand zu und schloss dann das Konferenzprogramm.

Carolin starrte noch einen Moment auf den dunklen Bildschirm. Sandy hatte mit Sicherheit recht. Natürlich war sie es wert, geliebt zu werden. Aber dieser Gedanke fühlte sich antrainiert an und nicht so, als ob er aus ihrem Innersten heraus unumstößlich erstrahlte. Carolin musste sich eingestehen, dass sie sich schon immer so gefühlt hatte, als betrachtete sie das Leben, die Menschen um sich herum und auch sich selbst von außen. Sie war eine Beobachterin, die Frau mit der Kamera, ungern im Fokus. Die Aufmerksamkeit eines Mannes – eines so umwerfend liebenswerten Mannes wie Cornell – verunsicherte sie kolossal. Bei Jacob hatte sie sicher sein können, dass er sie nicht so genau sah in all der Unverbindlichkeit, mit der sie einander begegnet waren. Sogar mit Márlon hatte immer die gemeinsame Forschung im Mittelpunkt gestanden, darüber hatten sie ihre Beziehung definiert.

Und wenn sie es richtig sah, war es auch in ihrer Kindheit nicht anders gewesen. Veri und später vor allem Romy waren diejenigen gewesen, die Turbulenzen in die Familie gebracht hatten, die die Eltern in Beschlag genommen und ihren Mitteilungsdrang ausgelebt hatten. Nachdem Lotte mit den beiden zurande gekommen war, blieb nicht mehr viel Energie übrig für das dritte Kind. Carolin fragte sich, ob sie eine gute Beobachterin geworden war, weil sie diese Szenen so oft miterlebt hatte, oder ob dieses Erleben sie erst zur Beobachterin gemacht hatte.

Sie hatte schon sehr früh gespürt, dass sie ihren Eltern nicht auch noch zur Last fallen sollte. Sie hatte das nicht hinterfragt und einfach ihren Platz eingenommen. Aber vielleicht war es nun endlich Zeit, aufzustehen und es sich in der ersten Reihe bequem zu machen. Nur – wie tat man das? Und zwar so, dass es sich gut anfühlte?

Carolin seufzte und zog sich die Bettdecke bis an die Nasenspitze. Liegen zu bleiben wäre eine Option. Oder doch, sobald es ging, nach Neuseeland zurückzufliegen. Alles auf sich beruhen zu lassen. Dann wäre Cornell eben auch nur eine kurze Affäre.

Nein. Ihr Herz zog sich schon bei dem Gedanken daran schmerzhaft zusammen.

Aber dann müsste sie ihm erklären, dass sie zwar in ihn verliebt war, jedoch nicht versprechen konnte, dass es so bleiben würde. Konnte sie ihm das wirklich zumuten?

Sie spürte, wie ihre Gedanken anfingen, Karussell zu fahren, und sie beschloss aufzustehen. Sie hatte keine Pläne für den Tag, was sich merkwürdig anfühlte. Vielleicht würde sie einfach ihre Kamera nehmen, durch ihre Heimatstadt schlendern und Bilder machen. Das war neben dem Joggen schon immer das beste Mittel gewesen, um den Kopf frei zu bekommen.

Zwei Stunden lang streifte Carolin durch Überlingen. Sie schlug den Weg zum vor wenigen Jahren neu geschaffenen Uferpark am westlichen Stadtrand ein, den sie bisher nicht kannte und der anlässlich einer Landesgartenschau angelegt worden war. Die eher nüchterne und sachliche Architektur, die den Park kennzeichnete, wurde durch die Frühjahrsfülle der Blumenpracht aufgebrochen. Ein Kontrast, der besonders interessante Fotomotive hergab. Wie immer nahm auch der See einen großen Teil der Kompositionsfläche ein.

Per App lieh sich Carolin dann einen der herumstehenden E-Roller und fuhr damit zurück in die Innenstadt. Sie würde sich am Landungsplatz etwas zu essen und einen Kaffee besorgen und das muntere Treiben in Überlingens Freiluftwohnzimmer auf sich einwirken lassen. Sie hatte sich tatsächlich ganz auf das Fotografieren konzentrieren können und Abstand von ihren Verunsicherungen gefunden.

Als sie am Landungsplatz ankam, lief ihr Ben über den Weg, der gerade seinen Dienst antreten wollte.

»Fahr doch eine Runde mit«, lud er sie ein, und Carolin sagte gerne zu.

Das Schiff, passenderweise die *MS Carolin*, war nur mäßig besucht, vermutlich, weil sich am Himmel dunkle Wolken zusammenschoben und man nicht sicher sein konnte, ob es trocken bleiben würde.

Nachdem das Schiff abgelegt und Kurs auf Unteruhldingen genommen hatte, gesellte sich Carolin zu Ben auf die Brücke, um etwas mit ihm zu plaudern. Sie hatte sich eine Butterbrezel im bordeigenen Bistro geholt, ebenso einen Kaffee.

»Hast du dich eigentlich schon entschieden, ob du Arthur Königs Angebot annimmst?«, brachte sie das Thema direkt zur Sprache.

Ben sah einen Augenblick stumm auf den Horizont, bevor er sich ihr zuwandte. »Okay, dann wirst du die Erste der Familie sein, die es erfährt: Ja, ich habe es angenommen. Heute Morgen habe ich ihn angerufen.«

Carolin sah ihrem ehemaligen Beinahe-Schwager an, dass da zwei mächtige Kräfte in ihm kämpften. Einerseits schien er froh und erleichtert zu sein, eine Entscheidung getroffen zu haben. Andererseits wirkte er nervös und beschämt, weil er wohl das Gefühl hatte, die Familie Hohenhausen im Stich zu lassen.

»Ich finde das gut!«, machte Carolin ihm Mut. »Wenn mein Vater nicht in die Pötte kommt, dann bleibt dir ja nichts anderes, als ihn vor vollendete Tatsachen zu stellen.«

»Ich bin froh, dass du das so siehst.« Ben fuhr sich über das kurze braune Haar und atmete erleichtert aus. »Natürlich wird Georg sagen, ich hätte zuerst mit ihm sprechen sollen. Aber wie oft habe ich das in den letzten Jahren versucht … und es hat sich nichts geändert.«

»Ja, du hast völlig recht.« Carolin biss in ihre Butterbrezel, die erstaunlich knusprig war.

»Sag mal, Caro ...« Ben betrachtete sie ernst. »Meinst du, du kannst mir ein bisschen beistehen, wenn ich ihm die Botschaft überbringe? Das würde mir sehr helfen.«

Carolin schluckte den Bissen hinunter und legte ihre Hand auf Bens Unterarm. »Na klar, wenn er aus Mallorca zurück ist, sage ich dir Bescheid, und du kommst vorbei, und wir reden mit ihm.«

»Prima.« Ben sah sie dankbar an. »Aber was macht er auf Mallorca?«

»Das weißt du gar nicht? Er hat spontan einen Flug gebucht und verbringt da ... na ja, Ferien? Urlaub? Ich kann es mir selbst kaum vorstellen.«

»Krass!« Ben schüttelte den Kopf, schmunzelte jedoch ein wenig. »Ich meine, ich finde es ja gut, wenn er mal so was ... Verrücktes macht. Tut ihm sicher gut.«

»Hast du ihn gesehen, seit ... du weißt schon.« Carolin atmete tief durch. »Seit meine Mutter ihn verlassen hat?«

»Ja, er ist letzte Woche eine Tour mitgefahren. Ich dachte, er würde mit mir reden wollen, vielleicht sogar, mir endlich einen besseren Job anbieten. Aber dann saß er nur die ganze Zeit vorne am Bug und hat in die Wellen gestarrt. Ich habe mich gar nicht getraut, ihn anzusprechen.«

»Verstehe ich gut. Er kann so eine Eiseskälte ausstrahlen.« Carolin fuhr sich über die Oberarme. »Wie oft habe ich das als Kind erlebt ... Na ja, so schlimm es für ihn auch sein muss, abserviert zu werden – vielleicht hat sogar er noch mal eine Chance, sich neu zu erfinden.«

»Wäre nicht das Schlechteste«, stimmte Ben zu. »Wie gesagt, Caro, wenn du irgendwie gut Wetter für mich machen könntest, wäre das cool.«

Sie versprach es noch einmal.

Da sie sich dem Anleger von Unteruhldingen näherten, verließ Carolin nun die Steuerkabine. Sie würde an Bord bleiben, bis das

Schiff wieder in Überlingen anlegte. Auf Deck zückte sie schnell die Kamera, denn die Lichtstimmung war einmalig. Der See schimmerte schiefergrau, die Wolken waren noch dunkler geworden, nur an wenigen Stellen blitzten Sonnenstrahlen hervor. Einige fielen direkt auf die Pfahlbauten, die das Ufer säumten. Für einen Augenblick konnte man sich wirklich einbilden, man sei in der Steinzeit gelandet. Carolin schoss eine ganze Serie Fotos, und schon dabei überlegte sie, wie sie die Bilder in etwas ganz Neues verwandeln konnte. Die Collagetechnik, die sie sich in den letzten Tagen – oder vielmehr Nächten – erarbeitet hatte, konnte sicher noch viel mehr, und sie musste sich nicht allein auf Schmetterlingsbilder konzentrieren. Sie würde fantastische, fotorealistische Welten erschaffen … Kurz nagte das schlechte Gewissen an ihr, dass sie die Zeit vielleicht lieber darauf verwenden sollte, das Geburtstags-Fotobuch für ihre Mutter anzugehen. Doch sie nahm an, Lotte war mit ihr einer Meinung, dass besser noch etwas Gras über das Ereignis wachsen sollte, bevor jemand in einer Bildergalerie der nur scheinbaren Fröhlichkeit blättern konnte.

Der Gedanke beschäftigte sie, bis die Mainau ins Blickfeld kam. Carolin starrte verunsichert auf die Silhouette aus Blattwerk und den hohen Giebeln des Schlosses. Natürlich war er irgendwo dort. Ob er an sie dachte? Ob er sie schon abgeschrieben hatte? Hör sofort auf, Carolin Hohenhausen, befahl sie sich. Er hat gesagt, er gibt dir Zeit, und das tut er auch. Dennoch nestelte sie nach ihrem Handy, um nachzuschauen, ob er ihr vielleicht eine Nachricht geschickt hatte. Es wurde keine angezeigt, und Carolin verspürte einen kleinen Stich.

Sie starrte aufs Display, und ihr wurde klar, dass es an ihr war, ihm ein paar liebe Zeilen zu schicken. Sie hatte eine Barriere zwischen ihnen aufgebaut – sie war diejenige, die diese einreißen musste. Sie grübelte, was sie schreiben sollte. Einfach einen belanglosen Gruß, aufgepeppt durch einige schmachtende Emojis? Einen Vorschlag für ein Treffen? Vielleicht morgen Abend? Bis dahin hätte sie sich so sortiert, dass einem romantischen Date nichts im Weg stand, hoffte sie. Und diesmal müsste sie ihn mit einem besonderen Einfall überraschen. Sie könnte ihn noch einmal in den Kneippweg einladen und für ihn kochen. Hatte sie ihm schon gestanden, dass sie eine miserable Köchin war? Vielleicht könnte sie auch fertiges Essen besorgen … Sie schrieb gerade »Liebster Cornell …«, als eine Nachricht einging. Romy war die Absenderin, und die ersten Worte, die Carolin lesen konnte, machten ihr klar, dass sie die Message schnell öffnen sollte.

»Bitte, hilf mir!«, stand da nämlich. Was war nun schon wieder passiert? »Hast du Zeit, mit mir für das Fest am Samstag einzukaufen? Anna, meine Freundin, hat sich krank gemeldet, und ich muss noch so viel vorbereiten.«

Statt zurückzuschreiben, rief Carolin ihre Schwester direkt an. Romy klang genauso atemlos, wie es ihre Botschaft vermuten ließ. Sie schien wirklich verzweifelt zu sein.

»Ich bin gerade auf dem Schiff, wir legen gleich auf der Mainau an«, sagte Carolin. »Wahrscheinlich geht's am schnellsten, wenn ich über die Insel zur Brücke laufe und du mich dann abholst. Was meinst du?«

»Das klingt super! Tausend Dank! Ich mache mich gleich auf den Weg und bin in einer Viertelstunde da.«

Wenig später betrat Carolin die Blumeninsel. Auch hier war nicht viel los, und sie kam zügig auf den mit Blumen und blühenden Sträuchern gesäumten Wegen voran. Immer wieder war sie kurz davor, stehen zu bleiben, um eine aufplatzende Knospe, ein farbenfrohes Blumenköpfchen oder das zarte Grün in den Ästen zu fotografieren. Doch dafür war jetzt keine Zeit. Einen Moment gönnte sie sich aber dennoch, als sie in der Spitze eines der gigantischen Mammutbäume einen Kletterer entdeckte. Er war mit an einem Hüftgurt befestigten Seilen gesichert und turnte in luftiger Höhe mit einem Werkzeug herum. Was machte der Typ da nur? Er hangelte sich in gut und gerne dreißig Metern über dem Boden von Ast zu Ast.

»Sieht schon spektakulär aus, wenn die Blitzableiter überprüft und repariert werden«, erklang eine Stimme hinter ihr. Eine Stimme, die ihre Knie sofort weich werden ließ.

Sie drehte sich um, und direkt vor ihr stand Cornell. Er lächelte sie strahlend an. Ihr erster Impuls war, sich in seine Arme zu stürzen, aber dann bemerkte sie, dass er noch drei Leute im Schlepptau hatte, und sie hielt sich zurück.

»Hi, Cornell!« Sie bekam nicht mehr hin als ein total blödsinniges Grinsen. Wie hatte sie nur eine Sekunde zweifeln können, ob diese Beziehung gut und richtig für sie war?

»Hi«, sagte er und trat auf sie zu. »Geht schon mal vor, ich muss nur kurz mit Frau Hohenhausen über einen Termin sprechen.« Er lächelte, und seine Begleiter zogen weiter.

»Wolltest du zu mir?« Er stand nun so dicht vor ihr, dass sie nicht anders konnte, als ihre Hand an seine Wange zu legen. Er ließ es geschehen, beugte sich nun sogar kurz zu ihr herab, spähte schnell nach rechts und links, und dann küsste er sie. Offensichtlich war er überhaupt nicht verstimmt wegen des gestrigen Abends.

»Leider nein«, brachte sie mühsam hervor. »Ich war gerade auf dem Schiff, als sich Romy gemeldet hat. Mal wieder ein Notfall, ich treffe sie gleich am Parkplatz drüben, na ja, egal … Aber ich wollte dir schreiben und fragen, ob wir uns morgen sehen. Traust du dich noch einmal in den Kneippweg? Ich versuche, etwas zu kochen.«

»Sehr gerne«, antwortete er, und seine Unkompliziertheit war so wohltuend, dass sie ihn gleich ein zweites Mal küsste.

»Wir schreiben uns, jetzt muss ich weiter!«, sagte sie und entzog sich seiner Berührung, die eine Gänsehaut in ihr auslöste. Er nickte bedauernd und ließ sie ziehen.

Sie musste einfach rennen, spürte, wie die Fototasche gegen ihre Hüfte schlug. So war sie auch als Kind gelaufen, wenn sie eine neue botanische Entdeckung gemacht hatte, von der so schnell wie möglich jemand erfahren sollte, oder wenn sie ein verletztes Tier nach Haus gebracht hatte.

Sie drehte sich zu ihm um, sah, dass er ihr lachend hinterherschaute, und winkte ihm zu, worauf er zurückwinkte.

Außer Atem, aber erleichtert, beinahe euphorisch, überquerte sie die Brücke, vorbei am Schwedenkreuz und die wenigen Meter weiter bis zum Parkplatz, wo Romy vor der geöffneten Tür ihres Caddys stand.

»Alles okay?«, wollte sie wissen.

»Absolut«, erwiderte Carolin und sprang ins Auto. »Absolut.«

27. Kapitel

»Zwei Kisten Avocados?«

»Haben wir.«

»Olivenöl … Cocktailtomaten … Gratinkäse … und … die Garnelen.«

»Check.«

»Okay. Jetzt noch Tapiokamehl … Ich fürchte nur, das finden wir hier nicht.« Romy stöhnte genervt auf und ließ den Blick über die meterhohen Regale des Großmarkts schweifen, den sie nun bereits seit fast einer Stunde durchwanderten.

»Das ist aber auch ziemlich speziell.« Carolin zwinkerte. Sie fand die Idee ihrer Schwester super, bei der After Schiff Salsa Party brasilianische Snacks anzubieten. Doch natürlich erschwerte das ein wenig den Einkauf der benötigten Zutaten.

Der Einkaufswagen war schon beinahe randvoll gefüllt, und Carolin grauste es bei der Vorstellung, all diese Dinge zu etwas Essbarem verarbeiten zu müssen.

»Okay, dann nehm ich eben Weizen- statt Tapiokamehl für die Käsebällchen, das geht bestimmt auch. Und anstelle von Acai-Beeren nehmen wir Erdbeeren für den Limes. Das ist saisonal und regional und sowieso megalecker. Ob es das in Brasilien gibt, interessiert zu dieser späten Stunde vermutlich eh niemanden mehr.«

Die Ansprüche an das Essen waren nicht allzu hoch: Es sollte Fingerfood sein, salzig und herzhaft, um die Wirkungen des Alkohols, der auf dem Partyschiff floss, etwas zu minimieren und die Feiernden zum Weitertanzen zu animieren. Dennoch war Romys Ehrgeiz wie immer geweckt. Eine Gulaschsuppe oder Pizzastücke wären unter ihrer Würde gewesen – wenn es schon eine Salsaparty war, dann musste das Essen auch passend sein.

So würde es eine Art Vorspeisenteller geben: kleine, mit würzigen Hühnchenstücken gefüllte Teigtaschen, frittierte Käsebällchen, scharfe Hackfleischtaler, gegrilltes Gemüse mit Bohnensauce und marinierten Garnelen mit Erdnüssen und Kokos.

Carolin lief schon bei der Vorstellung das Wasser im Munde zusammen. »Und wie viele Leute werden da erwartet?«, fragte sie nun nach.

Romy überflog weiter ihre lange Einkaufsliste und antwortete abwesend: »Um die fünfhundert.«

»Wow, eine ganze Menge. Sollst du die alleine mit Essen versorgen?«

»Es gibt noch weitere Caterer. Habe aber vergessen, was die anbieten.«

Es dauerte eine weitere halbe Stunde, bis sie endlich alles beisammen, bezahlt und im Auto verstaut hatten. Der Caddy sah beinahe aus, als würde er von so vielen Kisten und Kartons in die Knie gehen.

»Und das kommt jetzt alles in deine Catering-Küche?«, wollte Carolin wissen.

»Genau, da fahren wir jetzt hin.«

Sie stiegen ein und schlängelten sich durch den Konstanzer Verkehr vom Gewerbegebiet, in dem der Großmarkt lag, auf die andere Rheinseite in Richtung Altstadt.

Zwanzig Minuten später bog Romy in eine unscheinbare Straße dicht an der Schweizer Grenze, nahe dem Döbeleplatz, ab. Hier gab es mehrstöckige Wohnblocks, moderne, aber etwas gesichtslose Einfamilienhäuser und kleine Gewerbeeinheiten. Vor einer solchen parkte Romy schwungvoll ein.

Sie stieg aus, lief eine kurze Treppe hoch und schloss eine schwere Tür auf. Carolin folgte ihr neugierig.

»Willkommen bei Romys Cateringservice.« Ihre Schwester hob

beide Hände, drehte sich im Kreis und grinste. In dem vielleicht zwanzig Quadratmeter großen, weiß gekachelten Raum standen an den Wänden offene Stahlregale voller haltbarer Lebensmittel, zwei riesige Kühlschränke, eine massive Tiefkühltruhe, ein Schrank mit integriertem Backofen und eine breite Spüle. In der Mitte zog ein klotziger Gasherd die Aufmerksamkeit auf sich, an den sich eine großzügige Arbeitsfläche anschloss. An einem Gestell hingen zahlreiche Küchenutensilien, darunter einige, von denen Carolin nicht hätte sagen können, wozu man sie benötigte.

»Beeindruckend!«, rief sie. Ihre Schwester hatte die Küche öfter beim Skypen erwähnt, aber Carolin musste zugeben, dass sie sich nie Gedanken darüber gemacht hatte, wie Romys Arbeitsplatz tatsächlich aussah.

»Und das Beste …« Romy zog sie am Arm mit sich auf eine schmale Glastür zu und öffnete sie. »Tata …«

Sie traten hinaus in ein kleines, von einem Lattenzaun umgebenes Areal mit mehreren Hochbeeten, in denen es üppig spross.

»Das ist mein Garten«, erklärte Romy und strahlte überaus stolz. »Hier ziehe ich Kräuter, ein bisschen Gemüse und Blumen, deren Blüten essbar sind. Die sehen besonders hübsch aus auf Salaten.«

Carolin sah sich gebannt um. »Romy, das ist fantastisch! Darf ich hier mal Fotos machen? Auch von dir? Du brauchst doch vielleicht mal Bilder für deine Homepage oder so. Oder einen Instagram-Account … Hast du den eigentlich endlich eingerichtet?«

Romy schüttelte kurz den Kopf und ging zurück in die Küche. »Kommst du? Wir müssen die Sachen auspacken.«

»Sekunde!« Carolin gab den Namen ihrer Schwester auf ihrem Handy in die Suchmaschine ein und fand immerhin ihre Website. Doch deren Anblick war eher traurig. Außer einer Adresse mit Mobilfunknummer und einer kurzen Auflistung, was Romy anbot, war dort nichts zu finden. Kopfschüttelnd folgte Carolin ihr zum Auto.

»Du musst deine Homepage mal auf Vordermann bringen«, sagte sie.

»Keine Zeit«, gab Romy knapp zurück.

»Ich kann dir helfen«, sagte Carolin sanft. »Hey, wir machen demnächst mal ein paar schöne Fotos von deinen tollen Kreationen und legen dir auch eine Insta-Seite an, und dann laufen die Geschäfte sicher bald besser.«

Romy blieb abrupt stehen. »Ich habe mich nie beschwert, dass es schlecht läuft. Lass mich mein Business so führen, wie ich es für richtig halte, okay?«

»Sorry, na klar …« Carolin trat einen Schritt zurück, während Romy die Seitentür des Caddys aufschob und ihr eine Kiste in die Arme drückte.

»Das hier alles in den Kühlschrank, bitte.«

Schweigend luden sie die Waren aus, nur das Scheppern von Dosen und Klirren von Flaschen war zu hören. Als schließlich alle Einkäufe untergebracht waren, sah Carolin Romy fragend an.

»Und jetzt? Können wir schon was vorbereiten für Samstag?«

»Noch zu früh. Morgen ist Anna sicher wieder fit und kann mir helfen.«

»Sag Bescheid, falls nicht, okay?«, bot Carolin an.

Romy nickte etwas abwesend und sah auf ihr Handy. »Shit, schon so spät, ich muss die Kinder abholen. Wäre es okay, wenn ich dich am Hafen absetze und du mit dem Schiff zurückfährst?«

Carolin stimmte zu, und sie machten sich auf den Weg. Sie redeten nicht viel, und Carolin war froh, dass die Fahrt nur fünf Minuten dauerte.

Bevor sie ausstieg, zog Romy sie jedoch dicht an sich heran und küsste sie auf die Wange. »Danke dir, Caro! Das war eine große Hilfe.«

»Gern geschehen«, sagte Carolin. »Jederzeit wieder.«

Zwei Stunden später bog Carolin in den Kneippweg ein. Das Wetter hatte sich glücklicherweise deutlich gebessert, und so hatte sie auf der anderthalbstündigen Rückfahrt Impressionen vom See, dem Schiff und den Uferansichten fotografisch festhalten können. Gleichzeitig hatte sie darüber nachgedacht, was sie für Romy und deren Website unternehmen konnte. Denn dass die Homepage so blieb, wie sie war, kam nicht infrage.

Carolin würde ihrer Schwester vorschlagen, dass sie ihre Speisen in einer visuell ansprechenden Umgebung fotografieren würde, an schönen Plätzen am See, professionell ausgeleuchtet und geschickt nachbearbeitet. Vielleicht könnte Romy ja auch eine Art »Romantic Catering« für Frischverliebte offerieren? Mit aphrodisierenden Speisen an Orten, wohin sich kein Tourist verirren würde. Und sie selbst könnte vielleicht sogar ein Fotoshooting dazu anbieten. Überhaupt – sie könnte auch hier, genau wie bisher in Neuseeland, Ausflüge und andere Events fotografisch begleiten, sodass sich die Menschen wieder auf die Geschehnisse konzentrierten und nicht ständig alles nur durch das Display ihres Handys wahrnahmen. Und später hätten sie dann großartige Bilder, auf denen sie selbst ins beste Licht gerückt waren.

Carolin steckte gerade den Schlüssel in die Haustür, als sie Stimmen im Garten hörte. Wer konnte das sein? Sie horchte, bis wieder die männliche Stimme erklang.

»Weißt du, ich verstehe es einfach nicht.«

Georgs Stimme.

»Du bist ja auch nicht mehr der Jüngste.«

Und das war Tante Klara. Eindeutig.

Wie kamen die beiden jetzt hierher? Dass ihre demente Tante auf ihrer Terrasse saß und online mit ihrem Bruder auf Mallorca telefonierte, konnte sich Carolin beim besten Willen nicht vorstellen. Nein, nein, Georg musste leibhaftig anwesend sein. Offensichtlich hatte er seine Reise abgebrochen, und vielleicht hatte er Klara für einen kleinen Ausflug aus dem Pflegeheim abgeholt? Aber warum?

Carolin wollte schon auf die beiden zugehen, doch Georgs Worte ließen sie innehalten. Sie blieb hinter einem Busch stehen.

»Schau, Klara, ich habe ihr mein ganzes Leben gewidmet. Was soll ich denn ohne sie machen? Ich kann das einfach nicht. Und jetzt auch noch die Firma abgeben? Was bleibt dann noch von mir übrig? Ich weiß nicht, ob ich das kann.«

Ein Stich durchfuhr Carolin. Offensichtlich schüttete Georg seiner älteren Schwester das Herz aus. Bei ihr konnte er sicher sein, dass sie nichts davon ausplaudern würde, weil sie sowieso alles wieder vergaß.

»Ist Lotte nicht vor Kurzem gestorben?«, fragte Klara, und etwas, das wohl auf dem Gartentisch stand, klapperte.

»Nein, sie hatte Geburtstag«, erklärte Georg und klang ungeduldig. »Aber ich rede von der Firma. Auf Mallorca ist mir klar geworden, dass ich einfach zu alt bin. Ich mag nicht mehr. Keine Entscheidungen mehr treffen, keinen Leuten Anweisungen geben, keine Termine mehr … Das fühlt sich herrlich an. Einerseits …«

»Als kleiner Junge hast du gerne Anweisungen gegeben.« Klara kicherte nun. »Du hast noch kurze Hosen getragen, aber Frau Sauer immer rumgescheucht. Sie musste dir Kakao kochen …«

»Frau Sauer ist meine Sekretärin«, klärte Georg Klara auf. »Das war Frau Krakau, Vaters Sekretärin, die hat manchmal auf mich aufgepasst. Und ich habe sie nicht rumgescheucht.«

»Soll doch Frau Krakau die Firma übernehmen«, schlug Klara nun vor.

»Die ist seit zwanzig Jahren tot.«

»Lotte ist schon zwanzig Jahre tot? Mit kommt es vor, als hätten wir erst gestern ihren Geburtstag gefeiert.«

»Frau Krakau ist tot!« Nun wurde Georg laut. Offensichtlich konnte er sich nicht auf die mentalen Einschränkungen von Tante Klara einlassen. Carolin spähte vorsichtig um den Busch herum.

»Aber wer übernimmt denn dann die Firma?« Die alte Dame schien völlig unbeeindruckt von der Ungeduld ihres Bruders. »Hast du nicht gesagt, du kannst sie nicht abgeben?«

Da hatte sie ausnahmsweise mal etwas richtig verstanden. Carolin musste angesichts des leicht absurden Gesprächs lächeln. Auch wenn Klara dement war, der Widerspruch in Georgs Argumentation war ihr nicht entgangen. Einerseits konnte er sich nicht vorstellen, die Führung abzugeben, andererseits sehnte er sich nach Freiheit und Freizeit.

»Ich dachte daran, Ben zu fragen. Romy hin oder her.«

Wenn das nicht ein super Timing war!

Georg sah nun in die Apfelbäume und krempelte einen Hemdsärmel erst hoch und dann wieder runter. »Das mit den beiden ist ja nun lange genug her, und ich kann mich nicht ständig nach den Befindlichkeiten meiner Töchter richten.«

»Die würde ich ja gerne mal kennenlernen, deine Töchter. Noch nie hast du mir die vorgestellt. Vielleicht gibt es die gar nicht.«

»Doch, Klara, die gibt es.« Georg stöhnte.

»Und wo ist eigentlich Lotte? Ich möchte noch etwas Kuchen. Hatten wir schon Kuchen?«

»Ich bringe dich jetzt mal in dein Heim zurück.« Georg stand auf.

»Das kann doch Lotte machen.« Klara blieb demonstrativ sitzen. »Nachdem sie mir noch ein Stück Kuchen gebracht hat.«

»Lotte wohnt hier nicht mehr!«, schrie Georg nun. »Sie hat mich verlassen. Sie hat mich ausgetauscht! Gegen einen Jüngeren! Dabei habe ich ihr mein ganzes Leben gewidmet. Alles, was ich getan habe, die viele Arbeit, die tausenden Pflichten – nur wegen ihr. Damit sie ein gutes Leben hat. Und so … so dankt sie es mir. Sie lässt mich einfach im Stich.«

Carolin hatte das Gefühl, ihrem Vater – und vermutlich Klara ebenso – beistehen zu müssen, und trat nun hinter dem Busch hervor.

»Aber da ist sie doch! Schau! Da kommt sie!« Klara winkte Carolin freudig zu, und diese winkte zurück. Dann sah sie Georg an, der bei ihrem Anblick in Bruchteilen von Sekunden die halbe Klaviatur menschlicher Gefühle durchlief. Erstaunen, Hoffnung, Unverständnis, Überraschung, Erkennen. Und am Ende: Enttäuschung.

»Ach, Carolin!«, rief er und nestelte wieder an seinem Hemdsärmel. »Ich wollte dich anrufen, aber irgendwie hat mein Handy … Na ja, ist jetzt auch egal.«

Carolin steuerte zuerst auf Tante Klara zu und umarmte sie vorsichtig. Die beinahe Achtzigjährige war inzwischen so klein und zerbrechlich wie ein Vogeljunges. Sogar ihr weißes Haar glich Flaum. Ein starker Maiglöckchenduft umgab sie.

»Lotte, wie schön, wo hast du die ganze Zeit gesteckt?« Klara musterte Carolin mit einem Blick, in dem eine leichte Melancholie lag. Als sei ihr klar, dass irgendetwas nicht stimmte, sie aber nicht darauf kam, was es war.

»Jetzt bin ich ja da!«, erklärte Carolin ruhig. Dann wandte sie sich ihrem Vater zu und umarmte auch ihn. »Wieso bist du schon wieder zurück? Du hattest doch offensichtlich Spaß auf Mallorca!«

»Ach was, das war furchtbar.« Georg machte eine wegwerfende Handbewegung. »Viel zu viele Touristen dort. Da kann ich mich auch gleich auf eins von meinen Schiffen setzen. Da muss ich wenigstens nicht über Alkoholleichen steigen.«

»Und dann bist du zurückgekommen und hast gleich Tante Klara abgeholt?«

»Nein. Als ich hier ankam, stand sie vor der Tür und hat Sturm geklingelt. Ich habe sofort in ihrem Pflegeheim angerufen, und die wollten sie tatsächlich gerade bei der Polizei als vermisst melden. Sie ist mal wieder ausgebüxt, um eine Runde Bus zu fahren. Ich habe gesagt, ich bringe sie nachher zurück.«

Carolin strich ihrer Tante über die Schulter. »Immerhin hat sie irgendwie hierhergefunden.«

»Was hast du gefunden?«, fragte Klara und lächelte spitzbübisch. »Bestimmt einen Schmetterling! Als Kind hast du immer Schmetterlinge gefunden. Und du bist selbst wie ein kleiner Schmetterling herumgeflattert, nie konntest du still sitzen.«

Offensichtlich hatte sie Carolin nun der richtigen Schublade ihrer Erinnerung zuordnen können.

»Das ist wahr, da hast du recht«, stimmte sie also zu. »Wenn du magst, bring ich dich jetzt nach Hause. Sicher gibt es bald Abendessen.«

Georg warf ihr einen dankbaren Blick zu und reichte seiner Schwester die Hand, damit sie sich von ihrem Stuhl hochziehen konnte.

»Ach, ich weiß nicht, nach dem vielen Kuchen habe ich gar keinen richtigen Hunger«, entgegnete Klara.

Georg nahm die beiden Wassergläser und die Karaffe vom Tisch und machte sich auf den Weg ins Haus.

»Bestimmt gibt es was besonders Leckeres.« Carolin streckte ihr den Arm hin, und sie hakte sich ein, leicht wie eine Feder. »Was ist denn dein Lieblingsessen?«

»Ach, ein schönes Felchen wäre prima. Manchmal hat mich mein Vater mit zum Angeln genommen. Das könnte er eigentlich mal wieder tun. Aber ich weiß gar nicht – gibt es noch Felchen im Bodensee? Man hört ja so viel von der Wasserverschmutzung.«

Eine Dreiviertelstunde später hatte Carolin ihre Tante im Pflegeheim abgeliefert und war zurück im Kneippweg. Sie fand ihren Vater im Wirtschaftsraum, wo er vor der Waschmaschine stand und ratlos an den Knöpfen drehte.

»Soll ich das machen?«, fragte Carolin und schob ihn sanft beiseite. »Waschpulver hast du schon reingetan?«

»Nein, ich wusste nicht, wie viel«, gab er zu. »Diese modernen Geräte sind grauenhaft.«

Carolin befüllte ohne Kommentar die gut zehn Jahre alte Maschine und startete sie, dann gingen sie gemeinsam in die Küche.

»Du hast uns einen ganz schönen Schrecken eingejagt, als du plötzlich verschwunden bist«, sagte sie ruhig. »Eine kurze Nachricht wäre nett gewesen.«

»Es tut mir leid.« Er sah ihr ernst in die Augen. »Ich habe auch erst mal einen Schreck bekommen, als ich auf der Insel aus dem Flugzeug gestiegen bin. Irgendwie war ich … wie in einem Tunnel. Ich hatte einfach das Gefühl, ich müsste mal raus, das alles hier hinter mir lassen.«

»Das ist doch verständlich.« Carolin nahm eine angebrochene Weißweinflasche aus dem Kühlschrank und holte sich ein Glas aus dem Schrank. »Du magst vermutlich nicht, oder?«

»Vielleicht eine kleine Schorle? Mit Klara ist es wirklich anstrengend.«

Carolin goss ihnen beiden ein und reichte ihrem Vater ein Glas. Sie stießen an.

»Jedenfalls war ich froh, dass ich heute so spontan einen Platz im Flugzeug bekommen habe. Der nächste wäre erst am Samstag frei gewesen, und so lange wollte ich auf keinen Fall bleiben.«

»Und, ging es mit der Fliegerei? Ich dachte, du würdest nie im Leben in ein Flugzeug steigen.«

Er breitete die Arme aus und zuckte mit den Schultern. »Augen zu und durch. War ja auch kein langer Flug. Aber dass du so viel fliegst, das werde ich nie begreifen.« Er schüttelte den Kopf und nippte wieder an seiner Schorle. »Haben wir irgendwas zu essen im Haus?«

»Ich fürchte nicht. Sollen wir vielleicht einfach Pizza bestellen?«

»Pizza?« Georg legte den Kopf schief. Das war nie sein Leibgericht gewesen, fiel es Carolin ein. Er hatte immer über den viel zu fettigen Käse geschimpft. »Na ja, warum nicht? Genug Hunger hätte ich.«

Eine halbe Stunde später kam der Lieferservice, und sie setzten sich mit ihren Pizzas auf die Terrasse. Sie aßen recht schweigsam, jeder in seine Gedanken vertieft. Carolin überlegte, ob es der richtige Zeitpunkt wäre, Georg darauf vorzubereiten, dass Ben kündigen und bei Arthur einsteigen würde. Sie entschied sich dagegen. Ihr Vater wirkte so schon bedrückt, da musste sie ihm nicht noch einen Schlag verpassen.

»Kommst du am Samstag mit auf die Salsa-Party in der Kunstakademie? Romy macht das Catering, und Veri sorgt für die Getränke. Das Wetter soll jedenfalls super werden.« Carolin verspeiste den letzten Bissen und schob den leeren Teller von sich.

Georg winkte ab. »Bin doch viel zu alt für Salsa. Ich weiß nicht mal genau, was das für Musik ist.«

»Brasilianische. Dazu kann man großartig tanzen.«

Er schüttelte energisch den Kopf. »Ein Abenteuer in der Woche genügt mir.«

»Ach, Papa …«

»Was?« Er zog die Augenbrauen zusammen. Ein untrügliches Zeichen, dass er keine weitere Unterhaltung zu dem Thema wünschte.

»Ich kann mir nicht im Ansatz vorstellen, wie es ist, nach so langer Zeit verlassen zu werden«, sagte sie vorsichtig.

»Garantiert nicht.«

»Aber ich sehe, dass es dir nicht gut geht.«

»Ja, siehst du das?«

»Papa, du räumst das halbe Haus aus, du wolltest den Apfelbaum fällen, du reißt Fotos von Mama aus den Alben, du flüchtest Hals über Kopf nach Mallorca und bist einen Tag später wieder da … Das bist nicht du.«

Er sah hoch in den erwähnten Apfelbaum, der kaum noch Blütenblätter trug. »Da hast du recht.«

»Ich meine ja nur, vielleicht täte es dir gut, mit jemandem zu sprechen, der dir professionell helfen kann. Das würde den Kummer lindern.«

»Ich soll zu einem …«

»… bitte sag nicht Seelenklempner«, unterbrach sie ihn. »Ja, das ist es, was Menschen tun, wenn sie Probleme haben, die sie noch nie hatten, und deshalb nicht wissen, wie sie damit umgehen sollen.«

Er sah ihr aufmerksam ins Gesicht. Sein Schweigen verriet ihr, dass er über ihren Vorschlag zumindest nachdachte. Er zupfte am Tischtuch und pickte einen Krümel von seinem Teller, den er auf den Rasen fallen ließ. »Ich weiß nicht, ob mir ein Psychologe helfen kann.« Er schüttelte den Kopf und fuhr sich mit der Hand über den Mund. »Vielleicht würde es mir guttun, mit Lotte zu reden. Aber ich glaube nicht, dass ich dazu schon bereit bin.«

»Du könntest es versuchen.« Carolin strich ihm über den Unterarm. Auch wenn sie ihm sein Leiden nicht wünschte, so war sie doch erstaunt, was für eine weiche Seite er plötzlich offenbarte. Soweit sie sich erinnern konnte, war es das erste Mal, dass er sich ihr gegenüber nicht wie ein Familienoberhaupt aufspielte, sondern sich wie ein Familienmitglied benahm. Und das gefiel ihr ausgesprochen gut.

»Ich überlege es mir«, versprach er. Einen Moment lang schwiegen sie, dann fragte er: »Wieso gehst du am Samstag zu der Feier in der Kunstakademie? Fliegst du da nicht zurück nach Neuseeland?«

»So schnell wirst du mich noch nicht los.« Sie stellte die Teller zusammen und stand auf.

Der Blick, den er ihr zuwarf, war voller Wohlwollen.

28. Kapitel

Bei Romy brannte erneut die Hütte. Wider Erwarten war Anna am folgenden Tag noch nicht wieder auf den Beinen. Charlotte und Bernd, die ebenfalls zu Romys Helfern gehörten, konnten nicht gleichzeitig arbeiten, weil sich einer von ihnen um ihren zweijährigen Sohn kümmern musste. Und so war es für Carolin eine klare Sache, dass sie einsprang. Erdbeeren putzen und für den Limes pürieren oder Bohnen für die Sauce kochen, das würde auch sie hinbekommen. Außerdem konnte schon einiges für die Deko vorbereitet werden. Weil Romy keine Servietten gefunden hatte, die ihr gefielen, hatte Carolin vorgeschlagen, diese selbst zu bedrucken. Drei hübsche Stempel mit Palmen, einer Ananas und dem Schriftzug »Viva o Brasil« hatte sie im Schreibwarensortiment bei Tausend Fotos entdeckt, wo sie vorbeigeschaut hatte, um den Fotoauftrag beim Fest zu besprechen.

Und so saß sie nun in Romys Cateringküche und bestempelte in Rot, Blau, Grün und Gelb die weißen Servietten. Später würde sie noch Papiergirlanden mit der brasilianischen Flagge basteln.

»An die Feste in Brasilien erinnere ich mich besonders gerne.« Carolin sah von ihrer Arbeit auf und beobachtete, wie Romy mit einem riesigen Spritzbeutel eine Käsemasse in eine Art kleine Windbeutel füllte. Diese würden bis Samstag eingefroren und dann kurz vor dem Event frisch frittiert werden.

»Da gab's bestimmt jede Menge hotte Männer, oder?« Romy grinste.

»Und leckeres Essen. Allerdings sehr fleischlastig. Und ja, ab und an auch einen coolen Typ. Obwohl ich in der Zeit ja lange mit Márlon zusammen war.«

»Und jetzt? Wie steht es mit Cornell? Wenn ich das fragen darf …«

»Na klar …«

»Früher warst du immer sehr verschwiegen, was deine Freunde anging. Weißt du noch … Mathias hieß er, glaub ich. Wir dachten alle wochenlang, der gibt dir Mathenachhilfe, dabei seid ihr miteinander gegangen.«

»Ja, ich fand das einfach peinlich … Das ging niemanden was an.«

Romy baute sich mit der Spritztülle in der Hand vor Carolin auf und sah sie mit einem Zwinkern an. »Dir ist aber mittlerweile schon klar, dass es besser ist, sich auch mal anderen anzuvertrauen, oder?«

»So wie du«, hätte Carolin am liebsten entgegnet, denn ihr war in den letzten Tagen bewusst geworden, dass sich Romy Einmischung von außen entzog, weil sie vermutlich Angst hatte, dass sie sich dann das Chaos, das sie nur mit Mühe beherrschte, genauer anschauen müsste. Sie sagte dazu jedoch nichts. Noch mehr Stress war nicht angebracht. Sicher würde sich demnächst ein ruhiger Moment für ein Gespräch unter Schwestern ergeben. Carolin spürte, wie froh sie war, dass sie nicht übermorgen abreisen würde.

»Ich erzähle dir doch gerade sehr viel, findest du nicht?«

»Ja, aber meine Frage hast du noch nicht beantwortet. Probier!« Sie drückte Carolin einen kleinen Klecks von der Käsemasse auf die Fingerspitze.

»Köstlich! Na gut, ja, wie soll ich sagen … Ihm vertraue ich, nur mir selbst nicht.«

»Weiß er das?«

»Ich habe so Andeutungen gemacht.«

»Und wie hat er reagiert?«

»Er hat gesagt, ich soll mir die Zeit nehmen, die ich brauche. Mit den Servietten bin ich durch.«

Romy schüttelte den Kopf und befüllte weiter die Windbeutel. »Okay, das ist sehr süß von ihm. Aber was, glaubst du, muss passieren, damit du dir sicher bist mit ihm?«

»Ich … ähm … na ja …« Carolin stand auf, stapelte die gestempelten Servietten übereinander und legte sie in einen Karton. Ihr fiel tatsächlich keine Antwort ein.

»Darf ich dir einen Tipp geben?«

Carolin nickte.

»Sei mit ihm zusammen. Gib euch eine Chance. Nur wenn ihr es ausprobiert, mit allen Konsequenzen, wirst du merken, ob es mit euch klappt. Durch Nachdenken ändert sich in dem Fall gar nichts. Und wenn du überhaupt nicht bereit dazu wärst, hättest du nicht schon längst deinen Flug verschoben.«

Carolin spürte, wie ihr Hals enger wurde. Sie trat auf Romy zu und umarmte sie von hinten. »Hab ich dir schon mal gesagt, dass du die klügste Schwester der Welt bist?«

»Ich weiß!« Romy kicherte und drehte sich zu Carolin um. »Und du die beste!«

Am frühen Nachmittag hatte Carolin Cornell eine Nachricht geschickt und ein Treffen für den Abend vorgeschlagen. Mittlerweile war es kurz nach fünf, und er hatte noch nicht geantwortet. Sie starrte nachdenklich auf ihr Handy, holte tief Luft und wählte dann seine Nummer. Nach dem dritten Klingeln hörte sie seine Stimme.

»Hi«, sagte er.

»Hi«, raunte sie. »Ich bin gerade in der Stadt und könnte etwas fürs Abendessen einkaufen. Soll ich später damit bei dir vorbeikommen? Mein Vater hat seinen Mallorca-Urlaub leider abgebrochen – mit sturmfrei ist da jetzt nichts mehr.« Sie schickte ein Lachen hinterher.

»Okay.« Seine Stimme klang wenig begeistert.

»Oder ist es dir nicht recht, dass ich vorbeikomme?«

»Doch, doch, alles gut. Ich bin so ab sechs zu Hause. Bis später!«

Und schon hatte er die Verbindung getrennt. Irritiert ließ sie das Handy in ihre Tasche gleiten. Vermutlich hatte sie ihn in irgendeiner Sitzung gestört. Oder er stand gerade im Schmetterlingshaus bis zu den Knien im Sumpf des Teiches. Oder, oder, oder ... Aber egal, was sie sich ausmalte, für die Reserviertheit in seiner Stimme fand sie keine Erklärung. Sie versuchte, die Unruhe, die sie befiel, zu verdrängen. Sie kannte ihn noch nicht so gut – vielleicht gab es einfach Situationen, in denen er kurz angebunden war. Das wäre nicht weiter schlimm. Sie sollte aufhören, den Teufel an die Wand zu malen. Gestern auf der Mainau, bei ihrer kurzen Begegnung, war er ganz normal gewesen und hatte sie zärtlich geküsst. Was konnte seitdem schon passiert sein?

Sie machte in aller Ruhe ein paar Einkäufe, schlenderte durch die Greth, und weil dann noch immer Zeit war, bis Cornell zu Hause sein würde, setzte sie sich mit einer Zitronenlimonade auf die Stufen am Landungsplatz und ließ den Blick über den See schweifen.

Es war nicht so warm wie in den letzten Tagen und auch nicht so sonnig. Aber immerhin war für das Fest übermorgen gutes Wetter vorhergesagt. Sie griff nach ihrem Handy und scrollte ein wenig durch Instagram. Sie wollte sich Cateringunternehmen anschauen, vielleicht fand sie ja dort ein paar Inspirationen, wie sie einen Account für Romy anlegen konnte.

Doch zunächst schaute sie ein paar Posts ihrer Lieblingscomedienne, der Australierin Celeste Barber, an und entdeckte zauberhafte Landschaftsbilder einiger Fotografinnen und Fotografen, die sie kannte. Sie fand auch ein neues Reel, das Sandy von einer der letzten Bootstouren eingestellt hatte. Beim Anblick der Kanus, die sanft die Oberfläche des Ozeans durchschnitten, bekam sie für einen Augenblick regelrecht Heimweh. Schnell scrollte sie weiter. Oh, was war das?

Ein Foto von Jacobs Account erregte ihre Aufmerksamkeit. Er war darauf im Anzug zu sehen, im Arm hielt er seine Frau, und hinter ihnen erhob sich der Sky Tower, das höchste und markanteste Gebäude von Auckland. Keine Frage – die beiden verbrachten dort wohl doch ein paar Tage. Jacob grinste breit auf dem Bild, und Margret sah ihn geradezu verliebt an. »Mit der besten Ehefrau von allen Auszeit in Auckland genießen«, hatte er unter das Foto geschrieben. »Und gleich geht's im Orbit 360° zum Essen. Looking forward!« Und als Hashtags hatte er #glücklichverheiratet, #endlesslove, #schönesPaar und #foreverandever dazugesetzt. Kopfschüttelnd steckte Carolin ihr Smartphone weg. Sie stand auf, nahm ihre Einkäufe und schlug den Weg zu Cornells Wohnung ein.

Sie gönnte Jacob einen Neustart in seiner Ehe – aber irgendwie kam ihr das Foto sehr gestellt und aufgesetzt vor. Letzte Woche hatte er ihr einen Heiratsantrag gemacht – und jetzt machte er auf braven Ehemann.

Mit jedem Schritt, mit dem sie sich Cornells Wohnung näherte, pochte ihr Herz lauter. Sie hätte sich gewünscht, dass es nur an der Aufregung lag, ihn wiederzusehen, aber irgendein kleiner, mieser Kobold irgendwo zwischen Bauch und Kopf wisperte die ganze Zeit verstörende Worte: »Er wird dir sagen, dass er sich getäuscht hat. Dass er dich gar nicht mag. Dass du nach Neuseeland verschwinden sollst …«

Ihr Finger zitterte regelrecht, als sie den Klingelknopf an seiner Haustür betätigte. Und der Aufstieg in das oberste Geschoss kam ihr immer steiler und steiler vor.

Die Tür stand offen, aber niemand war zu sehen.

»Hallo?«, rief sie in den Flur hinein, und da steckte er den Kopf aus dem Wohnzimmer, das Ohr am Telefon. Er winkte sie herein.

»Ja, okay, machen wir so«, sagte er. »Bis nächste Woche!« Eine kurze Pause entstand. »Ja, vermutlich sehen wir uns auf dem Fest. Bis dann!« Er klickte den Anrufer weg und wandte sich ihr zu. Kein Leuchten in seinen Augen. Carolin fröstelte.

»Hi, sorry, jetzt ist Schluss mit den beruflichen Telefonaten für heute.« Er kam auf sie zu und küsste sie auf die Schläfe. Am liebsten hätte sie ihn umarmt und festgehalten, aber schon nahm er ihr die Einkaufstaschen ab und brachte sie in die Küche.

»Was hast du Feines mitgebracht? Darf ich?« Sie nickte, und er packte Brot und Käse, einen Fertigsalat und zwei kleine Quiches aus. Carolin sah ihm zu, unfähig, etwas zu sagen. Sie hatte den Eindruck, egal, was sie von sich geben würde, es wäre nicht das Richtige. Plötzlich hielt er inmitten des Auspackens inne und betrachtete sie ernst.

»Entschuldige.« Sein Blick wanderte unstet herum. Er schien nach Worten zu suchen.

»Was ist los?«, fragte sie also. »Ist etwas passiert?« Sie ging zögerlich einen Schritt auf ihn zu.

»Nein, ich weiß nicht. Ja.«

»Soll ich wieder gehen? Hab ich was falsch gemacht?«

»Komm.« Er nahm sie am Ellbogen und führte sie ins Wohnzimmer. »Setz dich.« Sie ließ sich auf die Couch fallen, die noch vor wenigen Tagen das Lustzentrum ihrer Welt gewesen war. In diesem Augenblick kam sie ihr unbequem vor. Er setzte sich in einen Sessel ihr gegenüber.

»Ich weiß nicht, ich glaube nur, so funktioniert das nicht.« Er sah an die Zimmerdecke. »Blöder Anfang, sorry. Ich bin Auseinandersetzungen in, äh, solchen Sachen nicht mehr gewohnt.«

»Sag mir doch einfach, was nicht funktioniert. Ich weiß gar nicht, wovon du sprichst.« Sie lehnte sich vor, hätte am liebsten ihre Hand auf seinen Unterarm gelehnt, traute sich jedoch nicht.

»Okay, ich versuch's.« Nun blickte er ihr direkt in die Augen. »Täusche ich mich, oder wolltest du vorgestern, dass ich gehe, weil du glaubst, ich hätte etwas mit Katharina?«

Sie riss die Augen auf. »Wie bitte? Wie kommst du denn darauf?«

Für eine Sekunde entspannten sich seine Gesichtszüge. »Ich habe sie gestern getroffen, blöderweise hat uns mein Chef für ein Projekt der Uni Konstanz zusammengesteckt, und jetzt kreuzt sie ständig auf.«

»Und da hat sie Quatsch über mich erzählt?«

»Nein. Ja, ich meine …« Er schüttelte ratlos den Kopf. »Sie hat mir erzählt, dass sie dich zufällig getroffen hat und dass ihr Studienfreundinnen wart.«

»So weit ist das korrekt.«

»Und … sie hat das nicht so deutlich gesagt … aber sie hat uns ja schon zusammen gesehen und vielleicht auch erkannt, dass wir … na ja … uns etwas näherstehen …«

»Möglich.«

»Sie hat sich bei mir entschuldigt und gemeint, sie könnte dir eventuell den Eindruck vermittelt haben, dass sie und ich ein Paar sind. Das wäre nicht ihre Absicht gewesen, sie hätte das auch erst hinterher gemerkt, dass das missverständlich gewesen sein könnte.«

Carolin schüttelte empört den Kopf. »Das ist so eine Bitch! Sorry!«

»Jedenfalls dachte ich dann, du bist eifersüchtig, und damit würdest du mir ja unterstellen, dass ich nicht ehrlich zu dir bin. Und das war ich von der ersten Sekunde an.«

»Boah, diese Frau ist echt das Letzte! Okay, ich erzähl dir mal meine Version.« Carolin nahm seine Hand, weil sie es nicht länger aushielt so allein auf dem großen Sofa, und glücklicherweise wehrte er sich auch nicht dagegen. Sie berichtete, wie sie Katta begegnet war, die ihr von »Doktor Stiegler« vorgeschwärmt und so getan hatte, als sei sie schon so gut wie mit ihm zusammen. »Sie hat das nicht direkt so gesagt, aber sie hat keinen Zweifel daran gelassen, dass ich es so interpretieren soll. Und genau das habe ich nicht. Weil du mir schließlich gesagt hast, dass du kein Interesse an ihr hast. Und ich dir glaube.«

Nun stand Cornell vom Sessel auf und setzte sich neben sie. Er legte den Arm um ihre Schulter und zog sie an sich.

Carolin spürte, wie ihr Atem wieder ruhiger ging. »Sie hat schon in unserer Studienzeit fies intrigiert. Sie manipuliert, wo sie nur kann.«

»Ich war auch komplett irritiert, als sie mir das gesagt hat«, sagte er. »Ich konnte mir nicht vorstellen, dass du auf sie reinfällst. Aber irgendwie hat sie es geschafft, dass ich tatsächlich Zweifel bekommen habe. Ich habe einfach gemerkt, dass du dich von mir zurückziehst, und ich habe halt geglaubt ... Wie blöd von mir! Tut mir leid! Ich hätte es besser wissen müssen.«

Sie legte eine Hand an seine Wange. Sein Blick ruhte fest auf ihr und wärmte sie, und sie verstand nicht, warum sie überhaupt nur eine Sekunde an der Möglichkeit dieser Beziehung hatte zweifeln können.

»Wir kennen uns noch nicht wirklich«, erwiderte sie. »Wir sind noch Neuland füreinander. Und ich muss auch zugeben, dass ich in den letzten Tagen verunsichert war. Aber nicht wegen dir.«

Er hob erstaunt die Augenbrauen.

»Allein wegen mir selbst. Ich bin nicht gerade eine Meisterin darin, meinen Gefühlen zu trauen. Weißt du, ich war einfach unsicher, ob ich mich dir zumuten kann.«

»Du spinnst!«

»Nein! Ich ... ich ...« Es fiel ihr sowohl schwer, die richtigen Worte zu finden, als auch dieses Bekenntnis zu machen. »Ich habe nur eine einzige etwas längere Beziehung gehabt. Ansonsten musste ich immer das Gefühl haben, ich kann mich von einem Lover verabschieden und ohne großen Kummer aus der Sache rausgehen. Ich habe nie den Mut gehabt, mich richtig auf jemanden einzulassen.«

Er schwieg und betrachtete sie aufmerksam. Sie war froh, dass er sie nicht unterbrach.

»Ich habe gespürt, dass ich dir das nicht antun will. Weil meine Gefühle für dich ... so stark sind. Wie noch nie zu irgendeinem anderen Mann. Und das ist so verrückt und überraschend und eben auch beängstigend. Ich will dir nicht wehtun.«

»Caro ...« Er schob sie ein wenig von sich, drückte dabei aber sanft ihre Hände. »Mir geht es doch ganz ähnlich. Ich kann doch auch nicht versprechen, dass es auf jeden Fall mit uns klappt. Aber ich will es ausprobieren. Das Risiko gehe ich ein.«

»Wirklich?«

»Natürlich! Weißt du, ich mache mir die ganze Zeit Gedanken, ob ich es auf mich nehmen will, dass du dein bisheriges Leben aufgibst. Ich meine, du würdest nicht von Konstanz nach Überlingen ziehen.

Sondern vom anderen Ende der Welt. Meinetwegen, wenn ich das mal so unbescheiden formulieren darf. Das ist auch eine ganz schöne Verantwortung, die ich da spüre.«

Sie musste schmunzeln, denn seine Wangen waren ein klein wenig rot angelaufen.

»Okay, ich halte mal fest«, sagte sie. »Wir sind beide unsicher, ob es was wird mit uns, wir wissen nicht, wie es ausgeht – aber wir sind bereit, uns auf eine Beziehung einzulassen. Kommt das in etwa hin?«

»Das hast du sehr schön zusammengefasst.« Er grinste. »Und darf ich dich jetzt endlich küssen? Das wollte ich schon seit dem Moment, als du diese Wohnung betreten hast. Obwohl ich sauer auf dich war!«

Über ihre Lippen kam kein Wort, denn er versiegelte sie mit seinem Mund.

29. Kapitel

Am späten Nachmittag hatten sich entgegen der Vorhersagen noch einmal dicke graue Wolken am Himmel zusammengebraut, die schier zu platzen schienen von all der Feuchtigkeit, die in ihnen gespeichert war. Romy hatte immer wieder besorgt nach oben geschaut, während sie an ihrem Stand die liebevoll gestempelten Servietten auslegte, die Girlanden aufhängte und die Gläschen für den Limes aufstellte, der leuchtend rot in eisgekühlten Karaffen bereitstand. Carolin, die ihr geholfen hatte, hatte ihr wieder und wieder erklärt, dass der Wind schon dafür sorgen würde, dass die dicken Ungetüme weggepustet werden würden.

Und genauso war es gekommen. Pünktlich zu Beginn des Festes war der abendliche Himmel klar und wolkenlos, und das fröhliche Partyvolk strömte vom Landungsplatz hinüber zur Kunstakademie. Dennoch wirkte Romy nicht allzu glücklich, und Carolin versuchte, ihr Mut zu machen.

»Das geht schon alles weg, ganz bestimmt!«, sagte sie und stibitzte eines von den frisch frittierten Käsebällchen. »Köstlich sind die!«

»Never ever! Wir werden die nächsten Tage nur Käsebällchen essen«, grummelte Romy. »Ach, Quatsch – und noch Hacktaler und Bohnensauce. Wir werden schwimmen in der Bohnensauce!«

»Nein, das werden wir nicht.« Carolin legte ihrer Schwester den Arm um die Schulter. »Die Leute werden alles auffuttern.«

»Aber ich habe mich komplett vertan. Das ist mir noch nie passiert!«

Kurz bevor das Fest losgehen sollte, hatte Barbara die verschiedenen Stände mit Getränken und Verköstigung, die auf dem Gelände verteilt waren, angeschaut und mit den Verantwortlichen das Procedere abgesprochen. Die Leute würden verschiedenfarbige Bons kaufen und sich dafür zu essen und zu trinken holen, damit entfiel für die Caterer das lästige Kassieren. Später konnten sie dann die eingesammelten Bons abrechnen.

»Dreihundert Portionen hatten wir vereinbart«, hatte Barbara zusammengefasst, und Romy war auf einmal ganz blass geworden.

»Nein, fünfhundert. Ich habe alles für fünfhundert vorbereitet.«

»Okay«, hatte Barbara gedehnt gesagt, sich einen Kommentar aber verkniffen. »Sehen wir mal, was wir loswerden.« Dann war sie zum nächsten Stand weitergegangen.

»Sicher sind die Leute total ausgehungert«, mutmaßte Carolin und betrachtete die ersten Ankömmlinge. »Schau, ich sehe ihnen die Gier auf was Leckeres geradezu an.« Das tat sie natürlich nicht, und Romy glaubte ihr auch kein Wort.

»Die haben sich doch schon auf dem Schiff vollgefuttert. Da war das im Preis inbegriffen. Oh Mann ... wenn ich jetzt auf so viel Zeug sitzen bleibe ...« Sie seufzte und schaute auf ihre Füße, die in lilafarbenen Espadrilles steckten.

Carolin nahm sich zwei der vorbereiteten Teller mit all den Leckereien und stieß Romy mit dem Ellbogen an. »Einen davon gebe ich Papa, der weiß eh nicht, was er hier machen soll«, erklärte sie. »Den anderen behalte ich, und damit schlendern wir durch die Menge und halten jedem den Teller unter die Nase und schwärmen, wie lecker alles ist.«

»Ob das was nutzt? Aber danke!«

Carolin zwinkerte und schob sich dann zwischen den Menschen hindurch zu der Bierbank, an die sie kurz zuvor ihren Vater gesetzt hatte. Glücklicherweise hatte er gleich seinen Freund Rudolf und dessen Frau Hanne getroffen, und so saßen die drei ins Gespräch vertieft. Carolin unterbrach sie, erläuterte das Problem und stellte die zwei Teller bei ihnen ab. Rudolf und Hanne erklärten sich sofort bereit, ebenfalls zu helfen. Mit Georg im Schlepptau steuerten sie

Romys Stand an, um einen dritten Teller zu holen (»Und den bezahle ich selbstverständlich!«, hatte es sich Rudolf nicht nehmen lassen) und damit loszuziehen.

»Hoffentlich begegne ich nicht deiner Mutter und ihrem Schönwetterkapitän!«, sagte Georg noch, aber Carolin konnte ihn beruhigen.

»Mama passt heute auf Luna und Vince auf. Die Kinder übernachten bei ihr. Und der schöne Kapitän hat sicher alle Hände voll zu tun, nach der Party sein Schiff aufzuräumen.«

Georg öffnete den Mund, um etwas zu erwidern, winkte dann aber ab und beeilte sich, Rudolf und Hanne zu folgen.

Carolin atmete auf. Endlich konnte sie sich wieder ihrem Auftrag widmen und fotografieren. Die Motive waren vielfältig und lohnenswert. Viele Gäste hatten sich in Schale geworfen, Frauen trugen lange, glänzende Abendkleider und Männer Anzüge, einige allerdings auch ganz leger T-Shirts und kurze Hosen, als kämen sie gerade vom Strand. Das Gelände der Akademie war mit großen Lampions festlich beleuchtet, Palmen in Kübeln waren aufgestellt worden, und auf den Biertischen standen unzählige Windlichter mit Kerzen. Noch kam die Musik von einem DJ auf der Bühne und war eher chillig – die Band, die für heiße Rhythmen sorgen würde, trat erst später auf. Carolin fotografierte eine plaudernde Gruppe und erwischte genau den Moment, in dem zwei Frauen mit üppiger Haarpracht lachend die Köpfe zurückwarfen. Kurz darauf entdeckte sie Veri, Stefan und einige ihrer Freunde, sie begrüßten sich, und Carolin machte auch von ihnen Fotos. Veri grinste breit und wirkte so fröhlich wie schon lange nicht mehr.

Insgesamt war die Stimmung ausgesprochen gelöst, und voller Freude sah Carolin, dass sich bereits eine lange Schlange an Romys Stand gebildet hatte. Veri würde sie von Romys Fauxpas besser nichts erzählen. Aus der Menge der Anstehenden ragte ein hochgewachsener Mann heraus, dessen Anblick Carolins Herz in Aufregung versetzte. Unauffällig näherte sie sich ihm von hinten.

»Ich empfehle Ihnen den brasilianischen Fingerfood-Teller«, raunte sie ihm zu. Der Glanz in seinen Augen, als er sie erblickte, strahlte bis in ihr Innerstes.

»Ich habe schon überall sehnsüchtig Ausschau nach dir gehalten«, sagte Cornell, und dann küsste er sie inmitten all der Menschen ringsum. »Musst du den ganzen Abend fotografieren, oder habe ich die Chance auf deine Gesellschaft?«

»Sicher kann ich mal eine Pause machen«, antwortete sie, und es fiel ihr schwer, ihn hier allein zurückzulassen. Sie wusste, dass er mit einigen Freunden hier war, die sie noch nicht kannte.

»Ach, das will ich unbedingt loswerden, ehe ich es vergesse«, sagte er, als sie sich ihm schon entwinden wollte. »Ich habe ständig an diese Fotocollagen denken müssen, die du mir gestern gezeigt hast. Damit sollten wir unbedingt etwas machen. Vielleicht könnten wir sie im Schmetterlingshaus ausstellen, was meinst du? So richtig groß abgezogen, in schicken Rahmen …«

Carolin spürte, wie ihr warm ums Herz wurde. »Das wäre großartig! Ich müsste natürlich noch ein paar mehr kreieren, aber die Idee ist toll!« Sie küsste ihn gleich noch einmal, riss sich dann jedoch los.

»Hoffentlich finden wir uns wieder.« Er strich ihr eine Locke aus der Stirn.

»Ich werde dich überall finden«, versprach sie, küsste ihn ein letztes Mal und schlängelte sich davon in Richtung der kleinen Bühne, auf der gerade die Salsa-Band Stellung bezog. Unterwegs begegnete sie auch noch Ben, der mit seinen Kollegen Vladimir und Thorsten gekommen war. Sie winkte ihm nur kurz zu und ging weiter. Überlingen war wirklich ein Dorf!

Sie machte ein paar Nahaufnahmen von den im Licht der Scheinwerfer funkelnden Instrumenten und den fröhlich miteinander plaudernden Bandmitgliedern, die ihre Maracas und Bongo-Bells in Stellung brachten, Congas und Bongos, Posaunen und Saxofone zurechtrückten und ein Vibrafon aufbauten.

Die Männer redeten brasilianisches Portugiesisch, und Carolin fand es schön, dass sie ein paar Worte in deren Muttersprache mit ihnen wechseln konnte. Immerhin kam ihr die wunderschöne Sprache noch immer recht flüssig über die Lippen. Carolin bot an, ihnen etwas zu essen zu bringen, worüber sie sich sehr freuten.

Sie lief zu Romys Stand hinüber und bat sie, ihr für die sechs Musiker Teller zu überlassen, was diese für eine hervorragende Idee hielt.

»Es ist schon einiges weg«, berichtete Romy. »Aber ich habe noch immer so viel Essen übrig …«

Carolin bedankte sich und versorgte die Musiker mit den Leckereien, die sie umgehend hinter dem Podium verputzten. Sie luden Carolin ein, auch direkt auf der Bühne Fotos zu machen – von ihnen und vom Publikum. Diese Möglichkeit eröffnete die Chance auf weitere spannende Perspektiven und Motive.

Inzwischen hatte sich das Gelände der Kunstakademie gefüllt, die Menschen standen dicht an dicht, und Lachen, Stimmengewirr und die noch sanfte Musik erfüllten die Luft. Wenn gleich die Salsa-Band loslegen würde, würde die Stimmung bestimmt hochkochen. Carolin hatte sich am Rand der Bühne postiert und schoss von oben einige Fotos.

Durch den Sucher entdeckte sie auch den Tisch, an dem Cornell mit seinen drei Freunden saß. Sie prosteten sich gerade mit Mojitos zu und lachten vergnügt. Nun schob sich eine Frauengestalt in das Bild. Carolin sah im ersten Moment nur deren leuchtend rotes Kleid mit dem tiefen Dekolleté und einen gleichfarbigen, durchscheinenden Schal um den Hals. Katta, natürlich.

Diese legte Cornell beide Hände auf die Schultern und beugte sich zu ihm hinunter. Carolin konnte genau erkennen, wie er zusammenzuckte und sich zu ihr umdrehte. Dann stand er auf, und allein die Tatsache, dass Cornell viel größer war als Katta, brachte Abstand zwischen sie. Carolin ließ den Fotoapparat sinken, und ohne darüber nachzudenken, stieg sie von der Bühne und bahnte sich einen Weg durch die Menschenmenge.

»… musst du nachher unbedingt mit mir tanzen«, hörte sie Katta sagen. »Die Band habe ich schon mal gehört, die ist mega.«

»Ich bin nicht so der Tänzer«, entgegnete Cornell, und dann fiel sein Blick auf Carolin. Er streckte an Katta vorbei seine Hand nach ihr aus. Sie ergriff diese und ließ sich zu ihm hinziehen.

Nur widerwillig trat Katharina ein Stück zur Seite. »Ach, Caro, hallo«, brachte sie zwischen zusammengebissenen Zähnen hervor.

»Hi, Katta«, gab sie zurück und lächelte ihrer alten Studienfreundin freundlich zu.

Cornell legte einen Arm um Carolins Taille. »Übrigens ganz köstlich, das Essen von deiner Schwester«, sagte er zu ihr.

Sie lehnte den Kopf an seine Brust, spürte aber Unbehagen. Es war ihr irgendwie unangenehm in Gegenwart von Katta, andererseits …

Kattas Züge hatten sich inzwischen so verhärtet, dass sie glatt zehn Jahre älter aussah. Es war ihr anzusehen, dass es schwer in ihr arbeitete. Vermutlich überlegte sie sich bereits irgendetwas Fieses, was sie von sich geben konnte.

»Ich weiß, dass du meinen Rat nicht brauchst, Caro«, sagte sie auch schon. »Aber du warst lange fort und bist sicher nicht mehr daran gewöhnt, wie die Männer hier so ticken.«

Carolin verdrehte die Augen. »Lass gut sein, Katta«, sagte sie knapp.

»Na ja, du solltest nur wissen, dass Cornell die Frauen wechselt wie andere Unterhosen. Vor drei Wochen hat er noch mit mir geschlafen und mich vollgesülzt mit romantischem Blabla. Und du bist jetzt offensichtlich die Nächste, die er am Start hat. Tu dir das nicht an!«

»Was erzählst du da für einen Bullshit?«, rief Cornell mit wutverzerrter Miene. »Ich habe dir gesagt, dass das nur ein Ausrutscher war und ich nicht finde, dass wir auch nur ansatzweise zusammenpassen. Dass du damit nicht umgehen kannst, ist nicht mein Problem.«

»Du hast mit ihr geschlafen?«, fragte Carolin.

»Ich war betrunken. Und ich habe es sofort bereut.«

»War da nicht was mit Ehrlichkeit und Offenheit?«, platzte es aus Carolin heraus.

»Erzähl mir nicht, du hättest nicht mit Jacob Sex gehabt, als er hier war«, gab er harsch zurück.

»Hab ich nicht! Natürlich nicht.« Carolin spürte, wie ihr Tränen in die Augen stiegen. Sie atmete bewusst ein und aus, und dann fiel ihr Blick auf Katta: Sie schaute sehr zufrieden von Cornell zu ihr und wieder zurück.

»Ey, du wirst es nicht schaffen, einen Keil zwischen uns zu treiben.« Carolin war erstaunt, wie ruhig ihre Stimme auf einmal klang. »Vergiss es einfach. Und jetzt entschuldige uns. Ich muss was mit meinem Freund klären.« Sie packte Cornell am Arm und zog ihn mit sich fort. Widerstandslos folgte er ihr.

Ohne ein Wort zu sagen, lief sie mit ihm bis auf die Straße vor der Akademie, wo es deutlich ruhiger war. Mit in die Hüften gestützten Händen baute sie sich vor ihm auf und schaute ihn herausfordernd an. »Und?«

Cornell blickte kurz in den wolkenlosen und beinahe schon nachtschwarzen Himmel und schüttelte den Kopf. Dann sah er sie an. »Es tut mir leid, ich hätte es dir erzählen sollen«, fing er an. »Aber … Ich weiß, das klingt jetzt wie ein Klischee, aber es hat wirklich überhaupt nichts bedeutet. Ich habe gar nicht mehr daran gedacht.«

»Das geht?«

»Na ja, ich habe schon kurz überlegt, ob ich es dir sagen soll. Aber ich hatte Angst, dass du dann … verletzt bist.«

»Ey, ich war noch nicht mal in Deutschland, als das passiert ist.«

»Ich weiß, aber trotzdem … Mein Gott!« Wieder schaute er hinauf in den Himmel, dann kehrte sein Blick zu ihr zurück. »Wir hatten was getrunken, sie hat mich einfach total platt angemacht und ich … Ja, gut, das letzte Mal, dass ich Sex hatte, war schon bald vier Jahre her, weil sich in der Zeit immer nur alles um meinen Vater gedreht hatte, und da bin ich eben schwach geworden. Du glaubst gar nicht, wie sehr ich das hinterher bereut habe. Und es war noch nicht mal gut.«

Carolin spürte, wie ihr Ärger verpuffte. Sie trat dicht an ihn heran und legte ihre Hand an seine Wange.

»Das kann ich verstehen. Wirklich. Mir ist so was auch schon passiert.«

Er senkte den Kopf, und sie hörte ihn leise seufzen vor Erleichterung.

»Und ich habe nicht mit Jacob geschlafen. Ich habe behauptet, ich hätte meine Tage.«

»Clever.« Er grinste breit. »Du hast mich gerade vor Katharina deinen Freund genannt. Ist dir das aufgefallen?«

Sie nickte. »Fandest du das seltsam?«

Statt einer Antwort zog Cornell sie nun an sich, und sie küssten einander, versanken in der Nähe und der Wärme des anderen, versöhnt mit sich und dem Universum.

»Am liebsten würde ich jetzt sofort zu dir nach Hause gehen«, flüsterte Carolin eine gefühlte Unendlichkeit später. »Aber leider habe ich hier noch zu tun.«

»Ich warte auf dich, und wenn es bis morgen früh dauert«, gab Cornell zurück. »Oder brauchst du vielleicht einen Assistenten beim Fotografieren?«

Sie fassten sich an den Händen und liefen zum Eingang der Kunstakademie.

»Wer will denn jetzt was von mir?«, sagte Carolin, als das Smartphone in ihrer Hosentasche läutete. »Meine Mutter … aha …«

Sie verstand die Worte kaum, die Lotte sofort kaskadenartig ausstieß. »Vince«, hörte sie heraus und »verschwunden«, und das genügte, um ihr Nervensystem in allerhöchste Alarmbereitschaft zu versetzen.

30. Kapitel

»Okay, Mama, bitte noch mal langsam«, unterbrach Carolin ihre aufgelöste Mutter. »Vince ist verschwunden, habe ich das richtig verstanden?«

»Ja, genau.« Lotte japste nach Luft. »Wieso habe ich nicht besser auf ihn aufgepasst?«

»Jetzt mach dir keine Vorwürfe«, versuchte Carolin, sie zu beruhigen. »Garantiert taucht er wieder auf. Aber jetzt erzähl mir noch mal langsam, was genau passiert ist.«

»Ja, gut.« Lotte hielt kurz inne, und Carolin hörte sie atmen. »Also, gegen halb zehn habe ich die Kinder ins Bett gebracht. Wir hatten einen sehr lustigen Abend mit Nudeln vor dem Fernseher, Eis, Chips, das volle Programm. Vince wollte noch länger aufbleiben, aber Luna war schon fast auf der Couch eingeschlafen. Und ich habe darauf bestanden, dass Vince zusammen mit seiner Schwester schlafen geht.«

»Na ja, das ist doch verständlich.«

»Ich habe mich gerade bettfertig gemacht, da war es kurz vor halb elf, und plötzlich kommt Luna ins Bad gerannt und sagt, dass Vince nicht in seinem Bett liegt.«

»Jetzt ist es Viertel vor elf – wenn du die Kinder um halb zehn ins Bett geschickt hast, ist er ja höchstens seit einer Stunde weg«, stellte Carolin fest. »Allzu weit kann er da nicht gekommen sein.«

»In einer Stunde kann viel passieren.«

»Hatte er sein Handy dabei? Hast du ihn angerufen?«

»Es hat geklingelt, aber er ist nicht drangegangen. Im Zimmer der Kinder liegt es aber auch nicht.«

»Und hast du schon mit Romy gesprochen?«

Lottes Stimme klang wieder zittriger, als sie antwortete: »Ich habe sie nicht erreicht.«

»Okay, ich rede mit ihr und melde mich dann wieder. Und wenn es bei dir was Neues gibt, ruf mich an!«

Carolin erklärte Cornell kurz die Lage, und gemeinsam spurteten sie in den Hof der Kunstakademie. Die Band spielte dermaßen laut, dass man kaum sein eigenes Wort verstehen konnte. Mittlerweile tanzten eine Menge Leute ausgelassen und bester Laune vor der Bühne. Unter Einsatz ihrer Ellbogen schaffte es Carolin, sich bis zu Romys Stand vorzukämpfen. Bevor sie jedoch dazu kam, ihre Schwester anzusprechen, entdeckte sie Georg, der neben dem Stand auf einem Stuhl hockte und mit versteinerter Miene vor sich hin starrte.

»Papa?«, rief Carolin gegen den Lärm, und er sah tatsächlich zu ihr auf. »Ich dachte, du bist längst heimgegangen. Ist was passiert?«

Er sagte etwas, aber Carolin verstand kein Wort. Sie kniete sich neben ihn und sah ihm forschend ins Gesicht.

Er beugte sich dicht an ihr Ohr. »Ben hat einen Job beim Schönwetterkapitän angenommen.« Er räusperte sich. »Dieser Verräter! Ich habe vorhin gehört, wie er es Vladimir und Thorsten erzählt hat.« Und dann richtete er wieder den Blick auf den Boden.

Carolin stöhnte auf. Auch das noch! »Das tut mir sehr leid«, sagte sie. »Aber wir müssen jetzt Vince suchen. Der ist verschwunden. Mama hat mich gerade angerufen.«

»Bestimmt hat der Schönwetterkapitän ihn gefressen. Der tut alles, um meine Familie zu zerstören.«

»Unsinn!« Carolin stand auf. Ihr Vater tat ihr leid, aber im Moment war die Suche nach Vince wichtiger. »Wir reden später, ja?«

Georg stemmte sich von seinem Stuhl hoch und fragte, ob er helfen könne, seinen Enkel zu finden. Immerhin etwas.

»Vielleicht kannst du Ausschau nach Veri halten. Sie muss hier irgendwo sein«, bat sie ihn. »Ich geh jetzt erst mal zu Romy.« Carolin lief um den Stand herum zu ihrer Schwester, die gerade die noch immer immensen Mengen Fingerfood betrachtete.

»Das werde ich nie im Leben alles los!«, jammerte sie und sah Carolin leicht verzweifelt an.

»Romy, ich muss dir was sagen«, begann sie. »Vince ist verschwunden. Er ist Mama ausgebüxt.«

»Was?« Romy riss die Augen auf. »Wie – ausgebüxt?«

Carolin berichtete ihr, was Lotte gesagt hatte. »Hast du eine Ahnung, wo er sein könnte? Ist er vielleicht zu einem Freund gegangen?«

»Er hat keine Freunde in Überlingen. Oh Gott …« Sie sah sich panisch um. »Wo kann er nur hin sein? Und warum ist er abgehauen? Hatten sie Streit?«

»Ich glaube nicht«, erwiderte Carolin. »Vielleicht wollte er nur eine kleine Nachtwanderung unternehmen. Sicher taucht er bald wieder auf.« Sie umklammerte ihr Handy, damit sie es trotz des Lärms bemerkte, falls Lotte mit Neuigkeiten anrufen würde. »Ist dir denn irgendwas an ihm aufgefallen heute?«

Romy schüttelte den Kopf, und es lösten sich weitere Strähnen aus ihrem hochgesteckten Haar. »Nein, ich hatte zwar den Eindruck, er wäre lieber mit mir hierhergekommen, als zu Lotte zu gehen, aber er ist ja öfter mal muffig in letzter Zeit.«

Carolin nickte verstehend. Sie spürte Cornell neben sich, der aufmerksam den Blick über die Menge schweifen ließ. Vielleicht hatte Vince sich ja tatsächlich auf den Weg zum Fest gemacht.

Nun winkte Cornell Ben zu, der sich zu ihnen hindurchdrängte. Er erklärte ihm die Lage, und Ben sah sich ebenfalls suchend um.

Carolin stellte sich zu ihm. »Georg hat mitbekommen, dass du aussteigen willst«, raunte sie ihm zu.

»Shit«, stieß Ben aus. »Das sollte er doch von mir erfahren … Vladimir hat mich gefragt, ob das Gerücht stimme, das er gehört habe. Da habe ich es ihm und Thorsten erzählt. Keine Ahnung, ob einer von den beiden das in Umlauf gebracht hat.«

»Okay, darum kümmern wir uns später. Jetzt müssen wir erst mal Vince finden. Hast du eine Idee, wo er sein könnte?«

Ben verneinte. Dann ging er zu Romy und zog sie, ohne ein Wort zu sagen, in seine Arme. Sie ließ es sich gefallen und presste den Kopf an seine Brust. Nun flüsterte er ihr etwas ins Ohr, sie sah auf zu ihm und nickte.

Sie sind so ein hübsches Paar, dachte Carolin, wohl wissend, dass dies nicht der richtige Moment war, um sich darüber Gedanken zu machen.

»Wir sollten die Polizei verständigen«, sagte Cornell. Sie nickte und ging zu Romy und Ben hinüber. In dem Moment kam Veri mit Georg im Schlepptau herangeeilt. Sie hatte rote Wangen und wirkte nicht mehr ganz nüchtern.

»Oh Gott, Vince ist weg?«, rief sie, und Carolin erklärte, dass sie nun die Polizei anrufen würden. Sie zog ihr Smartphone aus der Hosentasche. »Aber erst müssen wir raus aus dem Gewimmel hier.« Sie bat Veri und Georg, auf Romys Stand aufzupassen.

»Ihr müsst nur Bons annehmen und die Teller ausgeben. Ich habe so viel vorbereitet, das reicht, ist sowieso nicht mehr groß was los, alle satt«, erklärte ihnen Romy. »Danke für eure Hilfe!«

Veri umarmte ihre Schwester kurz. Georg hob nickend den Kopf und fixierte Ben, der unter seinem Blick in sich zusammenschrumpfte.

»Später!«, empfahl Carolin und schob Ben ins Gedränge. Irgendetwas rief Georg ihnen nach, aber sie konnte es nicht verstehen.

Vor der Kunstakademie begann Romy, die Nummer des Notrufs zu wählen, doch Ben hielt sie auf.

»Ähm, also …« Er wurde leicht rot und kratzte sich am Hals. »Du darfst mir jetzt nicht böse sein, Romy, aber ich habe neulich auf dem Smartphone von Vince eine Tracking-App installiert.«

»Wie bitte?« Romy sah ihn empört an.

»Na ja, genau für solche Fälle!«, versuchte er zu erklären.

»Du spionierst meinem Sohn nach?« Ihr Kopf fing rot zu glühen an. »Hast du sie noch alle?«

»Romy, bitte, es ist doch nur zu seiner Sicherheit. Und zu Lunas. Die beiden sind ja meist zusammen unterwegs. Und schon können wir die App sehr gut gebrauchen.« Er zog sein Handy hervor und drückte auf einen Button.

»Okay, aber dazu ist noch nicht das letzte Wort gesprochen«, sagte Romy entschieden. »Und jetzt schau, ob du Vince ausfindig machen kannst.«

»Bin schon dabei …«

Romy ging mit vor der Brust verschränkten Armen vor ihm auf und ab. »Einfach meine Kinder tracken … ohne es mit mir abzusprechen …«, murmelte sie aufgebracht vor sich hin. »Das geht gar nicht … überhaupt nicht …«

Ben starrte gebannt auf sein Handy, dann tippte er mit dem Finger darauf. »Am See! Er ist unten am See, gar nicht weit von hier. Kommt.« Er rannte so schnell los, dass Romy, Cornell und Carolin kaum folgen konnten.

An der Uferpromenade war nicht mehr allzu viel Treiben, und die Salsamusik von der Party wehte ihnen nur noch leise hinterher. Ben hatte sein Handy fest im Blick, während sie weiterliefen.

»Da vorne – gleich an der Bootsanlegestelle«, rief Ben. »Ich glaube, ich sehe ihn schon.«

Auch Carolin meinte ihn ganz vorne auf dem Steg sitzen zu sehen. Nein, es waren sogar zwei Menschen. War da jemand bei Vince?

»Vince!«, hörte sie sich selbst schreien, und nun überholte Romy sie.

»Vince!«, schrie auch sie. Die Schemen verharrten jedoch in ihrer Position. Waren sie noch zu weit fort, um das Rufen zu hören?

»Vince!«, brüllte nun Ben. Er und Cornell hatten die Führung übernommen und waren fast am Bootsanleger angelangt. Dort stand eine der beiden Personen auf. Der Größe nach konnte es tatsächlich Vince sein.

Romy blieb so abrupt stehen, dass Carolin beinahe in sie hineinrannte. »Vince!«, rief sie voller Erleichterung. »Geht's dir gut? Alles okay?«

Vince stand am Ende des Stegs und nickte verschämt. Neben ihm hatte sich jetzt ein Mann erhoben.

»Lassen Sie meinen Sohn in Ruhe«, brüllte Romy und stürmte vorwärts.

»Mama«, stieß Vince aus und lief seiner Mutter entgegen.

»Hat der Mann dir was getan?«, fragte Romy panisch, aber Vince schüttelte den Kopf.

Der Fremde trat aus dem Schatten nach vorne, sodass sie endlich sein Gesicht sehen konnten.

»Natürlich nicht, das ist doch …«, begann Vince.

»Pierre!« Romy starrte den Mann fassungslos an. Obwohl es lange her und sie ihm nur selten begegnet war, erkannte Carolin Vince' Vater sofort.

»Romy«, erwiderte dieser mit seinem betörenden französischen Akzent und lächelte. »Wie schön, dich wiederzusehen! Ich wollte mich morgen bei euch melden. Aber dann habe ich Vince hier zufällig getroffen.«

Romy schien ihm nicht ganz zu glauben. Sie klopfte Vince auf den Rücken, fuhr über seine Arme, so als müsse sie überprüfen, ob noch alles dran war an ihrem Sohn.

»Zufällig?« Ben baute sich nun neben ihr auf und legte einen Arm um Romys Schulter, den sie jedoch unwirsch wegstieß.

»Ja, naturellement! Ich bin vor einer Stunde mit dem Zug angekommen und wollte zu Fuß zum Hotel, mir die Beine … wie sagt man … wegtreten.«

»Vertreten«, korrigierte Romy kühl.

»Jedenfalls saß er da auf dem Steg, ganz allein, und ich dachte, kein Kind sollte hier um die Zeit sitzen.«

»Ich bin kein Baby mehr«, warf Vince ein und verdrehte die Augen.

»Na ja, und da habe ich ihn erkannt. Meinen Vincent!« Es war ungewöhnlich, den Namen französisch ausgesprochen zu hören. »Wenn das kein schöner Zufall ist.«

Romy strich Vince noch einmal über den Arm, aber dann drehte sie ihn zu sich. »Jetzt sag mir erst mal, warum du von Oma abgehauen bist. Apropos, Caro, bist du so lieb …«

Sie musste den Satz gar nicht beenden, denn Carolin rief schon Lotte an, um ihr Bescheid zu geben. Offensichtlich war Vince in der Zeit, die Carolin telefonierte, nicht sehr weit mit seinem Bericht gekommen. Jedenfalls sagte er gerade, als sie sich von einer äußerst erleichterten Lotte verabschiedet hatte: »Die Oma hat auch so getan, als wäre ich ein Baby. Ich musste schon um halb zehn mit Luna ins Bett, obwohl ich noch gar nicht müde war. Und außerdem war's so warm und stickig in dem Zimmer, und da habe ich gesehen, dass man über den Pfeiler am Balkon total easy abhauen kann.«

»Und das hast du dann getan?« Romy schüttelte den Kopf, aber Carolin bemerkte, dass ihre Schwester nur mit Mühe ein Schmunzeln unterdrückte. Wie oft hatte sich Romy selbst, als sie ein Teenager war, auf ähnliche Weise abends aus dem Staub gemacht.

»Du hättest mich anrufen können«, sagte sie immerhin streng.

»Das hättest du doch gar nicht mitbekommen«, entgegnete Vince. »Du warst bestimmt total beschäftigt.« Da musste sie ihm recht geben. »Ich habe gedacht, ich laufe einfach hierher, ist ja nicht weit von Oma aus …«

»Oma wird auch bald hier sein und dich abholen«, mischte sich Carolin ein. »Ich habe gesagt, wir warten vor der Kunstakademie.«

»Oh, wie geht es eurer Mutter?«, fragte nun Pierre. »Ich habe sie immer sehr geschätzt wert. Ist sie immer noch so lebenslustig?«

»Kann man so sagen«, antwortete Romy kurz angebunden. »Dann kommt jetzt.«

Sie liefen alle los, Carolin und Cornell Arm in Arm, Ben dicht neben Romy, die Vince fest an der Hand hielt. Und Pierre wich dem Jungen ebenfalls nicht von der Seite, obwohl er einen großen Koffer hinter sich herzog, den er unter einer Laterne am Steg abgestellt hatte.

Vor dem Eingang zur Kunstakademie sahen sie schon Georg, der unruhig auf und ab lief. Als er die Gruppe entdeckte, stürmte er auf sie zu und schloss Vince in die Arme.

»Mein Junge, was machst du nur für Sachen!«, rief er.

Vince ließ sich die Umarmung gefallen, vielleicht genoss er sie sogar ein wenig, mutmaßte Carolin. Sie betrachtete liebevoll den etwas blassen Jungen, der sich nun von seinem Großvater löste und wieder Romys Hand ergriff. Er erinnerte sie ein bisschen an sie selbst. Vince stand oft im Schatten seiner sehr quirligen Schwester, die mit ihrem Strahlen und ihrem niedlichen Wesen immer viel Aufmerksamkeit auf sich zog. Sicher kam er sich manchmal unbeachtet vor. An diesem Abend aber war der Scheinwerfer direkt auf ihn gerichtet, und offensichtlich genoss er die Zuwendung der Umstehenden.

Nun näherten sich echte Scheinwerfer, und Carolin erkannte am Steuer des Mercedes-Cabrios Lotte, die am Straßenrand hielt und wendig wie eine junge Frau aus dem Auto sprang.

»Vince!«, rief sie und schlang die Arme um ihn. »Was hast du dir nur dabei gedacht? Ich bin fast gestorben vor Angst!«

Vince betrachtete den Asphalt zu seinen Füßen, und Lotte schob ihn ein Stück von sich weg. »Mach das bitte nicht noch mal!«

»Tut mir leid«, flüsterte er.

Lotte fasste an sein Kinn und hob seinen Kopf. »Ist schon gut«, sagte sie. »Hauptsache, dir ist nichts passiert!«

»Hallo, Lotte«, meldete sich nun Pierre zu Wort. »Wie schön, dich wiederzusehen.«

»Pierre!« Mit einem freudigen Lächeln ging sie zu ihm, und sie begrüßten sich auf französische Art mit Wangenküsschen. »Was machst du denn hier?«

»Oh, ich habe beruflich in Überlingen zu tun«, erklärte er, und Carolin bemerkte, wie Romy die Ohren spitzte. Ihrer Miene war nicht abzulesen, ob sie sich darüber freute, dass sie ihn nun vermutlich öfter zu Gesicht bekommen würden, oder eher das Gegenteil.

»Wie schön«, sagte Lotte. »Du musst unbedingt mal auf einen Kaffee vorbeikommen, wenn's passt. Sicher willst du ja auch Zeit mit Vince verbringen.«

»Das wäre très bien.« Pierre richtete sein Lächeln auf Romy. »Wenn ich darf.«

»Wenn Vince das möchte«, sagte Romy und knuffte ihren Sohn gegen die Schulter. »Der kleine Ausreißer!«

»Oma hat erzählt, du bist früher auch immer abgehauen«, erklärte Vince auftrumpfend. »Das liegt also in meinen Genen.«

»Ich hoffe nicht«, erwiderte Romy und verdrehte die Augen. »Hast du Hunger, Pierre? Wir haben noch so viel zu essen ...«

»Ich könnte einen Happen ertragen«, sagte er, und Carolin hörte Ben genervt zischen: »Vertragen!«

»Ich habe auch Hunger«, erklärte Vince. »Oma, bleiben wir? Bitte!«

Lotte hob die Schultern und ließ sie wieder sinken. »Aber nur kurz«, entschied sie. »Die Nachbarin passt netterweise auf Luna auf, bis wir zurück sind. Ich will sie nicht zu lange warten lassen. Geh du schon mal mit deiner Mutter los.«

Aus dem Innenhof schallte noch immer die Musik, inzwischen waren die Rhythmen jedoch etwas langsamer und ruhiger. Carolin wollte sich gerade von Cornell mitziehen lassen, als sie ihren Vater bemerkte, der ein versteinertes Gesicht aufgesetzt hatte. Sie schickte Cornell voraus und beobachtete, wie Georg unschlüssig zwischen Ben und Lotte hin und her sah. Mit beiden hatte er ein Hühnchen zu rupfen oder eher einen gewaltigen Hahn, schien sich aber nicht entschließen zu können, einen der zwei anzusprechen. Doch dann machte Lotte einen Schritt auf ihn zu.

»Georg«, sprach sie ihn sanft an. »Ich wollte nur sagen, wenn du zu einem Gespräch bereit bist – jederzeit. Ich denke, wir haben noch einiges zu klären.«

»Hm«, brummelte er. Dann holte er tief Luft und sagte: »Ich melde mich bald bei dir.«

Lotte nickte. »Sehr schön. Bis dahin!« Sie hob die Hand und folgte Vince und Romy in den Innenhof.

»Tja, Ben, und du?« Georg wandte sich seinem Kapitän zu. »Hast du mir auch was zu sagen? Vielleicht machen wir einen kleinen Spaziergang?«

Dieser stöhnte leise, und Carolin sah ihm an, dass er sich höchst unwohl fühlte in seiner Haut. Immerhin hatte er nicht schon längst das Weite gesucht. Vermutlich war der Wunsch, sein Gewissen zu erleichtern, größer als die Angst vor Georgs Reaktion.

»Na ja, ähm, ich … also …«, stammelte er und sah kurz zu Carolin.

»Soll ich …?«, flüsterte sie und ahmte mit den Fingern Gehbewegungen nach.

Ben schüttelte schnell den Kopf. »Dann mal los«, sagte er und holte tief Luft.

Sie gab Ben einen ermutigenden Klaps auf den Rücken, und die beiden Männer setzten sich in Bewegung.

Carolin blickte in den Sternenhimmel, der über ihr funkelte. Einer der Sterne entpuppte sich bei genauerem Hinsehen als ein Flugzeug, und sie winkte ihm zu. Ja, hier unten, am Ufer des Bodensees, wurde sie heftig gefordert und die Bandbreite ihrer Gefühle ziemlich ausgedehnt. Aber um nichts in der Welt hätte sie sich am nächsten Tag in einen Flieger gesetzt und wäre nach Neuseeland zurückgeflogen.

31. Kapitel

Im leichten Wind flatterten die kleinen Fähnchen, die an Deck der *MS Romy* aufgehängt worden waren. Glücklicherweise war es so warm, dass die Brise eher angenehm erfrischte, als einen auszukühlen. Cornell legte seinen Arm um Carolin und deutete auf den Bodensee, der sich tiefblau vor ihnen ausbreitete.

»Gib's zu – das ist schöner als Neuseeland, oder?«

»Auf jeden Fall«, gab sie lachend zurück und küsste ihn.

»Hach, ihr Turteltäubchen, ihr seid so niedlich!« Romy schob Carolin ein wenig zur Seite, sodass auch sie auf der Sitzbank direkt am Bug Platz nehmen konnte.

»Und? Alles unters Volk gebracht?«, wollte Cornell wissen.

Romy strahlte und legte den Kopf kurz auf die Schulter ihrer Schwester. »So gut wie! Danke, Caro, deine Idee war einfach großartig.«

»Gern geschehen!« Carolin grinste und drehte sich zu den Sitzbänken hinter ihnen um. Überall waren fröhliche Gesichter zu sehen, Gelächter und Gekicher zu hören und dazu Besteck- und Gläserklirren. Das Schiff war beinahe bis auf den letzten Platz belegt, sowohl die Tische im Innenbereich wie auch die hier draußen von gut gelaunten Seniorinnen und Senioren besetzt.

Eine gewöhnliche Kaffeefahrt war das hier dennoch nicht. Wer genauer hinsah, entdeckte zwischen den Gästen und ihren zahlreichen abgestellten Rollatoren und Krücken jüngere Menschen, die keine geblümten Blusen, Faltenröcke oder leicht in die Jahre gekommene Sonntagsanzüge trugen, sondern offensichtlich die Pfleger waren. Und obwohl die Fachkräfte des Heims, in dem Tante Klara lebte, im Dienst waren und hier ihre Schützlinge genauso umsichtig betreuten wie im Heim, genossen auch sie sichtlich die kleine Auszeit vom Alltag.

Als Carolin an diesem Sonntagmorgen der Pflegedienstleiterin des Sankt-Pirmin-Alten- und Pflegeheims von ihrer Idee erzählt hatte, war diese sofort Feuer und Flamme gewesen. Sie hatte versprochen, mit den Pflegern zu sprechen und sich so bald wie möglich zurückzumelden. Es hatte nur eine Viertelstunde gedauert, und sie hatte zugesagt. Pünktlich um vierzehn Uhr waren dann am Landungsplatz zwei Reisebusse vorgefahren und knapp hundert alte Herrschaften von dort auf das Schiff gepilgert. Georg hatte es sich nicht nehmen lassen, die Gäste persönlich zu begrüßen, und selbstverständlich war auch Ben sofort bereit gewesen, sich ins Steuerhaus zu stellen. Er hatte Carolin berichtet, dass er und Georg bei ihrem nächtlichen Spaziergang ausgemacht hatten, dass Ben so lange bleiben würde, bis Georg die Nachfolgefrage geklärt hatte, längstens jedoch vier Monate.

Veri, Rosalie, Lotte, Carolin und Cornell hatten Romy dabei geholfen, die übrig gebliebenen Speisen vom Vorabend ansprechend herzurichten und den Ausflüglern zu servieren. Luna und Vince hatten zwei Boxen mitgebracht und sammelten Spenden, damit wenigstens die Summe gedeckt war, die Romy für die Einkäufe ausgegeben hatte. Und so zuckersüß, wie Luna und Vince auf die alten Leutchen zugingen, würde der Plan mit Sicherheit aufgehen.

Carolin wandte sich wieder Romy zu. »Versprich mir, dass ich dir in der nächsten Zeit ein wenig unter die Arme greifen darf. Du kannst mir auch öde Büroarbeit zu tun geben, ganz egal. Und wir lassen uns was für deinen Webauftritt einfallen, ja? Bitte! Ich hätte so einen Spaß daran.«

Romy setzte ein zerknirschtes Gesicht auf und zuckte mit den Schultern. »Da kann ich ja schlecht Nein sagen. Wobei … Du willst doch jetzt sicher auch viel Zeit mit Cornell verbringen.«

Dieser grinste. »Das hoffe ich doch.«

Carolin knuffte ihn in die Seite. »Du hast doch deine Arbeit, da hast du eh kaum Zeit für mich.«

»Auch wieder wahr.«

Sie tauschten einen tiefen Blick, und Carolin konnte nicht anders, als sich vorzubeugen und ihn zu küssen.

»Hach, die Liebe«, hörte sie ihre Schwester seufzen.

Sie wandte sich von Cornell ab und strich Romy über den Arm. »Apropos … hast du schon rausgefunden, was Pierre hier will?«

»Ja, ich habe heute Vormittag kurz mit ihm telefoniert. Er arbeitet jetzt als Caterer für Filmproduktionen. In vier Wochen sollen hier in der Gegend Dreharbeiten beginnen. Er ist für ein paar Tage hier, um sich schon mal umzuschauen nach Einkaufsmöglichkeiten und so.«

»Oh, spannend! Dann könnte er ja auch öfter seinen Sohn treffen.«

»Wenn Vince das möchte, gerne. Jedenfalls wird er morgen Abend zu uns zum Essen kommen.«

»Wie fühlt sich das an für dich?«

»Ach, das ist okay, ich bin schon lange über ihn hinweg, weißte doch.«

»Na ja, aber wenn er dann so vor einem steht, lebendig und in Farbe … Ich meine, gut aussehen tut er immer noch. Ein ähnlicher Typ wie Giancarlo, würde ich sagen.«

»Quatsch!« Romy boxte sie gegen den Oberarm. »Der ist echt für mich gestorben.«

»Giancarlo?«

»Nein, Pierre. Aber ich möchte, dass Vince die Möglichkeit hat, seinen Vater besser kennenzulernen.«

»Ja, klar.« Carolin tätschelte Romys Oberschenkel. »Du bekommst das schon hin.«

Mittlerweile nahm das Schiff wieder Kurs auf den Überlinger Hafen. Die anderthalbstündige Fahrt war so schnell vergangen, dass Carolin kaum die Zeit gefunden hatte, sich mit Tante Klara zu unterhalten, die natürlich auch mit an Bord war. Georg hatte sich zu ihr gesetzt, und die Male, die Carolin bei den beiden vorbeigekommen war, hatte sie ihn immer wieder sagen hören: »Nein, Klara, das ist keine Kreuzfahrt. Nachher fährst du wieder zurück nach Hause.« Und seine Schwester hatte erwidert: »Weißt du, eine Kreuzfahrt kann ich mir doch gar nicht leisten.«

Als Carolin nun zu ihrer Tante trat, saßen Lotte und Veri bei ihr. Ihre Mutter streichelte Klaras Hand und hörte ihr aufmerksam zu.

»Sie erzählt wieder aus der Zeit, als sie und Papa noch Kinder waren«, sagte Veri und machte etwas Platz, sodass sich auch Carolin setzen konnte.

»Und nachdem unser Vater gestorben war, war Georg der Mann im Haus«, erzählte sie gerade. »Er war erst zehn, aber man konnte sich immer auf ihn verlassen. Er war sehr ernst und verantwortungsvoll. Wo ist er eigentlich?« Sie schaute suchend um sich und entdeckte Vince, der neben Romy an der Reling stand. »Ach, da ist er ja!«, rief sie erfreut und winkte ihm zu. Romy winkte zurück und ermunterte auch Vince dazu. Veri und Carolin lächelten sich verstohlen an.

»Jedenfalls komme ich dich bald mal wieder besuchen«, versprach Lotte der alten Dame nun. »Vielleicht begleitest du mich, Veri?«

»Wenn es zeitlich passt, gerne«, gab sie zurück. Carolin spürte, dass sich ihre älteste Schwester noch immer ein wenig zwingen musste, freundlich zu sein, aber immerhin war sie nicht mehr ganz so abweisend gegenüber ihrer Mutter.

Waren wirklich erst zwei Wochen vergangen, seit sie Lottes siebzigsten Geburtstag gefeiert hatten? Zwei Wochen, in denen so viel geschehen war, in denen sich ihr Leben komplett verändert hatte. Oben auf der Brücke entdeckte sie Georg, Ben und Cornell. Sie unterhielten sich und lachten, aber Cornell spürte wohl ihren Blick, denn er sah zu ihr hinunter und warf ihr eine Kusshand zu, die sie mitten ins Herz traf. Zwei Wochen nur … und die Welt war eine andere geworden.

Die Müdigkeit kroch wohlig durch ihre Glieder, und Carolin streckte sich auf Cornells Bett aus.

»Das war schön heute«, sagte er und legte sich neben sie.

Vom nahen Münster erklangen elf Glockenschläge, und sie kuschelte sich in seine Arme. »Ja, das stimmt. Ich bin so froh, dass Romy das ganze Essen losgeworden ist und die alten Leutchen einen schönen Nachmittag hatten.«

»Das war eine super Idee von dir!« Er küsste sie auf die Nase. »Apropos super Idee …«

»Ja?« Sie sah zu ihm hoch.

»Na ja, also … Es ist wirklich nur eine Idee. So ein Gedanke … Du kannst auch Nein sagen …«

»Jetzt sag schon.«

»Okay, du weißt ja, dass ich mein Elternhaus verkaufen wollte.«

»Ja. Und mit dem Erlös willst du eine Weltreise mit mir machen.«

»Möchtest du das?«

»Nein, bloß nicht! Die nächsten fünf Jahre will ich auf keinen Fall verreisen.«

Er atmete erleichtert aus. »Ich habe mir überlegt, das Haus nicht zu verkaufen. Weißt du, die Bude hier ist mir auf Dauer eh zu klein. Und jetzt … wo wir ja … nun ja, wir haben gesagt, wir wollen es probieren. Miteinander … Da könnten wir doch …«

»Zusammenziehen?«

Er zuckte mit den Schultern. »Spricht was dagegen? Klar, man könnte das überstürzt nennen. Nach nur zwei Wochen. Aber im Haus ist viel Platz. Du könntest dir ein Arbeitszimmer einrichten, sogar ein Fotolabor.«

»Fotolabore hat man heute nicht mehr.«

»Wie auch immer.« Er gab ihr einen zärtlichen Kuss auf die Schulter. »Wir könnten ja als WG anfangen. Denk darüber nach, ja? Und ich bin nicht sauer, wenn du Nein sagst. Das meine ich ernst.«

Sie nickte, rückte ein wenig nach oben und küsste ihn.

Zwei Wochen.

»Oh, Moment, hab noch was vergessen, bin gleich wieder da.« Sie schob die Bettdecke zur Seite und ging ins Badezimmer, wo ihr Kulturbeutel stand. Sie machte das Licht an und sah ihr Gesicht im Spiegel. Zwei Wochen. Eine leichte Unruhe überfiel sie. Konnte es sein …?

Fahrig durchwühlte sie ihren Kulturbeutel, und es schien ewig zu dauern, bis sie fand, was sie suchte. Endlich hielt sie die Blisterpackung ihrer Pille in der Hand. Sie drehte den Streifen herum und starrte auf die aufgedruckten Wochentage. An der Stelle mit der Tablette, die sie nun nehmen sollte, stand ein »Sa«. »Sa« wie Samstag. Aber heute war »So«. »So« wie Sonntag. Keine Frage, sie hatte irgendwann in den vergangenen zwei Wochen vergessen, die Pille zu nehmen. In der letzten Zeit hatte sie nie überprüft, ob die Tage noch übereinstimmten. Sie war gar nicht auf die Idee gekommen, dass etwas falsch sein könnte. Wahrscheinlich war sie durch die Zeitverschiebung nach dem Flug durcheinandergekommen. Sie spürte, wie ihr Herz schneller schlug. Sie hob den Kopf und schaute wieder in den Spiegel. Da waren kleine Fältchen um ihre Augen, und auch wenn sie häufig deutlich jünger geschätzt wurde, gab es keinen Zweifel daran, dass sie 42 war. Ein Alter, in dem es zunehmend schwer wurde, schwanger zu werden. Sie versuchte ruhig zu atmen. Sicherlich war nichts passiert.

»Alles okay?« Neben ihr tauchte Cornells Gesicht im Spiegel auf.

Sie nickte. »Glaub schon.« Klang ihre Stimme krächzig?

Sein Blick fiel auf den Blister in ihrer Hand, und er hob die Augenbrauen. »Ist es das, wonach es aussieht?«

»Ja.«

Er drehte sie zu sich und küsste sie. Auf die Stirn, die Augenbrauen, die Schläfen, auf ihre Nase und Wangen, ans Kinn und schließlich auf die Lippen. »Carolin Hohenhausen«, sagte er feierlich, »ich liebe dich. Und falls wir es geschafft haben sollten, uns fortzupflanzen, dann sind wir auch alt genug, um damit klarzukommen, oder?«

Ihr Lächeln wurde immer breiter. »Ja, das schaffen wir«, sagte Carolin, und noch nie in ihrem Leben hatte sich etwas wahrhaftiger angefühlt als dieser Satz.

Rezepte

Eierlikörtorte »Lotte«

Für Familienfeiern und andere festliche Anlässe

Zutaten

Für den Boden
200 g Butterkekse
125 g Butter
25 g geraspelte Schokolade

Für die Füllung
10 Blätter weiße Gelatine
200 ml Eierlikör
70 g Zucker
1 Päckchen Vanillezucker
300 g Naturjoghurt (3,5 % Fett)
600 g Sahne

Zum Verzieren
2 Blätter weiße Gelatine
200 ml Eierlikör

Für den Boden die Butterkekse in einen Gefrierbeutel geben und mit dem Nudelholz zerbröseln. Butter im Topf schmelzen, die Schokoladenraspel und zerbröselten Butterkekse hinzufügen und gut verrühren. Eine Springform (Durchmesser 26 cm) mit Backpapier auslegen. Die Keksmasse einfüllen, einen etwa 3 cm hohen Rand formen und gut andrücken. Für etwa 1 Stunde in den Kühlschrank stellen, damit sie fest wird.

Für die Füllung die Gelatine nach Packungsangabe einweichen und auflösen. Eierlikör, Zucker und Vanillezucker in einem Kochtopf verrühren und erwärmen. Gelatine unterrühren. Die Masse etwas abkühlen lassen. Dann den Joghurt unterrühren. Die Sahne steif schlagen und unterziehen. Die Eierlikörcreme auf den Boden geben und die Torte für mindestens 2 Stunden kalt stellen.

Für die Verzierung die Gelatine einweichen. Eierlikör in einem Topf erwärmen und die ausgedrückte Gelatine darin auflösen. Den Eierlikör auf die erkaltete Torte geben und im Kühlschrank fest werden lassen. Zusätzlich kann die Torte zum Beispiel mit Sahnetupfen und Schokostreuseln garniert werden.

Estragon-Hühnchen-Sandwich à la Carolin

Ein Imbiss, der glücklich macht

Zutaten für 2 Personen

Für das Hühnchen
2 kleine Hühnerbrüste (möglichst Bio-Qualität)
½ TL Paprikapulver
Salz & Pfeffer
1 EL Olivenöl

Für die Estragon-Mayo
80 ml Milch (Zimmertemperatur)
Saft von ½ Zitrone
1 TL Senf
1 Handvoll Estragonblättchen
150 ml Rapsöl
50 g Crème fraîche

6 Scheiben Vollkorn-Toastbrot
1 reife Avocado
2 hart gekochte Eier
1 Tomate
1 rote Zwiebel
200 g Appenzeller-Käse
Romanasalat

Die Hühnerbrüste mit Paprika, Salz und Pfeffer würzen. In einer Pfanne das Olivenöl erwärmen und die Hühnerbrüste bei mittlerer Hitze auf jeder Seite etwa 5 Minuten braten, bis sie durchgegart sind. Herausnehmen, kurz ruhen lassen und in Scheiben schneiden.

Für die Estragon-Mayo die Milch mit Zitronensaft und Senf verrühren. Estragon dazugeben und alles mit dem Pürierstab verarbeiten; dabei nach und nach das Öl in einem feinen Strahl zugeben, bis eine Mayonnaise entsteht. Die Crème fraîche unterziehen und mit Salz und Pfeffer abschmecken.

Das Toastbrot goldgelb rösten. Avocado, Eier, Tomate, Zwiebel und Appenzeller in Scheiben schneiden. Alle Toastscheiben mit der Estragon-Mayo bestreichen.

Für die erste Lage auf 2 Toastscheiben die Hälfte des Romanasalats, der Avocado, der Eier und des Appenzellers verteilen. Je 1 Toastscheibe darauflegen. Für die zweite Lage mit dem übrigen Salat, dem restlichen Appenzeller, Tomate, Zwiebel, Avocado, Ei und Hühnerbrust belegen. Mit je 1 Toastscheibe bedecken.

Die beiden Club-Sandwiches diagonal durchschneiden und mit Holzstäbchen stabilisieren.

Barschfilets in Weißburgundersauce à la Veronika

Ein Klassiker der Bodensee-Küche

Zutaten für 4 Personen

8 Barschfilets à 100 g, entgrätet, ohne Haut
2 EL fein gehackte Kräuter (z. B. Thymian, Petersilie, Dill)
Salz & Pfeffer
Saft von ½ Zitrone
1 Zwiebel
1 EL Butter
125 ml Weißburgunder
250 g Sahne
2 EL kalte Butter

Die Barschfilets mit den Kräutern, Salz, Pfeffer und dem Zitronensaft etwa 1 Stunde marinieren.

Die Zwiebel in feine Würfel schneiden und mit der Butter in einem Topf anschwitzen. Die Barschfilets mit den Kräutern hinzugeben und den Weißburgunder dazugießen. Einmal aufkochen lassen, dann die Hitze reduzieren und die Filets 5 Minuten garen. Die Filets herausnehmen und im Ofen warm stellen.

Die Sahne in den Topf dazugeben, die Hitze erhöhen und die Sauce unter Rühren reduzieren, bis sie sämig ist. Vom Herd nehmen, mit Salz und Pfeffer abschmecken und die kalte Butter in kleinen Stücken mit dem Pürierstab untermixen.

Die Barschfilets auf Teller verteilen und die Weißburgundersauce darübergeben. Dazu Reis und gedünsteten Blattspinat servieren.

Garnelen-Melonen-Spieße mit Kokos-Erdnuss-Sauce à la Romy

Für ein Gourmet-Picknick am Seeufer

Zutaten für 4 Personen

½ Zuckermelone
16 Garnelen (ohne Schale, küchenfertig)
3 EL Olivenöl
8 Holzspieße

Für die Marinade
Saft & abgeriebene Schale von 1 Bio-Orange
2 Knoblauchzehen
50 ml Olivenöl

Für die Kokos-Erdnuss-Sauce
150 ml Kokosmilch
80 g Erdnussbutter
1 Knoblauchzehe
2 EL Sojasauce
1 EL Rohrzucker
1 EL Speisestärke
80 g Erdnüsse
Salz & Pfeffer

Die Melone in Spalten schneiden und die Schale sowie Kerne entfernen. Das Fruchtfleisch in 16 gleich große Stücke schneiden. Je 2 Garnelen und 2 Melonenstücke abwechselnd auf die Spieße stecken.

Für die Marinade Orangensaft, Orangenschale, zerdrückten Knoblauch und Öl gut verrühren. Die Spieße für etwa 1 Stunde in die

Marinade legen, nach einer ½ Stunde wenden. Dann in Öl beidseitig braten.

Für die Sauce Kokosmilch mit Erdnussbutter, zerdrücktem Knoblauch, Sojasauce und Zucker verrühren und aufkochen. Stärke mit 2 EL Wasser vermischen, in die Sauce rühren und kurz mitköcheln. Mit Salz und Pfeffer abschmecken. Die Sauce in ein kleines Gefäß umfüllen. Die Erdnüsse klein hacken. Die Hälfte unter die Sauce rühren und diese abkühlen lassen. Die übrigen Erdnüsse auf die Sauce geben. Die Spieße mit der Sauce servieren.

Dinnele, wie Georg sie liebt

Flammkuchen nach süddeutscher Manier

Zutaten für 6 Personen

Für den Teig
500 g Weizenmehl
1 Päckchen Trockenhefe
Salz
1 TL Zucker
300 ml Milch (oder Wasser)

Für den Belag
2 Zwiebeln
1 Zehe Knoblauch
300 g Schmand
1 Ei
Pfeffer
125 g Schinkenspeck, gewürfelt
1 Bund Schnittlauch

Für den Teig das Mehl mit der Trockenhefe, 1 TL Salz und Zucker vermischen. Die Milch lauwarm erhitzen und dazugeben. Das Ganze mit den Händen oder dem Knethaken des Handmixers zu einem glatten Teig verarbeiten. Mit einem Küchentuch abdecken und an einem warmen Ort etwa 45 Minuten gehen lassen.

Für den Belag Zwiebeln und Knoblauchzehe schälen. Die Zwiebeln grob hacken, den Knoblauch in feine Würfel schneiden. Den Schmand mit dem Ei verrühren und mit Salz und Pfeffer würzen. Zwiebeln, Knoblauch und Speckwürfel unterrühren.

Den Backofen auf 200 Grad (Ober-/Unterhitze) vorheizen. Zwei Backbleche mit Backpapier belegen. Den Teig in 6 Portionen teilen und jeweils zu einer Kugel formen. Anschließend auf einer mit Mehl bestäubten Arbeitsfläche zu ovalen Fladen ausrollen. Die Fladen mit dem Belag bestreichen. Jeweils 3 Fladen auf ein Blech legen und nacheinander 15 bis 20 Minuten backen.

Den Schnittlauch in feine Röllchen schneiden. Die gebackenen Dinnele aus dem Ofen holen und mit dem Schnittlauch bestreuen.